Felix Leibrock

TODESBLAU

Kriminalroman

KNAUR

Besuchen Sie uns im Internet:
www.knaur.de

FSC
www.fsc.org
MIX
Papier aus verantwortungsvollen Quellen
FSC® C083411

Originalausgabe April 2015

Ein Unternehmen der Droemerschen Verlagsanstalt
Th. Knaur Nachf. GmbH & Co. KG, München
Redaktion: Dr. Heike Fischer

Umschlaggestaltung: ZERO Werbeagentur, München
Umschlagabbildung: Gettyimages / Graig Brown
Satz: Adobe InDesign im Verlag
Druck und Bindung: CPI books GmbH, Leck
ISBN 978-3-426-51616-4

2 4 5 3 1

Diese Farbe macht für das Auge eine sonderbare,
fast unaussprechliche Wirkung …
Wir sehen das Blau gern an, nicht weil es auf uns dringt,
sondern weil es uns nach sich zieht.

Johann Wolfgang von Goethe

Prolog

Weimar, Frühjahr 1937

Adolf-Hitler-Platz.

So nannten sie jetzt das Gelände vor dem Großherzoglichen Museum. Gewaltige Erdmassen hatten sie bewegt, ein ganzes Quartier niedergerissen. Die Jakobvorstadt wirkte nackt. Vom ehemals grünen und anheimelnden Park am Asbach war nichts mehr zu erkennen. Eine Lore mit Schutt rollte quietschend über die Gleise der Baustelle.

Er fröstelte. Die warmen Strahlen der Frühlingssonne drangen nicht in sein Inneres vor. Er schlug den Kragen seines Trenchcoats hoch und eilte weiter.

Nur beiläufig registrierte er den Neubau der Weimarhalle. Überall wehten Fahnen mit dem Hakenkreuz. Ein Trupp von SA-Leuten bog um die Ecke der Hindenburgstraße in die Schwanseestraße ein. Er versteckte sich in einem Hauseingang und wartete, bis die Schritte der Braunhemden nicht mehr zu hören waren.

Sein Herz raste. Hoffentlich war jemand zu Hause. Sonst hätte er die gefährliche Reise von Berlin hierher vergebens gemacht. Seine Frau wusste nichts davon. Nichts von der Reise – er hatte sich einen Vorwand für seine Abwesenheit ausgedacht – und nichts von Dora, nichts von dem Pfand. In wenigen Tagen würden sie in die Vereinigten Staaten von Amerika ausreisen. Er riskierte die Gefangennahme. Nur für das Paket!

Endlich erreichte er das Haus in der Cranachstraße. Ein paar hundert Schritte weiter, in der Gutenbergstraße, hatten sie in ihrem Paradies gelebt. Das prächtige Haus mit den schmiedeeisernen Balkonen. Wie oft hatte er hier mit Julia, beide ein Buch in der Hand, in den Rohrstühlen gesessen, während die Kinder unten im Garten spielten! Wie durch einen Schleier hindurch sah er diese Zeit, die so unendlich weit zurückzuliegen schien.

Er spähte durch das Tor und sah Mahlmann, den Cellisten. Schon wollte er ihn rufen, den ihm vertrauten Freund begrüßen, da erkannte er die rote Binde mit dem schwarzen Hakenkreuz im weißen Kreis an seinem Arm. Also hatte auch Mahlmann sich der neuen Bewegung angeschlossen. Jetzt wusste er, warum seine letzten Briefe ohne Antwort geblieben waren.

Er hatte etwas Ähnliches befürchtet. Ob Mahlmann das Paket zerstört hatte? Er hatte es ihm anvertraut, gemeinsam hatten sie es bei seinem letzten Besuch im Keller des Hauses versteckt.

Er zog den Hut tief in die Stirn und wartete hinter einem der mächtigen Kastanienbäume auf der gegenüberliegenden Straßenseite. Nach einigen Minuten hörte er Schritte, sah Mahlmann stadteinwärts davonstiefeln.

Jetzt, sagte er sich, jetzt muss ich es wagen. Er drückte gegen das Tor von Mahlmanns Hauseinfahrt. Es war verschlossen. Das Geländer des Vorgartens war nicht hoch. Er sah sich um. Niemand war auf der Straße. Mit einem kräftigen Schwung setzte er auf Mahlmanns Grundstück über. Eine Treppe führte vom Garten hinter dem Haus in den Keller. Vorsichtig stieg er die Stufen hinab. Die Tür zum Keller war nicht verschlossen. Er drückte sie auf und schlich zum Ka-

buff in der hintersten Kellerecke. Ein altes Fahrrad, eine verrostete Leiter, ein leerer Radiokasten. Eine Ratte huschte vor ihm davon, als er sich den Weg in einen Winkel des Raums bahnte, der mit Regalböden zugestellt war.
»Hallo, ist da wer?«
Die hohe, fast schrille Frauenstimme ging ihm bis ins Mark. Er kannte die Stimme. Sie gehörte Mahlmanns Frau. Sie durfte ihn unter keinen Umständen hier unten entdecken. Er verharrte in seiner Position. Jetzt nur keinen Laut verursachen.
Die Schritte von Mahlmanns Frau kamen näher, sie öffnete die Tür zum Kellerraum neben dem Kabuff.
»Hol ich wenigstens ein Glas eingemachte Gurken, wenn ich schon mal hier unten bin!«
Mahlmanns Frau brabbelte noch einiges vor sich hin, verschloss endlich wieder den Kellerraum und schleppte sich die steilen Treppen ins Wohnhaus hoch.
Da war es, das mit einfachem grauem Packpapier eingeschlagene Paket! Sein Herz schlug schnell vor Freude. Er klemmte den sperrigen Gegenstand unter den Arm, schlich sich auf dem gleichen Weg, auf dem er gekommen war, aus dem Haus und atmete erst auf, als er den Feldweg entlang des Kirschbaches erreichte.
Nach einer knappen halben Stunde durch goldgelbe Maisfelder gelangte er zur geliebten Kirche. Doch er hatte keine Zeit zum Verweilen. Die vielen Bauarbeiter an der Reichsautobahn zwangen ihn zu einem Umweg. Ihnen wollte er unter keinen Umständen begegnen. Auf diesen Großbaustellen befanden sich auch immer SA-Leute und andere Spitzel des Staates.
Was, wenn sie ihn ansprachen und sehen wollten, was er da

eingepackt unter dem Arm trug? Erst nach einer weiteren Stunde erreichte er Eichenroda.
Der Gutsbesitzer war verreist. Aber sein Verwalter war eingeweiht. Ihm sagte er seinen Namen, das genügte. Der vierschrötige Mann mit der Bauernmütze ging mit ihm in eines der Nebenzimmer im ersten Stock des Haupthauses. Nur kurz war es ihm möglich, einen Blick auf einige Gegenstände zu werfen. Ein goldfarben gepolstertes Louis-XV-Sofa, prächtige Kandelaber auf Marmorsockeln, ein mit Intarsien reich verzierter Tabernakel-Sekretär. Am stärksten faszinierten ihn die Bilder. Zwei Tänzerinnen von Degas, Pissarros »Jahrmarkt in Dieppe«, das »Weiße Haus bei Nacht« von van Gogh.
»Hier, das ist ganz wichtig. Ich nehme es nicht mit nach Amerika. Aber es darf niemand anderem in die Hände fallen«, flüsterte er dem Verwalter besorgt zu und drückte ihm das Paket in die Hand.
Der Gutsverwalter verstaute es zwischen anderen Paketen und Kisten, die aufgestellt in einem weiteren, abgelegenen Nebenraum standen, gerade so als warteten sie auf ihren Abtransport.
»Ich kann es nicht mitnehmen, verstehen Sie?« Er sagte die Sätze zusammenhanglos, als müsse er sich vor dem Verwalter rechtfertigen.
»Der Herr Gutsbesitzer wird es sicher verwahren, mein Herr.«
Er hörte die Worte, war aber mit seinen Gedanken bereits woanders. Er dachte an Dora, die der Anlass für diese ganze Aktion war. Hoffentlich glaubte sie ihm! Er dachte an seine Abreise in die Staaten. Er fragte sich, ob er jemals wieder zurückkehren würde. Mit seinem Grübeln war er an dem

Punkt angelangt, wo er schon die letzten Monate immer gewesen war: bei der Zukunft. Heute war seit langem wieder einmal ein Tag, der ihm auch einen Blick zurück und Erinnerungen an eine glückliche Zeit beschert hatte. Doch das war vorbei. Unwiderruflich. Jetzt galt es, das eigene Leben und die wichtigsten Besitztümer zu retten. Nach vorne zu schauen. Ein Prophet müsste man sein! Wie lange der braune Spuk im Deutschen Reich wohl noch anhielt?

1

Weimar, September 2013

Sie lag vor ihm auf dem aschfarbenen Teppichboden. Die graublauen Augen waren weit aufgerissen, das Gesicht zu einer schrecklichen Grimasse verzogen. Blut pulste aus ihrem Brustkorb und durchtränkte die Schürze. Ihr Mund formte Worte, die aber keinen Klang mehr gewannen. Sie versuchte, mit den Händen zur Brust zu kommen, um die Quelle des Schmerzes zu entfernen. Mit den Füßen trat er auf ihre Arme und fixierte sie seitlich ihres Körpers. Nur nicht dem Gesicht, dem Tod verströmenden Atem zu nahe kommen. Der war vielleicht ansteckend, brächte auch ihm das Verderben. Da war er abergläubisch.
Ein leises Röcheln, dann kippte ihr Kopf zur Seite. Sie war tot. Er ging in die Küche, schnappte sich einen Gefrierbeutel auf der Ablage und trat wieder zu der Toten. Bedächtig zog er das Messer aus ihrer Brust, schmierte es an ihrer Schürze ab und steckte es in den Gefrierbeutel. Die Verrichtungen wirkten routiniert, doch er atmete schnell. Er wartete, bis es dunkel war, nahm das Paket sorgfältig unter den Arm und ließ leise die Wohnungstür hinter sich ins Schloss fallen. Ohne das Licht anzuschalten, ging er die Treppen hinunter ins Freie. Mit seinem alten BMW fuhr er quer durch die Stadt bis zum Bienenmuseum. Der Park lag dunkel und schweigend vor ihm. Über der Ilm waberte Nebel, der sich anschickte, den Park in Besitz zu nehmen. Niemand

begegnete ihm. Er lief den Weg Richtung Schaukelbrücke. Obwohl er kaum die Hand vor Augen sehen konnte, schaute er sich immer wieder um. Er tastete den Kiesweg ab, sammelte Steine auf, gab sie zu dem Messer in den Gefrierbeutel, um ihn zu beschweren. Danach drehte er das obere Ende der Plastiktüte zusammen und schlang es zu einem Knoten. An der Brücke angekommen, hörte er den Fluss leise dahinfließen. Er holte weit aus und warf den Gefrierbeutel in die Richtung, in der er die Flussmitte vermutete. Ein klatschendes Geräusch verriet ihm den Aufprall auf der Wasseroberfläche.

2

Die Herbstsonne war noch von erstaunlicher Kraft. Als ob sie sich um die Jahreszeit nicht scherte, hatte sie den ganzen Tag warm und mild die Gassen der Altstadt durchflutet und dem Glauben so manches Einheimischen neue Nahrung gegeben, Gott selbst habe hier die Erde geküsst, als die Stadt einst entstanden war. Durch die Schillerstraße flanierten Touristen mit großen Kameras unter dem Arm. Paare saßen auf den Bänken vor dem Goethehaus und küssten sich, als ob der Sommer nie enden würde. Doch die Blätterberge unter den Bäumen wuchsen täglich, und ein leichter Wind blies das Laub spiralförmig über den Frauenplan, den Schlossplatz, den Jakobskirchhof. An Tagen wie diesen weckte Weimar viele Sehnsüchte. Die großzügigen Parkanlagen mitten in der Stadt und der gemächlich dahinfließende Verkehr auf altem Kopfsteinpflaster suggerierten den Einklang von Natur und Zivilisation. Das aus den Fenstern der Musikhochschule dringende Klanggemisch von Übenden deutete den Reichtum kulturellen Schaffens der letzten Jahrhunderte an, und die vielen Joggerinnen demonstrierten den Optimismus, der Kampf um eine gute Figur könne gewonnen werden.

»Ich sollte auch mal wieder Sport machen«, murmelte Sascha Woltmann, während er am Schlossturm nach seiner Verabredung Ausschau hielt. Er strich sich über den Bauch, den er um das dreißigste Lebensjahr herum angesetzt hatte. Damals waren seine Kinder Ronny und Laura auf die Welt gekommen. Doch die hatte seine Frau Yvonne und nicht er ausgetragen. Folglich lag die Ursache für seinen Bauchansatz woanders, wahrscheinlich an zu wenig Bewegung. Gerade begannen sich seine Pläne zu mehr sportlicher Betätigung zu konkretisieren, da stapfte Mandy Hoppe den Burgplatz hoch. Sie trug das braune, von einigen dunkelblonden Strähnen durchzogene Haar schulterlang und kam mit wippendem Schritt, die Handtasche leicht schwenkend, auf ihn zu. Sie war nur dezent geschminkt und zählte zu den Frauen um die vierzig, die eine nicht vergehende natürliche Schönheit ausstrahlten. Als sie vor ihm stand, umarmten sie sich etwas unbeholfen. Die einstige Vertrautheit zwischen ihnen war noch nicht ganz wiederhergestellt.

Sie richteten sich auf der Freiterrasse des Cafés Residenz gemütlich ein, das von allen Weimarer Bürgern nur das »Resi« genannt wurde. Den Rücken an die Gebäudewand gedrückt, saßen sie auf einer Bank, bestellten einen Thüringer Riesling und einen Antipasti-Teller. Die letzten Strahlen der sich langsam verabschiedenden Sonne erwärmten ihre Gesichter.

»Ich habe meinen Augen nicht getraut, als ich dich auf dem Flur der Polizeiinspektion sah«, lachte Mandy mit ihrer dunklen Stimme.

»Ging mir auch so, obwohl …« Woltmann überlegte kurz. »Irgendjemand hat mir mal erzählt, dass du bei der Kripo bist. Bin ja immer mal wieder in Weimar bei den Eltern gewesen.«

Sie stießen auf das überraschende Wiedersehen an. Woltmann musterte Mandy in Augenblicken, in denen sie es nicht bemerkte, weil sie auf ihre leicht nervös spielenden

Finger schaute. Ihre ausgeprägten Lippen, die schmale Nase, er erkannte in ihr immer mehr die Mitschülerin von damals.

»Hier, habe ich zu Hause schnell rausgekramt.« Mandy schob Woltmann einen Umschlag mit Fotos zu.

Woltmann blätterte durch die Aufnahmen.

»Wahnsinn, unser Ausflug damals!« Er erinnerte sich noch gut an jene Fahrt mit dem Traktor, der dem Vater eines Mitschülers gehörte. Fast die ganze Klasse war mit dabei gewesen und hatte im Anhänger gesessen, auf dem sonst Runkelrüben transportiert wurden.

»Dass uns damals nichts passiert ist, wundert mich noch heute«, kommentierte er gedankenverloren. Mandy nickte stumm.

»War schon eine tolle Gemeinschaft, unsere Klasse!« Woltmann sah zu Mandy hin. Aber auch jetzt sagte sie kein Wort. Nach einer Weile meinte sie beiläufig: »Sascha, warum bist du eigentlich nach 89 in den Westen gegangen?«

Sie hatten gemeinsam im Oktober 1989 an den großen Weimarer Dienstagsdemonstrationen für den politischen Wandel teilgenommen und 1992 Abitur gemacht. Mandy war danach in Thüringen geblieben, hatte sich bei der Polizei für das Studium zum gehobenen Dienst beworben.

»Ich wollte die große Freiheit genießen, die sich uns damals bot«, versuchte Woltmann seine Beweggründe zu erklären.

»Und? Gefunden?« In Mandys Stimme lag etwas Schnippisches. Woltmann überlegte kurz, wollte ihr aber nichts vorflunkern.

»Erst habe ich für eine Firma aus dem Sauerland im Außendienst gearbeitet. Die haben mir gesagt, ich könnte so viel verdienen wie ein Sparkassendirektor. Sehr niedriges Grundgehalt, aber mit den zusätzlichen Provisionen ginge so richtig was ab.«

»Und? Ging was ab? Was hast du denn verkauft?«

»Zimmerspringbrunnen.«

Mandy konnte ein Glucksen nicht unterdrücken.

»Ja, das war ziemlich abgefahren. Bin da von Tür zu Tür der Plattenbauten in Hellersdorf und Marzahn gezogen. Ich hab den Leuten eingeredet: Wenn ihr euch einen Zimmerspringbrunnen kauft, dann seid ihr in der Freiheit angekommen. Die Düse, aus der das Wasser sprudelte, war eine Nachbildung der Freiheitsstatue in New York!«

Woltmann erzählte von der Konkurrenz, die solche Haustürgeschäfte mit sich brachten: Staubsaugervertreter, Zeugen Jehovas, freiberufliche Kosmetikberaterinnen. Mit seinen Zimmerspringbrunnen fand er kaum Einlass und noch seltener Abnehmer. Nach einem halben Jahr schmiss er den Job hin.

»Dann habe ich es mit Gebrauchtwagen versucht, Mandy. Der reinste Wahnsinn, kann ich nur sagen. In dieser Branche herrschen mafiaähnliche Strukturen. Einmal standen sogar zwei Russen mit Berettas in meinem Container, in dem ich meine Geschäfte abgewickelt habe. Die beiden forderten das ganze Bargeld und absolutes Schweigen. Sonst müssten sie mir leider ein paar Kugeln in den Kopf jagen. Sie wollten mich in Zukunft regelmäßig besuchen.«

Mandy strich sich eine Haarsträhne, die ihr ins Gesicht gefallen war, hinters rechte Ohr und musterte Woltmann ausgiebig. Jetzt wusste sie wieder, warum Sascha als Schüler so viele Mädchenherzen angerührt hatte. Es war der leichte Silberblick, der durch die zwei unterschiedlichen Blautöne seiner Augen noch in seiner Wirkung verstärkt wurde.

»Aber du bist doch zur Polizei damit gegangen, Alter?«
Alter, so hatte sie ihn schon früher als Abiturienten genannt. Woltmann spürte, wie die alte Vertrautheit wieder zurückkehrte. Zudem war er abgelenkt, gefangen von der unscheinbaren Geste Mandys, diesem Wegstreichen des Haars. Für einen kurzen Augenblick überlegte er, ob auch er, wie so viele seiner Mitschüler, in seiner Jugendzeit in Mandy verliebt gewesen war.
»Hallo?« Mandy weckte ihn aus seinem Tagtraum.
»Wie Polizei? Ähm, nee. Bin ich nicht hingegangen, ich hatte ehrlich gesagt Angst!«
Mandy schüttelte den Kopf. Sie zündete sich eine Zigarette an und blies den Rauch stoßweise in Wölkchen nach oben.
»Weißt du, was wir von der Kripo Leuten wie dir normalerweise sagen?«
Woltmann wusste es. Zur Polizei gehen, nach so einem Vorfall unbedingt zur Polizei gehen, und zwar so schnell wie möglich. Er scheiterte mit seinem Versuch, Mandy sein Verhalten gegenüber den Russen zu erklären. Geistesabwesend klappte er den Fotoumschlag zu und gab ihn Mandy zurück.
»Immerhin war das für mich so etwas wie ein Fingerzeig. Ich habe mir gesagt: Geh zur Polizei, weil so etwas wahrscheinlich jeden Tag tausendfach passiert. Da kannst du andere warnen. Ist doch gut, wenn man selbst mal ein Betroffener von Erpressung und Gewalt war, oder?«
»Komische Auslegung.« Mandy bestellte ein weiteres Glas Riesling und lenkte das Gespräch wieder auf die gemeinsame Schulzeit. Sie gingen die Lehrerinnen und Lehrer durch. Sie wussten, dass einige von ihnen nach 1989 den Job gewechselt hatten. Eine ganze Reihe von Russischlehrerinnen

hatte sogar noch andere Fächer nachstudiert, um ihre Stelle zu behalten. Danach riefen sie sich ihre Mitschüler in Erinnerung. Viele waren in den Westen gegangen, hatten dort besser bezahlte Stellen gefunden und Familien gegründet. Andere waren zurückgekommen, weil sie enttäuscht waren oder in der Nähe ihrer Eltern sein wollten. Wenigstens den Babysitter sparten sie auf diese Weise ein.

Es war fast zweiundzwanzig Uhr, als sie sich voneinander verabschiedeten.

Mandy lief zur Kegelbrücke, wo sie ihr Auto geparkt hatte. Woltmann schlang sich seinen Kaschmirschal mit Schottenkaro um den Hals und ging zu Fuß zu der Wohnung in der Belvederer Allee, in der er seit einigen Wochen mit seiner Familie lebte. Im Park an der Ilm zirpten nur noch wenige Grillen.

3

Am darauffolgenden Tag war der Himmel über Weimar schwarz von Saatkrähen. In großen, dynamischen Kurven nahmen sie im Pulk Kurs auf die kahler werdenden Baumwipfel in den Parks, um sich von ihrem langen Flug auszuruhen. Sie kamen jedes Jahr im Herbst aus dem Baltikum. Deutschland war für sie, was Mallorca für Rentnerehepaare aus der Bundesrepublik ist. Ein vergleichsweise mildes Winterquartier.

»Aufwachen, he, hallo, aufwachen!«

Sascha Woltmann tätschelte dem Betrunkenen, der auf den Stufen vor dem Nationaltheater lag, die vom rauhen Leben im Freien tief gefurchten Wangen.

»Was ist los?«, lallte der Angesprochene den Polizisten benommen an und zog sich noch tiefer in den löchrigen Schlafsack zurück. Jetzt, da die Nächte länger und kälter wurden, fuhr die Streifenpolizei häufiger die einschlägig bekannten Plätze ab, um die Obdachlosen dort einzusammeln und in eine Unterkunft zu bringen.

Woltmanns Handy schrillte. Er fing sich einen genervten Blick seiner Kollegin Daniela Klein ein. Schon mehrmals hatte sie sich über seinen Klingelton von Pink Floyd beschwert. Sie fand die Botschaft »We don't need no education« albern. Nun beugte sie sich über den Schlafsack und redete auf den verfilzten Haarschopf ein, der als Einziges noch aus dem Wärmekragen hervorragte. Woltmann telefonierte währenddessen mit der Einsatzzentrale.

»Wir müssen los, Dani«, beschied er ihr gleich darauf.

»Wir können den Mann doch nicht einfach so liegen lassen!«, protestierte die Kollegin, aber Woltmann eilte schon in Richtung Streifenwagen.

»Zwei Kollegen sind bereits auf dem Weg hierher«, beruhigte Woltmann sie. Sie fuhren in Richtung Weimar-West. In der Plattenbausiedlung hatte eine alte Frau ihren Pfarrer um einen Hausbesuch gebeten, ihm aber nicht geöffnet, als er kam. Die Nachbarn wussten keine Erklärung dafür. Noch am Vortag hatten sie ihre Mitbewohnerin von ihrem wöchentlichen Einkauf zurückkehren sehen. Ansonsten verließ sie kaum das Haus. Immer wieder hatten sie bei ihr geklingelt und angerufen, jedoch ohne Erfolg. Schließlich verständigten sie die Polizei.

Bei solchen Einsätzen war Sascha Woltmann hellhörig wie ein Luchs auf der Jagd. Jeder Notruf, der eventuell kriminalistische Ermittlungen nach sich ziehen könnte, faszinierte ihn. Er parkte den Streifenwagen in der Feuerwehrzufahrt, nachdem alle anderen Stellplätze auf der Straße bereits belegt waren. Die Plattenbauten sind damals nicht für so viele Autobesitzer ausgelegt worden, dachte er. Drei ältere Damen erwarteten sie schon vor dem Hauseingang in der Moskauer Straße. Kaum dass sie dort angekommen waren, sprachen diese aufgeregt auf Woltmann ein und bestätigten ihm, was er bereits von der Einsatzzentrale erfahren hatte.

»Da muss was passiert sein, Herr Kriminalkommissar!«

Woltmanns Mund verzog sich bei dieser Anrede für einen Augenblick zu einem schiefen Lächeln. Zugleich staunte er, wie genau die Gepflogenheiten der alten Dame, einer Frau

Käthe Klemm, wie er nun erfuhr, den Nachbarinnen bekannt waren, obwohl diese angeblich so kontaktscheu war. Daniela Klein war leicht gekränkt, weil die drei Frauen sie völlig ignorierten. Sie schaltete sich dazwischen, fragte, ob Käthe Klemm nicht einfach nur verreist sein könnte.

»Aber dann hätte sie doch nicht den Herrn Pfarrer zu sich bestellt«, entgegnete die Wortführerin der drei Damen. »Der hat uns gefragt, ob wir wüssten, wo sie sei. Und glauben Sie mir, die ist nie verreist. Die hatte niemanden, den sie besuchen konnte. Die war ganz allein.« Ihre Stimme klang etwas pikiert. Als ob sie nicht schon alles ganz genau durchdacht hätte. Einfach so die Polizei zu rufen! Das würden sie und die anderen Nachbarinnen nicht tun, wenn es dafür keinen triftigen Grund gab. Niemals!

Woltmann trat etwas zur Seite und rief den für Weimar-West zuständigen Pfarrer an. Der hatte Käthe Klemm zuvor schon einmal besucht und bestätigte die Einschätzung der Nachbarinnen. Die seelsorgerische Schweigepflicht verbot ihm jedoch, Auskunft darüber zu geben, warum ihn Frau Klemm um einen weiteren Besuch gebeten hatte.

»Gesundheitlich hatte sie Probleme, so viel kann ich Ihnen sagen.«

Die beiden Streifenpolizisten verständigten sich kurz mit dem Leiter der Weimarer Polizeiinspektion und riefen dann den Hausmeister herbei, der die Tür von Käthe Klemms Wohnung öffnete.

Wie eine Gekreuzigte lag sie auf dem Boden des Wohnzimmers, die Arme weit vom Körper gestreckt. Die Kittelschürze, die sie über ihr feines kastanienbraunes Kostüm gestreift hatte, war im Brustbereich blutdurchtränkt. Auf dem Wohnzimmertisch standen zwei unbenutzte Gedecke

eines Kaffeeservice. In der Küche ragte ein Blech aus dem offen stehenden Backofen. Darauf ein halbfertiger Rüblikuchen, der auf seine Glasur wartete, die in einem Topf auf dem Herd stand.
Keine Frage, die alte Dame hatte Besuch erwartet. Hatte sie den Kuchen für den Pfarrer gebacken? Oder für jemand anderen? War sie doch nicht ohne jeden sozialen Kontakt, wie die Nachbarinnen meinten? Gestorben war sie jedenfalls, das war Woltmann und Klein auf den ersten Blick klar, keines natürlichen Todes.
Woltmann ging zurück zum Einsatzwagen und rief die Kripo an. Er erwischte Mandy Hoppe und freute sich über die vertraute Stimme. Gleich heute Morgen zu Dienstbeginn hatte er den Stellenplan der Weimarer Polizei im Intranet aufgerufen und gesehen, dass sie Kriminalhauptkommissarin war, also ziemlich weit oben in der Weimarer Kripohierarchie angesiedelt. Doch ganz anders als gestern im »Resi«, legte sie nun einen ausgesprochen sachlichen Ton an den Tag.
»Sichern Sie den Tatort. Wir kommen gleich.«
Hatte sie seine Stimme vielleicht nicht erkannt? Oder warum sonst siezte sie ihn jetzt? Woltmann war irritiert und fand keine Erklärung für ihr Verhalten.

»Bleib du bitte hier und bewach den Tatort bis zum Eintreffen der Spurensicherung, Dani.«
Woltmann zog sein Smartphone heraus und fotografierte dutzendfach die Leiche, Wohn- und Schlafzimmer, das Bad. Vor der Wohnungstür bat er die neugierig ausharrenden drei Nachbarinnen mit energischer Stimme, in ihre Woh-

nungen zu gehen und dort zu warten. Die Uniform verschaffte ihm zwar Autorität, aber auch das persönliche Auftreten war wichtig. Er klingelte an einigen anderen Wohnungstüren und befragte die Hausbewohner zu Käthe Klemm, zu fremden Leuten im Treppenhaus, zu außergewöhnlichen Ereignissen in den letzten Tagen.
Nach zwanzig Minuten traf Volker Remde, der Erste Kriminalhauptkommissar und Leiter der Weimarer Kripo, zusammen mit Mandy Hoppe am Tatort ein. Kurz danach folgten ihnen ein Bus der Spurensicherung und weitere Spezialkräfte des Landeskriminalamts Erfurt. Remde schaute in die beiden Zimmer der kleinen Wohnung, beugte sich über die Leiche, ging nochmals ins Schlafzimmer. Dann unterhielt er sich mit den Leuten der Spurensicherung, die die Räume in ihren weißen Tyvek-Anzügen emsig auf Fingerabdrücke und DNA-Spuren absuchten. Hoppe hatte zwischenzeitlich mit der Staatsanwaltschaft telefoniert, ein Rechtsmediziner namens Dr. Pfeiffer traf wenig später aus Jena ein. Die Totenflecken ließen sich teilweise noch gut mit dem Finger wegdrücken, der Mediziner schätzte den Todeszeitpunkt auf den späten Nachmittag des Vortags. Todesursache war ein einziger tiefer Stich in die Brust, genau im Herzbereich. Die Tatwaffe fehlte. Nach Einschätzung des Pathologen musste es jedoch ein langes und relativ breites Messer gewesen sein.
»Ich schätze mal, das war ein Kuchenmesser. Im Backofen steht ein unvollendeter Kuchen!«, rief Remde mit lauter Stimme. »Er ist fertig, nur die Glasur fehlt noch. Mit Kuchen kenne ich mich aus. Bei mir zu Hause backe ich selbst.«
»Stimmt«, sagte Mandy schnell, um einen Exkurs Remdes über seine Backerfahrungen abzuwenden, »nach dem Über-

gießen der Glasur hätte Frau Klemm den Kuchen anschneiden können.«

Mandy arbeitete seit zwei Jahren an Remdes Seite. Sie kannte seine Vorliebe für ausschweifende Erzählungen, in denen immer nur eine Person mit ihren Fähigkeiten im Mittelpunkt stand: er selbst. Seiner Ernennung zum Kripochef waren heftige interne Kontroversen im Polizeiapparat vorausgegangen. Remdes Kontrahenten spielten seinerzeit immer wieder auf seine Vergangenheit an, ohne dann aber mit ihren Vorwürfen konkret zu werden. Denn seine Drohungen, mit Verleumdungsklagen darauf zu reagieren, waren ernst gemeint. Er hatte seine alten Seilschaften, deren er sich bedienen konnte. Seine Zeugen würden aussagen, was er wünschte. Nachdem er schließlich an die Spitze der Weimarer Kripo gerückt war, bevorzugte er die, die zu ihm gestanden hatten, und strafte die gnadenlos ab, die gegen ihn gewesen waren.

Mandy war eine Ausnahme. Sie hatte sich aus den internen Machtkämpfen herausgehalten und allen Versuchen der Vereinnahmung durch eine der beiden Parteien widersetzt. So konnte Remde ihr Verhalten als Bekenntnis für sich werten, auch wenn genauso gut das Gegenteil möglich war. Da er sie aber zudem als eine gute Kriminalbeamtin mit großen fachlichen Fähigkeiten schätzen gelernt hatte, wählte er die erste Variante: Mandy war im Machtkampf um die Position des Kripochefs auf seiner Seite gewesen. Sie wurde seine engste Mitarbeiterin, Schluss, aus, basta!

Jetzt wandte er sich direkt an Woltmann, fragte ihn nach den ersten Gesprächsergebnissen im Haus.

»Zwei Rumäninnen sind den Bewohnern besonders aufgefallen. Sie haben, wie es aussieht, an allen Haustüren im

Block geklingelt und um Spenden gebettelt. Für einen Rettungshubschrauber in ihrer Heimat!«
Remde schüttelte den Kopf und presste ein ungläubiges Pfeifgeräusch zwischen den Zähnen hervor.
»Die Rumäninnen waren freundlich«, fuhr Woltmann geschäftsmäßig fort. »Aber nur am Anfang. Sobald ihnen jemand hartnäckig eine Spende verweigerte, wurden sie aggressiv und beschimpften die Leute als geizig und herzlos.«
Von den Befragten hatte niemand etwas gespendet. Der Kontakt mit den Rumäninnen fand meist nur an der Haustür statt. Keiner wollte sie hereinlassen, aus Angst, von der einen bestohlen zu werden, während die andere sich scheinbar freundlich mit einem unterhielt. Nur Käthe Klemm hatte die beiden Frauen in ihre Wohnung hineingebeten, wie eine Nachbarin sich zu erinnern glaubte. Zufällig, wie sie immer wieder betonte, hätte sie gerade durch den Türspion geschaut und die beiden Frauen in der Wohnung von Käthe Klemm verschwinden sehen. Das sei so gegen vierzehn Uhr gewesen. Sie habe da gerade ihre Küche aufgeräumt und sich wie jeden Tag um diese Zeit für eine Stunde aufs Ohr legen wollen. Deswegen erinnere sie sich so genau an die Uhrzeit.
Kommentarlos nahm Remde die Informationen entgegen. Woltmann berichtete noch von seinem Gespräch mit dem für Weimar-West zuständigen Pfarrer und dessen geplanten Besuch bei Käthe Klemm.
Der Geistliche habe nicht sehr überrascht geklungen, als er von ihrem Tod erfuhr, und über gesundheitliche Probleme der alten Frau berichtet. Einen Suizid aus Verzweiflung über eine schwere Krankheit schloss der Rechtsmediziner

allerdings kategorisch aus. Dagegen sprachen der Stichkanal und Eintrittswinkel des Messers bei der ersten Inaugenscheinnahme und letztlich auch das Fehlen der Tatwaffe.
»Bekommen die Pfarrer bei ihren Hausbesuchen nicht auch häufig Kuchen angeboten?«, warf Hoppe ein. »Was, wenn die Frau den Kuchen für ihn gebacken hat und dabei unterbrochen wurde?«
Sie bat Sascha Woltmann und Daniela Klein nach Rücksprache mit Remde darum, den Pfarrer persönlich zu besuchen. Sie sollten ihn fragen, ob er Käthe Klemm nicht vielleicht schon am Tattag aufgesucht und es dann am darauffolgenden nochmals bei ihr versucht hatte, nachdem sie ihm nicht öffnete. Und ihn außerdem dazu bewegen, ihnen doch noch mehr über Käthe Klemm zu erzählen.
Nach drei Stunden am Tatort löste sich die Runde der Ermittler auf. Der Hausmeister schloss die Wohnungstür ab, danach wurde sie vom Kriminaltechnischen Dauerdienst versiegelt. Das Siegel sollte den unbefugten Zutritt zur Wohnung verhindern.

4

Yvonne Woltmann saß am Küchentisch und knüllte den Brief zusammen. Wieder eine Absage. Die wievielte eigentlich?

Schon vor ihrem Ortswechsel von Berlin nach Weimar hatte sie Initiativbewerbungen an private Sprachschulen, freie Trägerschaften, Migrationsbehörden und Volkshochschulen in Weimar, Jena, Erfurt und Gotha geschickt. Allesamt ohne Erfolg. Die Entscheidung, nach Weimar zu ziehen, war ihr nicht leichtgefallen. Sie hatte Sascha kennengelernt, als er noch seine Ausbildung bei der Berliner Polizei absolvierte. Damals war sie mit ihrem Studium »Deutsch als Fremdsprache« in den letzten Prüfungen und hatte parallel dazu eine Stelle im Berliner Zentrum für Flüchtlingshilfe angetreten.

Es waren die frühen neunziger Jahre, die Zeit des Bosnienkriegs. Hunderttausende waren von dort nach Deutschland geflohen, viele davon nach Berlin. Sie hatte die Aufgabe übernommen, Sprachkurse für die Flüchtlinge zu organisieren, da es nicht sicher war, ob sie jemals in ihre Heimat zurückkehren oder in Deutschland eine neue Heimat finden würden.

Im Rahmen seiner Polizeiausbildung war Sascha Woltmann mit anderen in ebenjenem Zentrum zu Besuch gewesen. Die angehenden Staatsdiener sollten für die Migranten und deren Situation in Deutschland sensibilisiert werden. Yvonne erläuterte der Gruppe die Aufgaben des Zentrums. Am Ende der Veranstaltung bat Sascha die attraktive Sprachlehrerin mit dem langen kastanienbraunen Haar und den fast schon asiatischen Mandelaugen für den Fall, dass er noch weitere Fragen habe, um ihre Telefonnummer. Dass das nur ein Vorwand war, um Yvonne wiederzusehen, war beiden sofort klar. Yvonne wiederum war fasziniert von Saschas Augen, die es so nur einmal auf der Welt gab und die ihr einen wohligen Schauer verursachten, sobald er sie ansah. So trafen sie sich fortan regelmäßig, sprachen über ihre Berufe und besuchten Konzerte von Joe Cocker, Céline Dion und Elton John. Sie heirateten relativ jung, die Kinder Ronny und Laura kamen. Manchmal hatten sie Yvonnes Eltern aus der Uckermark zu Besuch und tranken mit ihnen eine Berliner Weiße in den Hackeschen Höfen. Auch einen kleinen gemeinsamen Freundeskreis bauten sie sich auf. Yvonne besaß davon unabhängig noch zwei, drei richtig gute Freundinnen, mit denen sie einmal die Woche zur Yogastunde und anschließend zum »Damenabend« in die Kneipe ging.

Dann aber hatte Sascha ein Schlüsselerlebnis gehabt, das ihn immer mehr in Sorge um seine älter werdenden Eltern versetzte. Auf Streife entdeckte er eines Tages ein altes Ehepaar in seiner Berliner Wohnung am Prenzlauer Berg, die Frau tot auf dem Boden und der hilflose, weil demenzkranke Ehemann neben ihr in einem Sofa sitzend. Eigentlich ein Routineerlebnis im Streifendienst, nichtsdestotrotz beschäftigte ihn diese Begegnung wieder und wieder, ohne dass er sich den Grund dafür erklären konnte. Auch sah er kaum noch Karrierepotenziale bei der Berliner Polizei. Das

Streifefahren in Neukölln und Kreuzberg war zunehmend gefährlicher geworden und der Lebensunterhalt für eine vierköpfige Familie mit seinem und Yvonnes Gehalt kaum noch zu stemmen.

Die Preisliste eines Pizza-Schnelldienstes, eine Karte von der »Damenrunde«. Yvonne las die launigen Zeilen, ein Lächeln huschte über ihr Gesicht. Sie blätterte weiter durch die Post.

Im Prinzip war sie nicht abgeneigt gewesen, nach Weimar zu ziehen. Sie hing nicht sehr am Großstadtleben. Als ein Kind der Uckermark mit seiner herrlichen Landschaft lagen ihr Weimar mit seinen Parks und Thüringen mit seinen endlosen Wäldern ohnehin näher als das hektische Berlin mit den überfüllten Grünanlagen am Wochenende und dem Gedrängel an den Kassen der Supermärkte und Konzerthallen. Als Geisteswissenschaftlerin hatte sie eine Affinität zur Kulturstadt im Herzen Thüringens, und sie versprach sich viel vom reichen Kulturangebot Weimars, das dem einer mittleren Großstadt entsprach. Das Leben in Weimar war deutlich billiger als in der Hauptstadt. Mit den Schwiegereltern hatte sie ein gutes Verhältnis. Vielleicht, dachte sie, hätten sie durch den Umzug nach Weimar ja auch die Möglichkeit, die Kinder ab und zu in deren Obhut zu geben und wieder mehr gemeinsam zu unternehmen, nur sie und Sascha. In den letzten Jahren war das viel zu kurz gekommen, und manchmal hatten sie das Gefühl, sich als Paar zu entfremden. Die Mitglieder der »Damenrunde« erklärten das mit der fehlenden Zeit füreinander, ohne zu ahnen, dass sie ihre Freundin Yvonne damit von Berlin weg nach Weimar trieben.

Noch einen weiteren Brief fand sie in der Post zwischen all den Werbezeitungen. Sprachenzentrum der Bauhaus-Universität Weimar, las sie den Absender auf der Rückseite. Gedankenverloren öffnete sie ihn.

Ein großes Hindernis, Berlin zu verlassen, gab es allerdings, und das war ihre Stelle im Zentrum für Flüchtlinge. Einerseits hatte sie sich dort zu einer kaum wegzudenkenden Organisatorin und Entscheiderin entwickelt, die nicht nur Sprachkurse durchführte, sondern auch das inhaltliche Profil des Zentrums als ein Forum aktueller politischer Themen mitprägte. Andererseits sagte sie sich immer wieder, dass in dem Satz: Man solle gehen, wenn es am schönsten ist, viel Wahrheit lag. Wegen der angespannten Haushaltslage in Berlin war das Zentrum finanziell in Schieflage geraten, und es war alles andere als sicher, dass sie ihre Arbeit dort behielt.

Doch wie sie jetzt feststellen musste, war ihr Optimismus, eine adäquate Stelle in Weimar oder anderswo in der Mitte Thüringens zu finden, nicht begründet gewesen. Sie hatte sich die Dinge nicht nur schöngeredet, sondern auch viel zu sehr auf die Meinung ihrer Eltern vertraut, die noch von der DDR-Zeit her dachten, in der so gut wie jede Frau eine Arbeitsstelle hatte.

Nun saß sie in Weimar fest, alle Bewerbungen hatten sich bislang zerschlagen. Was zu finanziellen Probleme führte. Mit nur einem Gehalt konnte man sich selbst das günstigere Leben in Weimar kaum leisten. Aber noch viel mehr nagte die Situation an ihrem Selbstbewusstsein. Aus einer verantwortungsvollen Stellung in Berlin in ein Nichts zu fallen, tat weh. Zur Not würde sie sogar kellnern oder bei Lidl an der Kasse sitzen, wenn sich die finanzielle Situation noch weiter verschlechterte. Aber psychisch wäre das ein Desaster. Schon jetzt nahm sie homöopathische Stimmungsaufheller.

Doch wenn das so weiterging, war die Gefahr dauerhafter depressiver Verstimmungen groß.
Die ganze Zeit über hatte sie den Brief vom Sprachenzentrum der Bauhaus-Universität gelesen, war aber so in Gedanken versunken gewesen, dass sie seinen Inhalt gar nicht zur Kenntnis nahm. Jetzt realisierte sie, was in ihm stand.
Wir bedauern, Ihnen mitteilen zu müssen, dass wir Ihnen leider aktuell keine Stelle als Sprachdozentin in unserem Sprachenzentrum anbieten können. Gerne würden wir uns aber mit Ihnen wegen einer eventuellen Teilzeitbeschäftigung/Elternzeitvertretung unterhalten. Wir suchen kurzfristig eine Organisatorin des kulturellen Begleitprogramms für unsere Sprachstudierenden.
Ein konkreter Termin für ein Gespräch im Sprachenzentrum an der Coudraystraße war ebenfalls angegeben. Ihr Herz raste. Ging vielleicht in Weimar doch noch etwas? Sie griff zum Hörer, bestätigte den Termin und merkte, wie aufgeregt sie war. So kannte sie sich gar nicht. In Berlin war sie immer sicher in ihrem Auftreten gewesen. Hier, in Weimar, musste sie ihr Selbstbewusstsein jedoch erst wieder aufbauen. Jetzt bin ich einundvierzig, sagte sie sich, und fange noch mal von vorne an. Ob das gutgeht?

»Sie haben Frau Klemm also erst heute Morgen besucht?«
Pfarrer Lemke, der nur noch wenige Monate bis zum Ruhestand hatte, blätterte in einem Aktenordner auf seinem Schreibtisch, blickte dann über die Gläser seiner Gleitsichtbrille zu den beiden Polizisten hoch und sagte: »Ja, das sagte ich doch bereits am Telefon. Ich wollte sie besuchen, aber sie hat nicht geöffnet.«

Daniela Klein, die ihm die Frage gestellt hatte, war etwas verlegen, weil sie nicht wusste, wie sie weiter vorgehen sollte. Keine Ja-/Nein-Fragen, keine W-Fragen, also kein Wer, Wie, Wo, Was, Wann, Warum, Woher, sonst sprechen Zeugen nicht, erinnerte sie sich flüchtig an ein Kommunikationsseminar an der Polizeischule.

»Können Sie beschreiben, welchen Eindruck Sie von Ihrem ersten Besuch bei Frau Klemm mitgenommen haben?«

Lemke blickte wieder in seinen Aktenordner. Er nahm sich Zeit für seine Antwort. Woltmann sah sich derweil in seinem Amtszimmer um. Die Wände waren mit überbordenden Buchregalen vollgestellt, aus den Büchern lugten knittrige und vollgekritzelte Zettel hervor. Kreuze aus Holz und Messing nahmen die wenigen freien Plätze in den Regalen ein und dienten als Buchstützen. Sein Blick blieb an einem Kreuz aus Stacheldraht über Lemkes Schreibtisch hängen.

»Sie war eine einsame alte Frau«, sagte der Pfarrer schließlich bedächtig. »Ich hatte das Gefühl, dass es da niemanden gab, mit dem sie sich austauschen konnte. Nicht einmal einen Telefonanschluss hatte sie. Um den Besuchstermin mit mir zu vereinbaren, hat sie mich hier aufgesucht. Ein Testament wollte sie machen, in dem auch die Kirche bedacht werden sollte. Einzelheiten darf ich Ihnen dazu nicht sagen.«

Klein und Woltmann nickten gleichzeitig.

»Ja, ja, das Schweigegebot, Herr Pfarrer.«

Immerhin wussten sie jetzt, dass Käthe Klemm vorgehabt hatte, ein Testament zu machen. Die Suche nach Angehörigen, das Nachfragen beim Amtsgericht oder bei Notaren nach einem Testament waren nun die nächsten Ermittlungsschritte. Oft ließen sich aus testamentarischen Verfügungen Mordmotive ableiten. Neid, Hass, Gier, alles negative Emo-

tionen, die sich aus dem Letzten Willen in Schriftform speisten.
Woltmanns Blick ruhte jetzt auf einem buntbemalten Holzkreuz, ein kleines Schild unten am Fuß wies auf seine südamerikanische Herkunft hin. Er sah kurz das Bild der toten Käthe Klemm vor sich, die ausgestreckten Arme. Sie verabschiedeten sich von Lemke. Im Flur vor dem Amtszimmer steckte Woltmann noch einige ausliegende Faltblätter ein. Dann fuhren sie zurück in die Polizeiinspektion.
»Komischer Heini, dieser Pfarrer! Glatt wie ein Fisch!« Klein schüttelte den Kopf.
»Ist vielleicht berufsbedingt. Wer so viel mit Sterben und Tod zu tun hat, stumpft irgendwann mal ab«, gab Woltmann zu bedenken.
Ihre Frühschicht war beendet. Woltmann zog sich um. Er warf einen kurzen Blick auf die Faltblätter, die er im Pfarrhaus mitgenommen und aus seiner Uniformjacke gezogen hatte. Kinderkleiderbasar, Seniorenkreis, Ausflugsfahrt zur Lauschaer Glasbrennerei. Er knüllte die Broschüren zusammen und warf sie in den Papierkorb. Nur bei einem Faltblatt zögerte er etwas länger. Den Grund dafür konnte er allerdings nicht benennen. Auf der Vorderseite war ein Kind in einem blauen Mantel zu sehen, von hinten, wie es auf einem Feldweg in den Nebel hineinwanderte.
»Treffen von ehemaligen Gewaltopfern in DDR-Kinderheimen und Jugendwerkhöfen im Gemeindezentrum Weimar-West« stand auf der Rückseite der Broschüre. Der Zeitpunkt des Treffens war allerdings schon vorüber. Könnte auch mal seine Auslage aufräumen, der Herr Pfarrer, dachte sich Woltmann und warf dann auch dieses Faltblatt weg.

5

Woltmann schlug den Kragen seiner Lederjacke hoch und band sich den Schottenschal mit einem gedrehten Knoten um den Hals, als er die Polizeiinspektion verließ. Die Sonne stand fahl am unscheinbaren Himmel, der von einer blassen Wolkendecke verhüllt wurde. Der frische Herbstwind trieb ihm Tränen in die Augen. Mandys Verhalten beschäftigte ihn. Er blieb vor dem Amtsgebäude stehen und sah abwesend auf die Backsteinschlote und Giebel des alten E-Werks. Sie war so distanziert gewesen, als er ihr den Tod von Käthe Klemm gemeldet hatte. Sogar gesiezt hatte sie ihn. Und das nach dem vertrauten Zusammensein am Abend zuvor. Er grübelte, ob die Launenhaftigkeit schon zu Schulzeiten eine ihrer Charaktereigenschaften gewesen war.

»Na, wo ist er denn mit seinen Gedanken?«

Mandy funkelte ihn mit ihren minzgrünen Augen an. Er hatte nicht bemerkt, dass sie sich ihm genähert hatte. Wie ein Stirnband trug sie die Sonnenbrille im Haar. In der Hand hielt sie die Papiertüte einer Bäckerei. Offenbar brauchte sie eine Stärkung für die Schreibtischarbeit. Woltmann wunderte sich nun noch mehr. Erst duzte sie ihn, dann siezte sie ihn, jetzt redete sie ihn gar in der dritten Person Singular mit »er« an, wie ein Neutrum.

»Mandy, ähm, also ...«

»Ja?«
»Also, Mandy, echt komisch, gerade habe ich an dich gedacht, und jetzt …«
»Ja, wenn man vom Teufel spricht, kommt er.«
»Ach Quatsch, Mandy, so mein ich das doch nicht. Aber ich bin verunsichert. Wieso warst du heute am Telefon und auch bei der Tatortbesichtigung so distanziert mir gegenüber?«
Sie ließ die Schultern etwas fallen und seufzte. Mit leiser, fast verschwörerischer Stimme erklärte sie ihm ihr Verhalten.
»Also, Alter, Remde ist mein Chef, und er hat klare Vorstellungen, wie es bei der Kripo zu laufen hat. Nach außen hin darf nichts nach Klüngelei aussehen. Darum gibt es auch kein Geduze, schon gar nicht in der Öffentlichkeit. Wir sollen professionell miteinander umgehen. Das betrifft somit auch dich. Dich sogar ganz besonders.«
»Wieso denn mich ganz besonders?«
»Du bist neu, kommst aus Berlin. Da musst du dir das Vertrauen der Kollegen erst mal erarbeiten. Viele sind bereits seit zwanzig Jahren und noch länger bei der Kripo. Die haben nach 89 nicht die große Freiheit gesucht, Alter!«
Woltmann fühlte sich angegriffen, aber Mandy wirkte so ernst, dass er nicht zu widersprechen wagte.
»Außerdem, Sascha, bist du bei der Schutzpolizei, fährst Streife. Da kann ich im Dienst nicht so einfach auf Kumpel mit dir machen. Das würde den Chef tierisch aufregen.«
»Seid ihr denn so eingebildet bei der Kripo?«, protestierte Woltmann einen Tick zu laut. Mandy legte den Zeigefinger auf ihren geschlossenen Mund.
»Pst, Alter, leb dich erst mal hier ein, auch dienstlich, dann

verstehst du manches besser. Auch warum es gewisse Vorbehalte gibt, und warum man manchmal vorsichtig agieren muss.«

Mandy klopfte ihm auf die Schulter und drehte sich Richtung Eingang der Polizeiinspektion.

»Halt, Mandy, ich wollte das ohnehin mit dir besprechen. Ähm, also …«, druckste Woltmann herum.

»Na, was ist denn noch? Ich muss jetzt weiterarbeiten. Der Tod von Käthe Klemm, du weißt ja, da gibt es keinen Feierabend wie bei euch.«

»Ähm, also genau das ist der Punkt. Ich wollte auch deshalb nach Weimar wechseln, weil ich das Streifefahren satthabe. Die Kripo hat die viel spannenderen Aufgaben. Und das Uniformtragen …«

»Moment mal«, unterbrach ihn Mandy. Sie schwieg einige Sekunden, und aus ihren Augen schossen jetzt kleine grüne Blitze. »Möchtest du etwa zur Kripo?«

Er nickte vorsichtig.

»Hast du das bei deinem Bewerbungsgespräch gesagt?«

Woltmann fühlte sich an einem wunden Punkt getroffen. Der Wechsel von Berlin nach Weimar war nur über die Tauschbörse möglich gewesen.

Als offizielle Begründung hatte er private Motive angegeben. Die gab es zwar auch. Aber in Berlin sah er kaum noch Aufstiegschancen, fuhr Streife in sogenannten Problemvierteln und mehr als einmal fühlte er sich an Leib und Leben bedroht.

»Ist wahrscheinlich nicht so einfach?«, fragte er kleinlaut.

»Nein, Sascha, für dich ist das nicht nur nicht so einfach. Für dich ist es so gut wie unmöglich. Was denkst du denn, wie viele altgediente Kollegen hier schon Schlange stehen?

Die möchten alle zur Kripo. Und die möchten wir, entschuldige, also jemand, der damals abgehauen ist, einfach so überholen?«

Schon wieder diese Spitze, dachte er sich. Er hatte es ja beim ersten Mal schon verstanden. Irgendwie regte es sie maßlos auf, dass er sich im Westen versucht hatte und nicht hiergeblieben war. Und jetzt sprach sie sogar noch in der Wir-Form von ihm! Keine andere Formulierung, kein anderes Wort als dieses Wir hätte eine größere Distanz zwischen ihm und ihr beziehungsweise den anderen Kollegen ausdrücken können. Es gab kein Wir, es gab ein Er, und es gab Mandy und die anderen.

Mandy hatte ihn einfach stehen lassen. Er wusste, es gab nur eine Chance für ihn, wenn überhaupt: Er musste sich richtig reinhängen. In den Fall Klemm und wo auch sonst sich Gelegenheit bot.

Der Sekt in Heinrich Woltmanns Glas schwappte bedenklich, so sehr zitterten seine Hände. Nach außen hin wollte er gelassen wirken, doch ganz spurlos ging so ein Tag auch an ihm nicht vorüber. Die letzten zwanzig Jahre hatte er bei den Verkehrsbetrieben der Stadt gearbeitet und war für den technischen Bereich zuständig gewesen.

»Ich möchte geradezu von einem technischen Meisterwerk sprechen, das Sie für die Bürgerinnen und Bürger dieser Stadt errichtet haben!« Der neue Geschäftsführer der Verkehrsbetriebe, noch keine vierzig Jahre alt, aber schon mit silbernen Schläfen, beschrieb die elektronischen Anzeigetafeln am Hauptbahnhof und am Goetheplatz als das herausragende Verdienst von Heinrich Woltmann. Dabei legte

er ein Quentchen zu viel Pathos in seine Stimme. Kein Zweifel, er hörte sich selbst gerne reden.
Helga Woltmann hatte rote Flecken am Hals. Natürlich war auch sie aufgeregt. Der letzte Arbeitstag ihres Mannes, mit offizieller Verabschiedung.
»Prost!« Der Geschäftsführer hob das Glas und schaute in die Runde. Die Verwaltungsmitarbeiterinnen prosteten dem technischen Werkleiter Woltmann mit Sekt, die Busfahrer mit Orangensaft zu. Die Gästeschar war überschaubar, so hatte es sich Woltmann gewünscht. Nur nicht zu viel Aufheben machen. Schon gar nicht den Sohn mit Familie dazu einladen, wie es seine Frau vorgeschlagen hatte. Dienst ist Dienst, und Familie ist Familie. Heinrich Woltmann hatte Grundsätze. Am liebsten hätte er ganz auf diese Art von Feier verzichtet. Aber das ging nicht, allein schon wegen des Geschenkes, das zu überreichen eines würdigen Rahmens bedurfte. Der Geschäftsführer forderte zwei Techniker im Blaumann auf, das »gute Stück« hereinzubringen.
»Hoffentlich keine Gartenbank zum Ausruhen«, flüsterte Woltmann seiner Gattin zu. In irgendeiner Kammer schepperte es, dann kamen die Blaumänner mit einem großen Gegenstand unter einer Plane herein.
»Wir hoffen, lieber Herr Woltmann«, tönte der Geschäftsführer mit gehobener Stimme, »Sie werden sich jetzt mit Ihrer lieben Frau gemeinsam einen schönen Ruhestand gönnen und …«, die beiden Techniker hoben unter dem Applaus der Anwesenden die Plane mit einem Ruck hoch, »… von dieser Bank aus Ihren Garten genießen können.«
Der so Angesprochene schaute etwas verdrießlich, was aber niemand bemerkte. Gemütsregungen, wie sie die Mundpartie sonst zu erkennen gibt, blieben unter dem grauen

Schnauzbart weitgehend verborgen. Die ganze Belegschaft hatte für die blaulackierte Gartenbank aus Akazienholz zusammengelegt und ergötzte sich jetzt an ihrem eigenen Geschenk. Lustig gemeinte Zurufe machten die Runde: »Damit es kein Unruhestand wird, hahaha!«

Einer der Busfahrer, ein untersetzter Mann mit breiten Hüften und Stiernacken, überreichte ihm im Anschluss im Namen der Kollegen mit einer unbeholfenen, aber herzlichen Rede eine CD von Udo Jürgens. Woltmann dankte und war in diesem Augenblick ein wenig gerührt von der offenherzigen Art des Mannes, der seine Rede mit dem Satz beendet hatte, einen wie Heinrich Woltmann müsse man lange suchen, sehr lange sogar.

»Sie gibt es nur einmal, Herr Woltmann!«

Der Geschäftsführer eröffnete das Fingerfood Buffet. Die Gäste verloren sich in Gesprächen und gingen bald an ihre Arbeitsplätze zurück.

»Bin ich froh, dass das vorbei ist«, gab der frischgebackene Rentner seiner Frau Helga zu verstehen. Sie fuhren zu ihrem Haus am Wilden Graben. Gemeinsam bereiteten sie in der Küche Kaffee und Kuchen vor und setzten sich dann auf die Terrasse. Eine Nachtigall sang ihnen ein verfrühtes Abendlied.

»Jetzt packen wir das Leben noch mal ganz neu an. Morgen mähe ich den Rasen. Und als Nächstes bringen wir unser Wohnmobil auf Vordermann! Danach geht's los!«

Heinrich Woltmann wirkte entschlossen. Das gebrauchte Wohnmobil hatten sie sich erst vor wenigen Wochen gekauft, mit ihm wollten sie ganz Europa bereisen. Es war ihnen wichtig, den Übergang in die neue Lebensphase gut zu bewältigen. Aktiv wollten sie sein, das Weimarer Land mit

dem Fahrrad neu entdecken, an der Volkshochschule einen Englischkurs belegen. Sosehr sie sich auch freuten, dass ihr Sohn Sascha mit seiner Frau Yvonne und den beiden Kindern Ronny und Laura wieder nach Weimar gezogen war, so sehr waren sie doch befremdet gewesen, als er ihnen gestern quasi zum Einstieg in den Ruhestand Anzeigen und Broschüren mitgebracht hatte, die sich mit Themen wie: Treppenlifte, Badewannenausstiegshilfen, *Seniorenheime – gut behütet den Lebensabend verbringen*, beschäftigten.
»Wir sind keine alten Leute!«, sagte Heinrich Woltmann und schob sich ein Stück Quarktorte in den Mund. »Wir lassen es jetzt noch mal so richtig krachen!« Er öffnete eine Flasche Rotkäppchen-Sekt und schenkte sich und seiner Frau ein.
Helga, die als langjährige Bibliothekarin in der berühmten Herzogin-Anna-Amalia-Bibliothek wenige Monate zuvor ihren Abschied gefeiert hatte, sah ihn zärtlich an wie eine frisch Verliebte.
»Ja, Heinrich, ich freu mich so sehr auf unsere gemeinsame Zeit. Endlich können wir das machen, was uns all die Jahre über nicht möglich war.«

6

Mandy Hoppe packte ein belegtes Brötchen aus und schlürfte an ihrem Kaffee. Auf dem Bildschirm ging sie die Meldungen über die Ereignisse der letzten Tage durch, die die Kollegen von der Streife in den Computer eingegeben hatten. Zwei Schüler, erwischt mit Drogen, ein Fall von häuslicher Gewalt im Ortsteil Gaberndorf, die Linse einer stationären Radarfalle am Weimarer Ortseingang mit schwarzen Streifen zugeklebt. Alles Dinge, die sie unter der Rubrik »keine besonderen Vorkommnisse« abbuchte. Schon wollte sie das Programm wieder schließen und noch einmal konzentriert die bisherigen Erkenntnisse zum Fall Klemm zusammentragen, da blieb ihr Blick auf dem Bildschirm haften. Ein Eintrag vom Vortag in hölzernem Polizeideutsch nahm ihre Aufmerksamkeit gefangen.

Aktenzeichen 13-644-SP-3
Strafanzeige gegen zwei weibliche Personen unbekannter Herkunft, vermutlich Rumäninnen. Haben unter einem Vorwand die Wohnung von Frau P., sechsundsiebzig Jahre, wohnhaft Soproner Str. 17, Weimar-West, betreten. Eine der beiden verdächtigen Frauen soll Frau P. im Wohnzimmer abgelenkt haben, während die zweite Frau im Schlafzimmer die Schmuckkassette von Frau P. entwendete. Uhrzeit des Geschehens: 14.30 Uhr. Das Fehlen

der Schmuckkassette hat Frau P. gegen 16.30 Uhr bemerkt. Die Schmuckkassette enthielt unter anderem eine silberne Kette mit Bernsteinanhänger, einen Granatring 925 Sterling Silber rosé-antik patiniert mit Rosen-/Sternschliff sowie eine herzförmige Brosche und mehrere Ohrstecker mit auffälliger Fruchtmotivik. Anzeige aufgenommen am selben Tag um 17.45 Uhr. Anwesend waren Frau P. und ihr Sohn Holger P.

Unter dem Text im Computer standen die Namen der beiden Polizeibeamten, die die Anzeige aufgenommen hatten. Mandy Hoppe griff sogleich zum Hörer und rief die Kollegen an. Doch sie erreichte sie nicht, ihre Schicht war bereits beendet. Remde war noch in seinem Büro, und sie zeigte ihm einen Ausdruck der Anzeige. Er zögerte nicht lange und fuhr mit ihr zu der besagten Adresse in der Soproner Straße. Die ältere Frau mit Nachnamen Peter beschrieb die beiden mutmaßlichen Rumäninnen erstaunlich genau und war auch bereit, zur Erstellung eines Phantombilds mit in die Polizeiinspektion zu kommen. Die abermalige Fahrt nach Weimar-West, auf der sie die um ihre Schmuckkassette klagende Frau in ihre Wohnung zurückbrachten, nutzten Remde und Hoppe, um das frisch entstandene Phantombild auch einigen Bewohnerinnen im Haus der ermordeten Käthe Klemm zu zeigen. Diese bestätigten eindeutig die Identität der zwei Frauen, die versucht hatten, am Tag von Käthe Klemms Ermordung in ihrem Wohnblock Geld für einen Rettungshubschrauber einzutreiben.

»Wer Schmuckkassetten stiehlt und sich Spenden erschleicht, ist noch nicht automatisch zu einem Mord fähig«, gab Hoppe zu bedenken, als sie wieder in der Polizeiinspektion ankamen. Remde nickte, wollte aber trotzdem nach den beiden Frauen fahnden lassen. Sie sollten als Zeuginnen, nicht als Verdächtige gesucht werden. Am späten Nachmittag ging die Fahndung an alle Polizeistationen, die Bundespolizei und die Grenzbehörden raus. Um zu verhindern, dass der Mord in Weimar-West durch mitteilungsfreudige Anwohner an die regionale Presse drang und Spekulationen Tür und Tor geöffnet wurden, gab Remde über die hierfür zuständige übergeordnete Landespolizeiinspektion in Jena eine Pressemitteilung heraus. Darin war von einer schrecklichen Bluttat, aber auch von einer ersten vielversprechenden Spur die Rede. Mehr könne man aus ermittlungstaktischen Gründen nicht sagen.

»Das beruhigt die Bevölkerung!«, belehrte er Hoppe. »Ich weiß, wie so was geht. Als ich damals den Fall des ermordeten Touristen im Goethehaus zu bearbeiten hatte und das Tourismusamt um den Ruf Weimars fürchtete, was habe ich da wohl gemacht?« Er schaute zu Hoppe, die nachdenklich ihre himbeerrot lackierten Fingernägel überprüfte. »Richtig, die Bevölkerung habe ich beruhigt. Von einer wahrscheinlichen Beziehungstat habe ich der Presse erzählt. Der Ort des Geschehens sei nur zufällig das Goethehaus gewesen, sagte ich ihr. Hätte auch bei Aldi oder im Kino passieren können. Und geh ich wegen einer Beziehungstat nicht mehr zu Aldi oder ins Kino? Die betrifft mich doch nicht, der Täter ist ja kein Psychopath, der um des Mordens willen mordet, sondern er mordet wegen dieser Beziehung. Na also, ich kenne das, ich …«

Mandy klappte ihr Notizbuch zu und gähnte leicht.

»Ich mach Feierabend, Chef, okay?«

Das Weimar, das er vor mehr als zwanzig Jahren verlassen hatte, war ein anderes als das heutige.
Woltmann erkannte einige Geschäfte und Restaurants wieder. Aber viele Gebäude waren neu dazugekommen oder so gut saniert worden, dass nicht mehr zu erkennen war, wie die Stadt früher einmal ausgesehen hatte. Gelegentlich, zwei, drei Mal im Jahr, hatte er mit seiner Familie die Eltern besucht. Aber nur selten waren sie dann in die Stadt gegangen. Am Samstag und Sonntag war es eine eiserne Regel von Heinrich und Helga Woltmann, im Buchfarter Forst spazieren zu gehen, eine Gewohnheit, die Sascha mit Familie wohl oder übel teilen musste, wenn sie mit den Eltern ein paar Worte sprechen wollten. Und da sie nur selten über Nacht blieben, sondern abends nach Berlin zurückreisten, hatten sie nur wenig von der Veränderung der Weimarer Innenstadt mitbekommen.
Doch jetzt, als Woltmann nach Dienstschluss durch die Altstadt lief, fielen ihm die sanierten und alte Pracht ausstrahlenden Geschäftshäuser auf. Er erinnerte sich an die wenigen Häuser am Frauenplan zu DDR-Zeiten, die in zarten Farbtönen gestrichen worden waren, fast die einzigen in der ganzen Stadt. Vorzeigehäuser für die vielen Touristen, noch mehr aber für die Politprominenz, die sich gerne im Glanze des großen Goethe sonnte und fotografisch verewigen ließ. Doch schon für die Rückfassaden hatte die Farbe nicht mehr gereicht.
Schmandkuchen im Angebot, las er auf einem Aufsteller schräg gegenüber dem Goethehaus, nicht weit weg von der Stelle, wo ein Weimarer Künstler einen Riesen vergraben hatte, auf dessen aus der Erde herausragenden Pikrit-Kopf gerade einige Kinder herumturnten.

Schmandkuchen! Woltmann lief das Wasser im Mund zusammen. War dieser Kuchen doch vielleicht der Teil Weimars, der ihm in Berlin am meisten gefehlt hatte. Er betrat die Bäckerei Ingo Baum. Der Bäckermeister trug standesgemäß eine weiße Bäckerjacke mit königsblauen Kugelknöpfen und eine in die Jahre gekommene Bäckermütze, mit der er schon zu DDR-Zeiten Brötchen gebacken haben dürfte. Er schenkte Woltmann eine Tasse Kaffee ein, servierte ihm einen Schmandkuchen und begann sogleich ein Gespräch.

»Na, wird wohl ein schöner Herbst?« Baum sah den neuen Kunden herausfordernd an.

»Ja, ja«, bestätigte Woltmann kurz und wechselte dann das Thema. Er hasste Gespräche über das Wetter. »Haben Sie denn schon geschlafen heute? Ich meine, so tagsüber. Weil Sie doch nachts immer so früh aufstehen müssen?«

»Also, ich sage mal so«, nahm Baum die Frage dankbar auf und kam zum Stehtisch herüber. »Entscheidend ist nicht, wie lange ich schlafe, sondern wie tief!« Die letzten Worte hatte er so stark betont ausgesprochen, als sei er das fleischgewordene Orakel von Delphi.

»Verstehe«, signalisierte Woltmann Empathie und nahm die nächste Gabel Schmandkuchen in Angriff.

»Ich hab mal gelesen, dass das Schlafen auch was mit den Genen zu tun hat!« Der Bäckermeister blickte bei seinen Worten gedankenverloren aus dem Fenster. »Ich bin da gesegnet mit guten Genen. Ich brauch nur so vier, fünf Stunden Schlaf pro Nacht.«

Woltmann steckte sich ein weiteres Stück Kuchen in den Mund, tränkte es mit Kaffee und schluckte beides hinunter. Dabei brachte er ein zustimmendes, zufriedenes Geräusch hervor.

»Ja-a-a-a, Gott sei Dank«, wieherte Baum vor sich hin. »Ich backe ja auch noch selbst!« Mit seinem Finger wies er in Richtung der offen stehenden Tür, die zur Backstube führte.
»Die anderen Bäcker nicht?« Woltmann stellte die Frage, auf die Baum offenbar nur gewartet hatte.
»Die anderen Bäcker? Wie bitte?«, legte Baum los. »Meint er etwa das Pappzeug, das man ihm in Supermärkten anbietet? Oder die Kollegen, die sich Bäcker nennen, aber im Großhandel Teigrohlinge kaufen und sie dann nur noch fertigbacken?«
Woltmann schaute den Bäcker leicht erschrocken an.
»Ja, das ist doch kein Backen mehr«, empörte der sich weiter. »Das kann doch jeder. Entschuldigung, aber dann geht eines der ältesten Handwerke eben zugrunde. Die Leute wollen's so, Hauptsache billig. Bitte schön! Nach mir die Sintflut!« Baums Tonfall wechselte zwischen beleidigt und empört.
Woltmann hielt es deshalb für besser, nichts darauf zu sagen. Ihn persönlich konnte der Bäcker ja nicht meinen, er war schließlich sein Kunde. Da Baum nun dazu übergegangen war, sämtliche Backstufen für ein gesundes Brot zu erläutern, und dabei aus dem Fenster sah, hatte er Zeit, sich im Laden umzuschauen. Der Verkaufsraum war winzig. Ein ins Schaufenster quer gestelltes Schild und zwei entsprechende, stark wackelnde Tische wiesen ihn zudem als »Stehcafé« aus. Eine sich nicht mehr auf dem neuesten technischen Stand befindliche Espressomaschine erweiterte außerdem die Angebotspalette über den normalen Kaffee hinaus: Milchkaffee, Cappuccino und Kaffee Togo, informierte ein zweites Schild neben der Eingangstür.
Der Bäckermeister merkte, dass sein Gegenüber nicht mehr

ganz bei der Sache war. Da er aber nicht nur gerne redete, sondern auch ausgesprochen neugierig war, wandte er sich nun direkt an Woltmann.

»Entschuldigen Sie, aber ich mache auch Kundenbefragung wie die Supermärkte.«

»99425«, kam ihm Woltmann zuvor.

»99425?«

»Na, die Postleitzahl, das fragen die in den Supermärkten doch meistens an der Kasse. Damit sie wissen, wo sie später ihre Werbung tonnenweise hinschicken können.«

»Nein, so mein ich das doch nicht. Für Werbung hab ich doch gar keine Knete. Brauch ich auch nicht. Ich sage immer: Wer mein Brot isst, empfiehlt es auch weiter.«

Ingo Baums Selbstbewusstsein war nicht gerade gering.

»Wie ist er denn auf meine Bäckerei hier gestoßen? Ist er ein Weimarscher?«

Jetzt redet mich schon wieder jemand in der dritten Person an, staunte Woltmann und dachte kurz an Mandy.

»Ich bin Polizist.«

Baum lüftete kurz die Bäckermütze und griff sich in sein schütteres Haar.

»Uiuiuiuiui«, pfiff der Bäcker. »Polizist? Im Feierabend?«

Er war sichtlich überrascht. Ein Polizist war offenbar ein Novum in seinem Stehcafé.

»Also, da hätte ich mal eine Frage. Stimmt das, dass heute eine ermordete Frau in Weimar-West gefunden wurde?«

Der Bäckermeister ist informiert, folglich eine gute Quelle mit Potenzial, sagte sich Woltmann. Er bestätigte ihm mit der Bitte um strikte Vertraulichkeit den Leichenfund. Kurz zögerte er, dann zog er sein Smartphone heraus und zeigte ihm, mit verschwörerischem Unterton, einige Fotos.

»Na, das ist eine typische Zwei-Raum-Wohnung in Weimar-West. Alle gleich, ich sag Ihnen, da stehen viele leer, aus Angst vor der Russenmafia, die da wohnt …«

Baum spekulierte noch eine Weile über das Wohnen in diesem Teil der Stadt und die damit verbundenen Probleme. Zwischendrin warf er immer wieder mit zusammengekniffenen Augen einen Blick auf die Fotos von Käthe Klemms Wohn- und Schlafzimmer.

»Ui, das ist ungewöhnlich!«, sagte er plötzlich.

Woltmann horchte auf.

»Was denn?«

»Na, hier, im Schlafzimmer, schauen Sie sich das doch mal genauer an!«

Woltmann zog die Stelle auf dem Foto größer. Tatsächlich hob sich etwas vom Standard der Weimar-West-Wohnungen ab, was ihm bisher nicht sonderlich aufgefallen war.

7

Noch gestern Abend vor dem Schlafengehen hatte Erna Götze mit ihren zittrigen Händen den Papierfilter in den Kunststofftrichter der Kaffeemaschine eingepasst. Die Dose mit dem Kaffee hatte sie gleich danebengestellt und den Messlöffel oben auf den Verschluss gelegt. Soeben war sie um Punkt 6.00 Uhr aufgestanden, füllte nur noch den Wasserbehälter, gab exakt drei Löffel Kaffee in den Filter und drückte auf den Einschaltknopf. Sie hörte das ihr vertraute blubbernde Geräusch und schaltete das Radio an, ein Transistorgerät aus dem VEB Stern-Radio Berlin. Dann schlurfte sie im hellblauen Morgenmantel und in abgenutzten Hausschuhen ins Bad. Sie kleidete sich an, versorgte ihre Wunde am Knie, die von einer Operation herrührte, und ging in die Küche zurück, aus der ihr der Kaffeeduft bereits verlockend entgegenwehte. Sie öffnete den hölzernen Brotbehälter, nahm den Laib in die Hand und schnitt sich eine Scheibe ab.

»Jeder Deutsche wirft im Durchschnitt dreiundachtzig Kilogramm Lebensmittel im Jahr weg …«, hörte sie die Radiostimme gerade sagen.

Sie schüttelte den Kopf, erinnerte sich an die kärgliche Kriegs- und vor allem Nachkriegszeit, in der Brot und Butter ein unbeschreiblicher Luxus gewesen waren. Noch sparsamer als sonst strich sie die Butter auf die Brotscheibe.

»Lebensmittel wegwerfen«, redete sie vor sich hin, »wo gibt es denn so was?«
Laute Selbstgespräche zu führen, hatte sie sich angewöhnt, seitdem ihr Mann Richard verstorben war. »Richard, soll ich heute die Fenster putzen?«, murmelte sie jetzt. Und nach einer Weile sagte sie: »Na gut, Richard, dann mach ich das eben morgen, wenn du meinst.« Ein nicht eingeweihter Besucher hätte leicht den Eindruck gewinnen können, dass der verstorbene Richard unsichtbar anwesend sei, und für Erna Götze war er es auch.
Die alte Frau zuckte zusammen. Gespenstische Stille war eingetreten. Normalerweise lief das Radio den ganzen Tag über. Sie brauchte diesen Klangteppich. Stille erinnerte sie an jene Kriegstage, an denen die Bomben eingeschlagen waren. Als sie durch Weimar stürmte, einen Bunker suchte, als …
Unten im Haus hörte sie Stimmen. Ihr Sohn und ihr Enkel machten sich an die Arbeit. Durch das Küchenfenster hindurch sah sie die beiden draußen auf dem Betriebshof mit irgendwelchen rostigen Eisenstangen hin- und herlaufen.
»Kevin!«, rief sie, so laut sie konnte, aus dem Fenster. Unten türmten die beiden Männer einen Berg von Alteisen auf. Wenn das nur nicht die Nachbarn weckte und Ärger gab.
»Kevin!« Endlich hörte er sie und sah zu ihrem Fenster hoch.
»Kevin, die Batterien sind alle!«
»Was für Batterien, Oma?«
»Na, die vom Radio, weißt doch, die hast du mir doch schon öfter gekauft.«
»Ach ja, Oma, okay. Hol ich dir später.«
Erna Götze seufzte. Sie würde wohl ein paar Stunden ohne

Radio auskommen müssen. Richard, was mach ich bis dahin nur die ganze Zeit?
Sie entschied sich, nun doch die Fenster zu putzen. Wenigstens innen. Am Mittag öffnete sie die Wohnungstür, um das Flurfenster zu reinigen, da entdeckte sie die Batterien. Ihr Enkel hatte sie auf die Schuhkommode gelegt.
Sie tauschte die Batterien aus und hörte das Mittagsjournal. Gerade hatte sie sich ein Spiegelei zubereitet, dazu tiefgefrorenen Spinat aufgewärmt, da kam die Meldung. Sie nahm sie zeitverzögert wahr. Hatte sie richtig gehört?
»In Weimar-West ist gestern eine dreiundachtzigjährige Frau Opfer eines Gewaltverbrechens geworden …«
Schnell drehte sie den Lautstärkeknopf auf, doch dabei kippte ihr der Teller aus der Hand, und ein Teil des Spinats klatschte auf den Linoleumfußboden. Deshalb hörte sie nur noch »Kripo Weimar« und »erstochen«.
Weimar-West. Dreiundachtzig Jahre alt. Opfer eines Gewaltverbrechens. Erstochen. Die Frau war genauso alt wie sie. Ob sie sie kannte? Ab und zu kaufte sie sich eine Thüringer Zeitung. Am meisten interessierten sie die Todesanzeigen. Wahrscheinlich waren sie auch der eigentliche Grund, warum sie sich die Zeitung überhaupt kaufte. Viele aus ihrer Generation hatte sie in den Todesanzeigen schon entdeckt. Sie spürte in solchen Augenblicken einen Schmerz, den sie nicht genauer definieren konnte, verbunden mit einem Gefühl der Erleichterung, weil sie selbst noch am Leben war. Auch Neugier spielte eine Rolle. Vor allem bei so einer Meldung: Opfer eines Gewaltverbrechens. Wer brachte denn eine alte Frau um? Ihr Herz schlug schneller.
In diesem Augenblick klingelte es an der Wohnungstür. Sie schreckte zusammen. Langsam schlurfte sie durch den Flur

zur Eingangstür. Sie musste sich strecken, um durch den Türspion zu sehen. Draußen stand ein junger Mann, mit Dreitagebart und einer Tätowierung am Hals. Sie atmete tief durch und öffnete die Tür.

»Hi, Oma«, begrüßte sie ihr Enkel Kevin.

Erleichtert ging sie mit ihm in die Küche, bot ihm eine Tasse Kaffee an und beseitigte den Spinat auf dem Boden. Kevin war zwar körperlich anwesend. Mit seinen Gedanken aber ganz woanders. Er wischte und tippte auf seinem Smartphone herum. Sie reichte ihm das Geld für die Batterien.

»Wenn ich nur wüsste, wer die verstorbene Frau ist, ich hab die bestimmt gekannt!«

»Verstorbene Frau?« Kevin gab sich interessiert.

»Ja, haben sie eben im Radio gebracht. Eine dreiundachtzigjährige Frau ist umgebracht worden. Die war so alt wie ich. Die kenne ich bestimmt.«

»Soll ich rausfinden, wer sie ist?«, bot Kevin an.

»Das geht? Wie soll das denn funktionieren?«

»Läuft, Oma, kein Problem!«, entgegnete Kevin. Binnen Sekunden hatte er die Pressemitteilung der Kripo gefunden. Er besuchte Blogs, Foren, Twitter, Facebook und Telefonbuch, gab ein paar Fragen ein und hatte nach wenigen Minuten den Namen der Verstorbenen herausgefunden.

»Käthe Klemm!«

Erna Götze zuckte zusammen. Die hatte sie allerdings gekannt.

»Käthe Klemm«, sprach sie den Namen geradezu ungläubig aus.

»Kennst du die, Oma?«

»Oh ja, das war eine Kollegin von mir. Erzieherin in Eichenroda.«

Die Hände der alten Frau zitterten immer stärker.
»He, Oma, die war doch dreiundachtzig. Da ist doch …«
Kevin brach seinen Versuch, die Großmutter zu beruhigen, gerade noch rechtzeitig ab, bevor er vollends danebenging. Sie beruhigte sich nur langsam wieder von der Nachricht, die sie eben erfahren hatte. Käthe Klemm war tot. Sie musste morgen unbedingt die Zeitung lesen. Gut, dass der Enkel in diesem Augenblick da war. Mit ihm konnte sie sich unterhalten. Das tat immer gut, wenn einen die Sorgen umtrieben.

Zwischenspiel I

9. Februar 1945, kurz nach Mittag

Fliegeralarm. Ein kalter, wolkenloser Wintertag. Das Vorausflugzeug markierte das Ziel mit einer Rauchbombe am Himmel. Es war taghell. Ungläubig schauten die Menschen nach oben. Ein Bombenangriff zu dieser Stunde? Aber die Luftabwehr war so gut wie nicht mehr existent.
Dora Klemm trieb die Kinder ihrer Gruppe zusammen, versuchte, sie zu beruhigen. Die Kleinen wussten nicht, was bevorstand. Sie sahen ihre Erzieherinnen an, spürten deren innere Anspannung und fingen an zu schreien. Für eine Evakuierung des Kindergartens der NS-Volkswohlfahrt blieb keine Zeit mehr. Akute Luftgefahr drohten die Sirenentöne an. Also hinunter in die Kellerräume.
In der Ferne war das eintönige Brummen der Motoren zu vernehmen. Mit jeder Sekunde schwoll es an.
Dora Klemm hatte zwölf Kinder im Vorratsraum um sich geschart. Sie erzählte ihnen eine Geschichte, verhaspelte sich aber ständig. Die Augen der Kinder waren weit aufgerissen. Was war nur mit ihrer Erzieherin los? Im Nebenraum quengelte ein Mädchen. Andere stimmten ein. Jetzt waren die ersten Einschläge zu hören. Die Einweckgläser mit der Erdbeermarmelade vibrierten von der Detonation der Bomben, eins fiel zu Boden. Überall Scherben. Jetzt schrien fast alle Kinder. Der Lärm draußen und drinnen war kaum noch auszuhalten. Berstende Mauern, einstürzendes Holz. Feuer-

schein von Nachbarhäusern drang durch die winzigen Kellerluken.
Panische Angst. Dora Klemm hatte die Kontrolle über ihre Gruppe verloren. Sie war in die Knie gegangen, drückte sich in der Kellerecke an die Wand unter der Luke. Ein Mädchen klammerte sich in ihren Haaren fest. Andere krallten sich in ihren Rock, ihre Bluse, suchten instinktiv Schutz wie bei einer Mutter. Dora Klemm weinte jetzt ebenfalls, schrie und verfluchte Gott.
Die Bombe traf den Nordteil des Kindergartens. Die Sprengkraft war gigantisch. Das ganze Gebäude fiel wie ein Kartenhaus in sich zusammen. Die Motorengeräusche nahmen ab. Nahmen wieder zu. Nahmen wieder ab. Die tödliche Mission war nach drei Bombardierungswellen binnen weniger Minuten beendet. Danach war es still wie in einem riesigen Grab. Eine Staubwolke zog über die zerstörte Stadt hinweg.
Nur durch einige nicht verschüttete Luken drang noch etwas Licht in die Kellerräume. Bis erste Rettungskräfte eintrafen, dauerte es lange. Ihnen bot sich ein Anblick des Grauens. Mütter, die gekommen waren, um ihre Kinder abzuholen, ohne Fassung, stumme Schreie im Gesicht. Nur wenige Kinder hatten das Inferno überlebt. Dora Klemms Leiche fand man in der hintersten Ecke des Vorratsraums. Sieben, acht Kinder lagen tot über ihr. Ein Mädchen hatte die Haare von Dora Klemm um seine Hand gewickelt.

8

Laura, langsamer«, hechelte Woltmann seiner Tochter beim Joggen durch den Park an der Ilm hinterher. Schon bevor sie losgelaufen waren, hatte er befürchtet, sie könnte dehydrieren. Jetzt war er mit seinen Gedanken allerdings ganz woanders. Er ging noch einmal alles durch, was er bisher im Fall der getöteten Käthe Klemm erfahren hatte. Die Befragungen. Die Beobachtungen des Bäckers auf seinem Smartphone-Foto. Ihm kam die Einladungskarte in den Sinn, die er entdeckte, als er am Tatort kurz in der Handtasche der Verstorbenen stöberte. Wie hatte er die Einladungskarte nur vergessen können! Jetzt wusste er, was er baldmöglichst tun würde, wenn er wieder Streife fuhr.

Lauras Kopf war so rot wie eine reife Tomate. Ihr blonder Zopf wippte bei jedem Schritt auf und ab. Den Park an der Ilm hatten Goethe und sein Herzog Karl August im Stile eines englischen Landschaftsgartens angelegt. Einzigartig war die Verbindung von weitreichenden Sichtachsen, den Brücken über die sich windende Ilm, den künstlichen Ruinen, Goethes Gartenhaus, dem alten Baumbestand. Eine Herde Schafe graste auf den Wiesen unterhalb des Römischen Hauses.

Doch Laura gönnte der Umgebung keinen Blick. Sie kämpfte um jeden Meter, zäh bis zum Umfallen. Schon vor einiger Zeit hatten sie und ihr Vater beschlossen, gemeinsam zu

joggen, es aber immer wieder vor sich hergeschoben. Doch nun gab es keine Ausrede mehr.
»Laura, nicht so schnell«, japste Woltmann und blieb kurz stehen, die Hände in die Seiten gestützt. Er hatte sich eigens einen fliederfarbenen Ballonseidenanzug mit himbeerroten Streifen gekauft, zu einem stark herabgesetzten Preis. Die Gründe für den Sonderpreis waren offenkundig. Die Farbe wirkte im herbstlichen Park wie aus der Jahreszeit gefallen. Vom böigen Herbstwind an vielen Stellen aufgebläht, sah Woltmann in dem Anzug aus wie ein bunter Astronaut, der es ohne Rakete ins Weltall schaffen wollte.
Woltmann machte sich Sorgen um seine Tochter. Sie hatte die üblichen Probleme einer Dreizehnjährigen, pubertierte ein wenig und war noch lange nicht darüber hinweg, dass sie ihre Freundinnen in Berlin hatte zurücklassen müssen. In der neuen Klasse in Weimar fühlte sie sich noch unwohl, auch wenn sich die Klassenlehrerin sehr um sie bemühte und sie neben ein Mädchen aus dem Iran setzte, dessen Eltern mit ihm aus der Heimat geflohen waren und dem sein neues Umfeld noch fremder vorkam als Laura. Die Lage hatte sich zwar gebessert, letztes Wochenende war Laura erstmals mit zwei anderen Mädchen ins Kino gegangen. Sie schien langsam Anschluss zu finden. Wäre da nur nicht noch das andere, ganz, ganz große Problem gewesen. Laura war ziemlich kräftig gebaut, gerade in den letzten Monaten hatte sie fast zwanzig Kilo zugenommen. Ihre Beine und Arme waren schwabbelig, auch das Gesicht wirkte leicht aufgedunsen. Dabei aß sie nicht sonderlich viel mehr als früher, nur überfielen sie immer wieder Fressattacken auf Süßigkeiten, denen sie nichts entgegenzusetzen vermochte. Sie verbrachte Stunden vor dem Spiegel, verglich sich mit

manchen Klassenkameradinnen, die Püppchen gleich aussahen, und litt. Vielleicht war es Pubertätsspeck. Vielleicht waren es aber auch die Gene von Oma Helga, die einiges auf die Waage brachte. Ihrer Mutter hatte sich Laura anvertraut. Und die hatte versprochen, noch mehr auf eine vernünftige Ernährung zu achten.

»Sascha, du könntest auch was tun, damit Laura mit ihrer Figur nicht mehr so hadert.« Sascha und Yvonne Woltmann saßen beim Abendbrot zusammen.

»Was denn?«, hatte er überrascht seine Frau gefragt und in die Sonne geblinzelt, die ihm vom Garten her durch das große Küchenfenster ins Gesicht schien.

»Na, öfter mal mit ihr zum Sport gehen zum Beispiel. Badminton, Schwimmen, ins Fitnessstudio. Gibt es nicht auch einen Polizeisportverein?«

»Also ein Fitnessstudio ist zu teuer.«

Er erkundigte sich beim Polizeisportverein, schlug Laura dann Volleyball, Body Pump und Judo vor.

»Haha, Papa«, war ihr kurzer Kommentar gewesen. Woltmann wusste nicht so recht, warum ihr seine Vorschläge nicht gefielen. Aber fürs Jogging konnte er sie gewinnen, und so liefen sie jetzt durch den Park an der Ilm, ein ungleiches Paar. Laura mit einem unbändigen Ehrgeiz, als ob bereits mit einem einzigen Lauf der ganze Speck wegginge.

»Lauuraaaa, laangsamer!«

Remde hatte die große Runde einberufen. Dazu zählten zwei Mitarbeiter der Kriminaltechnik vom Landeskriminalamt in Erfurt und der von der Staatsanwaltschaft beauftragte Rechtsmediziner Dr. Pfeiffer aus Jena. Natürlich gehörte ihr auch Mandy Hoppe an. Außerdem Mike Scholz, ein langjähriger Streifenpolizist und Gewerkschafter, der sich immer klar zu Remde bekannt hatte und jetzt die Früchte für seine Treue einfuhr. Er galt als der aussichtsreichste Anwärter auf die nächste freie Planstelle bei der Kripo. Schon mehrfach hatte ihn Remde ins Ermittlungsteam berufen, sehr zum Ärger der anderen Streifenpolizisten, die Scholz' Dienste während dieser Zeit mit zu übernehmen hatten.

Die Indienstnahme anderer Streifenpolizisten erstreckte sich seit heute auch auf Sascha Woltmann, den Remde ebenfalls einbestellt und ins Ermittlungsteam aufgenommen hatte, nicht zuletzt auf die Empfehlung Mandy Hoppes hin.

Sie konnte sich ihr Verhalten selbst nicht erklären. Natürlich sprachen sachliche Gründe dafür, Woltmann für das Ermittlungsteam zu empfehlen: Er war als Erster von ihnen am Tatort gewesen, hatte die Befragungen der Hausbewohner durchgeführt und deren frischen Eindrücke und Erinnerungen aufgenommen. Aber das allein war es nicht, was sie dazu bewogen hatte, sich bei Remde für ihn einzusetzen. Obwohl sie von seinem Verhalten nach 89 enttäuscht war, fühlte sie sich ihm noch immer verbunden. Fast zwanzig Jahre hatten sie gemeinsam in Kinderkrippe und Schule verbracht, danach waren sie zwanzig Jahre getrennt und ohne jeden Kontakt zueinander gewesen. Jetzt hatte sie der Dienst wieder zusammengeführt. Sie hatte ihn gewarnt und ihm gesagt, wie schwierig es für ihn werden würde, die Ansprüche anderer im Hinblick auf einen Wechsel zur Kripo auszustechen, wie zum Beispiel die von Scholz. Das musste als Hinweis genügen. Doch sollte er trotzdem diesen Weg einschlagen wollen, fühlte sie sich aus einem nicht näher definierbaren Grund berufen, ihn dabei zu unterstützen.

Vorausgesetzt er kompromittierte sie nicht bei Remde. Denn so weit, ihre eigene Stellung zu riskieren, ging die Liebe zu ihrem früheren Klassenkameraden nun auch wieder nicht.

»DNA-Spuren von alten Kunden?« Remde liebte es, bei Dienstbesprechungen knappe, befehlsartige Fragen zu stellen, ganz im Unterschied zu den langatmigen Exkursen, die er sonst zu halten pflegte.

Der Spezialist aus dem Dezernat 42 des Landeskriminalamts mit Namen Jürgen Seifert schüttelte den Kopf.

»Fremde DNA-Spuren habe ich einige gefunden. Aber in Wiesbaden keine Übereinstimmung.«

Remde sah auf die silberne Kaffeekanne, in der sich sein Gesicht unförmig vergrößert widerspiegelte. Die negative Auskunft des Bundeskriminalamtes in Wiesbaden bezüglich der DNA-Datei schien ihn nicht sonderlich zu bekümmern.

»Wäre ja auch zu einfach gewesen. Irgendwas müssen wir für unser Geld ja schließlich noch tun.«

Er lachte müde. Scholz gab daraufhin ein künstliches Lachen von sich. Woltmann fühlte sich verpflichtet, ebenfalls ein kurzes Auflachen von sich zu geben, fing dafür aber einen strengen Blick von Hoppe ein.

»Ich habe schon viele Fälle mit Methoden des neunzehnten Jahrhunderts gelöst. Ich kombiniere Indizien, Zeugenaussagen und komme damit oft schneller als mit DNA-Spuren und Fingerabdrücken zum Ziel.«

Seifert, der DNA-Spezialist, ein hagerer Mann mit zerfurchtem Gesicht, schaute daraufhin etwas pikiert und griff sich nervös an sein fliehendes Kinn, als wolle er es festhalten.

»Apropos Fingerabdrücke. Wie sieht's damit aus?«

Remde sah mit gerunzelter Stirn zu einer wasserstoffblonden Mittdreißigerin mit solariumgebräunter Haut und großem Dekolleté hin, Jenny Ehrentraut, die dem Dezernat 45 des Landeskriminalamts angehörte.

»Wenn Sie das wirklich interessieren sollte«, begann sie schnippisch, »dann kann ich Ihnen sagen, dass das Ergebnis der Untersuchung dem der DNA-Suche entspricht.«

Man merkte der Beamtin aus Erfurt an, dass sie sich von einem Weimarer Kripobeamten, und sei es auch der Chef, nichts vormachen oder sich gar provozieren ließ. Erfurt war die Landeshauptstadt. Erfurt war Sitz der obersten Polizeibehörde. Das forderte Respekt ein, glaubte sie. Remde schien das anders zu sehen.

»Hat sie nichts weiter beizutragen als diese Aussage?« In seiner Frage lag eine unüberhörbare Schärfe. Die Spezialistin für Daktyloskopie nahm den zugeworfenen Ball auf und fuhr sachlich fort.

»Wir haben Fingerabdrücke von insgesamt vier Personen gefunden. Von einer der Personen in der Küche und an der Innenklinke der Eingangstür und sonst nirgends. Das bedeutet, das Opfer hat irgendwann eine Person eingelassen, die die Tür selbst von innen verschlossen hat. Die Fingerabdrücke können allerdings auch älteren Datums sein und in keinem Zusammenhang mit der Tat stehen.«

Remde sah kurz zu Hoppe. Wollte ihn die Erfurterin mit ihrem letzten Satz auf den Arm nehmen? Das wusste doch jeder Polizeianwärter im ersten Ausbildungsjahr, dass ein Fingerabdruck nicht zwingend Täterspur bedeutete.

»Aus den Fingerspuren lässt sich also folgern«, wiederholte die Blonde noch einmal, »dass von den vier Besuchern, die die Ermordete irgendwann einmal eingelassen hat, nur einer in der Küche war.«

Remde, Hoppe und Woltmann dachten in diesem Augenblick gleichzeitig, wenn auch unabhängig voneinander, an die beiden Rumäninnen und den Pfarrer, und rätselten nun, wer die vierte Person gewesen sein könnte. Käthe Klemm lebte doch laut Aussagen der Nachbarinnen sehr zurückgezogen.

»Hier kann ich einhaken«, schaltete sich der Jenaer Rechtsmediziner Dr. Pfeiffer ein und übersah den verwunderten Blick Remdes, der es gewohnt war, den Anwesenden stets das Wort zu erteilen.

»Tatort war das Schlafzimmer, wie die Blutspurenmuster ergeben haben. Der Täter hat das Opfer mit einem einzigen Messerstich getötet. Tatzeitpunkt war gegen sechzehn Uhr. Bei der Tatwaffe handelt es sich wohl um ein handelsübliches Konditor- oder Glasurmesser, Klingenlänge circa dreißig Zentimeter.«

»Sag ich doch, ein Kuchenmesser hat der benutzt.«

Dr. Pfeiffer drückte seine Hornbrille fester auf die Nase und ignorierte Remdes Einwurf.

»Das Opfer hat Blutergüsse am rechten Unterarm. Das deutet darauf hin, dass ihm der Täter etwas aus der Hand gerissen hat. Das könnte die Tatwaffe gewesen sein.«

»Na klar, die Frau Klemm ist auf den mit dem Messer los. Er hat es ihr abgenommen und sie damit erstochen.«

Wiederum überhörte Dr. Pfeiffer Remdes Worte.

»Nachdem der Täter den Stich in die Herzgegend gesetzt hatte, muss er das Opfer sofort ins Wohnzimmer geschleift haben. Dort hat er es in die Mitte des Raums gelegt und gewartet, bis es verblutet war.«

Hoppe nahm mit Remde Blickkontakt auf. Der Kripochef nickte ihr zu.

»Können Sie erklären, wieso das Opfer die Arme seitlich von sich gestreckt hatte?«
Hoppes Frage brachte Dr. Pfeiffer kurz zum Nachdenken. Remde wandte sich derweil an Woltmann. Er wollte von ihm wissen, ob er die Tote bereits in dieser Position vorgefunden hatte.
»Oder haben Sie vielleicht geprüft, ob Frau Klemm noch lebt, und beim Pulsfühlen oder Augenlidhochziehen die Leiche verschoben?«, fügte er noch hinzu.
Woltmann spürte die Provokation in Remdes Worten. Da er sich jedoch auch den Landeskriminalisten gegenüber so verhielt, schien er es nicht persönlich zu meinen.
»Nein, ich habe nichts verändert. Die Tote lag bei meinem Eintreffen schon genauso da, wie Sie sie etwas später vorgefunden haben.«
Für seine ruhige Antwort erhielt er ein anerkennendes Lächeln von Hoppe.
»Die Position der Toten«, setzte der Rechtsmediziner fort, »kann ich mir nur damit erklären, dass der Täter die Frau ruhigstellen, dabei aber nicht in direkten Kontakt mit ihrem Gesicht kommen wollte, etwa indem er durch Erwürgen den Todeseintritt beschleunigte. Das hätte er wohl nur getan, wenn das Opfer geschrien hätte. Aber dazu war es auf Grund des tödlichen Stichs kaum mehr in der Lage. An den Oberarmen finden sich Druckstellen. Der Täter hat die Oberarme mit seinen Füßen fixiert, wir haben Schuhabdrücke auf der Haut gefunden.«
Während der Ausführungen des Rechtsmediziners hatte Hoppes Diensthandy vibriert, und sie war kurz nach draußen gegangen. Jetzt kehrte sie mit einem Lächeln auf den Lippen zurück.

»Wir haben die Rumäninnen!«

Die Bundespolizei hatte sie beim Betteln im Dresdner Hauptbahnhof entdeckt.

»Da muss sofort jemand hinfahren. Wir können die nicht lange festhalten. Scholz, Woltmann, Sie übernehmen die Befragung.«

Hoppe flüsterte Remde etwas ins Ohr. Der überlegte kurz, dann korrigierte er sich.

»Da es sich um zwei Frauen handelt, dürfte es besser sein, wenn von unserer Seite auch eine Frau mit dabei ist. Ich kenne das aus vielen Verhören. Frauen plaudern Frauen gegenüber viel leichter als bei Männern. Also: Hoppe und Woltmann, auf nach Sachsen. Scholz brauche ich hier.«

9

Mit teilweise mehr als zweihundert Stundenkilometern brausten Hoppe und Woltmann mit dem schnellsten Dienstauto der Weimarer Polizeiinspektion nach Dresden. Remde rief sie während der Fahrt ständig an. Erst wollte er wissen, was das Gespräch mit dem Pfarrer ergeben hätte. Davon habe er ja noch gar nichts gehört. Als ihm Woltmann darauf von dem Testament der Toten erzählte, echauffierte sich der Kripochef, warum er das erst jetzt erfahre. Sie hörten, wie er im Hintergrund Mike Scholz anwies, nach Angehörigen zu forschen und das Amtsgericht sowie die ortsansässigen Notare einzuschalten. Dann gab er ihnen Instruktionen, wie sie rechtlich korrekt und zugleich taktisch klug die Befragung in Dresden durchzuführen hätten.

»Behandelt der alle immer wie Anfänger?«, fragte Woltmann.

»Ja, manchmal schon. Aber mich stört das nicht. Mehr nerven mich da schon seine selbstherrlichen Exkurse. ›Damals, als ich …‹ So fängt er immer an und vermittelt einem den Eindruck, er habe sämtliche Gewaltverbrechen in der DDR ganz alleinc und gleich drei Mal gelöst.«

»Ja, das glaub ich, dass das nervt. Danke übrigens, dass mich Remde ins Ermittlungsteam berufen hat.«

»Musst dich bei ihm bedanken.«

»Na ja, also, ich meine, ich glaub, da hast du einen großen Anteil dran.«

»Nicht dass ich wüsste. Versprich dir außerdem nicht allzu viel davon. Einmal ist keinmal.«
Im Dresdner Bahnhof erwarteten sie zwei Kollegen der Bundespolizei. Sie führten sie in einen kalten Dienstraum mit karger Einrichtung, in dem die zwei Frauen in Gegenwart eines weiteren Kollegen auf die beiden Weimarer Beamten warteten.
Die Rumäninnen trugen weite Röcke und grün-graue Kopftücher, ihre Gesichter waren von Falten durchzogen, die Blicke aggressiv. Schon als Hoppe und Woltmann eintraten, gingen sie in die Offensive. Sie schimpften lauthals auf Rumänisch, reagierten aber nicht auf die Ansprache in Deutsch.
»Nix Deutsch«, zeterten sie und gestikulierten wild. Hoppe und Woltmann ließen sie weiterreden. Zum Verhängnis wurde ihnen, dass ihnen in ihrer Schimpfkanonade immer wieder sehr spezielle deutsche Wörter herausrutschten wie Hauptbahnhof, Schadensersatz und Freiheitsberaubung.
»So, meine Damen, jetzt werden wir mal ruhig!« Woltmann hatte sie im Ton eines Feldmarschalls angeherrscht. Autorität zu zeigen war nun angesagt, und augenblicklich ebbte das Gezeter ab.
»Sie beantworten jetzt unsere Fragen. Aber zuerst zeigen Sie uns mal den Inhalt Ihrer Handtaschen. Andernfalls …«, Woltmann sah sie drohend an, »… andernfalls fahren Sie mit uns auf die Polizeiinspektion nach Weimar. Wir haben dann ganz schnell einen Haftbefehl vom zuständigen Richter. Haftbefehl, verstehen Sie, Gefängnis?«
Der Widerstand der beiden Frauen war damit gebrochen, auch wenn Woltmann sich mit seinen Aussagen auf dünnem Eis bewegte. Die drei Bundespolizisten im Raum warfen sich dementsprechend auch vielsagende Blicke zu, schwie-

gen aber. Die Rumäninnen legten brav den Inhalt ihrer Handtaschen auf den Tisch. Sie hatten Woltmanns Worte genau verstanden und gaben sich keine Mühe mehr, fehlende Deutschkenntnisse vorzutäuschen. Wer Hubschrauber von deutschen Plattenbaubewohnern finanziert haben wollte, musste die Sprache mindestens auf Fortgeschrittenenniveau beherrschen. Auch hatte eine der Frauen Mandy Hoppe an den Strähnen in ihrem Haar wiedererkannt. Sie hatten die Polizistin aus der Ferne beobachtet, als sie zusammen mit den anderen Ermittlern den Häuserblock von Käthe Klemms Wohnung betrat, und sich dann aus dem Staub gemacht.

Die vermisste Schmuckkassette war nicht in der Handtasche, wohl aber eine Fülle von Schmuckteilen daraus, darunter die Kette mit dem Bernsteinanhänger, der rosé-antik patinierte Granatring, die herzförmige Brosche und Ohrstecker mit Erdbeer-, Apfel- und Brombeeranhängern, offenbar eine spezielle Leidenschaft von Frau Peter aus der Sopronier Straße. Hoppe fischte aus dem Schmucksammelsurium außerdem einen Ring heraus, in welchen neben dem Goldgehalt auch die Initialen »KK« eingestanzt waren.

»Käthe Klemm«, staunte sie und hielt den Ring fragend den Kopftuchträgerinnen hin.

»Ist Geschenk für Hubschrauber. Von Frau in Erfurt!«

»Hören Sie, wir ermitteln nicht wegen Diebstahls, sondern in einem Mordfall. Es gibt Zeugen, die gesehen haben, wie Sie in die Wohnung von Käthe Klemm in Weimar-West gegangen sind! Und diese Frau ist tot. Hier!«

Sie hatte einige Tatortfotos dabei, auf denen die tote Käthe Klemm mit blutdurchtränkter Kittelschürze zu sehen war. Sie hielt sie den beiden Frauen entgegen. Ihr Aufschrei war

laut, das Entsetzen in ihren Gesichtern schien echt. Sie stimmten ein lautes Wehklagen an.
»Bitte, bitte, müssen glauben, Ring ist wirklich von Frau in Erfurt. Heißt Kaiser, die Frau. Frau Klemm, wir haben besucht, ja. Sie hat gegeben zehn Euro für Hubschrauber. Nette Frau. Bitte, bitte, müssen glauben. Wir nix Gewalt …«, flehten sie unter Tränen.
Die Rumäninnen gaben an, gegen vierzehn Uhr bei Käthe Klemm gewesen zu sein. Das deckte sich mit den Aussagen der Nachbarin. Nach nur zehn Minuten hätten sie die Wohnung wieder verlassen, sagten sie weiterhin aus. Dafür gab es keine Zeugen, die Nachbarin hielt um diese Zeit bereits ihren Mittagsschlaf. Das Mitnehmen der Schmuckkassette aus der Wohnung in der Soproner Straße deuteten sie als großes Missverständnis. Frau Peter hätte ihnen zugestanden, sie noch einmal wegen des Hubschraubers besuchen zu dürfen. Dann würde sie sie gerne großzügig unterstützen. Eine von ihnen hätte die Toilette in der Wohnung von Frau Peter aufgesucht und sich dabei in der Tür geirrt. Statt ins Wohnzimmer sei sie ins Schlafzimmer geraten. Dort stand die Kassette, und da habe sie sich gedacht, wenn die Frau Peter uns später unterstützen will, sie aber vielleicht gar nicht mehr nach Weimar kämen, könnten sie doch gleich sozusagen im Vorgriff etwas Wertvolles mitnehmen. Sie hätten lediglich vergessen, die Frau Peter darüber zu informieren. Selbstverständlich seien sie bereit, den Schmuck zurückzugeben …
»Das ist so abgedreht, dass es schon wieder gut ist«, sagte Hoppe, und einer der Bundespolizisten konnte sich ein Auflachen nicht verkneifen. Die beiden Weimarer Beamten befragten die beiden Frauen danach noch als Zeuginnen. Ob

sie beim Verlassen von Käthe Klemms Wohnung etwas gehört oder gesehen hätten, irgendwelche auffälligen Personen im Treppenhaus? Das ständige Weinen der beiden Rumäninnen während ihrer Ausführungen ging Woltmann so gewaltig auf den Geist, dass er einmal sogar mit der Faust auf den Tisch schlug und Ruhe anmahnte.
In der Zwischenzeit waren auch zwei Kollegen der Dresdner Schutzpolizei eingetroffen. Hoppe und Woltmann überließen ihnen die Aufnahme der Personalien und die erkennungsdienstliche Behandlung der zwei Frauen.
»Die Diebstahlsanzeige wird wohl greifen«, sagte Woltmann beim Verlassen des Bahnhofsgebäudes.
»Ja«, stimmte Hoppe ein, »aber als Mörderinnen kann ich sie mir nicht vorstellen.«
»Es sei denn, Käthe Klemm hatte in ihrem Schlafzimmer auch so eine Schmuckkassette oder einen beweglichen Tresor und hat eine der beiden beim Stehlen überrascht, nachdem die sich unter einem Vorwand aus dem Wohnzimmer ins Schlafzimmer geschlichen hat.«
»Und da sie gerade aus der Küche kam und das Kuchenmesser in der Hand hatte ... Nein, Kollege Woltmann, das ist mir zu konstruiert. Dann hätte es doch viel mehr Kampfspuren geben müssen. Die Tatzeit war außerdem zwei Stunden später!«
»Stimmt, warum hätten die beiden sich noch so lange in der Wohnung aufhalten sollen?«
»Warten wir mal die erkennungsdienstlichen Ergebnisse ab. Aber ich glaube, wir müssen woanders ansetzen.«
Sie fuhren auf der Autobahn nicht ganz so schnell wie auf der Hinfahrt nach Weimar zurück. Remde wollte am Telefon schon alle Details der Befragung wissen. Hoppe und

Woltmann merkten, dass er mit den Ergebnissen nicht zufrieden war. Zu gerne hätte er einen schnellen Ermittlungserfolg vermeldet. Wie sollte er der Öffentlichkeit gegenüber erklären, dass sich die erste vielversprechende Spur schon wieder in Luft auflöste? Er vermittelte Hoppe und Woltmann das Gefühl, schuld zu sein an dem dünnen Ergebnis. In solchen Manövern war er Meister.

»Oh Mann, ist der anstrengend«, stöhnte Woltmann, nachdem das Gespräch beendet war.

»Und du willst immer noch zur Kripo?« Mandy lächelte und drückte das Gaspedal durch.

»Ja, da sind Sie in Weimar nicht verkehrt! International ist die Stadt auf jeden Fall.«

Yvonne Woltmann hatte der Leiterin des Sprachenzentrums in Weimar von ihrer früheren Aufgabe im Berliner Zentrum für Flüchtlinge erzählt. Vom internationalen Ambiente, in dem sie sich dort bewegt hatte.

»Sagen Sie, was wären meine Aufgaben hier im Sprachenzentrum?« Sie war aufgeregt, sehr aufgeregt sogar. Fast hätte sie während des Gesprächs an den Fingernägeln zu kauen begonnen, eine Eigenart, die sie sich als junge Frau mit einem bitter schmeckenden Nagellack mühselig abgewöhnt hatte.

Die Leiterin des Sprachenzentrums, Heide Koller, eine Mittfünfzigerin mit keckem Kurzhaar-Bob, erläuterte ihr das kulturelle Begleitprogramm. Weimar hatte viele ausländische Studierende an der Musikhochschule und an der Bauhaus-Universität, bot Sprachkurse aber auch für alle anderen an, die beabsichtigten, in Deutschland ein Studium aufzunehmen. Neben der Sprache sollten die Studierenden auch etwas von Land und Leuten und von den kulturellen Traditionen, speziell natürlich von Weimar und Thüringen erfahren.

»Sie haben da viele Freiheiten, Frau Woltmann! Nicht zuletzt wegen Ihrer kreativen Ader haben wir uns entschieden, Sie aufgrund Ihrer Initiativbewerbung direkt anzufragen.«

Heide Koller übergab ihr einen weißen Ordner mit Aufklebern aus der ganzen Welt.

»Hier finden Sie alle Veranstaltungen, die Ihre Vorgängerin den Studierenden im letzten Semester angeboten hat. Nur zu Ihrer Orientierung.«

Sie sprachen noch über das Honorar, die Anstellungsmodalitäten. Nicht berauschend, nur zehn Stunden die Woche, schlecht bezahlt, aber besser als nichts und immerhin eine kreative Aufgabe, sagte sich Yvonne Woltmann und verabschiedete sich.

Sie schlenderte über die Flure des Sprachenzentrums, las Zettel am Schwarzen Brett und die Faltblätter mit den Kursangeboten und Preisen. Adrett gekleidete Koreanerinnen begaben sich mit schlurfenden Schritten in einen Hörsaal. Danach ging sie in die Stadt, deckte sich mit Literatur über Weimar und Thüringen ein. Ihre Anstellung begann schon in ein paar Tagen. Das, was sie von Weimar wusste, wusste sie vor allem von ihrem Germanistikstudium her. Aber jetzt waren ganz andere Kenntnisse gefordert. Obwohl sie wie in Berlin ausschließlich mit Menschen ausländischer Herkunft zu tun haben würde, sagte ihr das Bauchgefühl, dass hier irgendetwas Entscheidendes anders war als bei ihrer früheren Arbeitsstelle. Ganz anders. Etwas, das sie irritierte.

10

Auch wenn Woltmann derzeit zum Ermittlungsteam im Fall Käthe Klemm zählte, konnte er nicht komplett vom Streifendienst freigestellt werden. Dazu war die Personaldecke zu dünn. Auch musste er weiterhin Uniform tragen, da die Mitarbeit bei der Kripo nur vorübergehend war. Er fühlte sich nicht richtig wohl in der neuen blauen Uniform, in der er sich wie ein Kapitän auf einem Kreuzfahrtschiff vorkam. Eine ähnliche hatte auch schon die Berliner Polizei eingeführt. Aber das war ein zu verschmerzendes Übel.

Viel schwieriger erschien ihm die Aufgabe, auf eigene Faust zu ermitteln. Sogar hinter Mandys Rücken. Das war undankbar ihr gegenüber. Auf der anderen Seite stellte Mandy alles gleich an Remde durch. Der aber würde Woltmanns Leistungen sofort für sich vereinnahmen und als seine eigene kriminalistische Leistung in die Welt hinausposaunen. Vor allem glaubte Remde mit der Zeit sogar noch, der wahre Urheber der Ermittlungserfolge zu sein. Woltmann hatte das schon öfter bei Kollegen und Bekannten in Berlin erlebt. Man log so lange wider besseres Wissen gegen die Wahrheit an, bis man selbst von der Unwahrheit überzeugt war. Wie aber sollte es einer wie er unter diesen Umständen und angesichts des von Mandy angedeuteten Beförderungsstaus jemals zur Kripo schaffen? Mike Scholz zu überholen war realistisch gesehen nur möglich, wenn er die ganz große Nummer drehte. Aus diesen Gründen weihte er auch seine Streifenkollegin Daniela Klein nicht ein. Ihr gegenüber musste er ebenso taktieren, Vorwände suchen. Dabei kam ihm entgegen, dass sie gelegentlich während des Streifendienstes mit ihrem neuen Freund telefonierte, was ein völliges No-go laut Dienstanweisung war. Doch wo die Liebe hinfällt … Folglich ließ er sie gewähren und bat sie im Gegenzug, nicht bei allen Aktionen zu hinterfragen, warum er dies oder jenes tat.

So auch jetzt, als er den Dienstwagen in Sachen Käthe Klemm zum Gut Eichenroda lenkte. Gut Eichenroda, Stadt Weimar, stand auf dem gelben Ortseingangsschild. Das Gut war umgeben von einem kleinen Dorf und lag nur wenige Kilometer vor den Toren Weimars an einer abseitigen Landstraße inmitten von abgeernteten Feldern und kleinen Waldinseln. Das Geräusch der nahen Autobahn von Frankfurt nach Dresden war, je nach Windstärke, mal mehr, mal weniger laut zu hören. Die Strecke einer Regionalbahn schlängelte sich eingleisig durch das Dörfchen und gab ihm ein verträumtes Aussehen.

Woltmann und Klein parkten auf dem Gelände des Guts und schlenderten über den Hof, am Wohnhaus des ehemaligen Gutsbesitzers vorbei zum dahinterliegenden Park. Sie bestaunten die noch vorhandenen, von dunkelgrünem Moder überzogenen Skulpturen, die Reste eines Labyrinths, das leere und bemooste Becken eines Schwimmteichs. Als hätten sie ihn aus einem hundertjährigen Schlaf geweckt, erhob sich ein grauer Kater mit buschigem Schwanz und schleppte sich müde davon. Ein Hauch Morbidität lag über der Szenerie.

»Na, macht die Polizei einen Ausflug? Guten Tag, ich bin die Frau Graf.« Eine stämmige Frau mit rosa Kittelschürze stand, wie aus dem Nichts gekommen, plötzlich neben Woltmann und Klein.

»Ja, wir wollten uns mal das Schloss hier anschauen.«

»Na, na, also ein Schloss brauchen Sie aus unserem Landgut nicht gleich zu machen, Herr Polizist. Kommen Sie mit!« Frau Graf öffnete mit einem riesigen Schlüssel die Eingangstür des stattlichen Hauses. Die beiden Polizeibeamten staunten nicht schlecht, als sie das ehemalige Herrenhaus des Landguts Eichenroda betraten. Frau Graf öffnete für sie sämtliche Räume, nicht ohne eine Portion Stolz im Blick.

»Das hat alles der Hermann Kohl so veranlasst«, führte sie aus. »Ein schwerreicher Mann!« Sie rieb Daumen und Zeigefinger demonstrativ aneinander. »Ein Kunstmäzen!«

Die Dielen des reich mit Intarsien versehenen Parkettfußbodens knarrten, als sie ein mit Meisterwerken der Bildwirkerei ausgestattetes Zimmer betraten.

»Das Gobelinzimmer!« Frau Graf nahm die staunenden Blicke von Woltmann und Klein mit Genugtuung zur Kenntnis. Sie durchschritten den Raum geradezu andächtig, als wären sie von etwas Heiligem angerührt worden.

»Wow!«, entfuhr es Woltmann.

»Kommen Sie, hier, das Lederzimmer!« Goldene Lilien waren auf den schweren Ledertapeten des düster wirkenden Raums zu erkennen. Sie verharrten eine Weile stumm.

»Ja, und hier das Klosterstübchen mit den vier Evangelisten!« Die Eichenrodaerin hatte die Stimme gesenkt, gerade so, als ob sie eine Kirche betreten würden, in der mehrere Betende saßen. Die beiden Polizisten traten unwillkürlich noch leiser auf, als sie es ohnehin schon taten, und wunder-

ten sich über das, was ihnen das nach außen hin eher heruntergekommen wirkende Gebäude in seinem Inneren offenbarte. Sie betraten ein weiteres Zimmer, das sich durch seine Helle von den anderen Räumen abhob. Die großen Fenster ermöglichten den Blick in den großzügigen Park des Landguts, der in eine sanfte Hügellandschaft eingebettet war.
»Der Hermann Kohl war ein Industrieller aus Heilbronn. Irgendwann hat der sich auf einer Reise in Eichenroda und dieses alte Rittergut verliebt«, führte Frau Graf aus. »Der war ein leidenschaftlicher Sammler.«
»Aha«, tat Daniela Klein kund, »was hat er denn so gesammelt?«
»Möbel, alte, antike Möbel. Dann Kunsthandwerk aus der Gründerzeit.«
Die Polizistin sah zu Woltmann. Aber der ließ sich nicht anmerken, dass er mit dem Begriff Gründerzeit ebenfalls nichts anfangen konnte.
»Vor allem aber hat er Bilder gesammelt. Impressionisten. Das Feinste vom Feinen. Die hat er hier im Salon präsentiert, vor ausgewählten Gästen. Und seine Lebensgefährtin …« Die Frau mit der kräftigen Statur ging zum Flügel und legte fast zärtlich ihre Hand darauf. »… die hat dazu Klavier gespielt.«
Sie traten wieder in die Eingangshalle, von der eine breite Wendeltreppe in den ersten Stock führte. Mit Kacheln versehene Säulen wie auch der ganze andere Prunk verliehen dem Herrenhaus barocke Züge.
»Und, Frau, ähm …« Woltmann war der Name der Frau entfallen.
»Graf!«
»Frau Graf, danke, wo sind die Bilder denn jetzt?«

»Tja, gute Frage, Herr, ähm …«
»Woltmann!«
»Herr Woltmann, die hat der Kohl vor den Nazis versteckt. Kommen Sie mal mit!«
Klein und Woltmann waren auf alles gefasst, auch darauf, dass ihnen die gesprächige Frau nun ein Lager mit wertvollsten Gemälden zeigen würde. Sie überquerten den Hof und kamen zu einigen Nebengebäuden, die erst im 20. Jahrhundert erbaut worden waren. Frau Graf führte sie eine Kellertreppe hinab. Wenig später standen sie vor einem Eingang, der mit einer schweren Eisentür gesichert war.
»Da drinnen hat der Kohl die Bilder vor den Nazis versteckt. Entartete Kunst war das für die. Die hätten sie konfisziert.«
»Wie? Die Bilder sind noch hier?«, staunte Woltmann.
»Schauen Sie, hier!« Frau Graf hatte die Eisentür geöffnet und zeigte auf eine Deckenverkleidung, hinter der sich ein großer Hohlraum verbarg, der ins Mauerwerk eingelassen worden war. Woltmann und Klein blinzelten gleichzeitig über die Verdeckung hinweg in den dunklen Raum.
»Alles weg!«, konstatierte Frau Graf. »Das waren die Russen. Die haben die Bilder mitgenommen. Erst 1990 sind die wiederaufgetaucht, und zwar in Moskau. In einer Ausstellung der Tretjakow-Galerie.«
»Dann handelte es sich also um Beutekunst, Frau Graf?«
»Ja, kann man so sagen. Wenn die Bilder wieder nach Eichenroda zurückkämen, wären wir mit einem Schlag weltberühmt.«
Sie begleitete die beiden Polizisten wieder ins Freie.
»Sagen Sie, Frau Graf, was passierte denn mit dem Landgut, nachdem der Krieg vorbei war?«

»Ja, also, der Kohl ist noch während des Kriegs gestorben. In der DDR war das Gut zunächst so eine Schule für angehende Volkspolizisten.«

»Und danach?«

»Ja, danach war es auch mal ein Kinderheim.« Die Eichenrodaerin senkte wieder ihre Stimme. »Da kamen auch solche Kinder rein, die zum Beispiel im Eichsfeld im Sperrgebiet entlang der innerdeutschen Grenze gelebt haben.«

»Wieso mussten die ins Kinderheim?«

Frau Grafs Gesicht verfinsterte sich, sie schien nur ungern über das Thema zu sprechen.

»Na, haben Sie noch nichts von Aktionen mit Namen wie ›Ungeziefer‹ oder ›Kornblume‹ gehört? Da haben die doch Eltern, die nicht auf dem Kurs der Partei waren, einfach die Kinder weggenommen. Die Kinder kamen hierher, auch zur Gehirnwäsche. Und die Eltern kamen nach Bautzen oder in andere Gefängnisse.«

»Oh Mann!« Woltmann war betroffen von dem, was er hörte. Kurz dachte er an seine eigene Kindheit. Einmal hatte ihn sein Vater geschlagen, ihm eine Ohrfeige gegeben, weil er als Dreizehnjähriger zusammen mit einem Freund abgehauen war, für zwei Tage, zum Zelten an den Stausee Hohenfelden. Aber ansonsten war er als Kind behütet aufgewachsen, mit schönen Urlauben am Plattensee.

»Ja, und dann stand das Landgut auch jahrelang leer«, schloss Frau Graf ihre Rede ab. »Ich muss jetzt kochen, Herr Woltmann und Frau, äh …«

»Klein!«

»Ja.«

»Noch eine Frage, Frau Graf. Kennen Sie vielleicht eine Frau Klemm? Käthe Klemm?«

»Warum?« Die bislang so gesprächige Frau spitzte bei Woltmanns Frage den Mund und wurde plötzlich einsilbig.
»Es gab doch hier ein Treffen vor einiger Zeit, Frau Graf. Da war Frau Klemm auch dabei.«
»Ja, so ein Treffen gab es.«
»Und?«
»Was und?«
»Was können Sie uns über das Treffen sagen?«
»Das waren vor allem die früheren Erzieherinnen, die sich da getroffen haben. Aber zu dieser Frau Klemm kann ich nichts sagen. Über Tote will ich nicht reden. Schon gar nichts Schlechtes. Ich muss jetzt kochen.«
Sie drehte sich um und ließ die beiden Polizisten stehen. Keine Frage, dachte sich Woltmann, der Tod von Käthe Klemm hat sich in Eichenroda herumgesprochen. Unzweifelhaft war auch, dass Frau Graf mehr über Käthe Klemm wusste, als sie preisgab. Mit seinem »Ausflug« nach Eichenroda hatte er also ins Schwarze getroffen. Käthe Klemm war eine der ehemaligen Erzieherinnen des Kinderheims gewesen. Welche Rolle hatte sie dort gespielt? Gab es Misshandlungen in dem Heim? Irgendwie erinnerte ihn diese Frage an etwas, was er vor kurzem gehört oder gelesen hatte. Aber er konnte die Verbindung nicht mehr herstellen. Woltmann wollte sich gerade auf den Weg machen, um noch andere Anwohner des Guts zu befragen, als im Display seines Smartphones die Telefonnummer seines Vaters aufleuchtete. Heute würde er wohl nicht mehr herausfinden, was es mit Käthe Klemms Zeit als Erzieherin in Eichenroda auf sich hatte.

Auf der Rückfahrt nach Weimar fuhren Woltmann und Klein am Haus im Wilden Graben vorbei. Sie hatten ohnehin Mittagspause. Für Dani Klein eine gute Gelegenheit, mit ihrem neuen Freund zu telefonieren. Woltmann selbst wollte unterdessen seinen Vater fragen, warum er ihn angerufen, die Verbindung dann aber abgebrochen hatte.
Heinrich Woltmann sah mit Sorge das Polizeifahrzeug vor der Tür, ein Zeichen, dass sein Sohn nur wenig Zeit hatte. Er musste also ohne große Vorrede auf den Punkt kommen. Sascha saß ihm gegenüber auf der Terrasse und trank ein Glas Wasser.
»Also, weißt du, Sascha, ich finde das ja ganz großartig, dass du und deine Familie, also, ich meine, dass ihr jetzt wieder in Weimar seid. Aber vorhin, da kam dein Ronny nach der Schule bei uns vorbei. Und weißt du, was er mir angeboten hat?«
Sascha zuckte scheinbar ahnungslos die Schultern.
»Den Rasen will er mähen, hier, unseren Rasen!«
Den letzten Satz hatte der alte Woltmann leicht empört ausgesprochen, geradeso als wollte Ronny den Rasen nicht mähen, sondern umpflügen.
»Aber das ist doch wunderbar, Papa. Freu dich doch. Das ist ein anstrengender Job, das Rasenmähen. Du hast genug gearbeitet in deinem Leben!«
Heinrich Woltmann starrte seinen Sohn an.
»Ich finde es ja gut, dass Ronny so hilfsbereit ist. Aber weißt du was? Seit Jahren freue ich mich unter anderem deswegen auf den Ruhestand, weil ich dann endlich mal in aller Ruhe, ohne Hektik den Rasen mähen kann.«
Sascha sah zweifelnd aus, zog die Augenbrauen hoch.
»Weißt du, was der Ronny sonst noch übernehmen will? Er

will auch die Hecken schneiden. Den Baumbeschnitt häckseln. Die Wühlmäuse mit leeren Flaschen in den Erdhaufen vertreiben. Er will alles im Garten machen, alles. Das geht doch nicht!«

»Aber, Papa, du bist nicht mehr der Jüngste. Du solltest dich nicht überanstrengen!«

Heinrich Woltmann dämmerte es langsam. Ronnys Sätze. Offenbar steckte hinter den Worten des Enkels sein Sohn Sascha. Gestern war schon Laura dagewesen und hatte ihrer Oma angeboten, in Zukunft die Einkäufe in dem nahe gelegenen Supermarkt für sie zu übernehmen, zumindest die schweren Sachen.

»Jetzt hör mir mal gut zu, mein Junge.« Woltmann senior rückte mit seinem Stuhl an den seines Sohnes heran und sah ihm ernst in die Augen. »Ich bin gerade mal fünfundsechzig und gehöre noch nicht zum alten Eisen. Und das Gleiche gilt auch für deine Mutter, die gerne selbst einkaufen geht. Arbeit im Garten ist für mich keine Last, sondern Lust! Das ist Fitnessprogramm pur! Verstehst du, Alexander?«

Sascha überlegte, wann sein Vater ihn zuletzt mit Alexander anstatt mit der Koseform Sascha angeredet hatte. Heinrich Woltmann war jetzt richtig aufgebracht. Was nicht mehr zu überhören war.

»Ja, Papa, ist ja schon gut. Alles halb so wild. Du kannst deinen Garten natürlich selbst machen, ganz wie du willst.«

Helga Woltmann betrat die Terrasse.

»Was ist denn mit euch beiden los?«, fragte sie, als sie die gereizten Blicke registrierte.

»Ach, nichts«, sagte Sascha.

»Sascha wollte die Anzeigen und Broschüren wieder mitnehmen, die er uns letztes Mal mitgebracht hat. Die mit den Badewannenhilfen und so.«

Heinrich Woltmann zwinkerte seiner Frau zu, die gleich Bescheid wusste. Sie hatten ausführlich darüber gesprochen. Nein, sie wollten sich beide nicht zu gebrechlichen Menschen abstempeln lassen. Noch lange nicht. Erst mal war der Garten an der Reihe. Und Europa mit dem Wohnmobil. Danach ein Englischkurs. Und die Organisation eines Klassentreffens. Und, und, und …

Nach zwanzig Minuten stieg Woltmann wieder zu Dani Klein ins Auto, unter dem Arm einen Packen Broschüren. Er dachte über das Gespräch mit seinem Vater nach. Was, wenn sein Vater beim Rasenmähen plötzlich einen Herzinfarkt erlitt und niemand es merkte, weil der Motor alle Hilferufe übertönte? Er musste das noch mal mit Ronny besprechen. Vielleicht konnte er seinem Opa beim Rasenmähen ja wenigstens zuschauen. Zur Not heimlich.

11

Erna Götze griff erneut zum Hörer. Sie hatte die Lesebrille aufgesetzt und den Finger auf eine Nummer gelegt, die sie mit fein säuberlicher Handschrift in ihr Adressbuch aus Kunstleder eingetragen hatte.

»Frieda? Hallo?«

Frieda war eine ihrer Kolleginnen im Kinderheim »Ernst Thälmann« in Eichenroda gewesen. Mit ihr hatte sie seit zwei, drei Jahren nicht mehr gesprochen.

Aber die besondere Situation rechtfertigte die Kontaktaufnahme.

»Du, Erna? Ja, das ist ja mal eine Überraschung.«

Die Kollegin war einige Jahre jünger als sie, hatte den Chor des Kinderheims geleitet und war im letzten Jahr als die Weimarer Bürgerin mit der schönsten Weihnachtsbeleuchtung am Haus ausgezeichnet worden.

»Ja, Frieda, wir müssen mal wieder ein Schwätzchen halten, ich meine, bei Gelegenheit.«

Erna Götze steuerte zielstrebig auf ihr eigentliches Anliegen zu. Sie hatte keine Zeit, über all die belanglosen Dinge zu plaudern, über die man üblicherweise zu reden pflegt, wenn man lange nichts mehr voneinander gehört hat.

»Sag, Frieda, hast du schon das von der Käthe Klemm gehört?«

»Was denn?«

»Na, dass die gestorben ist. Erstochen worden ist die.«
Am anderen Ende der Leitung war es eine Weile stumm.
»Das, ja, also das habe ich schon gehört. Ich meine, ich hab gelesen von der toten Frau in Weimar-West. Das war die Käthe?«
»Ja, hast du dich denn nicht gefragt, wer das ist, als du das gelesen hast? Käthe K.?«
»Nein, hab ich nicht. Weißt du, ich bin acht Jahre jünger. Da hab ich nicht gedacht, ich könnte die kennen.«
Erna Götze stimmte ihr zu. Sie hatte ihren Enkel Kevin auch nur deshalb um die Recherche gebeten, weil die Verstorbene genauso alt war wie sie. Weimar war eine kleine Stadt. Da kannten sich die Gleichaltrigen, die gemeinsam hier aufgewachsen waren. Das Interesse am Gespräch mit ihrer ehemaligen Kollegin Frieda erlosch schlagartig, als ihr klarwurde, dass sie keine neuen Informationen zum Tod von Käthe Klemm von ihr erwarten konnte.
Sie ging die nächsten Namen in ihrem Adressbuch durch. Binnen einer Stunde hatte sie sechs frühere Erzieherinnen gesprochen, aber keine war in der Lage, etwas Neues zum Tod der Kollegin beizusteuern. Manche erinnerten sich allerdings noch sehr gut an den kurzen Streit, den es während des Ehemaligentreffens auf Gut Eichenroda zwischen Käthe Klemm und Erna Götze gegeben hatte. Klemm war bald darauf gegangen. Jetzt war sie tot. Die letzte Begegnung mit einem Menschen vor seinem Tod im Streit beendet zu haben ist nicht schön, sagte sich Erna Götze. Aber nicht nur deswegen ließ ihr der gewaltsame Tod von Käthe Klemm keine Ruhe.

»Brötchen nach alter Backart sind die besten!«
Bäckermeister Ingo Baum hatte das Schild mit der Aufschrift gerade ins Schaufenster gestellt, als Woltmann das Stehcafé betrat.
»Ach, der Herr Freund und Helfer!«
Woltmann hatte einmal gehört, dass diese Bezeichnung für die Polizei bereits zu Nazizeiten in Misskredit geraten war, und wunderte sich deshalb, woher der Ur-Weimarer Bäcker die Bezeichnung herhatte. Er überging die Bemerkung, hielt aber dagegen: »Na, wie viele Jahre haben die Brötchen nach alter Backart denn auf dem Buckel? Ich meine, wegen der Gebissträger!«
Baum lachte nur schwach.
»Na, heute der Herr Scherzbold? Sorry, ich will nicht despektierlich sein, nehme den Scherzbold zurück. Aber die Brötchen waren zu DDR-Zeiten einfach besser. Ich meine, ich habe die meinen deshalb auch eine Zeitlang DDR-Brötchen genannt. Da haben sich aber einige darüber beschwert. DDR ist nicht mehr und so. Deswegen heißen sie jetzt Brötchen nach alter Backart. Die sind auf jeden Fall besser als diese luftigen Westbrötchen! Die man bei den kapitalistischen Backkonzernen bekommt. Ich sage: Selbst der beschissenste Staat kann hervorragende Brötchen backen.«
Woltmann nahm sich vor, das Thema Politik beim Bäcker vorerst auszusparen. Immerhin behandelte der ihn schon beim zweiten Mal wie einen Stammgast, da er ihm ungefragt einen Kaffee und ein Stück Schmandkuchen hinstellte. Woltmann sah eine Frau auf die Eingangstür der Bäckerei zusteuern, schlug eine bereitliegende Tageszeitung auf und tauchte hinter ihr ab, so dass die Eintretende ihn nicht erkennen konnte.

»Acht DDR-Brötchen!« Die Stimme hatte einen dunklen Klang.
»Jawohl, gnädige Frau. Ich sage: Brötchen vom Baum-Bäcker schmecken einfach nur lecker!«
Die Kundin lächelte pflichtgemäß über den schwachen Reim.
»Nanu, Mandy, ähm, Frau Hoppe! Kommen Sie, trinken Sie doch einen Kaffee mit mir. Sie sind eingeladen!«, sprach Woltmann sie nun von der Seite an.
»Ja, ein Kaffee geht gerade noch.« Sie zeigte keinerlei Überraschung darüber, Woltmann hier anzutreffen. »Aber lass das doch mit der kindischen Anrede. Wir siezen uns nur vor dem Chef. Ich denke, das habe ich dir ausreichend erklärt.«
Sie stellte sich zu ihm an den Stehtisch. Baum brachte ihr einen Kaffee und bat die beiden Polizisten, auf seine Kasse aufzupassen. Er musste kurz in die Backstube. Woltmann und Hoppe wunderten sich über seine Vertrauensseligkeit.
»Na siehste, Alter, ist die Uniform doch gar nicht so schlecht. Schafft Vertrauen!«
Woltmann begann ihr von seiner Fahrt nach Eichenroda zu erzählen.
»Du weißt mittlerweile ja sicherlich, dass Käthe Klemm dort mal Erzieherin war.«
Während er seine frischen Erkenntnisse über die Geschichte des Guts zum Besten gab, wunderte sich Hoppe über den Wissensvorsprung Woltmanns. Vor allem fragte sie sich, woher er wusste, dass die Verstorbene Erzieherin auf Gut Eichenroda gewesen war. Die Kripo hatte bisher jedenfalls noch nichts über ihre berufliche Vergangenheit herausgefunden. Als Woltmann ihr nach mehrfachem Nachfragen endlich von der Einladungskarte in Käthe Klemms Hand-

tasche erzählte, sagte sie zunächst kein Wort. Aber das leichte Zucken um ihre Mundwinkel herum war ein untrügliches Zeichen dafür, dass ein Sturm heraufzog, der dann auch mit aller Wucht losbrach.

»Du hast was? Du hast in ihrer Handtasche gewühlt? Und uns nichts davon erzählt? Bist du noch ganz dicht?«

Woltmann, der sich auf die Platte des Stehtischs gestützt hatte, richtete sich instinktiv auf und wich einen Schritt zurück. Kurz hatte er wieder das Bild seiner ehemaligen Mitschülerin Mandy vor Augen, die schon damals für ihr Temperament berüchtigt gewesen war. Sie hatte sich nicht verändert.

Angenehm war die Situation für ihn nicht. Doch er entschied sich dafür, zu schweigen und Mandys Zorn Raum zu geben. Während ihrer Wutrede dämmerte ihm, dass sie recht hatte. Schließlich hatte er es allein ihrer Fürsprache zu verdanken, dass er überhaupt in das Ermittlungsteam aufgenommen worden war. Da war es nicht fair, hinter ihrem Rücken zu agieren. Aber er hatte seine Gründe gehabt. Jetzt musste er durch das Gewitter hindurch.

»Weißt du, wie schwierig es war, dich in das Ermittlungsteam reinzuboxen?«

Sie nahm jetzt auch körperlich eine aggressive Haltung ein, die Hände hatte sie vor der Brust zu Fäusten geballt.

»Hast du eine Ahnung, was ich riskiere, wenn Remde auch nur den Hauch von Klüngelei vermutet?«

Nur kurz dachte sie nach, dann trat sie auf Atemlänge an Woltmann heran.

»Wieso hast du nicht in der großen Runde davon erzählt? Spätestens da wäre doch der richtige Zeitpunkt gewesen!«

Woltmann überlegte, ob er sich verteidigen sollte, indem er

darauf verwies, dass Remde ihn ja gar nicht zu Wort kommen ließ, sondern sie beide überfallartig nach Dresden geschickt hatte. Aber auf der Fahrt dorthin wäre immer noch genug Zeit gewesen, um Remde telefonisch zu informieren oder es Mandy direkt zu sagen. Lieber also weiterhin schweigen. Jedes Wort von ihm hätte Mandys Wut nur noch gesteigert.

»Du weißt doch, auch wenn du nicht bei der Kripo bist, dass alle Beweisstücke am Tatort erst einmal von der Spurensicherung zu untersuchen sind, oder?«

Woltmann bemerkte den stichelnden Unterton. *Auch wenn du nicht bei der Kripo bist.* Und nie sein wirst, stand unausgesprochen im Raum. Natürlich wusste er über die Arbeit der Spurensicherung Bescheid. Aber gerade deshalb hatte er sich ja den Wissensvorsprung verschafft, indem er die Handtasche kurz untersucht und mit der Einladungskarte auch einen wichtigen Hinweis gefunden hatte.

»Die Handtasche ist noch immer bei den Kollegen der Spurensicherung. Aber während Remde, Scholz und ich auf die Freigabe der Asservate warten, geht der Herr Möchtegern-Kripomann auf eigene Faust ermitteln.«

Wieder eine Spitze. Ruhig bleiben, sagte sich Woltmann. Zwar waren Mandys Worte immer noch aggressiv, aber ihre Tonlage wies auf ein Abflauen des Sturms hin. Vielleicht auch, weil das Rumpeln in der Backstube lauter geworden war und ihr klarwurde, dass sie im Stehcafé nicht alleine waren. Wie um das zu bestätigen, lugte jetzt Bäcker Baum durch den Türbogen.

»Noch 'nen Kaffee?«

Woltmann warf ihm einen verneinenden Blick zu. Baum verschwand wieder.

»Ich will mal eines klarstellen, Alter.« Jetzt sprach Mandy fast wieder in normalem Ton. »Bei der Kripo arbeiten ist immer Teamwork.«

Woltmann nickte zustimmend, hielt aber Mandys Blick nicht stand.

»Ich riskiere etwas für dich. Da kann es nicht sein, dass das eine Einbahnstraße ist. Verstanden?«

Sie kramte ein Zwei-Euro-Stück hervor, legte es auf die Verkaufstheke und verließ grußlos das Stehcafé.

»Verstanden«, hauchte Woltmann in den Raum.

»Junge, Junge, die war aber mal gut drauf!«

Er hatte gar nicht bemerkt, dass Baum den Verkaufsraum wieder betreten hatte. »Ich sage: Ist die Frau so voller Wut, dann sei als Mann wohl auf der Hut!«

Woltmann brachte kein Lächeln zustande. Er zahlte und ging nachdenklich zur Polizeiinspektion zurück. Dass er Mandy zukünftig nun alles sagen würde, war er sich keinesfalls sicher. Aber es sich mit ihr zu verscherzen ging gar nicht. Er schrieb ihr eine Kurznachricht.

Morgen Abend auf einen Wein im Café Frauentor?

Er bekam keine Antwort.

12

Tage vergingen, aber die Ermittlungen kamen nicht wirklich voran, im Gegenteil. Remde hatte die kleine Runde einberufen. Zuerst gab es zwei negative Ergebnisse. Mandy Hoppe berichtete von der erkennungsdienstlichen Behandlung der beiden Rumäninnen. Diese hatte bezüglich des Mordes an Käthe Klemm nichts Relevantes ergeben beziehungsweise die Version der Rumäninnen bestätigt. Keine DNA-Spuren der beiden Frauen an der Leiche von Käthe Klemm. Fingerabdrücke nur am Wohnzimmertisch, wo die Rumäninnen gesessen und der alten Frau ein Faltblatt mit dem Foto eines Rettungshubschraubers gezeigt hatten. Mike Scholz' Recherche war ebenfalls erfolglos verlaufen. Offenbar hatte Käthe Klemm ihre Absicht, ein Testament aufzusetzen, wie sie es dem Pfarrer gegenüber geäußert hatte, nicht mehr in die Tat umgesetzt.

»Weiß auch gar nicht, was die hätte groß vererben sollen«, gab Scholz zu bedenken. Er hatte immerhin herausgefunden, dass auf Käthe Klemms Sparbuch bei der Sparkasse Mittelthüringen etwa achttausend Euro lagen. Kein Betrag, der einen Mord rechtfertigen würde, obwohl den Kriminalbeamten durchaus Fälle bekannt waren, in denen Menschen für die lächerliche Summe von fünf oder zehn Euro ihr Leben lassen mussten.

»Erst recht haben wir keinen einzigen Anhaltspunkt, wer

außer der Kirche sonst noch hätte bedacht werden sollen. Die Frau hatte keinerlei Verwandte. Wenn ich das richtig erinnere, hat der Pfarrer aber auch nicht gesagt, dass die Kirche alles bekommen würde, oder?«

Scholz sah erst zu Remde und dann mit diesem gemeinsam zu Woltmann hin.

»Ähm, ja, genau, beim Pfarrer hörte sich das so an, als wären da noch andere Kandidaten mit im Rennen.«

Woltmann war etwas unkonzentriert. Er hatte sich noch einmal Mandys Wutausbruch beim Bäcker ins Gedächtnis gerufen. Jetzt saß sie sachlich und konzentriert neben Remde. Seinen Blicken wich sie aus.

»Hat denn niemand irgendetwas beizutragen, das uns voranbringt?« Remdes Stimme klang genervt.

»Doch, ich«, meldete sich Hoppe zu Wort. »Die Spurensicherung hat die Asservate freigegeben. Ich habe mir die Handtasche des Opfers einmal angeschaut. Darin war eine Einladungskarte.«

Nur wenig später beendete Remde die Sitzung und machte sich mit Hoppe auf den Weg nach Gut Eichenroda. Obwohl sie mit einem Zivilfahrzeug kamen und damit auch einfache Spaziergänger hätten sein können, war, wie von unsichtbarer Hand herbeigezaubert, sofort eine stämmige Frau zur Stelle.

»Na, macht die Polizei einen Ausflug? Guten Tag, ich bin die Frau Graf.«

»Ähm, woher wollen Sie wissen, dass wir von der Polizei sind?«

»Aber Herr Kommissar, hab Sie doch schon öfter bei HALLO WEIMAR TV gesehen. Sie sind doch in der Stadt bekannt wie ein bunter Hund.«

Remdes Miene ließ sich zunächst nicht entnehmen, wie er

diesen Vergleich bewertete, doch ein zufriedenes Lächeln ließ schließlich erkennen, dass er ihn sicherheitshalber als Kompliment für sich verbuchte.
»Ich frage mich allerdings schon, wieso die Polizei heute gleich zweimal kommt? Wieder wegen des …«, fuhr Frau Graf fort.
Doch Hoppe hörte sofort die Alarmglocken schrillen und unterbrach sie abrupt. »Die Kollegen heute früh waren wegen der Thüringen-Rundfahrt der Radfahrer da. Das hat etwas mit der Umleitungsstrecke zu tun.«
Frau Graf blies die Backen auf und setzte zu einem Protest an, sah dann aber angesichts des strengen Blicks der Kriminalbeamtin davon ab. Remde war bereits in den Park gegangen und bekam nichts mehr davon mit. Als der Kripochef zurückkam, betraten sie zu dritt das Herrenhaus, die prächtige Eingangshalle, die reich ausgestatteten Zimmer. Die stämmige Frau erläuterte alles genau so, wie sie es Woltmann und Klein gegenüber schon einmal getan hatte.
»Frau Graf, vielen Dank für die Führung, sehr beeindruckend. Jetzt hätten wir noch ein paar andere Fragen an Sie.«
»Bitte!« Die Eichenrodaerin schien zu ahnen, was auf sie zukam.
»Haben Sie eine Frau Käthe Klemm gekannt?«
»Ja, ja, ich weiß, die Tote in Weimar-West. Steht ja in der Zeitung. Und wer die Käthe K. ist, wie es dort abgekürzt heißt, hat sich schnell bei uns im Ort rumgesprochen.«
»Ja, also Frau Graf, wie gut kannten Sie sie?«
»Tja, eigentlich kaum. Die war nur neulich hier, als sich die ehemaligen Erzieherinnen des Kinderheims ›Ernst Thälmann‹ wieder getroffen haben.«
»Wie ist dieses Treffen zustande gekommen?«

»Das habe ich organisiert.« In den Worten der Eichenrodaerin lag etwas Stolz. »Ich bin die Vorsitzende des Fördervereins von Gut Eichenroda.«
»Aha, und wie kamen Sie auf die Idee, ein solches Treffen zu veranstalten?«
»Ich habe auch einen Stellvertreter. Den Pfarrer Lemke.«
Hoppe und Remde sahen sich an.
»Ja, der Pfarrer Lemke ist nicht nur Pfarrer in Weimar-West, sondern kümmert sich mit mir auch darum, dass das Gut Eichenroda nicht in Vergessenheit gerät. Mir ist die Zeit wichtig, als der Sammler Kohl hier tätig war.«
»Und dem Pfarrer Lemke? Was ist dem wichtig?«
»Na, der sagt, es müsse vor allem die Zeit aufgearbeitet werden, in der Eichenroda ein DDR-Kinderheim war.«
»Ach, und was sollte dann das Treffen der ehemaligen Erzieherinnen bezwecken?«
Frau Graf zögerte einen Augenblick, bevor sie antwortete.
»Also, zum einen brauchen wir viel Geld, um das Gut zu renovieren und es wieder zu einem Begegnungsort und Museum zugleich zu machen.«
»Wie viel Geld ungefähr?«
»Nun ja, Millionen. Und die ehemaligen Erzieherinnen sind teilweise alleinstehend, ohne Erben. Da könnte …« Bei den letzten Worten hatten sich Frau Grafs Backen gerötet.
»Aber der eigentliche Grund war …«, fuhr sie schnell fort, »… dass wir eine Lobby für das Gut und zusätzliche Mitglieder für den Förderverein brauchen. Und wer wäre dafür geeigneter als die ehemaligen Erzieherinnen? Als Nächstes laden wir frühere Schülerinnen und Schüler ein.«
»Wenn Sie, Frau Graf, die alten Erzieherinnen eingeladen haben, besitzen Sie demnach auch eine Liste derjenigen, die

am Treffen teilgenommen haben. Können Sie mir die bitte zumailen?«

Frau Graf überlegte eine Weile, dann sagte sie, sie müsse schauen, ob sie die noch habe, und steckte Hoppes Visitenkarte ein.

»Frau Graf«, schaltete sich Remde ein, »ich frage Sie das jetzt, weil es für uns sehr wichtig ist. Ist Ihnen während des Treffens an Frau Klemm irgendwas aufgefallen? Wir haben sie wenige Tage danach tot in ihrer Wohnung aufgefunden. Sie wurde Opfer eines Gewaltverbrechens.«

»Ach, ich hab bei dem Treffen ja nur den Blechkuchen verteilt, und da hat man sie mir eben gezeigt. Die hatte ja nicht gerade den besten Ruf.«

»Wer ist ›man‹? Wer hat ihnen Frau Klemm gezeigt? Und was heißt ›nicht den besten Ruf‹?«

»Weiß nicht.«

Sosehr die beiden Polizisten auch nachhakten, wer und was damit gemeint wäre, Frau Graf verweigerte jede weitere Aussage zu Käthe Klemm. Auch wenn sie sich weitaus redseliger zeigte als noch am Vormittag gegenüber Woltmann und Klein – vielleicht weil sie sich von nachfolgenden Presseberichten über den Mord, in denen auch das Treffen der Ehemaligen erwähnt wurde, mehr Aufmerksamkeit für ihren Förderverein versprach –, bei Käthe Klemm versiegte ihr Mitteilungsbedürfnis schnell.

»Über Tote will ich nicht reden. Schon gar nichts Schlechtes. Aber fragen Sie doch mal ihre ehemaligen Zöglinge. Ich muss jetzt Kaffee kochen.«

Frau Graf drehte sich um und ließ zum zweiten Mal am heutigen Tag zwei Polizisten einfach stehen.

Woltmanns Streifendienst war zu Ende. Aus der Zeitung hatte er von der Trauerfeier für Käthe Klemm erfahren. Die Leiche war nach der Obduktion zur Bestattung freigegeben worden. In Zivil begab er sich als Privatperson zu Fuß von der Altstadt zum Friedhof. Er überquerte am Poseckschen Garten die Straße und betrat den Historischen Friedhof. Obwohl er seine gesamte Jugend in Weimar verbracht hatte, konnte er sich nicht erinnern, jemals hier gewesen zu sein. Überhaupt hatte er noch nie an einer Beerdigung teilgenommen. Das Thema Tod hatte er immer erfolgreich verdrängt. Bis zu jenem Einsatz am Prenzlauer Berg in Berlin. Damals war das Thema Endlichkeit des Lebens und Sterben schlagartig in sein Bewusstsein getreten. Danach registrierte er sich sofort in der Tauschbörse, um möglichst bald nach Weimar wechseln zu können.
Irgendwann, so sagte er sich, als er jetzt durch die Allee herbstlicher Linden auf die Fürstengruft zuging, muss ich über den Vorfall mit jemandem reden.
Er hatte noch etwas Zeit bis zur Trauerfeier. Die Fürstengruft war schon geschlossen. Dunkel erinnerte er sich an einen Zeitungsartikel, in dem es um Schillers Knochen ging. Die hatten hier wohl viele Jahre in einem Sarg gelegen, bis sich dann herausstellte, dass es gar nicht Schillers Knochen, sondern die einer unbekannten anderen Person waren. Jetzt musste er darüber schmunzeln. Sachen gab's! Wenigstens die Goethe zugeschriebenen und hier gelagerten Knochen waren echt. Auf der Rückseite der Fürstengruft warf er einen kurzen Blick in die Russisch-Orthodoxe Kapelle mit ihren Ikonen. Er ging mit seinem Smartphone ins Internet und erfuhr dort, dass die Kapelle um 1860 erbaut worden und die Grabstätte für Maria Pawlowna bestimmt gewesen

war. Sie war Großherzogin von Sachsen-Weimar-Eisenach und entstammte der russischen Zarenfamilie. Deshalb waren sowohl Weimar wie auch Russland die Orte, an denen sie zu beerdigen gewesen wäre. Da man aber ihren Leichnam nicht zerteilen wollte, fuhr man mehrere Karren russischer Erde den weiten Weg bis nach Weimar und setzte Maria Pawlowna in dieser bei, unter der jetzigen Kapelle.

Vor der Eingangstür zur Trauerhalle warteten drei Personen auf Einlass zur Trauerfeier. Woltmann erkannte in ihnen sogleich die drei Damen, die ihn vor dem Wohnblock Käthe Klemms erwartet hatten. Er hielt sich bewusst abseits, um lästigen Fragen zu entgehen. Die ganze Feier dauerte nicht einmal zwanzig Minuten. Auf der Empore bediente ein Mitarbeiter die Tontechnik und spielte drei Choräle als bloße Instrumentaltitel ein. Die Ansprache hielt Pfarrer Lemke. Immer wieder sprach er vom »Kreuz«, der »Sünde« und vom »Tod«. Woltmann schweifte mit seinen Gedanken ab. Außer ihm und den drei Nachbarinnen war niemand gekommen. Die Atmosphäre empfand er als bedrückend. So wie Frau Klemm wollte er, wenn es so weit war, nicht aus dieser Welt scheiden. Selten war er so froh darüber gewesen, eine Familie zu haben, wie in diesem Moment. Seine Kinder würden ihn hoffentlich überleben und dann eine andere Feier organisieren.

Woltmann wartete, bis die drei Damen die Trauerhalle durch den Seitenausgang verließen und auch Lemke sich zurückgezogen hatte. Mit gesenktem Haupt blieb er vor dem Sarg von Käthe Klemm stehen. Zur Urnenbeisetzung in zwei, drei Wochen war überhaupt kein Trauergast zu erwarten. Was für ein trauriges Leben. Woltmann schüttelte sich.

13

Zurück im Büro, googelte Mandy Hoppe »Eichenroda« und stieß auf mehrere Foren, in denen sich frühere Zöglinge des Kinderheims äußerten. Auch ein Hinweis auf das Treffen der ehemaligen Erzieherinnen war in diese Foren gelangt.

Neben Berichten über die gute Zeit, die einige als Kinder über viele Jahre hinweg bis in ihre Pubertät hinein in Eichenroda verlebt hatten, gab es auch Anspielungen, die auf Misshandlungen durch einzelne Erzieherinnen hinwiesen. Es sei immer wieder mal zu körperlichen Bestrafungen und anderen Züchtigungen gekommen. Konkrete Namen von misshandelnden Erzieherinnen fanden sich nicht.

Die von Frau Graf zugesagte Liste mit den Namen der ehemaligen Erzieherinnen war noch nicht eingetroffen.

Hoppe telefonierte mit den Spezialisten der Abteilung Information und Kommunikation des Landeskriminalamts in Erfurt und bat sie darum, über die jeweiligen Provider die Namen der User zu eruieren, die sich über ihre brutale Behandlung in Eichenroda im Forum beschwert hatten.

Schon wenige Minuten später erhielt sie erste Namen. Eines der ehemaligen Heimkinder, das sich besonders verbittert im Forum äußerte und seine gescheiterte Existenz in eine direkte Verbindung mit der erlittenen Tortur in Eichenroda brachte, war Werner Stiegler.

»Der ist in den Westen geflohen, nach Gießen«, berichtete sie Remde, den sie wegen der Brisanz der neuen Erkenntnisse in seinem Büro aufgesucht hatte.
»Wann, nach seiner Zeit in Eichenroda?«
»Ja, Chef, ich weiß nur nicht, wie er das geschafft hat. Vielleicht hat er zuvor sogar einen Ausreiseantrag gestellt und ist nach dessen Ablehnung überwacht worden. Was ihm die Flucht dann doppelt erschwert hätte. Jedenfalls ist er später im Westen auf die schiefe Bahn geraten.«
Beim Wort Ausreiseantrag war Remde kurz zusammengezuckt.
»Was heißt ›schiefe Bahn‹?«
»Na ja, er hat getrunken, ist dann mehrfach mit Alkohol am Steuer erwischt worden. Außerdem war er schon mehrfach in Schlägereien verwickelt.«
»Gefängnis?«
»Nein, eine Bewährungsstrafe. Aber er hat deswegen seinen Job als Leiter einer kleinen Drogeriekettenfiliale verloren.«
»Hm. Ein Mordmotiv? Weil er sich an seiner Erzieherin rächen wollte? Die ihm das Leben versaut hat?« In Remdes Augen zeigte sich ein leichtes Flackern.
»Weiß nicht, Chef, fast ein halbes Jahrhundert später?«
Der Kripochef kratzte sich am Hinterkopf.
»Vielleicht hat der ein Erlebnis gehabt, irgendetwas, was ihn jetzt wieder an all das erinnert hat, was ihn so verbittert hat.«
»Ja, vielleicht.«
Remde überlegte kurz, dann ging er ins Internet und suchte die Nummer des Gießener Kollegen heraus.
»Remde hier. Ich grüße Sie.«
Er trug dem Gießener Kripochef sein Anliegen vor.

»Tja, Kollege Remde, ich kann da gerne eine Streife vorbeischicken. Oder wenn Sie selbst ... Ich würde Sie vor dem Haus Stieglers gegebenenfalls erwarten.«

Hoppe wusste, was jetzt in Remdes Kopf vorging. Im Mordfall Klemm hatten sie, nachdem die Rumäninnen ausfielen, keine weitere Spur mehr, der sie nachgehen konnten. Die Presse hatte schon mehrfach angefragt, ob der Fall bald gelöst sei. Zu seinem Glück hatte Remde ein ausgesprochen gutes Verhältnis zu Peter Stoffels von der »Thüringer Rundschau«, einem alten Bekannten aus Armeezeiten, der ihm den Rücken frei hielt und über das gewisse Mehr an »Geduld« schrieb, das so ein Fall brauche. Dennoch musste Remde bald mit neuen Spuren aufwarten. Auch polizeiintern würde der Druck auf ihn steigen. Das kannte er schon zur Genüge. Da kam ihm dieser Stiegler gerade recht. Er musste etwas tun, das Herumsitzen und Warten in der Polizeiinspektion frustrierte ihn auf die Dauer.

»Kollege, danke für Ihr Verständnis. Wir sind in zwei Stunden bei Ihnen.«

Hoppe sah ihren Chef verdutzt an. Hatte sie das gerade richtig verstanden? Er wollte jetzt gleich nach Gießen fahren, nur wegen einer Befragung?

»Auf geht's, Kollegin, organisieren Sie ein schnelles Zivilfahrzeug. Wir starten in zehn Minuten.«

»Aber Chef, im Forum gibt es auch noch andere ehemalige Schüler, die sich genauso verdächtig gemacht haben wie dieser Stiegler. Einer hat zum Beispiel geschrieben, er träume immer wieder davon, die Erzieherin, die ihn so oft aufs Ohr geschlagen habe, dass er heute schwerhörig sei, aus dem Fenster zu stoßen.«

»Hm«, brummte Remde nur.

»Und ein Vater, dessen Tochter sich das Leben genommen hat, weil sie die Schrecken im Kinderheim psychisch nicht mehr verkraftet hat, kündigte im Forum Rache dafür an. Da tun sich Abgründe auf.«

»Ja, mag sein«, gab Remde mit leerem Blick aus dem Fenster von sich.

»Müssen wir die nicht erst mal alle abklappern? Und der Pfarrer ist Zweiter Vorsitzender des Fördervereins von Eichenroda. Den sollten wir auch noch mal befragen. Vielleicht weiß er ja was über die geschädigten Kinder?«

»Darum soll der Scholz sich kümmern, vielleicht erübrigt sich das sowieso alles, wenn wir in Gießen erfolgreich sind.«

Hoppe ging in ihr Büro und hatte kaum noch Zeit, Scholz kurz am Telefon zu informieren, so eilig hatte es ihr Chef, der zwei Minuten später mit klapperndem Schlüsselbund an der Tür zu ihrem Zimmer stand und sie zum Mitkommen aufforderte. Sie gab Scholz die Adressen des Schwerhörigen sowie des Vaters durch, dessen Tochter sich umgebracht hatte.

Woltmann war zu Käthe Klemms Trauerfeier gegangen, weil er sich davon Hinweise auf den Täter versprach. An deren Ende hatte er zwar neue Gedanken über den Tod und die Vergänglichkeit des Lebens gewonnen. Aber was den Fall betraf, war das Ergebnis gleich null.

Er spürte, wie er den Anschluss in der Mordsache Klemm zu verlieren drohte, obwohl er offiziell zum Ermittlungsteam gehörte. Zwar konnte er im Intranet der Kripo alle relevanten neuen Ergebnisse einsehen. Doch dass Remde und Mandy gerade auf dem Weg nach Gießen waren, hatte er nur zufällig erfahren. Scholz, dem er auf dem Polizeihof begegnet war, hatte es ihm erzählt. Wieso wusste Scholz von der Fahrt nach Gießen und er nicht? Und wohin brach Scholz nun auf? Sein Konkurrent schien alle Hände voll zu tun zu haben. Woltmann befürchtete, Mandy habe es aufgegeben, ihn bei Remde zu protektionieren. So wütend wie sie wegen der Eichenroda-Geschichte gewesen war, konnte er das nicht ausschließen. Auch hatte sie auf seine Einladung zum Wein immer noch nicht reagiert. Aber vielleicht waren dafür auch andere Gründe ausschlaggebend. Remde forderte sie sehr. Hatte sie eigentlich Familie? Jetzt kam es ihm merkwürdig vor, dass er sie bei ihren bisherigen Begegnungen nie danach gefragt hatte. Er erinnerte sich an ihre Bestellung bei Bäcker Baum. Acht DDR-Brötchen. Die würde sie wohl kaum alleine essen. Aber da sie auf dem Weg ins Büro gewesen war, brachte sie vielleicht den Kollegen welche mit.

Der Bäckermeister. Angesichts mangelnder Alternativen sollte er ihn vielleicht ein bisschen ausquetschen. Offenkundig kannte Baum halb Weimar, war informiert über alles, was sich im Städtchen so abspielte. Noch heute, nach Feierabend, wollte er ihn aufsuchen. Das Telefon klingelte. Scholz war dran.

»Kollege Woltmann, der Chef hat gerade angerufen. Wir müssen mit Hilfe von Personenfotos Befragungen in Eichenroda durchführen. Gemeinsam, das war sein ausdrücklicher Wunsch.«

Seinen Worten war anzumerken, dass er Woltmann nur ungern mitnahm. Aber da Remde es nun einmal so wollte, blieb ihm nichts anderes übrig.

14

Neben ihm Mike Scholz. Sie befanden sich auf dem Weg nach Eichenroda, danach nach Weimar-West. Schlimmer, als gemeinsam mit dem härtesten Konkurrenten um einen Platz bei der Kripo ermitteln zu müssen, ging es nicht mehr. Aber war er denn wirklich der härteste Konkurrent von Scholz? Mandy hatte von mehreren altgedienten Kollegen gesprochen, die Schlange standen wegen eines Jobs bei der Kripo. So oder so, Scholz war mehr als ein schwerer Brocken für ihn. Wie er sich bei Remde immer einschleimte, ihm immer bewundernd Beifall zollte. Das war doch widerlich.

Das Telefon läutete. Woltmann wollte den Anruf gerade entgegennehmen, als Scholz, der das Zivilfahrzeug fuhr, ihm per Knopfdruck auf das Multifunktionslenkrad zuvorkam.

»Scholz.«

»Remde hier.«

»Ja, Woltmann auch hier.«

Scholz zog die Augenbrauen leicht nach oben.

»Schon was rausgekriegt?«

»Nein, noch nicht, Chef«, beeilte sich Scholz zu antworten.

»Nein, noch nicht, sind auf dem Weg nach Eichenroda, Chef.«

»Warum reden da immer zwei gleichzeitig? Da stimmt was nicht mit der Freisprechanlage. Scholz! Sie melden sich bitte sofort bei mir, wenn dort jemand diesen Stiegler erkennt, verstanden?«

»Ja, Chef, aber gerne doch!«

Remde drückte das Gespräch weg. Scholz fuhr unter der Autobahn hindurch und starrte geradeaus auf die Fahrbahn. Um seine Mundwinkel spielte ein Lächeln.

Hoppe hatte Scholz einige Fotos aus Stieglers Kriminalakte zugemailt. Kurz hatte er sie auch Woltmann gezeigt. Sie sollten Anwohner von Gut Eichenroda und in Käthe Klemms Wohnumfeld befragen, ob sie Stiegler kannten und in der letzten Zeit gesehen hätten. Das hatte nach Remdes Meinung Priorität, erst danach würden sie sich den Schwerhörigen und den Vater vornehmen.

In Eichenroda war es die scheinbar unumgängliche Frau Graf, die sich an Stiegler zu erinnern glaubte.

»Ja, hier war ein Mann, der genauso dürr und spillerig wie der auf dem Foto aussah. Der ist während des Ehemaligentreffens durch den Park gestreift. Wirkte ungepflegt.«

»Haben Sie ihn aus der Nähe gesehen?«

»Nein, er war da vorne, an der Mauer.«

»Und aus der Entfernung haben Sie erkannt, dass er ungepflegt war?«

»Nein, doch, also irgendwie hatte ich so das Gefühl.«

»Schauen Sie sich das Porträtfoto noch mal genau an, Frau Graf. Können Sie mit Sicherheit sagen, dass Sie diesen Mann beim Treffen der ehemaligen Erzieherinnen in Eichenroda gesehen haben? Ihre Aussage hat unter Umständen weitreichende Folgen für die Ermittlungen im Fall Klemm.«

Woltmanns Stimme hatte jetzt etwas Amtliches, leicht Pathetisches.

Die Eichenrodaerin sah eingeschüchtert aus. »Also nee, ich

weiß nicht, sicher bin ich nicht. Ich habe ja drinnen den Blechkuchen für die Gäste geschnitten. Meinen Sie, ich hab da Zeit, mir jeden anzuschauen, der unseren schönen Park besucht?«
Frau Graf setzte ein beleidigtes Gesicht auf, drehte sich um und ließ zum dritten Mal zwei Polizisten stehen.
Woltmann und Scholz klingelten noch an einigen Türen in Eichenroda. Hunde kläfften sie immer wieder an, aber keiner der Anwohner konnte sich daran erinnern, Stiegler gesehen zu haben.

Der Gießener Kripochef erwartete sie vor einem heruntergekommenen Wohnhochhaus aus den sechziger Jahren. Sie fuhren mit einem laut dröhnenden und bedrohlich ruckelnden Lift ins fünfte Stockwerk. Im Treppenhaus roch es nach verbranntem Essen, abgestandener Luft, Verwesung. Vielleicht lag irgendwo eine tote Katze, Ratte oder Maus. Aus den Wohnungen dudelten verschiedene Fernsehsender bis nach draußen, vor allem Actionfilme mit ständigem Geballere und quietschenden Autoreifen. Es war helllichter Tag mitten in der Woche, offenbar hatten viele Bewohner keine Arbeit. Erst beim dritten Klingeln öffnete sich die Tür. Eine Rauchwolke schlug den Beamten entgegen. Sie zeigten Stiegler unaufgefordert ihre Dienstausweise. Er war hager, trug ein ärmelloses weißes Unterhemd, eine blaue Jogginghose mit weißem Längsstreifen, die schon einige Wochen keine Waschmaschine mehr von innen gesehen hatte, und war Kettenraucher. Der Fernseher lief auch bei ihm, einige leere Bierflaschen vom Discounter lagen auf dem Boden herum.

»Was ist denn los? Ich hab nix gemacht.«

Die Kriminalbeamten baten ihn, erst einmal die Fenster zu öffnen und kräftig durchzulüften. Unwillig kam Stiegler der Aufforderung nach und zündete sich dabei die nächste Zigarette an. Der Gießener Kripochef hielt sich im Hintergrund und ließ die beiden Weimarer Kollegen die Befragung alleine durchführen.

Stiegler lebte seit einigen Jahren von »Stütze«. Er trank mehr als je zuvor. Soziale Kontakte pflegte er so gut wie keine. Sein Tag spielte sich vor zwei Bildschirmen ab: Dem des Fernsehers und dem des Computers.

»Wo waren Sie zur Tatzeit?« Remde hatte ihm kurz den Grund für ihr Kommen erklärt und nannte ihm nun das Todesdatum von Käthe Klemm.

»Hier, wo sonst!«, nuschelte Stiegler.

»Was heißt hier?«

»Na hier, vor dem Computer.«

»Gibt's dafür Zeugen?«

»Nein!«

»Gut, wir werden das anhand des Computers überprüfen«, entschied Remde, obwohl er wusste, dass ein Computer auch dann laufen konnte, wenn sein Besitzer nicht vor Ort war. Er holte das Bild der toten Käthe Klemm aus der Tasche und hielt es Stiegler vors Gesicht.

»Diese Frau war früher Erzieherin in Eichenroda! Sie haben sich über brutale Methoden in Eichenroda beschwert. Sie waren als Kind und Jugendlicher dort untergebracht. Jetzt ist diese Frau tot.«

Remde redete scharf, unerbittlich. Mit Hoppe war er, was Verhöre betraf, ein eingespieltes Team. Er übernahm den superharten Part, sie gab die verständnisvolle Gesprächspartnerin, der man alles anvertrauen kann. Zuckerbrot und Peitsche, das hatte noch jeden Verbrecher weichgekocht.

»Hören Sie, Herr Stiegler, es ist besser, wenn Sie uns alles erzählen. Ihre Kindheit in Eichenroda war sicherlich schwer«, sagte sie jetzt mit sanfter Stimme. Sie sprach fast mütterlich, wollte Stiegler emotional packen.

Stieglers Hände zitterten. Er saß auf seinem löchrigen Sofa und zündete sich eine Zigarette an. Achselschweiß hatte sein Unterhemd fast bis zur Hüfte durchnässt.

»Herr Stiegler, so reden Sie doch.«

Kurz schaute er in die grün funkelnden Augen der Kommissarin. Sie signalisierte Remde mit einem Kopfnicken, auf den Balkon zu gehen. Zum einen verhinderte das, dass Stiegler in einer Kurzschlusshandlung aus dem Zimmer rannte und vom Balkon sprang. Zum anderen vermittelte es ihm das Gefühl, mit der Ermittlerin alleine zu sein, auch wenn Remde durch die offene Balkontür alles mit anhören konnte.

»Ja, ich war als Kind in Eichenroda«, begann Stiegler stockend. »Wir haben ja gleich an der Grenze gewohnt. Im Sperrgebiet. Da haben die uns umgesiedelt. Meinen Vater haben sie sogar eingesperrt. Von ihm habe ich nie wieder was gehört.«

Stiegler unterbrach seine Rede. Die letzten Worte hatte er gestammelt, er war den Tränen nahe. Er schneuzte sich.

»Auch meine Mutter ist dann plötzlich weg gewesen. Bis heute weiß niemand, was mit ihr passiert ist. Ich war noch zu klein, um es herauszufinden. Man hat mich in das Kinderheim in Eichenroda gesteckt. Dort hieß es, meine Mutter sei in den Westen geflohen. Sie wolle nichts mehr von mir wissen. Sie sei eine Rabenmutter. Aber das habe ich nie geglaubt.«

Stiegler rollten die Tränen die Wangen hinab. Er stand auf, lief im Raum umher und trat gegen die Schrankwand. Erst als er sich wieder setzte, dankte ihm Mandy für seine Offenheit.
»Herr Stiegler, kennen Sie diese Frau?«
Jetzt hielt auch sie ihm das Foto der toten Käthe Klemm unter die Augen.
»Nein, kenne ich nicht. Kann sein, dass die zu einer anderen Zeit in Eichenroda gearbeitet hat, als ich dort war.«

Woltmann und Scholz fuhren weiter nach Weimar-West. Sie klingelten an den Türen von Käthe Klemms Nachbarinnen.
»Ach, guten Tag, Herr Kriminalkommissar«, begrüßte ihn die Wortführerin. »Haben Sie Ihren Assistenten mitgebracht?«
Woltmann lächelte und sah aus den Augenwinkeln Scholz' ungläubiges Staunen.
»Ich hab Sie auf der Trauerfeier von Käthe Klemm gesehen.«
Das Lächeln Woltmanns gefror zu einer Maske.
»Das kann nicht sein, Frau …« Er versuchte, unauffällig auf das Klingelschild zu schauen, ohne Erfolg, dort stand kein Name.
»Doch, doch, ich bin mir sicher, Sie waren dort. Fand ich eine schöne Geste, Herr Kriminalkommissar.«
Jetzt war es an Scholz, vielsagend zu lächeln. Hatte Woltmann etwa auf eigene Faust ermittelt? Noch wusste er nicht, wie er diese Information verwerten konnte. Aber Hauptsache, er hatte den Hinweis, wer weiß, was sich an strategischen Optionen in der großen Runde oder im Zweiergespräch mit Remde noch daraus ergeben würde. Der Chef

mochte es ganz und gar nicht, wenn ihm Informationen vorenthalten wurden.

»Kennen Sie diesen Mann?«, ging Scholz jetzt in die Offensive und zeigte der Nachbarin von Käthe Klemm das Foto von Werner Stiegler. Sie befragten noch andere Bewohner des Hauses. Ein älterer Herr meinte, Werner Stiegler vor einiger Zeit in der Nähe des evangelischen Gemeindezentrums gesehen zu haben. Woltmann horchte auf. An irgendetwas erinnerte ihn dieser Hinweis.

»Oder, warten Sie, nein, der sah doch anders aus. Glaub ich jedenfalls. Vielleicht war es doch nicht dieser Mann, obwohl …«

Der ältere Herr relativierte seine Aussage noch einige Male, und Woltmann verlor den Gedanken wieder.

Scholz rief, als Woltmann kurz nicht aufpasste, Remde an und teilte ihm die Ergebnisse der Befragungen mit. Der Kripochef und Hoppe waren bereits auf dem Rückweg nach Weimar. Insgesamt waren die Aussagen sowohl von Frau Graf als auch von den Personen in Weimar-West wenig zuverlässig und belastbar. Doch dem unter Druck stehenden Remde genügte das. Gleich nach ihrem Besuch bei Stiegler hatte er diesem Schauspielerei unterstellt.

»Ich kenne diese Typen«, hatte er Hoppe erklärt, »heulen sich aus, machen was auf Weichei, versaute Kindheit und so. Damit rechtfertigen sie dann vor sich selbst ihre Verbrechen.«

»Aber Chef«, hatte Hoppe einzuwenden gewagt, »die Version von Stiegler kann doch auch stimmen. Was, wenn er Käthe Klemm wirklich nicht gekannt hat? Wenn er seit bald fünfzig Jahren nicht mehr in Weimar und Eichenroda war?«

»Ach was, Kollegin Hoppe, papperlapapp. Ich habe viel

mehr Erfahrung und Gespür als Sie. Glauben Sie mir, der war in Weimar. Dem ist alles wieder hochgekommen. Der hat von dem Treffen im Internet gelesen und sich auf die Socken gemacht, um seine alte Erzieherin abzustechen. Weil sie ihm das Leben versaut hat.«

Hoppe war chancenlos. Remde telefonierte erneut mit seinem Gießener Kollegen, dieser nahm Kontakt mit der zuständigen Staatsanwaltschaft auf. Als Grund für den Erlass eines Haftbefehls reichten die Aussagen zwar nicht aus, wohl aber bekam die Gießener Polizei die Genehmigung, Stieglers Computer zu beschlagnahmen.

Unterdessen setzte Scholz Woltmann an der Polizeiinspektion ab und fuhr alleine zu den übrigen Verdächtigen aus dem Ehemaligenforum weiter. Der hält was vor mir geheim, dachte sich Woltmann und fühlte sich darin bestätigt, gleichfalls nicht alle Informationen sofort weiterzugeben. Keine Frage, Scholz und er waren Konkurrenten.

»Sagen Sie, Herr Baum, kennen Sie in Weimar eigentlich viele Leute? Ich meine, auch über die Kundschaft, die zu Ihnen in den Laden kommt, hinaus?«

»Na klar. Geht gar nicht anders. Vom Ladenverkauf kann ich nicht leben. Ich beliefere Vereine für ihre Feste, steuere den Kuchen zu Veranstaltungen in Altenheimen bei und so weiter.«

Baum warf die frischen Mischbrote, die er gerade aus der Backstube geholt hatte, gekonnt in hohem Bogen in das dafür vorgesehene Bretterregal. Woltmann sah ihm fasziniert zu.

»Wann machen Sie das denn so alles? Ich meine, das Ausfahren und so? Sie backen und verkaufen hier fast rund um die Uhr. Irgendwann brauchen Sie doch auch mal Feierabend!«

»Alles organisiert. Wenn die Sachen tagsüber ausgeliefert werden müssen, ruf ich den Enrico an. Das ist mein Sohn. Der hat ein Moped. Verdient sich auf diese Weise ein bisschen Taschengeld dazu.«

»Taschengeld? Das bekommen doch Kinder sowieso, oder? Ich meine, ohne dafür zu arbeiten.«

»Ach, Herr Polizeimeister. Von einem selbständigen Bäcker haben Sie ganz offensichtlich, entschuldigen Sie, keine Ahnung. Wir sind ein Familienbetrieb. Da helfen alle mit. Auch die Frau. Die ist Horterzieherin, hilft mir aber beim Verkaufen. Samstagmorgens zum Beispiel immer.«

Woltmann dachte nach. Er hatte heute ein konkretes Anliegen. Er musste jetzt die Kurve kriegen.

»Sie sind also in vielen Vereinen? Kennen viele Leute?«

»Ja, klar! Beim WHR zum Beispiel.«

»WHR?«

»Na, kennt er denn den noch nicht?« Baums Gesicht verklärte sich. »Wenn er ein Weimarscher werden will, dann muss er sich das aber hinter die Ohren schreiben: WHR. Weimarer Hobby-Radfahrer. Ich sage: Bist du Mitglied beim WHR, ist dein Leben ein ganzes Stück glücklich-er.«

»Okay, merk ich mir. Darf ich Sie um einen Gefallen bitten? Natürlich streng geheim.«

»Na klar. Schieß er los!«

»Es geht um die Frau, die in Weimar-West eines gewaltsamen Todes gestorben ist.«

»Ja, die Käthe Klemm!«

»Woher weiß er denn den Namen?«

»Betriebsgeheimnis!«

»Ja, also, ich wollte wissen, also, ich mein, die war Erzieherin auf Gut Eichenroda. Vielleicht kann er herausfinden, wie sie da so war und so.«

»Alles schon passiert. Ich sage doch: Nur nicht verzagen, Bäcker Baum fragen. Ich habe gute Connections. Also, die Klemm war ein schlimmer Finger.«

»Wieso?«

»Die war so drauf wie die Kollegin letztens.« Er blinzelte Woltmann verschmitzt zu, der einen Augenblick brauchte, bis er kapierte, dass Baum auf Mandy Hoppes emotionalen Auftritt im Stehcafé anspielte.

»Also ich mein, die Klemm war noch schlimmer«, fuhr Baum fort. »Die hat ihre schlechte Laune immer an den Kindern ausgelassen.«

»Echt?«

»Ja, eine richtige Tyrannin. Hat so manche Kinderseele zerstört!«

Woltmann sah auf die schlichte weiße Wanduhr mit schwarzen Zeigern, die nur Viertelstunden anzeigte und über den Brotregalen hing.

»Oh, ich muss los!«

»Alles klar, Herr Kommissar. Ich bin übrigens der Ingo!«

»Na, dann bin ich der Sascha!«

Zwischenspiel II

9. Februar 1945, am späten Nachmittag

Käthe war ganz außer Atem. Sie war die rund achtzehn Kilometer aus der Nachbarstadt Apolda nach Weimar fast durchgehend gerannt. In der Strickerei, in der die Fünfzehnjährige arbeitete, hatte sie die Motorengeräusche der Flugzeuge und dann die Einschläge in Weimar gehört. Ein Zug fuhr nicht mehr von Apolda nach Weimar. So blieb ihr nur der Weg zu Fuß. Nach zwei gehetzten Stunden Weges an der Ilm entlang erreichte sie die brennende und qualmende Stadt. Alles wirkte irreal. Das Theater, die Stadtkirche, fast die komplette Altstadt lag in Schutt und Asche. Die Dämmerung hatte eingesetzt. Die Flammen der brennenden Häuser warfen gespenstische Schatten. Sie hastete zum Haus am Ende der Marktstraße. Dort, im Wohn- und Geschäftshaus des früheren Seifensieders Branco, teilte sie sich mit ihrer Mutter eine winzige Mansardenwohnung. Fast als einziges Haus in diesem Areal war es wie durch ein Wunder unzerstört geblieben. Ihre Mutter Dora war nicht in der Wohnung. Wo konnte sie nur sein? Käthe rannte zum Kindergarten, wo ihre Mutter arbeitete. Sie sah schemenhaft das völlig zerstörte Gebäude, den Trümmerberg. Sie hörte das Schluchzen von Müttern, die immer noch hofften, ihre Kinder wieder lebendig zurückzubekommen. Sie wartete bis zum nächsten Morgen. Aber dann wusste sie, dass sie ihre Mutter nie mehr wiedersehen würde.

15

Woltmann war froh, mit Mandy außerhalb des Dienstes reden zu können. Er hatte ihr erneut per Kurznachricht eine Einladung zum Wein geschickt. Es ging ihm um eine atmosphärische Bereinigung. Seitdem Mandy von seiner Aktion in Eichenroda wusste, hatte er das Gefühl, Mike Scholz bekomme wieder mehr Aufgaben im Ermittlungsteam. Vielleicht täuschte er sich, aber er hatte den Eindruck, zunehmend ausgebootet zu werden. Er verstand auch, dass Mandy sich nicht mehr so für ihn einsetzte. Das lag nicht nur an seinem Alleingang in Eichenroda. Er spürte bei ihr auch noch eine andere, viel größere Enttäuschung. Sie bestand wohl darin, dass er nach 1989 in den Westen gegangen war. Was genau sie daran verletzt hatte, wusste er nicht. Aber er würde es bald erfahren.

Jetzt, ein Vierteljahrhundert später, hatte der Osten mächtig aufgeholt. In vielem hatte er den Westen sogar überholt. Während Städte wie Duisburg oder Oberhausen kurz davorstanden, ihre Schwimmbäder oder Bibliotheken mangels fehlender Mittel für die Sanierung oder den Unterhalt zu schließen, blühten im Osten Städte wie Jena, Leipzig oder Dresden auf. Auch in Weimar stiegen die Einwohnerzahlen kontinuierlich. Der hohe Freizeitwert der Stadt, ihre vielen Museen, das Nationaltheater, die Staatskapelle, die herrlichen Parks, der Radwanderweg an der Ilm, die idyllischen

Dörfer im Umland, all das machte sie attraktiv. Auch die Löhne hatten fast Westniveau erreicht. Die Arbeitslosenzahlen waren im Osten zwar in manchen Regionen noch relativ hoch. Doch entsprechende Quoten gab es auch im Saarland, Bremen oder im Ruhrgebiet. Außerdem konnten einige blühende Städte im Osten beinahe Vollbeschäftigung aufweisen. Die Turnhallen, Krankenhäuser, Stadtverwaltungen waren dort vielerorts neu gebaut, während sie im Westen unter Sanierungsstau litten und den spröden Charme der sechziger Jahre versprühten.

Schon eine ganze Weile hatten Hoppe und Woltmann über diese Themen diskutiert. Sie saßen im Café Frauentor, dort wo die Schillerstraße sich zum Frauenplan hin öffnete. Mandy hatte seine Einladung angenommen, vorausgesetzt das Treffen sei kurz. Solange der Fall Klemm ungeklärt war, hatte sie kein großes Interesse, in einem Weimarer Café von einem Journalisten entdeckt zu werden. Sie war zwar nicht so bekannt wie ihr Chef. Aber Weimar war klein, und die Nachrichten verbreiteten sich auf kurzen Wegen. So trank sie statt Wein auch nur einen Cappuccino, und Woltmann tat es ihr aus Solidarität gleich.

»Ich sehe das vor allem an den Autobahnen«, setzte Woltmann den Gedanken fort. »Vor zwanzig, fünfundzwanzig Jahren merkte man sofort, wenn man vom Osten in den Westen fuhr. Auf der Strecke im Osten überall Schlaglöcher und Risse in der Fahrbahn. Ab Herleshausen oder Hof dann Straßen, als ob du auf Moos fährst. Heute ist das umgekehrt.«

»Stimmt schon, Sascha. Aber haben das die Menschen im Osten nicht verdient? Lange genug war ihr Leben eingeschränkt, oder?«

Irgendetwas an Mandys Fragen störte Woltmann. Aber obwohl er darüber nachdachte, konnte er sich den Grund für seine Irritation nicht wirklich erklären. Auch hatte er Mandy nicht getroffen, um Ost-West-Fragen mit ihr zu besprechen. Die Zeiten der Weimarer Dienstagsdemonstrationen waren schon so lange her. Deutschland hatte eine Kanzlerin und einen Bundespräsidenten aus dem Osten. Irgendwann musste mit den Ost-West-Diskussionen doch mal Schluss sein.

»Leben deine Eltern eigentlich noch in Weimar?«, versuchte er einen Themenwechsel. Mandy antwortete lange nicht. Dann sprach sie mit weicher Stimme, so wie sie es sonst nur bei Verhören mit potenziellen Verbrechern im Kontrast zu Remde tat.

»Meine Eltern sind tot. Beide starben bei einem Autounfall in Südfrankreich: Ein Lastwagen ist auf die Gegenfahrbahn geraten. Vermutlich Sekundenschlaf beim Lkw-Fahrer.«

Woltmann erinnerte sich an Mandys Mutter. Zu einer Schulfeier hatte sie einmal einen Kartoffelsalat beigesteuert, den er als den besten der Welt empfunden hatte. Er erzählte Mandy diese Erinnerung, und sie atmete tief durch. Sie konnte nicht ahnen, dass sie mit ihrer Erzählung bei Woltmann eine Schleuse geöffnet hatte. Er beschrieb ihr nun sein Schlüsselerlebnis während seiner Zeit als Streifenpolizist in Berlin. Ein Erlebnis, das mit dazu beigetragen hatte, dass er sich für die Tauschbörse und die Rückkehr nach Weimar entschied.

»Ich bin damals mit meiner Kollegin in eine Wohnung am Prenzlauer Berg gerufen worden. Dort wohnte ein älteres Ehepaar. Ihr Sohn hatte auf der Leitstelle angerufen. Er lebte am Chiemsee und feierte an diesem Tag einen runden Ge-

burtstag. Er meinte, seine Mutter hätte ihn an solchen Festtagen immer in der Frühe angerufen. Was sie aber nicht tat. Der Vater war demenzkrank. Als sie sich am Abend immer noch nicht bei ihm gemeldet hatte und die Nachbarn vergeblich an ihrer Haustür klingelten, mussten wir ran.«
Mandy sah Woltmann neugierig an.
»Und?«
»Tja, Schlaganfall. Die Frau hatte den ganzen Tag auf dem Boden der Küche gelegen. Der Mann saß neben ihr hilflos auf dem Sofa. Als wir eintrafen, war die Frau schon tot.«
»Ist ja schrecklich!«
»Ja, Mandy, und da habe ich mir gesagt, so was soll meinen Eltern nicht auch passieren. Deswegen habe ich mich bei der Tauschbörse eingeschrieben.«
»Aber deine Eltern sind doch gerade erst in den Ruhestand gegangen, oder?«
»Ja, schon, aber das mit dem Altwerden geht schneller, als man denkt.«
»Hm, ich weiß nicht.«
Mandy verabschiedete sich und ging ins Büro. Im Unterschied zu ihrem Chef legte sie sich nicht auf Werner Stiegler als einzig möglichen Täter fest. Aber sie brauchte neue Spuren und Motive, um Remde von seinen nur in eine Richtung gehenden Ermittlungen abzubringen. Sie hatten sich schon einmal verrannt und die Rumäninnen zu schnell als Täterinnen ins Visier genommen. Wie sie Remde kannte, würde er Stiegler, sobald irgendwelche Indizien hinzukämen, zum Täter erklären und erneut die Presse einschalten. Sicher, er stand unter Druck. Aber die Presse, der Minister durften ihn dennoch nicht zu einer so vorschnellen Entscheidung treiben. Wie schnell war ein Menschenleben zerstört! Und

das Stieglers hing auch ohne den Fall Klemm nur noch an dem berühmten seidenen Faden.
Sie schaltete die Schreibtischlampe an und ging erneut alle Ergebnisse in ihren Unterlagen durch. Scholz hatte einen Bericht über seine Besuche bei anderen Verdächtigen geschrieben. Der Schwerhörige war während der Tatzeit auf Teneriffa im Urlaub gewesen. Und der Vater, dessen Tochter sich getötet hatte, war einen Monat nach seinem Eintrag im Forum gestorben, also vor der Tat in Weimar-West. Sie schieden also definitiv als Täter aus. Wieso war die Liste der ehemaligen Erzieherinnen in Eichenroda eigentlich noch nicht eingetroffen? Kurz entschlossen rief sie Frau Graf an, obwohl es schon spät war. Ach, das habe sie ganz vergessen, antwortete ihr die Frau auf ihre Frage hin. Sie wolle sich aber gleich morgen früh darum kümmern, heute sei es ja schon reichlich spät. Sprach's und legte einfach auf.

16

Na bitte!
Remde strahlte vor Glück. Stolz wie Oskar blickte er in die kleine Runde, die dieses Mal um einen IT-Experten ergänzt worden war. Von ihm hatte Remde vorab die wichtigsten Informationen erhalten. Genüsslich erteilte er ihm jetzt das Wort.
»Bitte schön, Herr Kollege, berichten Sie!«
»Also, Thilo Schäfer mein Name, Kripo Gießen.«
Der Gast aus Hessen nahm einen Schluck Thüringer Waldquell, ließ seinen Blick kurz über die Versammelten schweifen und setzte eine Lesebrille auf. Er hatte einige Unterlagen dabei, aus denen er jetzt vortrug. Demnach hatte die IT-Abteilung der Kripo Gießen Werner Stieglers Computer untersucht und sich dabei vor allem auf die Begriffe konzentriert sowie an den Fragen orientiert, die ihr die Weimarer Kollegen vorgegeben hatten. Stiegler hatte demnach in mehreren allgemeinen Suchdiensten wie Google und Yahoo nach Käthe Klemms Adresse gesucht. Allerdings hatte ihm die dortige Suche ebenso wenig ein Ergebnis geliefert wie die nachfolgende Eingabe bei telefonbuch.de und anderen Spezialportalen. Nicht zu klären war, wie Stiegler schließlich doch noch an die Adresse gekommen war. Dass er Erfolg gehabt hatte, zeigte sich daran, dass er die Adresse von Käthe Klemm später bei Google Earth eingegeben

hatte. Auch hatte er am Tag des Treffens der ehemaligen Erzieherinnen online eine Bahnfahrt von Gießen nach Weimar und zurück gebucht. Drei Wochen früher musste er außerdem schon einmal in Weimar gewesen sein, zumindest war eine zweite gleichlautende Bahnbuchung gefunden worden. Und zwar genau zu der Zeit, als der Hinweis auf das Treffen der ehemaligen Erzieherinnen im Forum der früheren Heimkinder von Eichenroda erstmalig erschienen war.
»Der wollte damals schon mal ausspionieren, wie er sich die Klemm schnappen kann. Brauchte halt noch Vorbereitungszeit.«
Remde war anzumerken, wie sehr ihn die Ausführungen Schäfers erleichterten. Nur mühsam verkniff er sich weitere Kommentare. Erst als der Gießener Kollege mit seinen Ausführungen fertig war, triumphierte er unverhohlen: »Tja, der hat sich selbst entlarvt. Hat versucht, uns an der Nase herumzuführen, der Stiegler. Aber da ist er bei mir an den Falschen geraten. Nicht wahr?«
Auffordernd schaute er Mandy Hoppe an. Die aber wandte sich an den Gast aus Gießen.
»Lassen sich denn die Suchanfragen nach Käthe Klemms Adresse und die Google-Earth-Bilder zeitlich genau bestimmen? Ich meine, hat er nach Käthe Klemm schon im Zusammenhang mit der ersten Bahnfahrt nach Weimar gesucht oder erst bei der zweiten?«
Schäfer wühlte in seinen Papieren. Remde sah Hoppe vorwurfsvoll an.
»Ah, da hab ich's. Also die Suchanfrage nach Käthe Klemms Adresse und die Eingabe ihrer Adresse bei Google Earth fand am Tag nach der ersten Weimar-Fahrt statt. Beim Treffen der ehemaligen Erzieherinnen hat er außer der Bahn-

fahrt noch nach Busverbindungen im Weimarer Land und in Weimar selbst gesucht.«
»Von Weimar nach Eichenroda und zurück«, ergänzte Remde trocken.
Hoppe schrieb die Informationen mit. Im Raum herrschte Stille. Remde spielte nervös mit seinem Kugelschreiber.
»Ich stimme unserem Chef zu«, meldete sich plötzlich ungefragt Mike Scholz. »Es sind einfach zu viele Indizien, die für Stiegler als Täter sprechen. Vor allem hätte er uns seinen Besuch in Weimar nicht verheimlichen müssen, wenn er nichts getan hat.«
Woltmann schluckte. Scholz hatte die Gunst der Stunde genutzt, um sich bei Remde lieb Kind zu machen. Jetzt wäre eigentlich der richtige Augenblick für ihn gewesen, seine Bedenken vorzutragen, vor einer zu schnellen Festlegung zu warnen und der zögernden Mandy beizuspringen. Aber das würde ihn die Teilnahme im Ermittlungsteam kosten, da war er sich sicher.
Remde nickte zufrieden zu Scholz hinüber.
»Wir kennen das doch«, wagte Hoppe den offenen Widerspruch, den, wenn überhaupt jemand, nur sie sich leisten konnte, noch dazu in Gegenwart eines Gastes. »Da hört jemand von einem Mordfall. Dann stellt besagte Person fest, dass sie zur Tatzeit in der Nähe des Tatorts war, und bekommt Panik. Was tut die Person? Sie streitet alles ab, was sie verdächtig macht, auch wenn sie nichts mit der Tat zu tun hat.«
Remde räusperte sich. »Frau Kollegin Hoppe, ich weiß gar nicht, warum Sie diesen Stiegler so sehr verteidigen.«
»Ich verteidige ihn nicht. Aber wir müssen alle Möglichkeiten bedenken und in alle Richtungen ermitteln.«

»Haben wir ja. Aber bedenken *Sie* doch einmal, was Sie auf der Rückfahrt von Gießen behauptet haben: dass Stiegler seit bald fünfzig Jahren nicht mehr in Weimar und Eichenroda gewesen ist.«

»Ich habe es ausdrücklich als eine Möglichkeit bezeichnet!«

»Und haben sich geirrt! Jetzt sagen Sie, er habe aus Panik gelogen. Ich wäre etwas vorsichtiger mit solchen unbegründeten Aussagen.«

Remde war jetzt spürbar gereizt, sein Ton hatte an Schärfe gewonnen. Widerspruch erfuhr er selten.

Mandy verstummte; sie spürte, dass eine Grenze erreicht war.

»Nun, ich werde jetzt die nächsten Schritte einleiten«, entschied Remde. »Haftrichter, Haftbefehl, Durchsuchung der Wohnung Stieglers durch die Kollegen in Gießen, abermaliges Verhör Stieglers. Wir können doch weiter mit Ihrer Hilfe rechnen, Herr Kollege, ähh …«

»Schäfer.« Der Kripomann aus Hessen setzte seine Lesebrille ab. »Ja, können Sie.« Ihm war sein Erstaunen über die aufgeheizte Stimmung im Raum anzumerken. Er sah in die Runde wie ein Junge, der die Eltern im Schlafzimmer bei etwas ertappt hatte, was er noch nicht sehen sollte.

Sascha Woltmann hatte schon drei Tage nichts mehr von seinen Eltern gehört. Er nutzte die Mittagspause, um nach ihnen zu schauen. Anders als in Berlin waren in Weimar alle Wege kurz. Nicht einmal zehn Minuten brauchte er von der Polizeiinspektion bis zum Haus am Wilden Graben.

Er drückte gegen das Vorgartentürchen. Merkwürdigerweise war es abgeschlossen. Das war sonst nur der Fall, wenn die Eltern in Urlaub fuhren. Na ja, sie werden vorsichtiger im Alter, gut so, sagte er sich. Mit Schwung setzte er über das niedrige Tor und ging die vier Stufen zur Haustür hoch. Er drückte auf den Klingelknopf. Aber niemand öffnete. Er drückte den Knopf ein zweites, ein drittes Mal. Nichts tat sich. Das Auto, die Fahrräder standen in der Garage, wie er durch das kleine Fenster an deren Seitenwand sehen konnte. Er versuchte es mit Klopfen, mit Rufen. Nichts. Über den schmalen Pfad entlang der Garage gelangte er zur Terrasse hinter dem Haus. Alles war picobello aufgeräumt. Durch die Glasfront versuchte er ins Wohnzimmer zu sehen. Wegen der reflektierenden Sonne erkannte er jedoch nur wenig. Aber es schien tatsächlich kein Mensch da zu sein. Eine noch leichte, aber zunehmende Angst ergriff ihn. Er rief die Eltern auf dem Festnetz an. Der Klingelton war im Hausinneren zu hören, aber keiner ging ran. Als Nächstes versuchte er es mit einer Kurznachricht. Nichts. Er rief sie auf dem Handy an und lauschte. Ja, das war der Klingelton seiner Eltern. Sie besaßen nur ein einziges Handy. Schwach hörte er das Geräusch. Er ortete es in der Küche, die von der Terrasse her nicht einsehbar war. Das Handy war also hier. Aber die Eltern nicht. Die würden doch nicht ohne Handy das Haus verlassen!

Der Schweiß brach ihm aus. Fahrig fuhr er sich mit der rechten Hand übers Gesicht. Die Bilder aus der Wohnung am Prenzlauer Berg traten vor sein inneres Auge. Etwas war passiert. Theoretisch könnten beide Eltern gleichzeitig einen Herzinfarkt oder Schlaganfall erlitten haben. Es ging um Leben und Tod. Nie würde er es sich verzeihen, wenn er jetzt einfach wegginge und sein Glück später noch einmal versuchte. Was, wenn seine Eltern in der Zwischenzeit starben? Wenn sich herausstellen würde, dass das nicht passiert wäre, hätte man sie früher entdeckt?

Nein, er musste handeln. Er hatte keinen Schlüssel zum elterlichen Haus. Die ganze Zeit schon hatte er das mit ihnen besprechen wollen. Es aber immer wieder hinausgezögert. Jetzt ließ sich erkennen, wohin das führte.

Er drehte sich seitlich zur gläsernen Terrassentür. In der Ausbildung hatten sie den schnellen Zugriff eingeübt. Mit einem gezielten Tritt im Stile eines Karatekämpfers brachte er das Glas im Türrahmen zum Splittern.

»Alles in Ordnung bei euch, Heinrich?«, rief ein unsichtbarer Nachbar hinter der mehr als mannshohen Hecke.

»Ja, ja, alles in Ordnung«, gab Sascha Woltmann zurück und stürmte ins Haus.

17

»Wir fahren noch mal nach Gießen. Ins Untersuchungsgefängnis. Knüpfen uns den Stiegler dort erneut vor.« Remde hatte das apodiktisch gesagt, keinen Widerspruch duldend. Am Zeitungsständer einer Tankstelle hatte er die Überschrift gelesen: »Weimarer Kripo tappt im Mordfall Käthe Klemm weiterhin im Dunkeln.« Wenige Minuten später fuhr er mit Hoppe im Zivil-Opel-Insignier auf der A4. Er war mürrisch und schweigsam. Hoppe sah aus dem Fenster und dachte über die Auseinandersetzung mit ihm in der kleinen Runde nach. Remde hatte guten Spürsinn bewiesen, das räumte sie ein. Sie hatte Stieglers Aussagen mehr Glauben geschenkt, als sie durfte, sich von seiner emotionalen Betroffenheit rühren lassen. Von seiner zerstörten Kindheit und Jugend. In so einer Situation eiskalt zu lügen und abzustreiten, Käthe Klemm jemals gekannt zu haben, dazu gehörte schon ein hohes Maß an Dreistigkeit, das sie Stiegler nicht zugetraut hätte. War jemand, der so eiskalt log, aber auch in der Lage, eiskalt zu morden? Etwas in ihr sperrte sich gegen diese Vorstellung.
Im Gießener Untersuchungsgefängnis angekommen, ging Remde beim Verhör Werner Stieglers gleich voll zur Sache.
»Warum haben Sie uns angelogen, hä? Wir haben glasklare Beweise! Sie kennen Käthe Klemm! Sie hat Sie misshandelt!«

Stiegler blieb stumm. Es war das gleiche Spiel wie beim ersten Verhör. Harter Bulle, verständnisvoller Bulle. Es funktionierte ohne Absprache, auch wenn die Atmosphäre zwischen Remde und Hoppe gestört war. Die Peitsche gab es von Remde, das Zuckerbrot von Hoppe. Sie war Profi genug, persönliche Verstimmungen gegenüber Remde um des Falles willen wegzustecken. Stiegler gab schließlich zu, Käthe Klemm gekannt zu haben. Sie war seine Erzieherin gewesen. Nicht nur provoziert hätte sie ihn gerne vor anderen Kindern, sondern auch ständig denunziert. Damit habe sie ihm seelische Wunden geschlagen, die nie mehr heilten. Auch körperlich misshandelt habe sie ihn. Im zum Gut gehörenden landwirtschaftlichen Anwesen war er dazu eingeteilt gewesen, den Pferdestall auszumisten. Mit einem eisernen Viehtreiber, mit dem man sonst widerspenstige Tiere von der Weide in den Stall zurücktrieb, hatte sie ihn dort getriezt, wenn er ihrer Meinung nach zu langsam arbeitete. Zwar war Klemm auch gegenüber allen anderen Kindern streng. Er war beileibe nicht das einzige Opfer ihrer sadistischen Launen. Aber aus irgendeinem Grund war er ihr bevorzugter Prügelknabe.
»Haben Sie eine Ahnung, warum Käthe Klemm gerade Sie zum Lieblingsopfer auserkoren hat?«
Die Kriminalbeamtin erwartete auf ihre Frage keine Antwort. Wie sollte sich Stiegler, der damals noch ein Kind gewesen war, auch das grausame Verhalten einer Erwachsenen erklären können? Doch zu Hoppes Überraschung antwortete er:
»Die hat uns Kinder gehasst. Ich habe mich einer anderen Erzieherin anvertraut. Die hat mir erzählt, dass es die Frau Klemm als Kind und Jugendliche schwer hatte. Hat ihre

Eltern im Krieg verloren. Deswegen würde sie auch anderen Kindern keine schöne Kindheit gönnen.«

»Wie hieß die Frau, der Sie sich anvertraut haben?«

Stiegler dachte kurz nach.

»Kann ich eine Zigarette haben?«

Hoppe streckte ihm die Schachtel hin.

»Für später. Für den Hofgang. Wie hieß die Frau?«

Stiegler steckte sich drei Zigaretten ein, dann nannte er den Namen: Erna Götze.

»War sie bei der Feier der ehemaligen Erzieherinnen auch mit dabei?«

»Ja, die habe ich auch gesehen. Glaub ich jedenfalls. Das waren damals ja alles junge Frauen. Jetzt sind sie alt. Da erkennt man die nicht mehr so leicht. Zumal aus der Entfernung.«

»Hat Erna Götze für Sie eine besondere Rolle in Eichenroda gespielt? Ich meine, außer dass sie versucht hat, Ihnen das Verhalten von Käthe Klemm zu erklären?«

Stiegler blickte lange stumm auf die Beine des kargen Tisches in der Mitte des Verhörraumes, an dem er mit Hoppe saß. Seitlich der Tür saß ein Beamter der Justizvollzugsanstalt. Remde lief während des ganzen Gesprächs wie ein Tiger vor dem Auftritt im Zirkus unruhig im Raum hin und her.

»Die hat mich getröstet.«

»Getröstet?«

»Ja, immer wenn die Klemm ihre Anfälle hatte und auf mich losging, hat sie versucht, sie davon abzuhalten. Und wenn ich mal wieder dran gewesen war, hat sie mich getröstet. Manchmal sogar in den Arm genommen.«

Remde hielt es jetzt nicht mehr aus.

»Schluss jetzt mit dem Psycho-Gequatsche«, donnerte er

los. »Da rollen sich mir ja die Fußnägel hoch. Sie haben eben zugegeben, bei dem Treffen der ehemaligen Erzieherinnen dabei gewesen zu sein. Das deckt sich auch mit einer Zeugenaussage.«

Stiegler blinzelte Remde unsicher an.

»Es gibt noch weitere Zeugenaussagen, nach denen Sie in Weimar-West in der Nähe der Opferwohnung gesehen worden sind. Geben Sie endlich auf und gestehen Sie den Mord an Käthe Klemm!«, explodierte Remde.

»He, hallo, Moment mal. Ich war zwar in Weimar. Aber ich habe doch nicht …«

»Sie haben sich an all die früheren Misshandlungen erinnert, sich deshalb Zutritt in die Wohnung verschafft und Käthe Klemm kaltblütig ermordet!«

»He, hallo, ich war in Gießen, in meiner Bude, ich war …«

»Nichts waren Sie, Sie waren in Weimar. Wir haben Beweise!«

Remde hatte nun vollends die Fassung verloren. Der Druck, der im Fall Klemm als verantwortlichem Kripo-Chef auf ihm lastete, war ihm nun deutlich anzumerken.

»Geben Sie es endlich zu«, brüllte er Stiegler noch einmal an. Der JVA-Beamte hatte sich erhoben.

»Ich war nicht in der Wohnung. Ich habe der nichts getan. Und jetzt sag ich gar nichts mehr. Ich will einen Anwalt sprechen. Steht mir ja wohl zu.«

Remde und Hoppe fuhren nach Weimar zurück. Hoppe tippte eine Kurznachricht an Woltmann in ihr Handy: *Bitte Erna Götze aufsuchen. Wohnt in der Bertuchstraße. Wegen Käthe Klemm befragen. M.*

Woltmann stürzte in die Küche. Dort lag das verwaiste Handy. Er hastete die Treppen hoch ins Schlafzimmer, auf den Dachboden. Von den Eltern keine Spur. Auf dem Anrufbeantworter blinkte eine eingegangene Nachricht. Er hörte sie ab. Niemals hätte er sich das sonst getraut. Aber unter diesen Umständen – jetzt war sowieso alles egal.
»Hier spricht die Arztpraxis von Dr. Müller-Weißenstein. Sie hatten heute einen Termin beim Herrn Doktor und sind nicht erschienen. Bitte rufen Sie uns zurück.«
Also noch jemand, der die Eltern oder zumindest einen der beiden sucht, sagte sich Woltmann und hörte ein Rauschen im linken Ohr, als er kurze Zeit still stand und überlegte, was er jetzt tun sollte. Warum, zum Himmel, waren sein Vater oder seine Mutter nicht zu diesem Arzttermin gegangen? Hatte er, hatte sie eine unheilbare Krankheit? Sahen er oder sie keinen anderen Ausweg mehr und hatten aus Verzweiflung …
Er wagte den Gedanken nicht zu Ende zu denken. Erst einmal musste er sich um die Terrassentür kümmern. Mit seinem Smartphone ging er ins Internet und googelte dort nach Glasereien in Weimar. Götze, Bertuchstraße. Er rief die angegebene Nummer an.
Eine halbe Stunde später rückte Glasermeister Rudi Götze mit seinem Sohn Kevin an. Die beiden besahen sich den Schaden. Woltmann behauptete, in die Scheibe gestolpert zu sein. Ungläubig sahen ihn die beiden Glaser an. Aber ihm war das egal, Hauptsache, sie setzten schnellstmöglich ein Provisorium ein, um das Haus vor Einbrechern zu schützen. Die beiden Götzes interessierte die Ursache des Schadens letztlich auch nicht. Hauptsache, sie hatten einen Auftrag bekommen.

Während die Reparatur in vollem Gange war, telefonierte Woltmann mit seinem Sohn Ronny, dem frischgebackenen und stolzen Besitzer eines Mopeds. Er und Yvonne hatten Ronny den Führerschein finanziert und auch zum Moped einiges zugeschossen, da Ronnys Ersparnisse nicht gereicht hatten. Genau genommen war das Moped so etwas wie eine Entschädigung dafür, dass Ronny wegen des Umzugs seine Freunde in Berlin zurücklassen und sich in Weimar ein neues Umfeld aufbauen musste. Mit fünfzehn Jahren keine so einfache Sache, da gerade in diesem Alter die Freunde für einen Jugendlichen oftmals wichtiger waren als die Eltern. Auch für Laura stand noch eine Entschädigung an. Sie hatte sich eine Reise mit den Eltern oder einem von beiden nach New York gewünscht. Spätestens im nächsten Jahr wäre diese in Kombination mit der Jugendweihe oder Konfirmation, je nachdem wofür sich Laura entschied, einzulösen.
»Ronny, kannst du mal mit deinem Moped nach Kromsdorf rausfahren? Weißt schon, zur Scheune. Schau mal, ob der Detlef da ist. Bitte schreib mir dann eine SMS, okay?«
»Alles klar, Käpt'n, Auftrag ist in Arbeit!«
Mit Ronny hatte Sascha Woltmann zu einem kumpelhaften Umgang gefunden. Ein gutes Zeichen dafür, dass die Stürme der Pubertät abebbten.
Eine halbe Stunde später war die Terrassentür notdürftig mit einer Konstruktion aus schweren Holzbalken gesichert.
»Bis zum Einsetzen der neuen Glastür dauert es ungefähr eine Woche«, beschied ihm Rudi Götze und bat darum, eine Zwischenrechnung stellen zu dürfen. Woltmann gab ihm seine Adresse und verlangte von den beiden Glasern Diskretion wegen der zerstörten Terrassentür. Vater und Sohn Götze packten ihre Werkzeuge ein.

»Schöner Garten hier!« Rudi Götze sah über den frisch gemähten Rasen zur hochgewachsenen Birke hinüber. »Wer hält den so in Schuss?«
»Ähm, mein Vater.« Woltmann war unkonzentriert, weil das Vibrieren seines Smartphones den Eingang einer Kurznachricht signalisierte. »Noch«, schob er hinterher. Götze senior lachte und gab seinem Sohn mit einem Klaps auf die Schulter das Zeichen zum Aufbruch. Nur beiläufig registrierte Woltmann, wie Götze im Schatten des Hauses in seine Brusttasche griff, einen Flachmann herauszog und einen tiefen Zug aus ihm nahm.
Als die Handwerker gegangen waren, öffnete Woltmann die Kurznachricht:
Detlef ist weg. LG Ronny
Detlef, so nannte sein Vater das neu erworbene Wohnmobil, weil der Name des Herstellers so ähnlich lautete. Er atmete tief durch und fuhr wieder in die Polizeiinspektion, da erreichte ihn eine zweite Kurznachricht: *Bitte Erna Götze aufsuchen. Wohnt in der Bertuchstraße. Wegen Käthe Klemm befragen. M.*

18

Woltmann lenkte den Wagen auf den Hof der Glaserei Götze in der Bertuchstraße. Er staunte über den Zufall. Gerade noch hatte er den Glasermeister in höchster Not zum Haus seiner Eltern gerufen, jetzt fuhr er auf dessen Anwesen, um mit seiner Mutter zu sprechen.

Daniela Klein studierte die Klingelschilder. *E. Götze* las sie und läutete. Sie stiegen die Treppen zum ersten Stock hoch. Das Treppenhaus war voller Nippes: Ein elektrisch beleuchteter Salzstein. Eine Fußmatte mit dem Schriftzug SALVE. Auf dem Fensterbrett Sammeltassen, Porzellankatzen, auf der Schuhkommode ein verblichener Wackeldackel. Vor der Wohnungstür mussten sie noch einige Zeit warten, hörten schlurfende, sich nähernde Pantoffelschritte. Eine gebeugte Frau in Kittelschürze öffnete ihnen und schaute sie misstrauisch an.

»Polizei Weimar. Mein Name ist Sascha Woltmann. Und das ist meine Kollegin Daniela Klein.«

Erna Götze machte keine Anstalten, die Tür weiter als einen Spaltbreit zu öffnen.

»Wir haben einige Fragen zu Käthe Klemm an Sie. Dürfen wir reinkommen?«

Die alte Frau bat die Polizisten mit einer stummen Geste einzutreten und ging ihnen ins Wohnzimmer voran. Auf dem Schreibtisch lagen einige Zeitungsartikel, die sie eilig

zusammenräumte und in eine Ablage der eichenen Schrankwand legte. Dani Klein warf einen Blick darauf, während die alte Frau ihr kurz den Rücken zudrehte.
»Artikel über Käthe Klemms Ermordung«, flüsterte sie Woltmann zu.
»Frau Götze, was können Sie uns über Käthe Klemm sagen?«
Woltmann hielt die Frage bewusst so allgemein, um zu testen, in welche Richtung sich Erna Götze mit ihrer Antwort begeben würde.
Die alte Frau holte sich in der Küche ein Glas Wasser, trank es bedächtig und nahm eine Tablette.
»Bluthochdruck«, meinte sie und wartete.
»Käthe Klemm«, nahm Woltmann erneut Anlauf.
»Ja, die kenne ich.«
»Woher?«
»Die war wie ich Erzieherin im Kinderheim ›Ernst Thälmann‹ in Eichenroda. Ach, die alten Geschichten, ich will davon nicht mehr reden.«
Zum ersten Mal hörte Woltmann den DDR-Namen des Kinderheims.
»Sind Sie Käthe Klemm beim Treffen der ehemaligen Erzieherinnen in Eichenroda vor einigen Wochen begegnet?«
Erna Götze bejahte die Frage. Sie gab nur knappe Antworten. So dauerte es eine ganze Weile, bis Woltmann etwas Substanzielles erfuhr. Dabei ging es um »alte Zwistigkeiten«, die bei dem Treffen wieder neu hochgekocht waren. Er hatte den Eindruck, dass Frau Götze der Hinweis eher herausgerutscht war, als dass sie ihn bewusst zur Sprache gebracht hatte. Laut Erna Götze fielen diese Zwistigkeiten in die Zeit der sechziger Jahre. Damals hätte es im Kinderheim offene

Konflikte um den Erziehungsstil und um die Bestrafungsmethoden ungehorsamer Kinder gegeben. Käthe Klemm habe ihren damaligen strengen Stil verteidigt, andere hätten ihr deswegen Vorhaltungen gemacht. Neulich nochmals darauf angesprochen, habe die Angegriffene das Treffen vorzeitig verlassen.

»Sie wissen, dass Käthe Klemm ermordet worden ist, ja? Das wissen Sie doch bereits!«

Erna Götze reagierte auf diese Sätze Woltmanns einen Tick schneller als auf die bisherigen Fragen der beiden Polizisten.

»Ja, schlimm, furchtbar. Hab ich gelesen. Wer tut denn so was?«

»Vielleicht ein ehemaliger Schüler? Einer, der unter Frau Klemms Strenge gelitten hat?

Erna Götze schüttelte heftig den Kopf.

»Nein, nein, das ist ausgeschlossen. Das wäre vielleicht damals denkbar gewesen. Aus dem Affekt heraus. Aber doch nicht fünfzig Jahre später! Ach, die alten Geschichten, lassen Sie mich bitte damit in Ruhe.«

»Haben Sie denn eine andere Vermutung, Frau Götze?«

»Nein, absolut nicht. Keine Ahnung, wer so etwas tut.«

»Woher wissen Sie eigentlich, dass die Tote in Weimar-West Käthe Klemm ist? In den Zeitungsartikeln, die Sie schnell weggeräumt haben, war doch nur von einer Käthe K. zu lesen.«

»Ja, weil, die war dreiundachtzig Jahre alt. Genau wie ich. Da gibt's keine andere Käthe K. Das kann nur die Klemm gewesen sein. Außerdem war mein Enkel im Internet und hat den Namen für mich herausgefunden.«

Die Presseerklärung, dachte Woltmann, klar, die zieht die Aufmerksamkeit aller möglichen Möchtegerndetektive auf sich. Die finden den Namen raus. Müssen ja nur an eine der gesprächigen Damen in Käthe Klemms Wohnblock geraten. Dann kommt der Name ins Netz, wo ihn so ein internetgeschulter Enkel problemlos entdeckt. Anonymität wird immer schwieriger, das gilt sogar für Mordopfer.

»Noch eine Frage, Frau Götze. Kennen Sie einen Werner Stiegler?«

Woltmann zeigte ihr das Porträtfoto von Stiegler. Lange betrachtete die alte Frau das Foto, dann sagte sie:

»Ich glaube nicht. Kann es sein, dass der mal Schüler in Eichenroda war?«

Beim Verlassen des Hauses trafen Woltmann und Klein auf Rudi Götze, der eine aufrecht gestellte Holzpalette im Lager verräumte. Scheppernd fiel dabei eines der Fahrräder um, das an die Palette gelehnt war. Während Götze die Palette mit brachialer Gewalt auf einen Stapel hievte, fasste er das Fahrrad behutsam an und stellte es in den Ständer unter dem Vordach der Werkstatt, wo es vor Regen geschützt war. Woltmann las drei Buchstaben auf einem Aufkleber am Fahrradrahmen, konnte die Buchstaben aber nicht zuordnen.

»Nanu, der Herr Polizist verfolgt mich wohl?«

Götze lächelte und hielt die Hand gegen die hochstehende Sonne, um nicht geblendet zu werden. Woltmann erklärte ihm den Anlass seines Besuches.

»Wundern Sie sich nicht, wenn meine Mutter etwas schlecht gelaunt ist«, sprach Götze mit gesenkter Stimme. »Der Tod ihrer Kollegin nimmt sie sehr mit. Seitdem ist sie auch total ängstlich.

»Warum ist sie ängstlich?«, hakte Woltmann sofort nach, und seine Augenbrauen gingen leicht nach oben.

»Na, weil sie jetzt überall Mörder von alten Frauen vermutet. Sogar vor der Polizei hat sie Angst! Das legt sich, glaub ich, erst wieder, wenn der Fall aufgeklärt ist.«
In der Polizeiinspektion suchte Woltmann Hoppe, die gerade erst aus Gießen zurückgekehrt war, in ihrem Büro auf. Sie berichteten sich gegenseitig von den Gesprächsergebnissen Stiegler und Götze.
»Ich habe das Gefühl«, räumte Woltmann ein, »dass uns Frau Götze nicht die ganze Wahrheit gesagt hat.«
»Hm, und ich, Sascha, ich hab das Gefühl, dass der Stiegler nicht der Mörder von Käthe Klemm ist.«

Remde hatte die große Runde einberufen. Er referierte die gewonnenen Erkenntnisse aus den zwei Verhören Stieglers, wie sie sich ihm darstellten. Der Verdächtige hatte eine kaputte Kindheit gehabt: Vertreibung aus dem Sperrgebiet, der Verlust der Eltern, vor allem aber war er den Quälereien der Erzieherin Käthe Klemm ausgesetzt gewesen. Sie hatte ihn seelisch und physisch gefoltert, nicht zuletzt, um ihn ihre eigene schlimme Kindheit büßen zu lassen. Stiegler war im Forum ehemaliger Zöglinge des Kinderheims in Eichenroda aktiv. Er bekundete dort anonym und später nochmals im Verhör sein Leiden unter Käthe Klemm. Im Forum erfuhr er auch von dem Treffen der ehemaligen Erzieherinnen und löste daraufhin eigens ein Bahnticket von Gießen nach Weimar, wo er schon einige Wochen zuvor recherchiert hatte. Beim Treffen in Eichenroda sah er seine ehemalige Erzieherin aus der Ferne wieder. Wenige Tage später starb seine Quälerin.
»Eine klare Indizienkette«, wagte sich Mike Scholz aus der

Deckung, um die weitere Diskussion in die entsprechende Richtung zu lenken.
»Ja, ich war von Anfang an auf der richtigen Fährte«, nickte Remde selbstzufrieden. Woltmann sah in Mandys minzgrüne Augen und wusste, dass auch sie in diesem Augenblick an die Rumäninnen dachte.
»Wie dem auch sei, was wir bislang in der Hand haben, sind vor allem Indizien«, fuhr Remde fort, »nun brauchen wir noch einige unterstützende Beweise. Wer kann dazu etwas beitragen?«
Stille trat ein. Remde schenkte sich ein Glas Thüringer Waldquell ein und beobachtete das perlende Wasser.
»Na, nur zu, ich höre!«
Scholz fühlte sich nach dieser abermaligen Aufforderung bemüßigt, das Wort zu ergreifen, zumal ihn ein Blick Remdes gestreift hatte. Allerdings hatte er alles andere als Beweise aufzubieten.
»Für den Tattag hat der Kollege Schäfer aus Gießen keine Online-Buchung für ein Ticket von Gießen nach Weimar finden können.«
»Und für den Tag davor? Vielleicht eine Hotelbuchung samt Übernachtung? Ein Foto von der Kameraüberwachung am Bahnschalter, als er direkt ein Ticket erworben hat?«
Remdes Blick wirkte fast schon flehend.
»Leider nicht.« Scholz' Worte klangen wie ein Geständnis, so verhalten sprach er sie.
»Wie sieht's mit DNA-Spuren aus? Deckt sich Stieglers DNA mit einer von denen, die wir am Tatort sichergestellt haben?«
Die Stimmlage Remdes war leicht erhöht. Er sah zu Jürgen Seifert vom Landeskriminalamt. Dessen Antwort bestand

aus einem einzigen, in thüringischem Dialekt gesprochenen Wort: »Nüscht!«
Remde schenkte sich Wasser nach, stieß unglücklich mit dem Flaschenrand an das Glas, so dass es umkippte und eine kleine Havarie erzeugte. Nirgends war ein Tuch zum Aufwischen zu finden.
»Herrschaftszeiten«, schimpfte der Kripochef laut. Die Teilnehmenden der großen Runde hatten ihre Unterlagen vor dem Wasserstrom in Sicherheit gebracht und waren von ihren Stühlen aufgesprungen, als handele es sich um atomar verseuchtes Kühlwasser. Als das Wasser über den ganzen Tisch verteilt endlich zum Stillstand gekommen war, nahmen alle wieder Platz. Remde zog den letzten Pfeil aus seinem Köcher und blickte zu Jenny Ehrentraut hinüber. Die Wasserstoffblondine hatte heute lilafarbenen Lippenstift aufgelegt, und ihr Dekolleté war noch eine Spur üppiger ausgefallen als beim letzten Mal.
»Fingerspuren?«
»Nüscht!«

19

Mike Scholz' unterwürfige Treue zahlte sich dennoch aus. Häufig sah man ihn nun Remdes Zimmer betreten. Sogar Mandy Hoppe, die engste Mitarbeiterin des Kripochefs, hatte seit ihren im Ermittlungsteam geäußerten Bedenken, Werner Stiegler vorschnell als Täter abzustempeln, das Gefühl, nicht mehr in alle Vorgänge eingebunden zu werden. Remde hatte Stiegler für einen Lügner gehalten und war darin bestätigt worden. Das hatte sein ohnehin schon großes Selbstbewusstsein und das Vertrauen in seine kriminalistischen Fähigkeiten nochmals verstärkt. Doch so plausibel einerseits auch alle Indizien auf eine Täterschaft Stieglers hinwiesen, so wenig ergiebig fielen andererseits die hieb- und stichfesten Beweise gegen ihn aus. Stieglers Anwalt hatte deshalb leichtes Spiel, den Untersuchungshaftbefehl gegen seinen Mandanten aufheben zu lassen. Gegenüber der Presse und den vorgeordneten Behörden der Weimarer Kripo stand Remde nun mit leeren Händen da, zum zweiten Mal. Selbst Peter Stoffels von der Thüringer Rundschau sah so gut wie keine Möglichkeit mehr, ihn hochzujubeln oder wenigstens aus der Schusslinie zu nehmen. Das machte Remde gereizt, unberechenbar. Hartnäckig hielt er in internen Runden an seiner Meinung fest, Stiegler sei der Täter, wenn auch ein gewiefter, der am Tatort entweder alle Spuren beseitigt oder aber erst gar keine hin-

terlassen hatte. In Scholz hatte er einen treuen Diener, der sich ins Zeug legte, um die nötigen Beweise für Stieglers Täterschaft endlich zu finden.
Mandy Hoppe und Sascha Woltmann bildeten nach der letzten großen Runde eine Art Gegenpaar zu Scholz und Remde. Doch offiziell durfte das niemand wissen. Remde war extrem empfindlich. Würde er merken, dass er in irgendwelche Spuren und Ermittlungen nicht voll und ganz eingebunden war, hätte das Folgen. Hoppe musste loyal gegenüber ihrem Chef bleiben. Sie sah nur nicht ein, dass sie außer Stiegler keiner einzigen anderen möglichen Spur nachgehen sollte. Sie versprach sich neue Erkenntnisse von der Befragung der ehemaligen Erzieherinnen wie auch des Pfarrers. Allerdings wartete sie noch immer auf die Liste, die ihr Frau Graf versprochen hatte. Entschlossen griff sie zum Hörer.
»Frau Graf, wenn ich bis heute Mittag zwölf Uhr die Liste nicht von Ihnen erhalten habe, kommen wir mit einer Streife bei Ihnen vorbei und holen sie uns. Anscheinend haben Sie noch immer nicht verstanden, dass wir in einem Mordfall ermitteln.«
»Ja, ja, ist ja schon gut, ich schick sie ja gleich los.«
Eine Stunde später traf eine Mail von Frau Graf ein, allerdings ohne Anhang, die nächste enthielt einen, aber mit Backrezepten.
»Oh Mann, kostet die mich Nerven«, stöhnte Hoppe auf.
Drei Stunden später hielt sie endlich die ausgedruckte Liste in Händen, auf der elf Namen standen, darunter die von Käthe Klemm und Erna Götze.
Sie wollte gemeinsam mit Woltmann baldmöglichst die Adressen abklappern. Woltmanns Verdacht, die frühere Erzie-

herin Erna Götze habe die Unwahrheit gesprochen, beschäftigte sie. Die »alten Zwistigkeiten«, von denen die alte Frau eher unfreiwillig erzählt hatte, waren wohl kaum irgendwelchen unterschiedlichen Vorstellungen von Pädagogik geschuldet gewesen. Aber konnte ein beinahe ein halbes Jahrhundert zurückliegender Streit tatsächlich das Motiv für einen aktuellen Mord sein?

Woltmann brauchte einen Kaffee. Die Sache mit seinen verschwundenen Eltern nahm ihn ganz schön mit. Zwar hatte ihn das Ehepaar Fischer, enge Freunde seiner Eltern, einigermaßen beruhigt. Es war von Woltmann senior offenbar in seine Pläne eingeweiht worden. Woltmann hatte kurz bei den Fischers angerufen, während die Handwerker die zerbrochene Terrassentür notdürftig verschlossen. Die wiesen ihn darauf hin, dass sie ihren Freunden Verschwiegenheit schuldeten. Allerdings müsse er sich keine Sorgen machen, alles sei im grünen Bereich, so viel dürften sie ihm sagen, beschieden sie Woltmann. Aber dennoch ging es so nicht weiter. Die Eltern schienen die Gefahren des Alterns vollkommen zu unterschätzen. Er musste sich etwas einfallen lassen, um sie dafür zu sensibilisieren.
Der Besuch im Stehcafé von Ingo Baum war schon ein vertrautes Ritual geworden. Dort lernte er Leute kennen, zuletzt einige von den Weimarer Hobby-Radfahrern. Vom Frühjahr bis zum Herbst suchten sie sich Ausflugsziele im Weimarer Land aus, zu denen sie aufbrachen. Alle hatten eine deftige Brotzeit mit dabei, und jeweils einer von ihnen transportierte eine Bierkiste mit dem Auto zum Zielort. Jeder sportliche Ehrgeiz ging ihnen ab. Gemächlich fuhren sie

durchs Ilmtal, zur Finne oder nach Großkochberg, palaverten über Gott und die Welt und pflegten die Freundschaft. Manches Mal waren ihre Partnerinnen mit dabei, gelegentlich auch die Kinder, wenn ein Familienausflug angesagt war. Woltmann freundete sich mit dem Gedanken an, probeweise einmal an so einer Radfahrt teilzunehmen. So käme er vielleicht zu einem neuen Bekannten- oder Freundeskreis in Weimar.

Woltmann hatte schon den Türgriff zur Bäckerei in der Hand, als er vor Staunen innehielt. Durch die Scheibe hindurch sah er Erna Götze mit olivgrüner Häkelmütze am Stehtisch, neben sich zwei andere Damen ungefähr gleichen Alters. Womöglich störte er ihre Unterhaltung, wenn er eintrat.

Blitzschnell ließ er den Türgriff wieder los und stellte sich ein paar Schritte weiter unter die Pergola am Frauenplan. Sie bot ihm genug Sichtschutz. Die Damen unterhielten sich, soweit er das von hier aus erkennen konnte, rege miteinander. Hinter dem Tresen, und das beruhigte Woltmann sehr, stand Ingo Baum. Er war, so gut kannte er Baums Mimik und Gestik mittlerweile, ganz Ohr. Nach zehn Minuten verließen die drei Damen Baums Bäckerei. Und Woltmann betrat sie.

»Ach, der Sascha! Kommt ja wie gerufen!«

Woltmann gab sich gelassen, war aber in hohem Maße neugierig auf das, was ihm Ingo Baum über das Gespräch der drei Damen zu berichten hatte. Doch der spannte ihn zunächst auf die Folter, wich seinen Fragen aus und warf stattdessen mit Begriffen wie »Datenschutz« und »vertrauliche Kundenatmosphäre« um sich. Doch das war alles nur rhetorisches Geplänkel. Insgeheim brannte er darauf, seinem Bekannten von der Polizei möglicherweise wichtige Informationen zu stecken.

»Ingo, nun komm schon, um was ging es in dem Gespräch der Damen eben, ich hab nicht so viel Zeit!«

Baum servierte ihm das obligatorische Stück Schmandkuchen.

»Was willste denn wissen, Sascha?«

»Die eine mit der Häkelmütze, das war eine Bekannte von Käthe Klemm. Beide waren zur gleichen Zeit Erzieherinnen im Kinderheim Eichenroda.«

»Stimmt!«

»Ingo, erzähl endlich! Haben die über Käthe Klemm gesprochen?«

»Logisch!«

»Wieso logisch?«

»Na, ist doch logisch, dass die kein anderes Thema hatten. Mord an einer ehemaligen Kollegin! Mann, das erlebt man mit Sicherheit nur einmal im Leben!«

Baum kam nur langsam in Fahrt, gab dann aber Informationen preis, die Woltmann wie ein Sechser im Lotto vorkamen. Die alten Zwistigkeiten, die beim Treffen in Eichenroda wieder aufgeflammt waren, drehten sich um ein Bild. Davon war in dem Gespräch der drei Damen ständig die Rede gewesen, ohne dass dabei jedoch klarwurde, um was für ein Bild es sich konkret handelte. Jedenfalls hatte Erna Götze bei dem Treffen in Eichenroda Käthe Klemm ganz energisch vorgeworfen, sie habe dieses Bild gestohlen. Jetzt, beim Kaffeekränzchen, hatte sie diese Aussage allerdings relativiert und gemeint, sie habe der Verstorbenen vielleicht unrecht getan. Schließlich seien im Laufe der Jahrzehnte viele Menschen in Eichenroda ein und aus gegangen und hätten dabei die Möglichkeit gehabt, sich das Bild unter den Nagel zu reißen.

»Die beiden anderen Damen waren ganz schön irritiert. Erst geht die Häkelmütze die Käthe Klemm beim Ehemaligentreffen aggressiv an, um sie dann, nach ihrem Tod, wieder aus der Schusslinie zu nehmen.«

»Vielleicht will sie über Tote einfach nichts Schlechtes sagen«, gab Woltmann zu bedenken.

Baum verschwand für einen Augenblick in der Backstube. Einige Bleche schepperten, ein Pfeifton ertönte, dann stand er wieder neben Woltmann.

»Sascha, zeig mir noch mal die Fotos vom Tatort.«

Woltmann scrollte durch die Fotoalben in seinem Smartphone.

»Stopp!«, rief Baum, als die Fotos vom Schlafzimmer Käthe Klemms auftauchten. »Das hier, zieh das doch mal größer!«

Woltmann tat, wie von Baum gewünscht. Jetzt sahen sie beide das Gemälde über dem Bett der alten Frau. Baum schnalzte mit der Zunge.

»Also, ich glaub, das sieht aus, als wär's von diesem Feininger!«

»Von wem?«

20

Er betrat das Hotel Elephant mit einem bordeauxroten Koffer aus hochwertigem Nappaleder. An der Rezeption vorbei ging er zum Aufzug. Er drückte auf den Knopf für den zweiten Stock. Dort angekommen, ging er zielstrebig den Flur bis zu Zimmer 207 entlang. Er klopfte. Die Tür wurde geöffnet.

Das Bild stand, mit dem Rücken an die weiße Wand gelehnt, auf einer Kommode. Lange harrte er davor aus. Dann holte er seinen Laptop aus dem Koffer hervor, außerdem ein paar Kataloge sowie Pinzetten, kleine Behälter mit farblosen Flüssigkeiten, eine Lupe und verschiedene Spachtel. Mit der Pinzette entfernte er einige Partikel Ölfarbe vom Bild und prüfte deren Konsistenz. Er legte das Bild mit der Vorderseite nach unten auf ein großes frisches Badetuch, das auf dem eckigen Besprechungstisch ausgelegt war. Nun drückte er mit dem rechten Daumen auf verschiedene Stellen der Leinwand, die auf einen Keilrahmen gespannt war, sah mit der Lupe in alle Ecken und entdeckte eine winzige Beschriftung. Zwischendurch schrieb er etwas in sein Notizbuch oder blätterte in den großformatigen Katalogen. Fast lautlos geschah das alles, nur gelegentlich entwich ihm ein leises »okay«. Nach etwa einer Stunde zog er das nachtblaue italienische Designersakko aus. Er öffnete die Manschettenknöpfe, krempelte die Ärmel seines Hemdes hoch und entnahm seinem Koffer einige Tuben mit verschiedenen Farben. Diese mischte er auf einer kleinen Palette mehrfach und mit minimalen Nuancen an. Es waren vor allem Blautöne.

»No, no«, entfuhr es ihm schließlich, und der andere sah ihn gebannt von der Seite an. Aber der Amerikaner äußerte sich nicht weiter und spachtelte auf einem Holzbrett eine farbige Masse zusammen, wiederum in einem kräftigen Blau. Mit einem »okay, okay« beendete er nach fast zwei Stunden seine Untersuchung. Er krempelte die Ärmel wieder herunter, legte die Manschettenknöpfe an und zog sich das Sakko über. Ein kurzer Blick in den Spiegel im Flur, dann sah er in die erwartungsvollen Augen des anderen.

»Let's have a drink«, schlug er vor.

Der andere stellte das Bild wieder auf die Kommode. Sie verließen den Raum und gingen zur Hotelbar. Beide bestellten einen Glenfiddich aus der Speyside-Region. Sie sprachen nur sehr wenig. Die Gesichtszüge beider hatten eine leichte Härte angenommen. Stumm schwenkten sie den goldbraunen Whisky in ihren Gläsern.

Draußen fuhr ein Taxi vor. Der Amerikaner schnappte sich den bordeauxroten Koffer und verließ mit einer angedeuteten Verbeugung das Hotel. Der andere ging auf sein Zimmer zurück und bediente sich dort an der Zimmerbar. Lange, sehr lange sinnierte er vor sich hin, dann klopfte es.

Sie bombardierten ihn mit Fragen. Dann traf ihn ein Schlag mit der geballten Faust direkt ins Gesicht. Er taumelte nach hinten. Ein dumpfes Geräusch. Er war mit dem Hinterkopf auf die Kante des rotlackierten Beistelltischs im Bauhausdesign gestürzt. Blut spritzte an die Wand mit der weißen Profiltapete. Der Schläger schüttelte den benommen Dreinbli-

ckenden, würgte ihn kräftig, schrie ihn an, obwohl bereits das Leben aus seinem Opfer wich.
Der Schweiß brach dem Schläger aus allen Poren. Ein Spuckefaden hing ihm aus dem Mund. Seine Augen waren weit aufgerissen. Da spürte er eine Hand auf der rechten Schulter, die ihn von seinem Opfer wegzog.
»Bist du denn völlig verrückt geworden?«
Er hörte die Stimme wie durch einen Vorhang hindurch. Gedämpft, fern, unwirklich.

Zwischenspiel III

10. Februar 1945

Käthe Klemm erwachte aus einem kurzen schweren Schlaf. Oder war sie in Ohnmacht gefallen? Sie lag auf dem Sofa in ihrer Mansardenwohnung im Branco-Haus. Das Fenster stand offen. Die Stadt roch nach Verwesung. Erste Trupps in Häftlingskleidung trafen ein und begannen, den Schutt wegzuräumen.

Wie sollte ihr Leben weitergehen? Ihr Vater Helmut war gleich zu Beginn des Kriegs gefallen. Sie war jetzt ein Waisenkind. Wie viele andere auch. Dieser verdammte Krieg, dieser verdammte …

Sie sah sich in der winzigen Wohnung um. Neben dem Bett der Mutter stand ein Nachtschränkchen. Noch nie hatte sie in es hineingeschaut. Ihre Mutter hatte es ihr verboten. Doch jetzt galt das Verbot nicht mehr. Die Mutter war tot. Sie zog vorsichtig die Schublade auf, die sich verkantete und quietschte. Schließlich ließ sie sich doch herausziehen.

Obenauf lag eine Perlenkette, darunter einige Briefe und eine Feldpostkarte, die über den Tod von Helmut Klemm informierte. Gefallen am achtundzwanzigsten Mai neunzehnhundertvierzig in der Schlacht von Dünkirchen. Einige Fotos, das junge Paar vor der Kirche am Tag der Trauung, der Soldat in Uniform, die Mutter mit Dutt beim Rhönradfahren. Bilder aus glücklichen Zeiten. Alles vorbei.

Ein Erinnerungsstück nach dem anderen entnahm sie der

Schublade. Alles, was ihr von ihren Eltern blieb, außer den Erinnerungen. Zuunterst fand sie ein Heft, das sich kaum von der graubraunen Farbe des Schrankholzes abhob und das sie um ein Haar übersehen hätte.
Tagebuch, *las sie auf der Umschlagseite. Es folgten Daten, versehen mit kurzen Einträgen. Alltägliches, Banales. Schon wollte sie das Heft wieder zur Seite legen. Da stach ihr eine Bemerkung ins Auge, ein Zusammenhang wurde erkennbar, knapp, aber vielsagend. Immer gebannter las sie die entsprechenden Passagen. Ihre Mutter hatte ein geheimes zweites Leben geführt.*

21

In der Nacht war ein Unwetter über Weimar hinweggezogen. Der Ginkgo-Baum am Übergang vom Platz der Demokratie zum Park an der Ilm, der vom Zaun der Musikhochschule umfriedet war, hatte zur Freude der Touristen so manches seiner fächerförmigen Laubblätter verloren und zum Sammeln freigegeben. Jetzt nieselte es, ein ungemütlicher Herbsttag, alles grau in grau. Die Weimarer stellten ihre Jacken- und Mantelkragen hoch und schlichen unter unscheinbaren Regenschirmen durch die Altstadt, um ihre Besorgungen zu erledigen.
Ein Toter im Hotel Elephant. Dass der dunkelhaarige Mann mit der Goldkette keines natürlichen Todes gestorben war, erkannte Sascha Woltmann auf den ersten Blick an den leicht erkennbaren Würgemalen am Hals. Aus dem Hinterkopf war viel Blut ausgetreten, wie eine Lache neben dem roten Beistelltisch verriet.
Remde, Hoppe und Scholz trafen nur wenige Minuten nach ihm ein, eine knappe Stunde danach auch die Spurensicherung des Landeskriminalamts in Erfurt und der Rechtsmediziner aus Jena. Die vielen Polizeiautos auf dem Marktplatz erregten die Aufmerksamkeit der Passanten. Schon bald standen die ersten Pressevertreter vor dem Eingang des Hotels. Auch Stoffels, der hochgewachsene Rundschau-Journalist mit der Intellektuellenbrille, äugte giraffengleich in

Richtung Hoteleingang. Der Kriminaldauerdienst hielt die Neugierigen vom Betreten der Lobby ab. Gerüchte machten die Runde. Schon twitterten einige, vermutlich sei eine weltbekannte kolumbianische Sängerin an einer Überdosis Kokain gestorben.

Die Leiche war am Vormittag von einer Reinigungskraft in Zimmer 207 gefunden worden. Darin eingecheckt hatte ein Mann namens Francesco Lombardi.

Remde war nervös, was sich auch auf das Ermittlerteam übertrug. Hoppe, die seine kriminalistische Laufbahn wie auch seinen unausgeglichenen Charakter von allen Teammitgliedern am besten kannte, ahnte, was in ihm vorging. Zwei Mordfälle in so kurzer Zeit in Weimar. Das hatte es, soweit sie sich erinnern konnte, in seiner Zeit als Kripochef noch nie gegeben. Schon beim Betreten des Hotels hatte ihn eine Journalistin in einer Weise angesprochen, die er nur als despektierlich empfinden konnte. So viele Fälle hatte er zu DDR-Zeiten und auch danach blitzschnell gelöst. Ihn als »erfolglos« zu bezeichnen, nur weil er im Fall Klemm noch keinen Täter präsentieren konnte, musste ihm daher wie eine Majestätsbeleidigung vorkommen. Die Journalistin hatte ihm sogar zugerufen, ob er auch in diesem Fall wieder »keinen Plan« hätte. Dabei hatte er den Tatort noch nicht einmal in Augenschein genommen. Hoppe wusste, ihr Chef war derzeit das reinste Pulverfass, und die kleinste weitere Provokation konnte der Funke sein, der zur Explosion führte.

Scholz dackelte Remde geflissentlich ins Zimmer 207 hinterher. Unabhängig von der Spurensicherung machte er mit seinem Handy Fotos vom Tatort.

»Dann können wir ja wieder gehen«, schnauzte ihn deswegen ein massiv gebauter Mitarbeiter der Spurensicherung an

und beugte sich keuchend zu den Blutspritzern auf dem karamellfarbenen Teppichboden hinab.
Hoppe prägte sich derweil das Zimmer 207 genau ein. Es war großzügig eingerichtet, mit auffallenden Profiltapeten. Der Täter schien das Opfer frontal angegangen zu haben. Der Italiener war offensichtlich rücklings gestürzt und dabei mit dem Kopf auf dem Beistelltisch aufgeschlagen. Das Opfer war demnach auf einen offensiven und, wie die Würgemale zeigten, aggressiven Täter gestoßen. Einen, der im Affekt gehandelt hatte, vermutete sie.
Woltmann befragte währenddessen, ohne von Remde den Auftrag dazu erhalten zu haben, einige Hotelgäste und das Hotelpersonal. Eine Mitarbeiterin an der Rezeption berichtete ihm, Lombardi hätte ursprünglich eine ganze Suite mieten wollen. Die seien aber alle ausgebucht gewesen.
»Ach ja, und dann habe ich mich noch über ein Auto gewundert, das um fünf Uhr fünfundvierzig auf dem Parkplatz gegenüber dem Hotel stand«, ergänzte die Rezeptionistin. »Da war ich nämlich gerade auf dem Weg zum Dienst, und normalerweise ist der Parkplatz um diese Uhrzeit immer leer.«
Woltmann erkannte das Auto sofort, als es ihm die Hotelangestellte näher beschrieb, konnte sich aber keinen Reim darauf machen. Deshalb wollte er die Information erst einmal für sich behalten. Stünden sie kurz davor, den Täter zu überführen, könnte er sie gegebenenfalls immer noch in seine Indizienkette einbauen. Er dankte der Frau und begab sich wieder in den zweiten Stock. In Zimmer 207 wütete Remde. »Warum hat denn noch niemand das Hotelpersonal befragt? Die Hotelgäste?«
Mike Scholz sprang wie von der Tarantel gestochen nach draußen und klopfte an die Türen der Nachbarzimmer,

allerdings ohne Erfolg. Es war Frühstückszeit, die meisten Gäste speisten bereits im Richard-Wagner-Saal oder waren schon unterwegs ins Goethehaus, ins Schlossmuseum oder nach Belvedere.

Die ersten Ergebnisse der Spurensicherung gaben den Weg für die weiteren Ermittlungen im Fall des getöteten Francesco Lombardi vor. Die Auswertung des DNA-Abgleichs und der Fingerabdrücke fehlten noch. Auch war kein Handy, Tablet, Smartphone, persönlicher Kalender oder Ähnliches bei der Leiche gefunden worden. Die Mobilnummer des Italieners war zwar leicht zu eruieren gewesen, aber eine Ortung fehlgeschlagen. Der Täter hatte alle Spuren sorgfältig beseitigt und zerstört.
In einer von Remde einberufenen Runde erfuhren die Ermittler von Farbpartikeln, die auf einem Badetuch und dem Besprechungstisch im Hotelzimmer gefunden worden waren. Außerdem waren Pinselhaare sowie Reste von chemischen Flüssigkeiten, die zur Herstellung bestimmter Farbtöne dienten, entdeckt worden.
Diese Erkenntnisse passten zum Berufsbild des Opfers. Wie die Recherchen ergeben hatten, war Lombardi ein anerkannter Kunstagent, der sich auf Gemälde des späten 19. Jahrhunderts bis zur Gegenwart spezialisiert hatte. Ohne selbst ein studierter Kunsthistoriker oder Kunsthandwerker zu sein, war er doch bestens mit Experten vernetzt, die er damit beauftragte, Gutachten für hochkarätige Gemälde zu erstellen. Sein eigener Part war es, diese Kunstwerke zu taxieren und privaten oder öffentlichen Sammlungen anzubieten.

In Lombardis Koffer hatten sie Kataloge weltweit agierender Auktionshäuser gefunden. Darin Lesezeichen sowie handschriftliche Einträge vor allem bei Gemälden von Impressionisten, Werken der Künstlergruppe »Blauer Reiter« und bei Gemälden und seltenen Holzschnitten von Bauhaus-Künstlern.
»Aber was genau hat der hier gewollt?«, rätselte Remde. »Mein Gott, zwei Tote in Weimar in nicht mal acht Tagen ... Wir haben gar nicht genug Leute, um die Morde aufzuklären!«
Er sinnierte vor sich hin, dann fällte er eine Entscheidung. »Wir müssen uns bei den Ermittlungen aufteilen. Woltmann und Hoppe kümmern sich weiterhin um den Fall Klemm. Dort stehen ja noch die Befragungen der ehemaligen Erzieherinnen aus, wenn ich das richtig sehe. Scholz und ich konzentrieren uns währenddessen auf den Fall Lombardi. Wenn wir auf diese Weise nicht weiterkommen, werde ich mehr Personal anfordern.«
Klingt ja fast so, als sei ich schon fester Bestandteil der Kripo, freute sich Woltmann. Obwohl er von Mandy wusste, dass er sein momentanes Glück nur dem Umstand zu verdanken hatte, dass sich ein Kollege und eine Kollegin der Weimarer Kripo in Elternzeit befanden und eine weitere Kollegin für längere Zeit krankgeschrieben war. Dennoch betrachtete er die Ermittlungen, die er nun gemeinsam mit Mandy führen konnte, als große Chance.
»Noch irgendwas, was wir bedenken sollten?«
Woltmann meldete sich forsch und teilte der Runde das Ergebnis seiner Befragung im Hotel mit. Das Auto auf dem Parkplatz gegenüber dem Hoteleingang ließ er dabei unerwähnt. Im Unterschied zu Scholz hatte er noch einige Gäste

erwischt, bevor sie zu ihrem touristischen Tagesprogramm aufgebrochen waren.

»Na bitte, hat also doch noch jemand an das Naheliegende gedacht. Auch wenn der Erkenntnisgewinn gleich null ist, weil keiner der Gäste irgendetwas gehört oder gesehen hat.« In Remdes Stimme lag eine Mischung von Anerkennung und Spott. Woltmann wusste nicht so recht, wie er seine Worte aufnehmen sollte. Da klappte Remde auch schon seine Akte zu und verließ den Raum.

»Sascha, lass uns das weitere Vorgehen besprechen«, bat ihn Hoppe in ihr Büro.

»Ich muss noch mal mit dir über Erna Götze reden«, begann Woltmann das Gespräch, nachdem er sich gegenüber Hoppes Schreibtisch plaziert hatte. Mandy auf den neuesten Stand zu bringen war ihm ein Bedürfnis. Zu viele Gedanken schossen ihm im Hinblick auf die beiden Todesfälle durch den Kopf.

»Ja, stimmt, von der hat der Stiegler Remde und mir erzählt, dass sie ihn im Heim beschützt hat«, pflichtete Hoppe ihm bei.

»Also, diese Frau Götze konnte sich an Stiegler kaum erinnern.«

»Logisch, dürfte ja rund fünfzig Jahre her sein, dass der in Eichenroda war.«

»Das, Mandy, nehm ich ihr auch ab. Aber sie sagt uns nicht die Wahrheit im Hinblick auf Käthe Klemm.«

Woltmann berichtete von Götzes Treffen mit zwei ihrer ehemaligen Kolleginnen im Stehcafé Baum. Auch den Inhalt ihres Gesprächs, wie er ihn vom Bäcker erfahren hatte, gab er eins zu eins an Hoppe weiter.

»Jetzt wissen wir wenigstens, was das für ›alte Zwistigkeiten‹ waren, um die es damals gegangen ist, Mandy. Dass es weniger um Erziehungsfragen und die übertriebene Härte einer Erzieherin ging, sondern um ein dubioses, vielleicht sogar sehr wertvolles Bild. Eines von van Gogh möglicherweise oder das eines anderen bekannten Malers!«

»Das bekommen wir noch raus, Alter. Ich hab eh das Gefühl, dass wir noch viel mehr über die Zeit des Kinderheims ›Ernst Thälmann‹ erfahren werden, als uns lieb ist. Für mich liegt dort jedenfalls der Schlüssel für den Mord an Käthe Klemm. Auch wenn ich den Stiegler nach wie vor nicht als Täter sehe.«

»Ja, kann sein, Mandy. Wir sollten jedenfalls noch mal nach Weimar-West fahren, uns die Wohnung von Käthe Klemm anschauen. Vielleicht hängt das besagte Bild dort ja an einer Wand!«

Woltmann dachte an die Handyfotos, die er heimlich in der Wohnung der Toten gemacht hatte und von denen Mandy und die Kollegen nichts wussten. Zu diesem späten Zeitpunkt konnte er ihr nicht mehr davon berichten. Sie würde es ihm nicht verzeihen, sondern sein Vorgehen mit Recht in die gleiche Schublade stecken wie schon seinen vorangegangenen Alleingang mit der Einladungskarte, die er in Käthe Klemms Handtasche gefunden hatte. Doch wenn er nun mit Mandy gemeinsam das Bild über Käthe Klemms Bett quasi erst jetzt entdecken würde, hätte er keine Geheimnisse mehr vor ihr. Sie wären wieder auf dem gleichen Kenntnisstand, und er könnte dann auch beiläufig den Namen des Künstlers fallenlassen, den Bäcker Baum ihm gegenüber erwähnt hatte.

»Ja, ist eine gute Idee, Alter.«

22

Wieder fand Woltmann keinen Parkplatz in Weimar-West und stellte das Polizeiauto in der Feuerwehrzufahrt ab. Mit Hoppe betrat er den Plattenbau in der Moskauer Straße. Dieses Mal ließ sich keine der Nachbarinnen sehen. Vielleicht saßen sie auch gerade bei einem Kaffeekränzchen zusammen.

Sie stiegen die Treppen zur Klemm-Wohnung nach oben und stutzten, als sie vor der Eingangstür ankamen: Jemand hatte das Siegel aufgebrochen. Die Wohnungstür selbst war jedoch abgeschlossen. Mit einem Schlüssel, den die Kripo bei der ersten Tatortbegehung gesichert und den Hoppe und Woltmann für die heutige Begehung mitgenommen hatten, öffneten sie die Tür.

Alles sah noch genauso aus wie nach dem Abtransport von Käthe Klemms Leiche. Unmittelbar danach war die Wohnung versiegelt worden.

Im Wohnzimmer hingen mehrere Bilder über dem ausgeleierten und abgenutzten Sofa. Röhrende Hirsche vor einem blauen Gebirgssee, Dürers »Betende Hände«, Spitzwegs »Sonntagsspaziergang«. Billige Allerwelts-Reproduktionen ohne irgendeinen Wert. Das erkannten sogar die wenig kunstaffinen Polizeibeamten.

»So, und jetzt glaubst du also, dass im Schlafzimmer noch ein van Gogh oder etwas Ähnliches hängt?«

Die Schlafzimmertür war nur angelehnt. Dafür, dass Käthe Klemm allein gelebt hatte, besaß sie ein überdimensioniertes Bett, das fast den ganzen Raum einnahm. Mit offenem Mund starrten die beiden Polizisten an die Wand hinter dem Kopfende des Betts.

Ganz deutlich war dort auf der Tapete ein viereckiger weißer Umriss zu erkennen. Doch das Bild, das hier gehangen hatte, fehlte.

»Sieht ganz so aus, als ob jemand vor uns da war.«

Hoppe bückte sich, sah unter dem Bett nach, im Kleiderschrank. Doch nirgendwo fand sich ein Hinweis auf das Bild. Bis auf die hellere Verfärbung an der Wand. Woltmann merkte, wie ihm der Schweiß auf die Stirn trat.

»Vielleicht waren da ja auch nur röhrende Hirsche drauf?«

»Glaub ich nicht. Ich erinnere mich jetzt auch wieder. Beim ersten Mal, als ich da war, hing da noch ein Bild. Und zwar eines, auf dem keine Hirsche drauf waren, sondern geometrische Formen, wirkten fast wie Pfeiler. Es war in jedem Fall ein abstraktes Gemälde und alles in Blau«, sagte Woltmann.

»Ruf mal die Spurensicherung an.«

Sie warteten, bis diese eingetroffen war, nachdem sie zwischenzeitlich noch zwei Mal vergeblich versucht hatten, eine der Nachbarinnen zu erreichen. Wer auch immer in die Wohnung von Käthe Klemm eingebrochen war und das Bild entwendet hatte, war professionell vorgegangen. Das bestätigte ihnen auch die Spurensicherung, die keine neuen Fingerabdrücke entdeckte, außer den schon bekannten, nach dem Mord an Käthe Klemm festgestellten. Der Täter hatte vermutlich Handschuhe getragen, worauf einige Wischspuren an der Türklinke hinwiesen.

»Ja, und was machen wir jetzt?«

Hoppes Frage war mehr rhetorischer Art. Denn ihr und Woltmann war klar, dass nun als Nächstes ein Gespräch mit Erna Götze anstand. Wenn überhaupt jemand etwas Entscheidendes zu dem Bild und seinem Verschwinden beitragen konnte, dann sie oder eine der anderen ehemaligen Erzieherinnen, vornehmlich die, mit denen sie sich in der Bäckerei Baum getroffen hatte.

»Komm, wir durchsuchen auch noch alle anderen Schränke, vielleicht finden wir ja was«, hatte Woltmann eine Eingebung.

Lange durchwühlten sie die Schubladen der Schrankwand im Wohnzimmer. Tischdecken, Souvenirs, Sammeltassen, Unterlagen von Versicherungen, Arztrechnungen. Nichts. Doch dann gab Hoppe einen überraschten Laut von sich.

»Du, Sascha, ich glaub, ich hab da was.«

In der Hand hielt sie ein altes graues Heft. *Tagebuch* stand handgeschrieben vorne drauf. Sie hatte bereits darin zu lesen begonnen.

»Komm, nimm das Heft einfach mit«, schlug Woltmann vor. »Wir müssen jetzt zu Frau Götze fahren.«

Im selben Augenblick erhielten sie einen Anruf von Remde, der sie zur kleinen Runde einbestellte. Während der Fahrt ins Kommissariat blätterte Hoppe aufmerksam den Ordner mit den Tatortfotos durch, den sie in ihre Aktentasche gesteckt hatte. Vom Schlafzimmer gab es nur ein einziges Foto. Von der Eingangstür aus geschossen, zeigte es Kommode, Schrank und Bett, dieses aber nur seitlich, so dass der Kopfbereich des Bettes samt Wand nicht mehr zu sehen war.

»So ein Mist! Diese Spurensicherer sind doch Nieten!« Mandy war wütend. »Wenn wir so schlampig arbeiten würden, wär der Teufel los.«

Woltmann sah sie mitfühlend an. Aber vielleicht würde sie der Besuch bei Frau Götze ja ein Stück weiterbringen.

Remde war so gereizt wie schon lange nicht mehr. Der Leiter der Landespolizeiinspektion Jena, die der Polizeiinspektion Weimar vorgeordnet war, hatte ihn am Vormittag zu sich einbestellt und zusammengefaltet. Zwei Mordfälle in Weimar in so kurzer Zeit. Und keine einzige verheißungsvolle Spur. Was er denn eigentlich den ganzen lieben langen Tag treibe, hatte ihn der Polizeidirektor doch tatsächlich gefragt. Aus dem Innenministerium bekam er ebenfalls Druck. Der Innenminister hatte seinen Wahlkreis in Weimar. Er schickte seinen Staatssekretär vor und ließ Remde wissen, dass er schnellsten liefern müsse. Sonst sei er geliefert. Denn falls er nicht liefere, würde das ganze ad acta gelegte Besetzungsverfahren um den Chefsessel der Weimarer Kripo ruck, zuck wieder aus der Schublade herausgezogen und erneut auf die Agenda gesetzt werden. Und damit auch die Dienstaufsichtsbeschwerden gegen Remde wegen seines Verhaltens in der Vergangenheit. Wie lange sich das alles noch geheim halten ließe, sei sowieso sehr unsicher, hatte ihm der Staatssekretär noch kalt lächelnd zugeraunt und dann die Tür hinter sich zugeknallt.
Um möglichst schnell weiterzukommen, hatte Remde umgehend die kleine Runde im Besprechungsraum der Weimarer Kripo einberufen. Die Ergebnisse der Kriminaltechnik lieferten wie schon im Fall Käthe Klemm keine weiterführenden Hinweise. Zwar gab es DNA-Spuren, aber ob die vom Täter oder von früheren Hotelgästen stammten, war völlig offen. Ein Abgleich mit der zentralen Datei in Wies-

baden hatte jedenfalls ergeben, dass es sich beim Täter um keinen alten Kunden, wie es Remde auszudrücken pflegte, handelte. Auch die Fingerabdrücke führten nicht weiter. Remde musste Dampf ablassen, er brauchte ein Ventil. Der Druck, den er von oben erhielt, musste raus, musste nach unten durchgereicht werden. Erst nahm er sich Hoppe vor, dann Woltmann, sogar Scholz. Remde blaffte alle an, es war ein Rundumschlag. Natürlich kamen in Abwesenheit auch die Kriminaltechniker aus Erfurt dran. Die besonders.

»Diese blonde LKA-Frau, die hat sich doch sowieso, statt nach Fingerabdrücken zu suchen, lieber ihre Lippen angemalt, mit lila Lippenstift, als ob wir hier bei der Kripo Schminkkurse geben würden!«

Remdes Tonfall war ins Hysterische gekippt.

»Chef, ich habe mal über Lombardi recherchiert«, wagte sich Scholz vor. Doch Remde überging den Einwurf und fuhr ungeniert fort.

»Als ich damals den Pferdemörder festgenommen habe, erinnert sich vielleicht noch jemand daran? Das war der Täter, der sämtliche Pferdehalter im Weimarer Land in Angst und Schrecken versetzt hat. Durfte ja in der DDR keiner offen sprechen drüber. Die Stasi hatte da die Hand drauf. Waren ja vielleicht politisch motivierte Taten, eine Art Denkzettel für bestimmte Parteibonzen, weil es wohl kaum zufällig deren Edelpferde waren, jedenfalls, wo war ich stehengeblieben? Ja, genau, damals, da hatten alle schon gemeint, der Pferdemörder sei nur dann zu finden, wenn man ihn auf frischer Tat ertappt. Aber was habe ich getan? Nun, was wohl?«

Mit stierem Blick sah Remde in die Runde. Alle schwiegen betreten.

»Kombiniert habe ich!« Remde schlug mit der Faust auf die abgenutzte Platte des Besprechungstisches, der daraufhin noch sekundenlang vibrierte. »Und weshalb konnte ich kombinieren? Weil ich Fakten hatte! Indizien! Hinweise!«

»Chef!«, versuchte es Scholz erneut.

»Und woher hatte ich die? Die hatte ich mir selbst zusammengesucht. Und: Ich hatte fähige Mitarbeiter! Nicht solche Einfaltspinsel!«

»Das geht zu weit!« Hoppe sprang empört auf. »Kollege Scholz, jetzt verwehren Sie sich in Ihrer Rolle als Gewerkschafter doch einmal gegen eine solche Verunglimpfung! Wir brauchen uns nicht derartig beleidigen zu lassen! Also wirklich!«

Scholz wand sich auf seinem Stuhl wie ein Aal. Es war ihm deutlich anzusehen, in welchem inneren Konflikt er sich befand. Sollte er der Kollegin beispringen und es sich mit dem Chef verscherzen? Oder zum Chef halten, dafür aber bei der Gewerkschaft angeschwärzt werden? Aus seiner Sicht gesehen, befand er sich in einem wahren Dilemma.

»Es geht um ein Bild, ein Gemälde!« Die Worte hatte Woltmann fast leise, ohne Betonung gesprochen. Remde glotzte ihn an, Spucke hing in seinem rechten Mundwinkel.

»Ein Bild? Natürlich geht es um ein Bild! Das haben die Leute von der Spurensicherung doch schon festgestellt. Spuren von Farben und anderes.« Remde nahm gerade Anlauf zu einem neuen Wutausbruch.

»Es geht im Fall der ermordeten Käthe Klemm ebenfalls um ein Bild«, schob Woltmann in der gleichen ruhigen Tonlage wie bei seinem ersten Einwurf nach. Mandy sah ihn überrascht an, fast entgeistert. Warum erzählte er das jetzt? Hatten sie nicht erst mit Erna Götze sprechen wollen? Und mit den anderen Erzieherinnen? Noch war ja nicht einmal heraus, ob der Bäcker, dieser Schwätzer, nicht irgendetwas Falsches gehört oder verstanden hatte. Vielleicht hatten die alten Damen ja von einem Bild gesprochen, das gar nichts mit ihrem Fall zu tun hatte, und der Bäcker wollte sich nur wichtigmachen. Vielleicht täuschte sich Sascha ja auch, und seine Erinnerung spielte ihm einen Streich. Dann waren die Leute von der Spurensicherung unschuldig und hatten die Wand hinter dem Bett nur deshalb nicht fotografiert, weil dort schlicht und einfach nichts hing und der Umriss schon uralt war. Vielleicht war der röhrende Hirsch auch nur vom Schlafzimmer ins Wohnzimmer gewandert und hatte den Umriss an der Wand hinter dem Bett hinterlassen. Auch wenn diese Theorie wenig wahrscheinlich war.

»Was soll das heißen, es geht um ein Bild bei der Klemm?« Remdes Stimme war jetzt ruhiger, fast schon gefasst.

»Ich habe aus zuverlässiger Quelle gehört, dass es einen Streit in Eichenroda gab. Beim Ehemaligentreffen. Einen Streit um ein Bild.«

Jetzt war es an Hoppe, vom Besuch in der Wohnung und dem aufgebrochenen Siegel zu berichten.

»Wir kommen gerade von dort und wollten auch unmittelbar darüber berichten«, sagte sie beflissen. »Wir sind nur nicht dazu gekommen, weil …«

Sie setzte den Satz nicht weiter fort, um ihren Chef nicht weiter zu reizen. Remdes Gesicht hatte jetzt die Züge eines Cowboys, der vom Pferd gefallen ist.

»Gut, gut, das ist doch schon mal was«, säuselte er. Er vergaß sogar, sich über die »zuverlässige Quelle« zu echauffieren, von der Woltmann gesprochen hatte. Normalerweise hätte er den Namen dieser Quelle verlangt, samt Postleit-

zahl und Mailadresse. Geheimnistuerei duldete er nicht, zumindest nicht bei anderen.
»Ja, Chef, ich hab auch noch was«, schob Scholz eifrig nach. Endlich kam er zu Wort. Woltmann hatte soeben gepunktet, sogar erheblich.
»Ich habe mal recherchiert, ob der Lombardi was auf dem Kerbholz hat.« Scholz sah triumphierend in die Runde und schwieg.
»Und? Hat er? Jetzt red schon!«
Remde hatte vor lauter Ungeduld sogar das förmliche »Sie« vergessen.
»Ja, hat er«, zierte sich Scholz wie ein Pubertierender, der von seinem ersten Kuss erzählen soll.
»Red er, verdammt!« Der Tisch vibrierte nach Remdes Schlag mit der Faust erneut nach. Aber seine Wut war eine andere als die vor einigen Minuten. Remdes Gesichtszüge hatten nun etwas Entspanntes. Was von Scholz noch zu erwarten war, empfand er offenbar als Zubrot. Die Informationen von Hoppe und Woltmann hatten ihn aus seiner Resignation herausgerissen.
»Also«, begann Scholz aufgeräumt und sah dabei immerzu auf Woltmann, der aber in seinen Unterlagen blätterte und seinen Blick nicht erwiderte. »Ich habe herausgefunden, dass dieser Lombardi vorbestraft ist. Steuerhinterziehung in großem Stil.«
»Ja, und?«
Scholz wirkte irritiert wegen des Schnauztons, den Remde ihm gegenüber an den Tag legte.
»Ich habe außerdem eruiert, dass Lombardi zwei Tage vor seiner Ermordung von Mailand aus mit einem Lufthansa-Flug nach Berlin und anschließend nach Weimar gereist ist.

Gegessen hat er an beiden Abenden im Sternerestaurant Anna Amalia im Hotel Elephant. Dort kocht ja dieser andere Italiener, äh …«

»Fabbri!«, ergänzte Remde.

»Richtig!« Scholz strahlte. Er war mit seinem Chef wieder auf einer Wellenlänge. »Außerdem wissen wir aufgrund meiner Recherchen, dass Lombardi kurz vor seiner Ermordung einen Gast mit einem amerikanischen Akzent hatte, mit dem er zusammen in der Hotelbar Whisky trank.«

»Wie heißt der?«

Scholz hatte den Namen noch nicht herausgefunden, wollte aber alle Weimarer Hotels auf amerikanische Gäste hin überprüfen und die Weimarer Taxifahrer befragen, ob sie einen Amerikaner am fraglichen Tag gefahren hätten.

»Ich bleibe da dran, Chef!«

»Und übrigens«, sagte Remde und schaute starr aus dem Fenster in den Wipfel einer Birke, »um was für ein Bild handelt es sich überhaupt?«

Hoppe und Woltmann verließen das Polizeigebäude Richtung Parkplatz.

»Sag mal, Sascha, warum hast du ihm das mit dem Bild gesagt? Dass die Klemm wohl auch mit drinhängt in der Geschichte?«

Sie zündete sich eine Zigarette an und blieb an der Beifahrertür zum Einsatzwagen stehen.

»Weil der sich sonst nicht mehr eingekriegt hätte, Mandy!«

»Ja, schon, aber was ist, wenn dein Bäcker sich verhört hat? Wenn er was durcheinanderbringt?«

»Aber ich habe dir doch meinerseits schon bestätigt, dass es stimmt, was Baum erzählt hat. Dass es tatsächlich um ein wertvolles Bild geht, Mandy. Ich hab es mit meinen eigenen Augen gesehen.«

»Mal sehen, was uns die Götze dazu sagt, Alter!« Sie warf die gerade angerauchte Zigarette weg und stieg ins Auto. Woltmann fuhr Richtung Bertuchstraße los.

23

Rudi Götze blieb mit dem sperrigen Fensterrahmen, den er mit beiden Händen wie einen Schutzschild vor sich hertrug, kurz stehen, als das Polizeiauto auf sein Firmengelände fuhr.

»Ach, der Herr, ähm …«

»Woltmann!«

»Ja, Herr Woltmann, möchten Sie Ihre Terrassentür selbst abholen? Oder sind Sie jetzt in die Scheibe daneben gestolpert?«

Der mächtig schwitzende Glasermeister grinste Woltmann an. Hoppe verfolgte leicht irritiert die Begegnung. Sie fragte sich, was es mit der Anspielung auf sich hatte.

»Also, äh, nein, alles gut«, beschwichtigte Woltmann. »Ist die Tür denn schon fertig?«

»Ja, ging schneller als gedacht. Wann sollen wir denn liefern und einbauen?«

Woltmann überlegte kurz. Eigentlich hatte er keine Zeit dafür, angesichts der laufenden Ermittlungen. Wenn aber andererseits die Eltern heimkämen und den Schaden sähen, wäre das auch ein Problem.

»Heute, so gegen achtzehn Uhr?«

»Ei, ei, Käpt'n, wird gemacht! Sie wollen wieder zur Mutter?« Götze jonglierte den Bilderrahmen weiter Richtung Werkstatt.

»Warum nennt der dich Käpt'n? Und wo bist du gestolpert?« Hoppes Neugierde war erwacht.
»Na, schau dir doch meine Uniform an. Damit seh ich doch aus wie der Chef vom Traumschiff, oder etwa nicht?«
»Ach, Alter, du und deine Uniform. Ihr werdet euch schon noch anfreunden.«
Sagte Mandy ihm das, um ihm zu signalisieren, dass er noch bis zur Pensionierung bei der Schutzpolizei bliebe? Besser, er wechselte das Thema oder schwieg einfach. Sonst hakte sie noch einmal wegen des Stolperns nach. Die Sache war ihm peinlich. Sohn tritt Terrassentür der Eltern ein. Stumm gingen sie nebeneinander die Treppe hoch.
Wieder stand Woltmann vor der Tür von Erna Götzes Wohnung. Wieder dauerte es, bis sie öffnete. Wieder bat sie die Polizisten erst herein, als diese fragten, ob sie eintreten dürften.
»Wir sind noch einmal wegen Frau Klemm hier, Käthe Klemm, Frau Götze.«
Die Miene der alten Dame verfinsterte sich.
»Warum denn schon wieder? Immer diese alten Geschichten. Ich will davon nichts mehr hören.«
Diesmal übernahm Hoppe die Gesprächsführung, gab sich empathisch und setzte sich ganz nah an den Sessel der Frau, der sich mittels einer Fernbedienung in verschiedene Sitzpositionen einstellen ließ.
»Sicher, Frau Götze, wir wissen, dass es damals Konflikte gab, Zwistigkeiten. Über die möchte man Jahrzehnte später nicht mehr gerne reden. Das verstehen wir.«
»Ja, ja, genauso ist es, die alten Geschichten …«
»Trotzdem, Frau Götze, wir haben eigentlich nur eine Frage an Sie, aber die ist ausgesprochen wichtig.«

»Ja?«
»Frau Götze, wir wissen mittlerweile, dass es früher einmal einen Streit in Eichenroda gab. Dieser Streit ist dann neulich beim Treffen der ehemaligen Erzieherinnen wieder hochgekocht. Dabei ging es um etwas ganz Konkretes. Um was bitte?«
»Was? Ich verstehe nicht. Was war da los?«
»Frau Götze«, dabei legte Hoppe die Hand auf die Armlehne des Kippsessels und rückte mit ihrem Gesicht so nahe an ihr Gegenüber heran, dass sie die feinen Flaumhaare am Ohr der alten Frau erkennen konnte, »um was für ein Bild ging es bei dem Streit?«
Erna Götze zuckte merklich zusammen.
»Ach«, seufzte sie, »immer diese alten Geschichten, ich will meine Ruhe haben … Ein Bild? Ich weiß von keinem Bild!«
»Frau Götze, erzählen Sie uns doch von dem Bild. Bitte!«
Stille trat ein. In Woltmanns Innerem tobte ein Sturm. Verdammt, er hatte das Bild auf seinem Smartphone. Er müsste es ihr nur unter die Augen halten, sie damit konfrontieren, sie außerdem mit den Informationen, die er von seinem Bäckerfreund hatte, bedrängen. Dann wäre jedes weitere Leugnen sinnlos. Aber Mandy saß neben ihm auf dem Sofa, ein Wutanfall, wie er ihn sich nicht größer ausmalen konnte, wäre ihm ihrerseits sicher, holte er jetzt das Foto hervor. Vielleicht würde sie ihn dann sogar endgültig abschreiben oder bei Remde verpetzen. Dann wäre alles aus. Nein, er durfte das Bild nicht zeigen, unmöglich. Also wählte er einen anderen Weg.
»Frau Götze«, schaltete er sich jetzt mit scharfem Ton ein, »wenn Sie weiterhin schweigen, nehmen wir Ihre Wohnung auseinander. Wir durchsuchen alle Schubladen und Foto-

alben, und glauben Sie uns, wir werden etwas finden, was uns in Bezug auf das Bild weiterhilft!«

Woltmann pokerte. Das war auch Hoppe klar. Aber alle anderen Möglichkeiten schienen verbaut. Die alte Frau würde mit ihrem Hinweis auf die »alten Geschichten« und ihrem Wunsch nach Ruhe schweigen. Auch jetzt blickte sie starr auf den leeren Fernsehbildschirm. Woltmann zählte still bis zehn, dann stand er auf, drückte auf die Tastatur seines Smartphones.

»Ja, hallo, Herr Staatsanwalt, ich grüße Sie. Wir brauchen dringend einen Durchsuchungsbefehl im Mordfall Klemm, und zwar für eine Frau Götze in der Bertuchstraße. Moment mal, ich geh nur kurz die Hausnummer nachsehen …«

Woltmann klemmte ein Stück Papier zwischen die Wohnungstür, damit sie nicht ins Schloss fiel, und stürmte einige Treppenstufen hinunter. Von unten aus der Werkstatt drangen laute Gesprächsfetzen an sein Ohr, irgendein Streit. Aber er lauschte in Richtung Frau Götzes Haustür. Hatte er mit seiner Aktion den gewünschten Effekt erzielt?

Tatsächlich, dort droben in der Wohnung tat sich was.

»Er schaut nur nach der Hausnummer, Frau Götze, bei einem Durchsuchungsbefehl braucht man eben exakte Angaben …«

»Stopp! Aufhören!« Die alte Frau zitterte leicht und hatte sich aus ihrem Kippsessel erhoben.

Mandy Hoppe rief Woltmann zurück.

»Herr Staatsanwalt, ich rufe Sie gleich noch mal an. Auf Wiederhören!«

Zu dritt standen sie in Erna Götzes Wohnzimmer, die sich aus einer Karaffe Wasser ins Glas goss, eine Tablette holte und wieder in ihren Sessel fallen ließ.

»Ja, Frau Götze, wollen Sie uns jetzt also doch erzählen, um was für ein Bild es sich handelt?«
Frau Götze nahm die Tablette ein, spülte sie mit einem Schluck Wasser hinunter und hauchte mit so leiser Stimme, dass Woltmann und Hoppe ihre Worte gerade noch verstanden: »Die Blaue Kathedrale.«

24

Die Blaue Kathedrale. Woltmann und Hoppe nahmen nun ebenfalls wieder Platz. Erna Götzes Blick ging ins Leere, starr und mit ausdruckslosem Gesicht saß sie in ihrem Sessel.

»Warum haben Sie uns das denn nicht gleich gesagt, Frau Götze?«

Die beiden Polizisten rätselten, was sich wohl für ein Geheimnis hinter diesem Bild verbergen mochte. Erna Götze erzählte ihnen wirr und oft zusammenhanglos von einer Begegnung mit Käthe Klemm in der Eingangshalle des Herrenhauses von Gut Eichenroda, während der Zeit, in der beide Frauen dort gearbeitet hatten. Sie stammelte, sie habe Klemm mit diesem Bild in den Händen überrascht, mit Tränen in den Augen. Es habe sie irritiert, eine so hartherzige Person weinen zu sehen.

Mit dem Bild musste es eine besondere Bewandtnis haben, da es ja offensichtlich von großer Bedeutung für sie war. Sie, Götze, habe deshalb auch ein Foto von dem Bild gemacht, ebenso wie von den vielen anderen Antiquitäten, die damals auf dem Dachboden lagerten. Zumal das auch ihr Auftrag von Seiten der Heimleitung war. Die Archivierung aller Bestände. Erst später habe sie wieder nach ihrer Kollegin und dem Bild schauen wollen. Aber beide wären weg gewesen.

»Ich habe sie nicht mehr auf das Bild angesprochen bis …«
»Bis zu jenem Ehemaligentreffen auf Gut Eichenroda vor einigen Wochen«, ergänzte Hoppe.
»Ja, genau, allerdings hatte ich davor schon einmal an das Bild gedacht. Vor zwanzig Jahren etwa. Da habe ich einen Artikel über eine Ausstellung in Russland gelesen.«
»Bei der die Bilder aus der Sammlung Kohl wiederaufgetaucht sind«, ergänzte Hoppe, die sich wieder daran erinnerte, was ihnen Frau Graf, die Verwalterin von Eichenroda, über die Geschichte der Kohl-Sammlung erzählt hatte. »Und Streit gab es in Eichenroda beim Treffen, weil Sie Frau Klemm mit der Frage nach dem Verbleib des Bildes konfrontiert haben. Stimmt's?«
»Ja.«
»Weil das Bild mittlerweile einen sehr hohen Wert besitzt. Wie alle Bilder, die früher zur Sammlung Kohl gehörten. Die sind heute ein Vermögen wert.«
Die alte Frau nickte und nippte am Wasserglas.
»Frau Götze, haben Sie Frau Klemm gedrängt, Ihnen das Versteck des Bildes zu verraten oder es gar herauszugeben?«
»Ach nein, was denken Sie denn!«
»Aber aus welchem Grund haben Sie sie denn dann auf das Bild angesprochen?«
»Ich, äh, ich …«
Erna Götze verstummte. Auf diese Weise kämen sie nicht weiter. Woltmann räusperte sich, um ihre Aufmerksamkeit auf sich zu ziehen.
»Frau Götze, liegt der Grund, dass Sie sich vorhin vor einer Hausdurchsuchung, ich sage mal, gefürchtet haben, vielleicht darin, dass Sie das Foto, das Sie damals von diesem Bild gemacht haben, hier in Ihrer Wohnung aufbewahren?

Und nicht wollten, dass die Staatsanwaltschaft davon Kenntnis bekommt?«

Mit müden Augen sah sie Woltmann an. »Ja, vielleicht.«

»Was heißt ›ja, vielleicht‹?«

»Dass ich das nicht wollte. Weil dann das Bild an den Staat geht. Aber es gehört eigentlich uns Erzieherinnen von Eichenroda. Wenn ich gewollt hätte, hätte ich es damals zerstören können. Dann bekäme der Staat das Bild heute ja auch nicht. Es gehört uns Erzieherinnen! Schauen Sie sich unsere kümmerlichen Ost-Renten doch mal an. Davon kann man kaum leben. Mit so einem Bild hätten wir ehemaligen Erzieherinnen von Eichenroda unsere Renten aufbessern können.«

Woltmann stutzte. Mit solch einer Argumentation hatte er nicht gerechnet.

»Frau Götze, über Ihr Rechtsverständnis möchte ich mich nicht weiter äußern. Also, wo ist das Foto?«

Ein bitterer Zug umspielte den Mund der Dreiundachtzigjährigen. Aber sie spürte, dass Woltmann nicht nachgeben würde. Schon hatte er wieder sein Telefon zur Hand genommen und murmelte etwas von der Staatsanwaltschaft. Langsam erhob sie sich aus ihrem Sessel und trottete zur Schrankwand. Sie öffnete eine der unteren Schubladen, deren Inhalt mit einem roten Filztuch abgedeckt war. Darunter lagen wild durcheinander bergeweise Fotos. Mit einem Griff hatte sie das gesuchte Foto herausgeholt. Sie reichte es Woltmann.

»Und das soll so wertvoll sein, glauben Sie?«, staunte Mandy Hoppe, die sich zu Woltmann und dem Foto beugte.

»Die Farben sind es. Das Blau! Das Foto bringt das nicht rüber.«

Woltmann konnte zwar genauso wenig wie Hoppe verstehen, wieso ausgerechnet dieses Bild so besonders wertvoll sein sollte. Aber er wunderte sich nicht weiter darüber. Für ihn zählte nur, dass sich in seinem Smartphone ein Foto von genau diesem Bild befand, allerdings geschossen am Tatort, im Schlafzimmer von Käthe Klemm.

»Wir nehmen das mal mit«, entschied er und steckte das Foto ein.

»Frau Götze, noch eine Frage«, meldete sich jetzt wieder Hoppe zu Wort. »Eine Frage, die ganz wichtig ist für uns. Wem haben Sie in der letzten Zeit alles von diesem Bild erzählt? Bitte denken Sie gut nach. Und nennen Sie uns dann alle Personen.«

»Niemandem«, antwortete sie nach einer Weile.

»Frau Götze! Wir wissen, dass Sie mit zwei Ihrer ehemaligen Kolleginnen vor kurzem öffentlich über das Bild gesprochen haben.«

»Öffentlich? Das kann nicht sein. Wir waren zu dritt beim Bäcker Baum. Da hat uns niemand gehört.«

»Womit Sie zugegeben haben, dass Sie mit jemand anders darüber gesprochen haben!«

»Wie? Was?« Erna Götze war sichtlich verwirrt.

»Die Namen und Adressen bitte!«

»Also, das ist ja, ich weiß gar nicht …«, empörte sich die frühere Erzieherin, nannte dann aber doch die Namen der beiden Kolleginnen, die Hoppe bereits vom Durchgehen der Liste kannte, die ihr Frau Graf mittlerweile endlich zugesandt hatte: Hedwig Möhwald, Brennerstraße, und Agnes Schreiber, Marcel-Paul-Straße. Beide hatten den Streit in Eichenroda beim Treffen der Ehemaligen miterlebt. Beide kannten die Vorwürfe, die Erna Götze gegen die Tote erhoben hatte. Beide teilten auch die Auffassung, das Bild gehöre allen Erzieherinnen von Eichenroda und nicht Käthe Klemm alleine. Beide hatten Frau Götze aber auch zugesagt, absolut vertraulich mit ihrem Wissen umzugehen und niemandem von dem Bild zu erzählen, auch nicht den anderen Kolleginnen, die am Treffen in Eichenroda teilgenommen hatten. Vom Streit mit Käthe Klemm hatten nur sie drei etwas mitbekommen. Sie würde ihre Hand für ihre beide Kolleginnen ins Feuer legen … Eine Befragung der beiden Kolleginnen wäre reine Zeitverschwendung.

»Das lassen Sie mal unsere Entscheidung sein. Und bitte halten Sie sich zu unserer weiteren Verfügung. Wir haben vielleicht noch Fragen.«

Die beiden Polizisten gingen vor die Tür und besprachen sich. In der Werkstatt waren laute Geräusche zu hören, die sie aber nicht bewusst wahrnahmen.

»Glaubst du der alten Götze diese Story von damals? Dass die Klemm das Bild in der Hand hielt und geweint hat?« Woltmann zuckte nur die Schultern. »Also, ich glaub, die verwechselt da einiges«, sinnierte seine Kollegin weiter vor sich hin. »Die ist dreiundachtzig Jahre alt. Da gerät im Gedächtnis schon manches durcheinander.«

Woltmann dachte an seine Eltern. Hatten sie die letzten Male, wenn er sie besucht hatte, nicht ebenfalls immer wieder etwas vergessen? War das vielleicht auch der Grund, dass sie ihm gegenüber mit keinem Wort erwähnt hatten, dass sie mit Detlef auf Reisen gingen?

»Nun«, nahm Mandy das Gespräch wieder auf, »die Damen Möhwald und Schreiber haben für unsere Ermittlungen jedenfalls Priorität. Wenn es stimmt, was Frau Götze uns gesagt hat, und außer Frau Klemm nur noch sie drei etwas von dem Bild wussten, dann dürfen wir von den beiden mehr Aufschlüsse erwarten als von den restlichen Erzieherinnen auf der Liste.«

»Sehe ich auch so!«

»Aber wenn wir Frau Götze jetzt alleine lassen, um zu Frau Möhwald und Schreiber zu fahren, warnt sie die Götze in der Zwischenzeit. Trau ich der zu. Die spielt ihre Erschöpfung zum Teil nur.«

»Ja, wir sollten noch so lange hierbleiben, bis jemand von den Kollegen bei den beiden Frauen eingetroffen ist.«

Hoppe zog stumm ihr Handy aus der Tasche und rief Remde an.

»Remde schickt zwei Kollegen aus einer anderen Abteilung hin«, teilte sie Woltmann nach dem Gespräch mit.

Sie gingen wieder in die Wohnung. Frau Götze sah sie nicht an, hatte aber in der Zwischenzeit das Radio angestellt.

»Du, Mandy, ich geh schon mal runter auf den Hof.«

Hoppe nickte nur. Nach einer halben Stunde verließ auch sie Erna Götzes Wohnung und stieg zu Woltmann ins Auto. Eine Weile schwiegen sie.

»Sag, Sascha, du hast doch vorhin nur so getan, also ob du den Staatsanwalt anrufst, stimmt's?«

Woltmann schmunzelte hinter dem Steuer und bog in die Friedensstraße ein.

»Hab ich also richtig gedacht, Alter. Denn als einfacher Streifenpolizist dürftest du das gar nicht. Ist Sache der Kripo. Und geht nur über Remde.«

»Danke dafür, Mandy-Schatz, dass du mir immer wieder zeigst, wo ich stehe.«

Bei der Kripo Weimar herrschte das Prinzip der offenen Türen. Waren sie geschlossen, wurden im Zimmer dahinter Gespräche geführt, die vertraulich waren. Dann durfte man nur in ganz dringenden Fällen stören. Remdes Tür stand halb offen, was bedeutete, dass man eintreten konnte, ohne anzuklopfen.

Angesichts der momentanen Laune seines Chefs zog Mike Scholz es dennoch vor, zuvor drei Mal leise anzuklopfen. Remde reagierte nicht. Jetzt saß Scholz in der Patsche. Trat er ein, obwohl Remde nicht auf sein Klopfen reagiert hatte, drohte ihm Ärger. Trat er nicht ein, enthielt er ihm eine wichtige Information vor. Also klopfte er noch mal, wieder drei Mal.

»Was soll denn dieses dämliche Geklopfe?«, herrschte ihn Remde an. Leicht gebückt betrat Scholz das Zimmer.

»Es gibt Neuigkeiten, Chef!«

»Das will ich auch hoffen. Nun, ich höre!«

Scholz quetschte sich auf einen der drei Stühle am kleinen Besprechungstisch und schlug seinen Hefter auf.

»Der Amerikaner ist mit dem Taxi zum Bahnhof gereist. Um zwar um null Uhr siebenundzwanzig am Tattag.«

Scholz blickte Lob heischend auf und fuhr, als Remde nicht reagierte, fort.

»Wir wissen zwar nichts über seine Identität, aber er könnte am Weimarer Hauptbahnhof nur wenige Minuten später den Regionalzug nach Erfurt und von dort den Nachtzug nach Basel genommen haben. Null Uhr neununddreißig Weimar ab, sieben Uhr vierundfünfzig Basel an.«

»Was heißt ›könnte‹? Bekommen wir das vielleicht noch etwas genauer heraus?«

»Na ja, ich könnte natürlich noch mal den Taxifahrer befragen, ob er sich mit dem Fahrgast unterhalten und der ihm eventuell verraten hat …«

»Na, warum hat er das denn nicht gleich gemacht? Scholz! Merken Sie sich! Wenn man erst einmal einen Zeugen an der Angel hat, dann muss man ihn sofort auspressen wie eine Zitrone! Bis auf den letzten Tropfen.«

Demonstrativ ballte Remde seine Hand so fest zur Faust, dass die Knöchel weiß hervortraten. Scholz schien über das Bild von der Angel und der Zitrone nachzudenken, schneuzte sich und fuhr dann fort.

»Ähm, die Tatzeit hat der Rechtsmediziner mittlerweile auf zwischen fünf und sechs Uhr morgens eingegrenzt. Merkwürdigerweise hat von den anderen Gästen – ich habe deshalb extra noch einmal nachgefragt – keiner auch nur das Geringste bemerkt.«

»Wieso nicht?«, hakte Remde nach.

»Nun, die Zimmer unmittelbar neben dem des Italieners waren in dieser Nacht nicht vergeben. Die Gänge im Hotel Elephant sind verwinkelt und groß. Gut möglich, dass man da nichts mitbekommt, wenn es in einem Zimmer mal lauter zugeht.«

»Weiter!«

»Also, Chef, ich hab dann noch was zur Todesursache. Der Italiener ist vermutlich von vorne bedrängt worden, rücklings gestürzt und dabei auf den Beistelltisch gestürzt. Der Hinterkopf ist mit voller Wucht genau auf einer Ecke des Tisches aufgetroffen. Die Ecke hat sich in den Schädel gebohrt und ihn förmlich aufgespießt. Darum finden sich auch Blutspritzer an den Fenstern, auf den Heizkörpern, am Sofa und auf dem Teppichboden, praktisch überall.«

»Und die Würgemale?«

»Ja, Chef, das ist in der Tat rätselhaft. Nach dem Aufprall war das Opfer nicht gleich tot, aber benommen und damit wehrlos. Der Täter muss Lombardi also gewürgt haben, obwohl der schon so gut wie tot war.«

»Aber, Scholz, das ist doch nicht rätselhaft, sondern ganz einfach zu erklären. Da ist einer durchgedreht. Der Täter wollte nicht nur auf Nummer sicher gehen, dass der Italiener tot ist. Der wollte dessen Tod auskosten, seinen ganzen Frust an ihm ablassen. Als ich 1974 dem Sichelmörder auf die Spur gekommen bin, war das genauso. Der hatte sein Opfer mit der Sichel sogar noch verunstaltet, als das Herz definitiv schon lange nicht mehr schlug. Das nennt man in der Fachsprache Blutrausch oder auch Übertöten. Hat man Ihnen diese Begriffe während Ihrer Ausbildung denn nicht beigebracht? Ich habe das gleich geahnt mit dem Sichelmörder, ich meine, seine Motive für das Übertöten. Und die waren, dass er als Traktorist jahrelang eifersüchtig auf den LPG-Chef war, weil der was mit seiner Frau hatte. Und seine aufgestaute Wut hat sich dann eben worin geäußert, Scholz? … Na, im Blutrausch eben. Hören Sie mir überhaupt zu, Scholz?«

»Ja, natürlich, Chef, der Sichelmörder.«

»Hm! Also, Scholz, was soll ich jetzt mit Ihren Infos anfangen? Wir haben einen unbekannten Amerikaner, der vielleicht den Zug Richtung Basel genommen hat. Es kann aber auch genauso gut sein, dass er in Erfurt oder Frankfurt oder weiß der Kuckuck sonst wo ausgestiegen und dort geblieben ist. Als Täter kommt er demnach nicht in Frage. Es sei denn, er hat es sich anders überlegt, ist in gar keinen Zug eingestiegen, sondern zum Hotel zurückgelaufen oder wieder mit dem Taxi retour gefahren, hat den Italiener umgelegt

und ist dann über alle Berge. Wir wissen also, Scholz, genauso wenig wie vor Ihren Ausführungen, stimmt's?«
Scholz blickte pikiert drein. Seinen Auftritt bei Remde hatte er sich anders vorgestellt.
»Na, Scholz, jetzt bloß nicht die beleidigte Leberwurst spielen. Was ich brauche, sind weiterführende Infos. Fakten, verstehen Sie?«
Scholz zuckte die Schultern und sah aus, als habe ihm der Chef gerade eine Gehaltskürzung angekündigt.
»Dann bleib ich also nach wie vor an dem Amerikaner dran. Ich überprüfe mal, was ich in der Kunstszene für angloamerikanische Namen finde. Und den Taxifahrer befrage ich auch noch mal.«
»Gut so, Scholz. Das gefällt mir. Nicht aufgeben, sondern dranbleiben. Wir müssen liefern. Ich brauch noch mehr Infos. Dann starten wir über die Presse einen Aufruf nach Zeugen. Der Stoffels macht das schon für uns. Großes Kino werden wir machen. Ganz großes sogar. Ich lass mich doch nicht von diesen Fuzzis in Jena oder Erfurt kleinmachen. Ganz großes Kino, Scholz!«
Der erhob sich und atmete auf. Remde hatte ihn zum Schluss doch noch gelobt. Das motivierte ihn. Zuversichtlich verließ er den Raum und gab in seinen Computer ein: KUNSTHÄNDLER USA EUROPA.

25

Sascha Woltmann spazierte im Garten der Eltern herum, während die beiden Götzes die Terrassentürscheibe behutsam in den zuvor mit einem selbstklebenden Vorlegeband versehenen Rahmen einsetzten und dann mit Silikon gegen Verrutschen und Wärmeverlust sicherten. Das Ganze dauerte zehn, fünfzehn Minuten.

Wann hatte er in der letzten Zeit schon mal so viel Zeit zum Nachdenken gefunden? Zum Nachdenken über Dinge, die nichts mit den beiden Mordfällen zu tun hatten?

Jetzt jedenfalls überkam ihn der Wunsch, die ersten Wochen seiner Familie in Weimar zu überdenken. Sie waren wie im Flug vergangen. Laura und Ronny gewöhnten sich so langsam in der Schule ein, hatten erste Dates außerhalb der Schule. Yvonne hatte eine Stelle im Sprachenzentrum bekommen, zumindest vorerst. Hätte das nicht geklappt, wer weiß, ob sie nicht schon mitten in einer tiefen Ehekrise stecken würden wie damals in Berlin, als er diese Frau aus Ghana kennenlernte, die ihm so glaubwürdig von ihrem Problem …

»Herr Woltmann, wir wären dann fertig«, riss ihn Rudi Götze aus seinen Gedanken. »Schauen Sie sich die neue Tür an und sagen Sie uns, ob Sie damit zufrieden sind.«

Götze senior hatte nur noch den untersten Knopf seines karierten Hemdes geschlossen; der Schweiß lief ihm trotz der

herbstlichen Temperaturen in Strömen die behaarte Brust hinab.
»Ja, sieht doch perfekt aus. Danke!« Woltmann roch die Alkoholfahne, die Götze umhüllte wie unsichtbarer Nebel. Ist der vorhin nicht mit dem Auto gekommen?, überlegte Woltmann kurz. Es konnte aber auch der Sohn am Steuer gesessen haben. Er war sich nicht ganz sicher, musste auch nicht immer gleich den Polizisten spielen. Das hier war privat.
Die beiden Handwerker sammelten ihr Werkzeug zusammen.
»Ach, eine Bitte hätte ich noch, meine Herren!« Woltmann wirkte verlegen. Es fiel ihm schwer, die Götzes zu seinen Komplizen zu machen. Aber die Angelegenheit mit der Scheibe war ihm einfach zu peinlich.
»Ich wäre Ihnen dankbar, wenn Sie niemandem von Ihrer Arbeit hier erzählen. Verstehen Sie mich?«
Rudi Götze sah ihn erstaunt an, leicht zynisch. Sein breiter Mund öffnete sich, und er stieß einen langgezogenen Pfiff im Sinne von »Na, da schau mal einer an« durch die obere Zahnreihe. Dabei zog er sich den Plastehandschuh, den er zum Schutz vor Splittern beim Einsetzen der Scheibe übergezogen hatte, Finger für Finger ab.
»Hat denn die Polizei mal was angestellt? Vielleicht ein heimliches Techtelmechtel, oder was?«
»Ich wäre Ihnen dankbar, wenn Sie einfach diskret wären.« Er holte zwei Zwanzig-Euro-Scheine aus seinem Geldbeutel und steckte jedem der beiden Götzes einen zu.
»Die Rechnung bitte an meine Adresse, wie schon bei der Anzahlung, okay?«
»Ähm, wir nehmen auch Bargeld. Dadurch wird es für Sie noch etwas billiger.«

Woltmann spürte, wie ihm die Sache entglitt. Das ging nun in eine Form von Komplizenschaft über, die er sich nicht vorgestellt hatte. In eine jenseits des Finanzamtes. Das war mit ihm als Staatsdiener nicht zu machen. Er schüttelte den Kopf.

»Mit Rechnung, verstanden? Ich überweise sofort!«

»Ist ja gut, Mann, Herr Polizist, ist ja alles gut, geht in Ordnung, selbstverständlich. Wir machen uns dann mal vom Acker. Auf Wiedersehen.«

Nachdenklich sah Woltmann den beiden nach. Ob die wirklich dichthielten? Aber selbst wenn seine Eltern von dem Vorfall erfuhren, ginge die Welt davon nicht unter. Außerdem hatten sich seine Eltern den viel größeren Hammer geleistet. Ohne ihr aufmüpfiges Verhalten wäre das mit der Tür gar nicht erst passiert. Jawohl, aufmüpfig waren sie, die Eltern! So ging das nicht weiter.

»Nein, Ingo, so früh am Tag noch keinen Schmandkuchen. Schau mal, hier!« Woltmann zeigte auf seinen Bauch und streckte ihn absichtlich ein bisschen heraus. »Muss was tun für meine Figur.«

Woltmann hatte es sich angewöhnt, täglich zwei, drei Mal beim Bäckermeister vorbeizuschauen und dort einen Kaffee zu trinken. Jedes Mal aber auch einen Schmandkuchen dazu zu essen sprengte alle Kaloriengrenzen.

»Willst wohl auf gesund machen, Sascha? Na, keen Problem, sage ich dir. Da biste bei mir genau richtig.«

Baum drehte sich zu den Körben mit den Brötchen um und hielt ihm mit seiner Zange eines hin, dessen Kruste mit Körnern überzogen war.

»Das ist mein Bio-Vital-Fitness-Gesundheitsbrötchen, mein Lieber. Wenn du das isst, nimmst du ab! Und eventuelle Kniebeschwerden gehen auch noch weg!«
»Echt?« Woltmann sah den Bäcker leicht spöttisch an.
»Glaubst mir wohl nicht?« Baum vollführte mehrere Kniebeugen hinter dem Tresen. »Hier, meine Knie, waren voll von Arthrose. Und jetzt, alles bestens!«
»Hm, und das nur wegen deiner Brötchen?«
»Bitte schön, ich kann niemand zu seinem Glück zwingen.«
»Na, nun sei nicht gleich eingeschnappt, Ingo. Was sind denn das da für Schrippen, äh, Brötchen?«
Mit dem Zeigefinger tippte der Polizist auf einen anderen Korb.
»Auch was ganz extrem Gesundes. Brötchen mit Sommersprossengeschmack!«
»Mit was?« Sascha Woltmanns Blick verwandelte sich in ein einziges Fragezeichen.
»Was habe ich gesagt?«
»Sommersprossengeschmack!«
»Oh, ich meine natürlich Sojasprossengeschmack. Ganz was Feines. Weißt du, wo die ältesten Menschen leben? In Asien. Und was essen die? Na? Was? Richtig! Sojasprossen!«
»Okay, dann nehm ich mal so eins. Und ein bisschen Butter dazu.«
»Und weißt du, was du am besten auf die Butter drauf machst? Spezialempfehlung von deinem Bäcker: Thüringer Imkerhonig. Hier!« Baum holte ein großes Glas Honig ohne Etikett unter der Theke hervor. »Ist von meinem Neffen Max, Thüringens jüngstem Imker und Gewinner des ›Goldenen Honiglöffels‹ beim Bundestreffen der Korb-Bienen-Imker.«

Woltmann bemerkte Baums Stolz auf seinen Neffen und wagte statt eines Scherzes nur ein Lächeln. Im selben Augenblick bimmelte die Ladentür, und Mandy Hoppe betrat das Geschäft. Woltmann hatte sich hier mit ihr verabredet, um vor Dienstbeginn, fern von Remde und Scholz, das weitere Vorgehen mit ihr zu besprechen. Schließlich waren sie vom Kripochef höchstpersönlich zu einem eigenständig operierenden Zweierteam erklärt worden, und Hoppe hatte kein schlechtes Gewissen dabei, Remde in der nächsten Zeit nicht in alle Details mit einzubeziehen. Sie entschied sich zu Baums Freude für das Bio-Vital-Fitness-Gesundheitsbrötchen mit Korb-Bienen-Honig.
Während Baum sich in die Backstube zurückzog und die beiden Polizisten zum wiederholten Mal darum bat, auf die Ladenkasse aufzupassen – ein mittlerweile eingespieltes Ritual –, fasste Mandy das Gespräch mit Erna Götze noch einmal zusammen. Sie fragte Woltmann, wieso sie beide eigentlich wie selbstverständlich davon ausgingen, dass Käthe Klemm das besagte Gemälde tatsächlich jemals besessen hatte. Sicher, die versiegelte Wohnung war aufgebrochen worden. Und es war auch unwahrscheinlich, dass sie wegen eines röhrenden Hirsches vor Gebirgssee oder einer Reproduktion von Dürers Betenden Händen aufgebrochen worden war. Tatsächlich ließ sich kein anderes Motiv für den Einbruch in die versiegelte Wohnung erkennen, als dass jemand etwas Wichtiges oder Wertvolles gesucht und mitgenommen hatte.
»Aber einen sicheren Beweis dafür, dass da wirklich die Blaue Kathedrale hing, haben wir doch nicht, Sascha, oder?«
Instinktiv griff Woltmann sich an die Sakkotasche, in der er sein Smartphone aufbewahrte.

»Mandy, ich hab's dir jetzt doch schon mehrmals gesagt. Ich bin mir ganz sicher, dass genau dieses Bild über dem Bett hing. Ich bin zwar kein Kunstexperte. Aber an diese blauen Streben und Pfeiler erinnere ich mich definitiv. Der Einbrecher hatte es auf nichts anderes abgesehen. Ich glaube außerdem, dass es sich bei dem Einbrecher um die gleiche Person handelt, die das Bild danach ins Hotel Elephant gebracht und dem Italiener zum Verkauf angeboten hat.«
»Und welche Rolle spielte dann der Amerikaner?«
»Der Italiener war ein Händler und brauchte von dem Amerikaner so was wie ein Zertifikat oder Gutachten darüber, wie wertvoll das Bild ist. Das ist die wahrscheinlichste Variante. Wir sollten unsererseits mal einen Kunstexperten befragen. Der könnte uns vielleicht etwas über das Bild sagen, ich meine, was denn nun das Besondere an der Blauen Kathedrale ist und so weiter.«
Woltmann fiel wieder ein, dass Ingo Baum ihm auch einen Namen genannt hatte, als er sich das Foto mit dem Bild in seinem Smartphone anschaute.
Feininger, richtig, so hatte der Name des möglichen Malers gelautet. Wenn der Bäcker jetzt ihr Gespräch mit anhörte und ihn auf das Foto ansprach, wäre das ein Debakel. Das würde ihm Mandy nie verzeihen. Schnell wechselte er das Thema.
»Hältst du es denn für denkbar, dass Erna Götze oder eine ihrer Freundinnen, diese Frau …« Er blätterte in seinem Notizbuch. »Ähm, Möhwald oder Schreiber, dass also eine der beiden Frauen Käthe Klemm aufgesucht hat, vielleicht auch alle drei zusammen, dass der Streit dann wieder aufgeflammt ist und sie Käthe Klemm erstochen haben? Oder eine der anderen Erzieherinnen?«

Hoppe schüttelte den Kopf und schlürfte ihren heißen Kaffee. »Nein, Sascha, drei alte Frauen, die mit nur einem Messerstich gezielt töten und danach in aller Seelenruhe den Tatort verlassen und gegenseitig dichthalten, das kann ich mir nicht vorstellen. Und die übrigen Erzieherinnen sind fürs Erste außen vor. Ich glaube, dass uns die Götze in diesem Punkt die Wahrheit gesagt hat und die gar nichts von dem Bilderstreit mitbekommen haben.«

»Aber wir müssen alle Varianten durchdenken. Moment mal!« Woltmann hatte eine Idee und ging zum Eingang der Backstube, in der Baum gerade die Nougatcroissants mit einem Pinsel bestrich.

»Ingo, hast du mal einen Augenblick?« Der Bäcker ließ den Pinsel fallen. Woltmann raunte ihm noch zu, er möge bitte nicht auf das Foto zu sprechen kommen, das er ihm in seinem Smartphone gezeigt hatte. Baum quittierte die Bitte mit einem Petzauge und einer zum Schwur erhobenen Hand.

Im Verkaufsraum bat er ihn, sämtliche Konditor- und Glasurmesser vorzulegen, die eine Klingenlänge von circa dreißig Zentimetern hatten. Gleich sieben Messer suchte Baum zusammen, die diesem Kriterium entsprachen. Zu dritt begutachteten sie die Klingen, Griffe und Schneiden. Baum schenkte den beiden Polizisten Kaffee nach und verschwand dann wieder in der Backstube.

»Kann ich mir nicht vorstellen, dass eine Dreiundachtzigjährige so ein Messer jemandem bis zum Anschlag in die Brust rammt. Mit nur einem Stoß!«, meinte Hoppe mit skeptischem Blick, der Woltmann nicht entging.

»Hast wahrscheinlich recht, Mandy. Aber trotzdem glaube ich, dass der Täter aus Frau Götzes näherem Umfeld kommt. Sie hat mit ihren Kolleginnen Möhwald und Schreiber über das Bild gesprochen. In Eichenroda sowohl beim Treffen als auch hier an diesem Tisch. Was ist denn eigentlich beim gestrigen Verhör der zwei Kollegen mit den beiden Frauen rausgekommen?«

»Nicht viel, die waren sehr einsilbig, sagten die Kollegen. Vielleicht haben sie ihnen nicht die richtigen Fragen gestellt, schließlich sind ja auch nicht voll in die Ermittlungen einbezogen. Aber ich fahr da noch mal hin und hake nach. Wir müssen schnellstmöglich herausfinden, was die Frauen sonst noch über das Bild wissen und mit wem sie darüber gesprochen haben. Schlimmer noch, wem gegenüber sie vielleicht sogar erwähnt haben, dass es genauso wertvoll ist wie zum Beispiel ein van Gogh. Genau das hat doch diese Frau Graf in Eichenroda gesagt. Van Gogh befand sich gleichfalls in der Sammlung Kohl. Und für den werden heute zig Millionen gezahlt.«

Am Durchgang zur Backstube sah Woltmann den Zipfel einer Bäckermütze hervorlugen. Ganz klar, Baum belauschte ihr Gespräch. Zwar hatte er den Bäcker schon mehrfach in dem Mordfall zu Rate gezogen, und seine Kenntnisse waren hilfreich. Aber trotzdem musste er eine Grenze ziehen.

»Ingo, es riecht leicht angebrannt. Ich glaube, deine Sommersprossenbrötchen verbrennen gerade.«

Der Bäckermützenzipfel verschwand daraufhin sofort, es polterte und rumpelte in der Backstube. Wenig später kam Baum hinter dem Türsturz hervor und fragte arglos: »Hast du mich gerufen, Sascha?«

Woltmann lächelte ihn an und wandte sich wieder Hoppe zu. »Was schlägst du vor, wie wir weiter vorgehen sollen?«

Sie überlegte kurz. Dann trank sie ihren Kaffee aus und wirkte entschlossen.

»Ich suche die Damen Möhwald und Schreiber auf. Und du schaust dich mal nach einem Experten für blaue Kathedralen und russische Beutekunst um. Wir müssen herausfinden, was es mit diesem Bild auf sich hat.«
Die Ladentür bimmelte, und gleich zwei Kunden auf einmal betraten die Bäckerei.
»Der Honig von deinem Neffen, Ingo, allererste Sahne!«, rief Woltmann dem Bäcker zum Abschied demonstrativ zu.
»Sage ich doch!«, strahlte Baum.
»Schreibst es an, Ingo. Du bist mein Gast, Mandy!«
Das Anschreiben hatte sich als äußerst praktisch erwiesen. Der Bäckermeister rechnete mit seinem Stammkunden Sascha Woltmann alle zwei, drei Tage ab und vergab dabei auch noch so etwas wie einen Mengenrabatt samt Treueprämie. Woltmann merkte, dass ihm die Bäckerei genau das bot, was er sich insgeheim von Weimar erhofft hatte: ein Stück Heimat durch gegenseitiges Vertrauen. Baum schrieb an, und er bewachte die Ladenkasse.
»Und leg mir für heute Abend bitte acht Bio-Vital-Fitness-Gesundheitsbrötchen zurück. Die sind Extraklasse!« Er zwinkerte dem Bäcker zu und verließ mit Mandy den Laden.
»Was darf's denn bitte schön sein, die Dame?«, fragte Baum gut gelaunt die Kundin mit Sophia-Loren-Frisur, deren Dackel eine weiße Fellweste trug und draußen vor der Tür aufgeregt hin- und herlief.
»Ähm, also, ich nehme fünf von den Bio-Gesundheits-, ähm, wie heißen die noch mal?«
Sie zeigte auf die Körbe an der Rückwand.
»Sie meinen die Bio-Vital-Fitness-Gesundheitsbrötchen?«
»Ja, genau die!«

»Sehr gerne, die Dame! Ich sage: Willst du gesünder und länger leben, lass dir von Baum das Bio-Vital-Fitness-Gesundheitsbrötchen geben!«
Als sie das Geschäft verließ, warf sie ihrem Dackel ein Stück Teiginneres von einem der Gesundheitsbrötchen zu. Der schnappte es sich bereits in der Luft. Baum sah es durch das Schaufenster hindurch und setzte eine zufriedene Miene auf. Kam es ihm doch so vor, als würde der Fellwestenträger, kaum hatte er das Brötchen verschlungen, weitaus schneller mit dem Schwanz wedeln als zuvor.

26

Hedwig Möhwald war sechsundachtzig Jahre alt, aber noch erstaunlich rüstig. Sie forderte Mandy Hoppe als Erstes dazu auf, ihr den Dienstausweis zeigen, dann bot sie ihr einen Rooibos-Tee an.
»Der hat heilende Kräfte. Verlangsamt zum Beispiel das Älterwerden! Kommen Sie, Frau Kommissarin, trinken Sie!«
Hoppe hatte den Eindruck, die eingeschworene Teetrinkerin habe bereits mit einem weiteren Besuch der Kripo gerechnet, so aufgeräumt und gut vorbereitet wie sie war. Sie sprach munter drauflos und bestätigte alles, was Erna Götze schon erzählt hatte. Erst als Hoppe sie nach ihren persönlichen Verhältnissen befragte, nach eventuellen Sorgen, Kindern und Enkeln, wurde sie einsilbig. Sie weigerte sich, deren Adresse herauszugeben. Die Frage, ob ihre Rente denn ausreiche und ob sie noch ans Reisen denke, vielleicht an eine Kreuzfahrt auf der Donau oder Ähnliches, wies sie pikiert zurück. Das seien wohl kaum Dinge, die die Polizei etwas angingen. Als Woltmann ihr das Foto von Stiegler zeigte, schüttelte sie unwillig den Kopf und gab an, diesen Mann noch nie zuvor gesehen zu haben.
Nicht viel anders verlief das Gespräch mit Agnes Schreiber in Weimar-Nord. Von der Architektur her ähnlich wie die Plattenbauten in Weimar-West, waren die Wohnungen hier jedoch komplett saniert worden und hatten etwas Einladen-

des, Freundliches. Agnes Schreiber berichtete Hoppe aber immerhin, über ihre Kolleginnen Möhwald und Götze hinausgehend, von einer Begegnung, die sie vor Monaten mit Käthe Klemm gehabt hatte. Sie waren sich zufällig in der Praxis einer Internistin begegnet. Da sie zusammen mit vielen anderen Patienten im Wartezimmer saßen, die potenzielle Mithörer waren, beschränkten sie sich allerdings auf den Austausch von Floskeln und Belanglosigkeiten. Nur eines hatte Agnes Schreiber damals aufhorchen lassen. Käthe Klemm sprach davon, dass sie noch einen Termin mit ihrem Pfarrer habe, dem Herrn Lemke. Das habe sie sehr verwundert, da Käthe Klemm in Eichenroda als eine der strammsten Verfechterinnen des Materialismus und Atheismus gegolten und ihr niemand einen Kontakt zur Kirche oder gar Religiosität zugetraut hatte.

»Aber wissen Sie, Frau Hoppe, wir werden alle älter. Und je näher der Sichelmann kommt, desto mehr klammern wir uns an solche Dinge wie Gott.«

Die Kommissarin wunderte sich über das Bild vom Sichelmann. Als sie die zweiundachtzigjährige Agnes Schreiber nach ihrer familiären Situation befragte, wies diese die Frage ebenso forsch zurück wie Hedwig Möhwald.

»Auch Ihre Kollegen haben schon nach meiner Familie gefragt. Konnte das gar nicht glauben. Aber ich kann Sie nur warnen, meine Familien da mit reinzuziehen!«

Hoppe schluckte, so verwundert war sie.

»In was denn ›mit reinziehen‹, Frau Schreiber?«

»Tun Sie nicht so, Frau Kommissarin, Sie wissen genau, was ich meine!«

Alles Zureden half nichts, Agnes Schreiber blieb zugeknöpft. Ein sensibler Bereich, den ich da betrete, dachte sich die Kommissarin. An die Adressen der Verwandten heranzukommen war bei Bedarf kein Problem für sie. Die Polizei hatte da ihre Möglichkeiten. Auffallend fand sie dieses Mauern dennoch, es kam ihr gerade so vor, als ob sich jemand absichtlich verdächtig machen wollte.

Zur gleichen Zeit betrat Woltmann das Hauptgebäude der Bauhaus-Universität. Jenes Gebäude der Kunstschule, das der flämische Architekt Henry van de Velde Anfang des zwanzigsten Jahrhunderts entworfen hatte und in dem sich das beeindruckende Treppenhaus in elliptischer Form wie auch das Direktorenzimmer des Bauhausgründers Walter Gropius befanden. Doch Woltmann hatte keinen Blick für die ehemals revolutionäre Architektur, ganz abgesehen davon, dass ihm die Kenntnisse fehlten, solche baulichen Besonderheiten historisch einzuordnen. Er hatte kurzfristig einen Termin bei Professor Herfried Tegeler erhalten, auf den er nach einigen Recherchen im Internet gestoßen war. Im Lokalfernsehen hatte Tegeler sogar eine ganze Serie zur Weimarer Kulturgeschichte als Experte begleitet und in mehreren Interviews seine Einschätzungen abgegeben. Eine der Sendungen widmete sich dabei auch den großen Malern, die von 1919 bis 1925 am Bauhaus in Weimar bis zu dessen erzwungener Umsiedlung nach Dessau als Lehrer gearbeitet hatten. Beim Betrachten der Videos, die HALLO WEIMAR TV im Online-Archiv zur Verfügung stellte, merkte Woltmann, dass ihn die Materie zunehmend fesselte, auch wenn der Professor etwas zerstreut auf ihn wirkte. Immerhin sprach er kein gestelztes Wissenschaftsdeutsch, wie er es erwartet hatte. Woltmann erklärte sich sein wachsendes Interesse auch durch den besonderen Gegenstand, den Tegelers Ausführungen zum Thema hatten. Die Geschichte der Sammlung Kohl, ihr Verschwinden nach 1945 und ihr Wiederauftauchen in Russland nach dem Ende des Kalten Kriegs erinnerten ihn an einige spannende Kriminalfälle, die noch immer auf ihre Auflösung warteten. Schon in Eichenroda hatte ihn Frau Grafs Erzählung über die Sammlung fasziniert. Wie hatten die Russen nach dem Krieg nur von dem Tresordepot erfahren? Hatten sie Komplizen in Eichenroda gehabt? Wo waren die Bilder, die zwar im Verzeichnis der Sammlung Kohl aufgelistet, nach 1989/90 aber nicht mehr in der Moskauer Tretjakow-Galerie aufgetaucht waren? Hatte sie jemand gestohlen, auf den Kunstmarkt gebracht und sich persönlich an ihnen bereichert? Tauchte das Bild mit der Blauen Kathedrale in diesem Verzeichnis überhaupt auf?

Bei der Sendung über die großen Maler am Bauhaus horchte er auf, als Tegeler den Namen erwähnte, den ihm auch Ingo Baum beim Anblick des Fotos von Käthe Klemms Schlafzimmer genannt hatte: Lyonel Feininger. Der Professor sprach im Video über dessen Liebe zu den Dorfkirchen im Weimarer Land. Von einer blauen Kathedrale war allerdings nicht die Rede.

Mittlerweile war Woltmann vor Tegelers Tür angekommen. Er klopfte an. Während er auf ein Zeichen zum Eintreten wartete, traf ihn der spöttische Blick eines graumelierten Herrn in hellbrauner Cordhose, der gerade das Nachbarzimmer mit einem Stapel Papiere in der Hand verließ. Warum dieser spöttische Blick? Jemandem in Uniform alleine einen solchen Besuch abzustatten, war für Woltmann ein ungewohntes und auch unangenehmes Gefühl. Schaute der andere vielleicht deshalb so? Normalerweise traten Streifenpolizisten immer nur zu zweit auf, allein schon wegen der Zeugensituation. Er aber arbeitete vorübergehend für das Ermittlungsteam, ohne wirklich zur Kripo dazuzugehören. Wegen der beiden Morde und des akuten Personalmangels hatte Remde zwei Unterteams gebildet.

Auch er und Mandy hatten sich die Aufgaben noch einmal geteilt. Und da es also nun einmal sein Part war, Informationen über die Blaue Kathedrale einzuholen, gab es keine Alternative. Er verbat sich das unangenehme Gefühl und trat, als er ein leises »Herein« vernahm, in das Gelehrtenzimmer.

Ein solches war es tatsächlich. Alle Klischees vom Zimmer eines Kunstgeschichte-Professors bestätigten sich. Türme von Büchern auf dem Schreibtisch, dem Besprechungstisch, dem Fußboden. Dazu Papierstapel von Manuskripten, Farbkopien von Gemälden, Seminararbeiten von Studierenden, die allerdings, wie Woltmann gleich erfahren sollte, nur in den wenigsten Fällen relevant für die Bachelor- oder Masterabschlüsse waren.

Tegelers Professur war etwas Exotisches, das sich die Bauhaus-Universität leistete, seitdem sie im Jahre 1996 durch die Ernennung des Weimarer Bauhauses zum Weltkulturerbe so etwas wie den Ritterschlag der Internationalität erhalten hatte. Man versprach sich eine positive Außenwirkung von dieser Professur und deckte damit einen Teil der Verpflichtung ab, die sich die Universität mit ihrer Namensgebung selbst auferlegt hatte.

»Ach, der angekündigte Besuch von der Polizei, ja, herzlich willkommen, nehmen Sie Platz!«

Tegeler merkte in diesem Augenblick selbst, was für ein ver-

wegenes Unterfangen es war, seinem Gast einen Platz anzubieten. Denn sogar auf den drei Freischwingstühlen und dem hellbraunen Ledersofa stapelten sich Bücher, aus denen unzählige Zettel herausschauten.
»Äh, oh, einen Moment bitte!«
Es dauerte einige Zeit, bis Tegeler die Stapel umverteilt hatte und seinem Gast einen der Freischwinger anbieten konnte. Er selbst nahm danach wieder auf seinem Drehstuhl hinter dem Schreibtisch Platz, der so gar nicht nach Bauhaus, sondern eher nach Ikea ausschaute.
Woltmann hatte, als er den Professor um ein Gespräch bat, das Gefühl gehabt, dieser freue sich über die Anfrage. Darin sah er sich jetzt bestätigt. Tegeler schien eine einsame Gelehrten-Existenz im Elfenbeinturm zu führen. Problemlos hatte er ihm sofort einen Termin eingeräumt und schon am Telefon angedeutet, dass er zeitlich flexibel sei, auch weil er in keinem einzigen der vielen universitären Verwaltungsgremien saß und seine Anwesenheit in Prüfungskommissionen nur sehr selten erforderlich war.
»Am häufigsten suchen mich noch Schülerinnen und Schüler der Weimarer Gymnasien auf, die ihre Seminarfacharbeit zu schreiben haben. Da war ich schon oft Mentor. Eine wunderbare Erfahrung!«, hatte er außerdem bei der Terminvereinbarung geplaudert.
Auch jetzt war er zuvorkommend und sehr gesprächig, begann mit einigen Sätzen über seinen Lehrstuhl und dessen Bedeutung innerhalb der Universität, nicht ohne zu klagen, dass seine Kollegen ihn in allen wichtigen universitären Fragen umgingen, ja dass sie ihn gelegentlich sogar belächelten. Aber da stehe er drüber. Woltmann war irritiert von der Sonnenbrille, die Tegeler trug, obwohl weit und breit kein

Sonnenstrahl am grauen Oktoberhimmel zu entdecken war, geschweige denn im Zimmer.
»Lichtempfindlichkeit, die ist bei meinen Augen sehr hoch«, gab der Professor dem Gast zu verstehen, als er merkte, dass der ihn etwas irritiert anschaute.
Woltmann hatte sich vorgenommen, Tegeler nicht gleich das Foto von der Blauen Kathedrale zu zeigen. Er befürchtete, dass dies unter Umständen die Ausführungen Tegelers zu sehr beeinflussen könnte. Vielleicht käme der Professor ja auch von alleine auf das Bild zu sprechen und gäbe Informationen preis, die er sonst vielleicht nicht erwähnen würde.
»Feininger, seine Dorfkirchen, das Weimarer Land; Herr Professor, darf ich Sie bitten, mir davon etwas mehr zu erzählen.« Woltmann fühlte einen Anflug von Stolz, sich der Verbindung Feiningers zu den Dorfkirchen so gut zu erinnern. Er hatte außerdem den Vorsatz gefasst, sich mehr Wissen über Weimar anzueignen. Seinem Vorhaben kam dabei entgegen, dass zurzeit viele Weimar-Bücher in der Wohnung in der Belvederer Allee herumlagen. Yvonne bereitete sich mit ihnen auf das Kulturprogramm für die Studierenden des Sprachenzentrums vor. Ja, in diese Bücher wollte er jetzt mal öfter reinschauen, nahm er sich vor.
»Nun«, sagte Tegeler und blickte aus dem Fenster auf die gegenüberliegende Fassade, »Feininger war ein begeisterter Fahrradfahrer. Die Kirchen und Brücken im Weimarer Land faszinierten ihn. Mit dem Fahrrad hat er sie abgeklappert und dann gemalt. Er besaß ein Fahrrad der Marke Cleveland Ohio aus dem Jahre 1897, das hatte zwar noch Holzfelgen, aber die Reifen waren schon mit Luft …«
»Sehr interessant, Herr Professor, aber könnten Sie bitte wieder auf Feininger als Maler zu sprechen kommen?«

Tegeler sah kurz zu Woltmann und räusperte sich. »Äh, ja, gewiss, gerne.«
Nach einer Viertelstunde Vortrag hatte Tegeler zwar so nette Ortsnamen wie Vollersroda, Niedergrunstedt und Zottelstedt erwähnt. Aber auf die Blaue Kathedrale war er noch nicht zu sprechen gekommen. So entschied sich Woltmann, das Gespräch behutsam in diese Richtung zu lenken.
»Hat Feininger auch Kathedralen gemalt? Ich meine, nicht nur diese kleinen Kirchen?«
Die Reaktion Tegelers überraschte ihn. Über Feiningers Dorfkirchen hatte der Professor voller Wärme gesprochen. Man merkte ihm an, dass ihm das Thema am Herzen lag. Jetzt aber geriet er geradezu in Ekstase. Verzückt schilderte er die Anfänge des Bauhauses in Weimar.
»Feininger hat das Titelblatt für das Manifest und Programm des Staatlichen Bauhauses 1919 mit einem Holzschnitt illustriert, Herr Woltmann! Der Titel: *Kathedrale der Zukunft!* Erde und Himmel, Handwerk und Kunst, alles ging ineinander über.«
Der Kunsthistoriker trocknete sich mit einem Taschentuch den Schweiß von der Stirn.
»›Gnade des Himmels lässt in seltenen Lichtmomenten … unbewusst Kunst aus dem Werk des Handwerkers erblühen …‹ So heißt es im Gründungsmanifest! Was für ein epochales Ereignis! Damals wurde Weltgeschichte hier in Weimar geschrieben!«
Tegeler stand, von seinen eigenen Worten mitgerissen, auf und lief im Zimmer hin und her.
»Das Harvard University Graduate Centre, die Kathedrale des Geistes! Porto Carras auf der Chalkidiki-Halbinsel, die Kathedrale endzeitlichen Hotelbaus! Das Pan-Am-Gebäu-

de in New York, die Kathedrale aus Glas! Das sind nur einige der Gebäude, an denen Walter Gropius als Architekt federführend beteiligt war. Wenn wir dann erst noch die Schüler von Gropius mit dazunehmen, alles Bauhäusler, Herr Woltmann, werden Sie merken, dass die ganze Welt moderne Kathedralen kennt, und an deren Anfang steht, na, was wohl, das Bauhaus in Weimar!«

Tegeler echauffierte sich noch über die Stadtverwaltung im oberpfälzischen Amberg, die ein Bauhausgebäude vernachlässigte, dann ließ er sich wieder in seinen Schreibtischstuhl fallen. Woltmann war beeindruckt, sowohl vom Wissen des Professors als auch von der Bedeutung des Bauhauses, die ihm so bisher noch gar nicht klar gewesen war. Ein Blick auf die Uhr ließ ihn erschrecken. Er saß schon seit über einer halben Stunde bei Tegeler. Mandy Hoppe und die anderen ermittelten in einem Mordfall, und er, was machte er? Er holte seine Bildungsdefizite nach.

Was er jetzt brauchte, waren konkrete Auskünfte, keine weitschweifigen Exkurse. Der Zeitpunkt war gekommen, Tegeler das Foto zu zeigen. Denn der fahrige Gelehrte hatte seine Frage, ob Feininger nicht nur kleine Kirchen, sondern auch Kathedralen gemalt hatte, noch immer nicht beantwortet.

»Herr Professor, ich habe ein Foto bei mir. Bitte sagen Sie mir doch, was Ihrer Einschätzung nach darauf zu sehen ist.«

Woltmann zog das Foto aus der Sakkotasche und warf selbst noch einmal einen kurzen Blick darauf.

»Entschuldigen Sie, Herr Woltmann, ich erzähle Ihnen gerne noch stundenlang über diese Themen. Aber ein bisschen neugierig bin ich schon, wieso Sie mich das alles in Ihrer Funktion als Polizist fragen. Können Sie mir dazu etwas sagen? Aber natürlich nur, wenn Sie möchten und wenn es nicht Ihre Geheimhaltungspflicht verletzt.«

»Wir ermitteln in zwei Mordfällen. Eine dreiundachtzigjährige Frau ist in Weimar-West ebenso Opfer eines Verbrechens geworden wie ein italienischer Staatsbürger im Hotel Elephant. Ich nehme an, Sie haben davon in der Zeitung gelesen.«

»Nein, ich lese nur Fachzeitschriften. Und die *Frankfurter Allgemeine*. Und da stand nichts davon drin. Was sagen Sie, gleich zwei Morde in Weimar? Das ist ja fürchterlich!«

Tegeler wirkte zutiefst erschrocken. Einen so direkten Kontakt mit dem wirklichen Leben hat der Herr Professor offensichtlich schon lange nicht mehr gehabt – der lebt in einer anderen Welt, dachte sich Woltmann und legte ihm das Foto auf den Schreibtisch.

Tegeler begutachtete es erst durch die Sonnenbrille hindurch, dann nahm er sie ab, hielt die Augen kurz geschlossen, öffnete sie nur langsam und blinzelte mehrmals heftig. Die ausgeprägten Falten, die in Form eines Strahlenbündels vom äußeren Lidrand bis zum Haaransatz verliefen, machten deutlich, wie lange ihn die hohe Lichtempfindlichkeit seiner Augen schon plagte und ihn zum Tragen einer Sonnenbrille verdammte. Im Raum herrschte absolute Stille. Die fröhlichen Stimmen junger Menschen, die bis vor kurzem noch auf dem Flur zu hören gewesen waren, waren verklungen. Offenbar hatten die Vorlesungen wieder begonnen. Der Professor ließ sich Zeit. Er öffnete die Schublade seines Schreibtischs und kramte hinter Bergen von Briefen eine kleine Lupe hervor, wie sie sonst nur von Uhrmachern verwendet wurde. Er klemmte sich das Okular vor das rechte Auge, hielt das Foto gegen das Licht und scannte es schließlich in seinen Computer ein, nachdem Woltmann ihm mit einem Nicken sein Einverständnis signalisiert hatte. Anschließend vergrößerte er es, um sich auf diese Weise einzelne Partien genauer ansehen zu können.

»Kommen Sie nur«, bat er Woltmann mit einer resoluten Geste seitlich hinter sich an den Schreibtisch. Er hatte die rechte untere Ecke des fotografierten Gemäldes stark vergrößert. Dort ließ sich nun trotz der großen Auflösung ein winzig kleiner Schriftzug gerade noch so erkennen. Mit angestrengtem Blick entzifferte ihn Woltmann und sprach ihn halblaut aus: THE BLUE CATHEDRAL.

27

Erna Götzes Telefon hatte schon acht, neun Mal geklingelt, bis sie den Weg von ihrem Kippsessel in den Flur endlich zurückgelegt hatte, wo das Funktelefon in der Ladestation lag. »Ja, hallo, Götze?«
Niemand meldete sich. Aber sie hörte ein Atmen, unregelmäßig, aufgeregt. Im Hintergrund die Geräusche von Fahrzeugen und Menschen auf der Straße.
»Hallo, ist da wer? Ich hör doch da wen.«
Sie glaubte, ein Schlucken zu hören, dann ein Einatmen.
»Ja, hier ist jemand, den Sie mal gut gekannt haben.«
Der Rentnerin fuhr der Schreck in die Glieder. Die Stimme am Telefon war die eines Mannes, allerdings krächzend wie die eines alten Hahns, den sich der Fuchs greift.
»Hallo, wer ist da? Was ist los?«
»Hier ist jemand, den Sie mal gut gekannt haben. Sie haben doch früher in Eichenroda gearbeitet.«
»Ja.«
»Als Erzieherin.«
»Ja.«
»Im Kinderheim ›Ernst Thälmann‹.«
»Ja, was wollen Sie von mir?«
»Sie wissen, wer gestorben ist?«
Erna Götze blieb stumm.
»Die alte Klemm, diese Hexe. Diese Kinderquälerin!«

So langsam bekam sie eine Ahnung, um was für eine Art Anruf es sich handelte. Sie hatte ein Heimkind am Apparat, das von Käthe Klemm misshandelt worden war. Davon gab es allerdings einige. Doch warum meldete der Mann sich jetzt bei ihr?
»Hallo? Sind Sie noch dran, Frau Götze?«
»Ja.«
»Sie brauchen keine Angst zu haben.«
»Nein.«
»Sie haben mich damals beschützt. Haben mir manches Mal geholfen, wenn es die Hexe zu wild trieb. Dafür bin ich Ihnen bis heute dankbar.«
»Ja. Sind Sie etwa der …«
»Mein Name tut nichts zur Sache, Frau Götze. Ich hätte nur eine Bitte.«
»Ja?«
»Die Polizei muss anscheinend so schnell wie möglich den Mörder der Klemm präsentieren und hat sich deshalb auf mich eingeschossen. Aber sie hat keine Beweise.«
Erna Götze zog es vor, abzuwarten, und schwieg wieder.
»Ich rufe Sie aus einer Telefonzelle an, weil die Kripo mein Telefon sehr wahrscheinlich abhört. Ich habe der Polizei auch von Ihnen erzählt. Sie wird sicher zu Ihnen kommen und Sie über mich befragen. War sie schon da?«
»Ja.«
»Und, was haben Sie ihr erzählt?«
»Nichts.«
»Nichts? Haben Sie gesagt, Sie können sich nicht mehr erinnern?«
»Ja.«
»Dann haben Sie mich wieder beschützt.«

Erna Götze traten aus einem Grund, den sie nicht hätte benennen können, Tränen in die Augen.
»Hallo, Frau Götze? Es wäre schön, wenn Sie weiterhin dabei bleiben würden. Ich meine, wenn die Polizisten wiederkommen. Sie haben mich nie gekannt, ja?«
»Ja.«
Ein Knacken im Hörer verriet ihr, dass der Anrufer das Gespräch beendet hatte. Noch lange blieb sie im Flur stehen, den Hörer in der Hand. Im Garderobenspiegel begegnete ihr ein altes, verbrauchtes Gesicht. War sie das überhaupt noch? Die vielen Falten, die ihrem Alter entsprachen, waren, dem unruhigen Schlaf der letzten Tage geschuldet, zu tiefen Furchen geworden.

»Das gibt's doch nicht!«
»Was?« Woltmann sah immer noch gebannt über die Schulter von Herfried Tegeler auf den Bildschirm des Computers.
»Es gibt ein solches Bild von Feininger. Ich meine, eines, das er als Blaue Kathedrale bezeichnet hat.«
Woltmann schaute erneut unauffällig auf die Uhr. Er war mit Mandy Hoppe verabredet, konnte jetzt aber unmöglich gehen. Es ärgerte ihn, Tegeler das Foto nicht gleich gezeigt zu haben. Das hätte ihm viel Zeit erspart. Jetzt trieb ihn die Ungeduld um, nicht mehr rechtzeitig zum verabredeten Termin zu kommen. Zugleich hatte er das Gefühl, hier Entscheidendes zu erfahren und bezüglich des Mordfalles weiterzukommen.
»Herr Professor, sprechen Sie bitte nicht in Rätseln. Was hat es denn nun mit der Blauen Kathedrale auf sich? Was ist das Besondere an diesem Bild?«

»Das Besondere? Na, sehen Sie das denn nicht?«
Tegeler zoomte ein Stück des Himmels heran.
»Das Blau, Herr Woltmann, das Blau. Auf dem Foto kommt das nur ansatzweise rüber. Aber ich weiß, dass Feininger daran gearbeitet hat.«
»An was?« Woltmann ging es langsam auf die Nerven, dass der Professor sich immer so umständlich ausdrückte, wusste aber gleichzeitig, dass er ihm damit unrecht tat. Tegeler konnte schließlich nichts dafür, dass er mit Hoppe einen Termin hatte.
»Feininger hat an einem Blauton gearbeitet, wie ihn die Welt noch nie gesehen hatte. Das muss ihm noch vor seiner Emigration in die Staaten gelungen sein. Sein letztes Bild auf deutschem Boden, und bei dem hat es geklappt! Unglaublich! Sensationell! Ich habe in US-amerikanischen Archiven Andeutungen von Kollegen Feiningers gefunden, die davon berichteten. Sie meinten, er habe ihnen gelegentlich erzählt, in Weimar die Mischung für dieses Blau ein erstes und einziges Mal gefunden zu haben.«
Tegeler fuhr sich durch sein schütteres Haar und blickte eine Weile stumm auf den Bildschirm.
»Dann hat also ›Die Blaue Vier‹ ganze Arbeit geleistet«, murmelte er gedankenverloren.
»Die blaue was?«
Der Professor schien die Frage nicht gehört zu haben. Woltmann merkte ihm die Faszination an, die das Gemälde auf ihn ausübte. Wieder fühlte er sich wie ein Kunstbanause. Wie damals bei Ingo Baum, als dieser das Bild mit Feininger in Verbindung gebracht hatte. Er selbst sah nur ein paar Streben, Kanten, Sternförmiges, helle und dunkle Blautöne auf dem fotografierten Gemälde.

»Was hat es denn mit dieser Kathedrale auf sich?«

Sein Smartphone summte. Eine Kurznachricht von Hoppe war eingegangen: *Wo steckst du? Warte schon eine halbe Stunde in der PI. Remde macht Druck. M.*

Es half nichts, er musste das Gespräch abbrechen.

»Herr Professor, es tut mir leid. Aber ich muss los. Sie haben mir sehr geholfen. Darf ich Sie noch einmal aufsuchen, wenn ich Fragen habe?«

Tegeler, jetzt wieder mit Sonnenbrille, schenkte ihm ein strahlendes Lächeln.

»Aber, Herr Woltmann, selbstverständlich. Sie ahnen gar nicht, was für eine Freude Sie mir mit dem Foto gemacht haben. Das spornt mich in meiner Arbeit ungemein an. Ich werde weiterforschen, was ein solches Bild für Feininger, das Bauhaus und Weimar bedeutet. Wenn das Original dann irgendwann auftaucht, kann ich mit meinen Forschungen gleich an die Öffentlichkeit gehen.«

Woltmann steckte das Foto wieder ein. Da Tegeler keine Anstalten machte, ihn zur Tür zu begleiten oder ihm die Hand zum Abschied zu reichen, wandte er sich zum Gehen. Der Professor war immer noch vollkommen gebannt von den vielen Details des Gemäldes, das er unter dem Namen The Blue Cathedral vor sich auf dem Bildschirm hatte.

Woltmann drückte die Türklinke und war schon halb auf den Flur getreten. Da stellte ihm Tegeler eine Frage, die er vor lauter Aufregung bisher vergessen hatte, obwohl sie auf der Hand lag.

»Herr Woltmann, wo ist das Foto eigentlich aufgenommen worden? Ich meine, wissen Sie denn, wo sich das Originalbild befindet?«

Woltmann haderte noch immer mit seiner falschen Gesprächsstrategie, als er zum Streifenwagen eilte. Ausgerechnet jetzt, wo es spannend wurde, musste er gehen. Der Professor wusste gewiss auch, wer sich auf dem Kunstmarkt für ein solches Bild interessierte und was es wert war. Als Kenner der Sammlung Kohl hatte er vielleicht sogar eine Idee, wie das Bild einst nach Eichenroda gelangt war. Frau Graf vom Förderverein Gut Eichenroda und der Professor in seinem TV-Beitrag hatten zwar alle möglichen großen Maler genannt, die der Industrielle Kohl angekauft hatte: Degas, Pissarro, van Gogh. Aber Feiningers Name war in diesem Zusammenhang nie gefallen. War Feininger überhaupt im Verzeichnis der Sammlung Kohl aufgeführt gewesen? Und wenn ja, warum hatten die Russen den Feininger damals dann nicht mitgenommen? Wieso hatte in den letzten vierzig, fünfzig Jahren niemand dieses Gemälde vermisst? Auf alle diese Fragen hätte Tegeler vielleicht Antworten geben können.

Doch statt diese einzusammeln, fuhr er nun so schnell wie möglich vom Parkplatz in der Bauhausstraße zur Polizeiinspektion. Mandy kontaktierte ihn selten per Kurznachricht. Aber wenn sie es tat, war es dringlich.

Hoppe erwartete ihn in ihrem Büro mit leicht hängenden Mundwinkeln und nahm ihn, ohne sich zuvor noch mit ihm auszutauschen, mit zu Remde, der zur kleinen Runde gebeten hatte. Scholz verfolgte genüsslich, wie Woltmann gehetzt den Raum betrat und Remde ihn anschnauzte, wo er denn so lange gesteckt habe. Währenddessen überlegte Woltmann, wie viele seiner jüngst gewonnenen Erkenntnisse er preisgeben konnte, ohne dadurch seinen Wissensvorsprung vor den anderen zu verlieren.

Als Erster berichtete Scholz von seinen Gesprächen mit den Taxifahrern und Hotelangestellten sowie seinen Recherchen im Internet. Der ominöse Amerikaner, mit dem Francesco Lombardi in der Bar des Hotel Elephant Whisky getrunken hatte, war nicht wieder mit dem Taxi ins Hotel zurückgefahren, wie Remde gemutmaßt hatte. Scholz hatte den Taxifahrer, der den Italiener zum Bahnhof gebracht hatte, nochmals befragt. Da die Bahnhofshalle des Weimarer Hauptbahnhofs ab Mitternacht geschlossen war, hatte er seinen Fahrgast am seitlichen Nebeneingang, dem sogenannten Osttunnel, nicht nur herausgelassen, sondern ihm sogar noch den Koffer bis zum Bahnsteig getragen. Der Amerikaner hatte ihm dafür ein großzügiges Trinkgeld gegeben und ihm zuvor noch das Bahnticket gezeigt, um ganz sicher auf dem richtigen Bahnsteig zu landen. Darauf war als Zielbahnhof Basel SBB angegeben gewesen. Da der Zug gerade im Bahnhof einlief und das Trinkgeld so hoch war, hatte der Taxifahrer dem Amerikaner schließlich noch den Koffer in den Zug gehoben und sich von ihm verabschiedet. Der Mann war also definitiv abgereist.
»Dann konnte der Taxifahrer ja auch sicher beschreiben, wie der Amerikaner aussieht?«, wollte Remde wissen.
»Ja, aber …«
»Versteh schon, versteh schon«, nahm Remde Scholz' Einwand vorweg, »weil der als Täter nicht in Frage kommt, macht auch eine Fahndung mit Phantombild keinen Sinn. Schon klar.«
Scholz' Kopf ging daraufhin heftig zustimmend auf und ab.
»Aber, mein guter Scholz, bedenken Sie, dass es der Amerikaner trotzdem gewesen sein kann!«
Scholz blickte seinen Chef ungläubig an.

»Na, der kann doch in Erfurt ausgestiegen und mit einem Taxi wieder nach Weimar zurückgekommen sein. Von der Tatzeit her betrachtet, hätte die Zeit dafür locker ausgereicht!«
»Heißt das, ich befrage jetzt auch noch die Erfurter Taxifahrer, ob sie …«
»Mann, Scholz, wollen Sie vielleicht auch noch die von Gotha und Eisenach fragen? Oder die von, was weiß ich, wohin der Mann sonst noch theoretisch in dieser Nacht hingefahren sein könnte. Wir haben ja sonst nichts Besseres zu tun, als Interviews mit sämtlichen Taxifahrern Thüringens zu führen. Ganz nach dem Motto: Haben Sie einen Amerikaner gefahren? Der Wahrscheinlichkeitsgrad, dass wir auf diese Art weiterkommen, geht gegen null! So geht's nicht, Scholz!«
In Scholz' Blick war jetzt keine Schadenfreude mehr zu sehen, wie noch kurz zuvor, als Remde Woltmann wegen seines Zuspätkommens gerüffelt hatte.
Der Chef war extrem gereizt, das bekam Scholz in der letzten Zeit immer mehr zu spüren, obwohl er einmal sein Liebling gewesen war. Aber der Druck, den Fall schnellstmöglich zu lösen, veränderte Remde, machte ihn gnadenlos gegenüber allen.
»Weiter, Scholz!«
»Francesco Lombardi ist vorbestraft wegen Steuerhinterziehung, wie ich schon mal erwähnt habe.«
Remde wollte schon aufbrausen, weil er neue, keine alten Informationen brauchte. Doch da Scholz den Kopf leicht einzog und sogleich weitersprach, ließ er es bleiben.
»Lombardi ist außerdem – beziehungsweise war – im Internet sehr präsent. Seine Firma vermittelt wertvolle Gemälde

an Auktionshäuser und private Sammler, besorgt Expertisen, schätzt den Wert der Bilder. Der Link zu seiner Homepage taucht gleich auf der ersten Seite bei Google auf, wenn man eingibt: KUNSTHÄNDLER USA EUROPA oder GEMÄLDE KAUFEN DEUTSCHLAND.«

»Hm.« Remde zeigte einen Anflug von Anerkennung. »Das bedeutet, wenn jemand hier ein wertvolles Gemälde verkaufen will und einen Experten braucht, um den Wert des Bildes zuvor schätzen zu lassen, stößt er dabei unwillkürlich auf unseren Toten.«

»Ja, Chef, mit großer Wahrscheinlichkeit.« Scholz war erleichtert, nicht mehr angeschnauzt zu werden.

Remde wandte sich den anderen Teammitgliedern zu. Hoppe berichtete der Reihe nach vom Besuch in der aufgebrochenen Wohnung von Käthe Klemm und von ihren Gesprächen mit Erna Götze sowie den Damen Möhwald und Schreiber. Sie war außerdem dabei, die Verwandtschaft der beiden Mitwisserinnen um das Bild der Blauen Kathedrale auf eventuelle Motive für einen Raubmord zu durchleuchten. Ein Enkelsohn von Hedwig Möhwald, so hatte sie inzwischen herausgefunden, war rechtskräftig wegen Ladendiebstahls verurteilt worden. Die Tat lag allerdings schon fünfzehn Jahre zurück.

»Den seht ihr euch bitte genauer an!«, ordnete Remde an, was Hoppe sowieso getan hätte.

Woltmann berichtete von seinem Besuch bei Professor Tegeler. Für diese Runde fand er zunächst einmal die Informationen wichtig, dass Tegeler das Bild als ein Gemälde Feiningers verifiziert und sie den Titel herausgefunden hatten.

»The blue was?«

Remde hatte nie Englisch gelernt. Ein Kripochef musste

heutzutage jedoch in dieser Sprache einigermaßen fit sein. Das hatte Remde seinen Leuten zu deren großer Verwunderung selbst einmal in einem seiner wenigen selbstkritischen Momente gesagt, als sie vor einigen Jahren auf der Suche nach einem spurlos verschwundenen Austauschschüler aus Neuseeland gewesen waren.

»Cathedral, Kathedrale. Die Blaue Kathedrale«, erläuterte Woltmann und fuhr, um Remde nicht das Gefühl zu geben, brüskiert worden zu sein, schnell fort: »Der Feininger war Amerikaner, darum wohl der englische Titel. Scheint als verschollen zu gelten, das Bild. Es muss jedenfalls sehr wertvoll sein. Der Professor war ganz aus dem Häuschen.«

»Was heißt wertvoll? Wie viel?« Remde sah Woltmann erwartungsvoll an.

»Also, ich hab im Internet über Feininger-Bilder gelesen, die Millionen eingebracht haben. Über welche Hausnummer wir bei diesem Bild konkret sprechen, kann ich nicht sagen, aber ich werde den Professor danach fragen.«

»Warum haben Sie das nicht gleich getan, Mann? Das ist doch wichtig!«, brauste Remde erneut auf. Scholz lächelte wieder zufrieden, und Woltmann unternahm gar nicht erst den Versuch, sich zu rechtfertigen.

»Gut, Woltmann. Eine Frage habe ich aber noch. Woher wissen wir eigentlich, dass dieses Bild tatsächlich in der Wohnung von Käthe Klemm gehangen hat? Ich habe mir noch mal die Tatortfotos angeschaut, auch die vom Schlafzimmer, vom Flur und vom Bad. Da hing dieses Gemälde jedenfalls nirgends. Nur solche mit Hirschen und eines mit Händen drauf.«

Wieder griff Woltmann unbewusst an seine Sakkotasche, zum Smartphone.

»Weil ich mich ganz genau an das Bild erinnern kann. Es hing über dem Bett von Käthe Klemm! Dieses unvergleichliche Blau, die Pfeiler und Streben, das vergisst man nicht.«

»Dann hat die Spurensicherung schlicht und ergreifend vergessen, es zu fotografieren. Starkes Stück!« Remde sah sich in seinen Vorbehalten gegen die Mitarbeiter des LKA in Erfurt bestätigt. »Und jetzt hat es also jemand aus der Wohnung gestohlen. Nach Klemms Ermordung und nachdem wir da drin waren. Das Bild war offenbar nicht das Mordmotiv. Spricht doch wieder für Stiegler!«

Im Raum herrschte nachdenkliches Schweigen.

»Nun«, fuhr Remde fort und setzte seine Brille auf, um seine Aufzeichnungen besser lesen zu können, »dann halten wir vorläufig Folgendes fest. Die Morde an Käthe Klemm und Francesco Lombardi hängen aller Wahrscheinlichkeit nach miteinander zusammen. In der Wohnung Klemm hing ein Gemälde, das eine blaue Kathedrale zeigt. In Zimmer 207 des Hotels Elephant kam es zu chemischen Untersuchungen eines Bildes, bei denen die Farbe eine entscheidende Rolle spielte. Korrekt?«

Er schaute in die Runde. Von keinem kam irgendein Einwand oder eine Reaktion.

»Die Spuren am Tatort, so lese ich hier im Bericht aus Erfurt, weisen dabei auf die Farbe Blau hin. Außerdem, Kollegin, Kollegen, haben sich dort auch Spuren von Ölfarben älteren Datums befunden. Das bedeutet, dass der Italiener oder der Amerikaner oder beide ein älteres Bild in irgendeiner Form untersucht oder bearbeitet haben. Ja?«

»So wie ich das verstanden habe, Chef«, schaltete sich jetzt Hoppe ein, »hat die Spurensicherung auch noch eine andere Möglichkeit in den Raum gestellt.«

»Welche?«
»Nun, dass nur die Ölfarben alt gewesen sein könnten, die der Italiener und der Amerikaner benutzt haben. Um über einen Vergleich der Farben vielleicht das Alter des Bildes besser bestimmen zu können.«
»Daran kann ich mich gar nicht erinnern.«
»Ich mich auch nicht«, sprang Scholz ihm bei. »Ergäbe auch keinen rechten Sinn. Wenn das Bild von diesem Feininger ist, weiß man doch ungefähr, wie alt es ist.«
Das Argument von Scholz war zu kurz gegriffen, daran hatte Woltmann keinen Zweifel. Zum einen war es sicher von Bedeutung, in welcher Lebensphase Feininger das Bild gemalt hatte. Aber noch wichtiger war die Frage, ob es sich um ein Original oder eine Fälschung handelte. Trotzdem ging er nicht auf Scholz ein.
»Ich komme zurück auf meine Zusammenfassung und bitte, mich nicht weiter zu unterbrechen«, fuhr Remde fort und sah streng über den Rand seiner Lesebrille zu Hoppe. »Wir beenden die Arbeit in zwei Teams und bearbeiten beide Fälle fortan wieder gemeinsam. Hoppe, Sie recherchieren weiter in der Verwandtschaft der Familien Möhwald und Schreiber. Woltmann, Sie suchen den Professor nochmals auf und stellen ihm all die Fragen, die Sie ihm beim ersten Gespräch nicht gestellt haben.«
Scholz blickte in seine Unterlagen, damit ihm die anderen seine Schadenfreude nicht ansehen konnten.
»Und Sie, Scholz, stellen Ihre Gespräche mit den Taxifahrern ein und liefern mir schnellstmöglich den Namen des Amerikaners. Verstanden?«
Kurzes Nicken. Erneut war die gute Laune von Scholz mit einem Schlag dahin. Wenn er die Sitzung im Ganzen be-

trachtete, hatte Woltmann stark gepunktet. Unmöglich, so auseinanderzugehen.
»Chef!«
»Was ist denn noch?« Remde warf Scholz einen ungnädigen Blick zu. Wenn er etwas hasste, das wussten alle im Team, dann waren es Eingriffe in seine Sitzungsleitung. Dazu gehörten auch Nachträge wie dieser, wenn er die Sitzung schon für beendet erklärt hatte.
»Ich habe noch was vergessen!«
»So? Und was, wenn ich fragen darf?«
»Ich wollte Ihre Aussage von vorhin noch untermauern. Der Werner Stiegler ist wieder im Rennen. Hat von einer Telefonzelle in Gießen aus telefoniert. Dachte wohl, er trickst uns damit aus. Aber die Kollegen in Gießen sind ihm in Zivil gefolgt und haben den Anruf nachverfolgt. Raten Sie mal, mit wem er gesprochen hat?«
Er sah triumphierend in die Runde.
»Ich vermute mit Erna Götze«, merkte Hoppe lapidar an.
Scholz sah seine Kollegin verblüfft an. Wie konnte sie es wagen, ungefragt zu antworten und den Chef damit um den Triumph zu bringen, selbst den richtigen Namen zu nennen.
Doch Remde nickte nur betont gelassen und meinte dann: »Genau. Mit wem auch sonst? Und den Stiegler haben wir doch sowieso noch alle auf der Rechnung, oder? Sie, Scholz, fragen mal bei dieser Götze nach, ob sie den Werner Stiegler immer noch nicht kennen will.«
Er blickte jedem eindringlich ins Gesicht. Doch nur Scholz antwortete darauf mit dem für ihn typischen heftigen Kopfwackeln, das bei ihm den höchsten Grad an Zustimmung signalisierte.

28

Sascha Woltmann und Mandy Hoppe stiegen in den Streifenwagen. Sie wollten die nächsten Befragungen gemeinsam durchführen, auch wenn Remdes Aufgabenverteilung so geklungen hatte, als wolle er sie wegen des akuten Personalmangels nunmehr einzeln losschicken.
»Sascha, bist du dir auch wirklich sicher, dass die Blaue Kathedrale in Käthe Klemms Schlafzimmer hing?«
Woltmann schnaufte durch. »Ja, bin ich. Mit Dani bin ich damals in alle Zimmer gegangen, weil wir ja nicht wussten, ob es vielleicht noch eine zweite Leiche gibt oder der Täter sich noch in der Wohnung aufhält.«
Mandy zog die Augenbrauen hoch.
»Und da hast du einen Blick für die Bilder an der Wand gehabt?«
»Ja.« Woltmann schickte, obwohl er völlig unreligiös war, so etwas wie ein stilles Stoßgebet gen Himmel, dass Mandy endlich mit ihren Fragen aufhörte!
Sie fixierte eine Weile die Frontscheibenablage.
»Sascha, bist du auch wirklich ehrlich mit mir?«
Er wagte nicht, sie anzuschauen.
»Ja, klar, Mandy.«
Ein leichtes Zucken lief über seine rechte Gesichtshälfte. Es kam ihm wie ein Zeichen vor: hier, schaut her, der Woltmann lügt. Warum nur war er so feige und sagte ihr nicht die

ganze Wahrheit? Dass sein Wissen um das Bild von einer Aufnahme in seinem Smartphone gestützt war. Er ärgerte sich. Es war einer der Momente, in denen er sich selbst nicht leiden konnte. Feigling, sagte ihm seine innere Stimme, elender Feigling, ist dir deine Karriere denn tatsächlich wichtiger als aufrichtig zu sein?

»Na gut, Alter, wo fahren wir zuerst hin? Zu diesem Professor Tegeler oder zu dem Enkel von der Möhwald?

»Tegeler ist besser«, antwortete er mit trockener Stimme und startete den Motor. »Trinken wir vorher noch einen Kaffee? Wir hatten heute noch keine Pause. Ich lad dich ein.«

Nach dem Kaffee bei Ingo Baum fühlte sich Woltmann wieder etwas besser. Obwohl es von der Polizeiinspektion zum Stehcafé und von da aus zur Bauhaus-Universität fußläufig nur wenige Minuten waren, fuhren sie mit dem Streifenwagen dorthin. Sie mussten stets und überall erreichbar und einsatzfähig sein. Es gab klare Dienstvorschriften, was das betraf.

In der Bauhausstraße, nur wenige Meter vom Hauptgebäude der Universität entfernt, parkte Woltmann ein. Hoppe rauchte noch eine Zigarette und saß mit geöffneter Beifahrertür im Auto, den rechten Fuß auf dem Bordstein. Er ließ leise das Radio laufen, einen Thüringer Sender. Musik wechselte mit Nachrichten aus der Region. In diesen Tagen gab es immer wieder Berichte über die laufenden Ermittlungen der Weimarer Kripo, sofern Remde sich entschied, etwas an die Presse durchsickern zu lassen.

»Och nee, Sascha, stell bitte dieses Lied ab!« Hoppe klang mit einem Schlag total genervt.

»Wieso denn? Das ist doch ein cooler alter Song!«

»Nee, Alter, ich halt das nicht aus!«

Im Radio lief gerade »Mandy«, gesungen von Barry Manilow, ein Megaerfolg aus dem Jahre 1974.
»Warum denn nicht? Ist doch dein Titel!«
»Bitte nicht. Ich find das Lied übel. Dem hab ich meinen Namen zu verdanken.«
»Aber Mandy ist doch ein cooler Name!«
Sie sah ihn wütend an.
»Geht's noch? Cooler Name? Wenn alle so heißen? Noch dazu in Kombination mit völlig unpassenden Nachnamen? Denk allein mal an unsere Klasse: Mandy Schubert. Mandy Luther. Mandy Müller. Mandy Menzel. Mandy Kowalski. Und dann noch ich: Mandy Hoppe. Sechs Mandys bei fünfzehn Schülerinnen. Und die anderen hießen entweder Yvonne oder Nicole. Oh Mann!«
Hoppe musste nun selbst über ihre Empörung lachen. Aber sie war noch lange nicht fertig.
»Ich finde, es gehört verboten, dass Eltern ihren Kindern den Namen von irgendeiner Popschnulze geben. Hast du dir mal den Text von Mandy bewusst angehört?«
Woltmann schüttelte verneinend den Kopf.
»I never realized how happy you made me, oh Mandy. Da heult einer rum wie ein Schlosshund, weil er Mandy nicht genommen hat und es im Nachhinein bereut. Das aber nur, weil keine Bessere nachgekommen ist. Weshalb er dann doch lieber die Alte wiederhaben will, weil er sonst gar keine hat. Geht's noch? Nach so einem Scheiß sein Kind zu benennen?«
Woltmann hatte offenbar einen wunden Punkt getroffen, ohne es zu ahnen. Aber Mandy lachte zwischendurch auch immer wieder mal. Das beruhigte ihn.
»Die im Westen waren ja auch nicht besser, Alter«, ereiferte

sie sich noch mehr. »1985 gewinnt ein Boris Becker erstmals Wimbledon. Bis dahin war Boris als Vorname total abgeschrieben gewesen. Bis dahin. Aber dann haut der ein paar Bälle übers Netz und zeigt die Faust. Wie hießen ab da wohl die Jungs? Boris natürlich. Die Armen! Im nächsten Jahr war der Name schon wieder durch. Später hat der Boris Becker Steuern hinterzogen und in der Besenkammer gevögelt. Möchtest du nach so einem Kerl benannt sein?«
Woltmann lachte jetzt lauthals, er konnte nicht anders. Und Hoppe posaunte weiter drauflos.
»Zum Glück kommen manche Namen schnell wieder aus der Mode, so dass kein Kind mehr unter ihnen leiden muss. Peggy, Mandy, Sandy, das war mit der Grenzöffnung vorbei. Ab da waren wir selbst Westen im Osten. Da haben die Leute ihren Kindern keine Ami- oder Franzosennamen mehr als Ersatz dafür gegeben, dass sie nicht in den Westen kamen. Oder kennst du etwa jemand, der sein Kind nach 89 zum Beispiel noch Ronny genannt hat?«
Sie war mit ihrer Tirade zu Ende. Doch Woltmann prustete jetzt heftiger denn je vor Lachen. Er wieherte wie ein Pferd und stieg aus dem Auto. Einige Studentinnen, die vorbeigingen, grinsten still über den belustigten Polizisten. Schließlich rang er nach Luft. Eine solche Pointe durfte er Mandy unter keinen Umständen verschweigen.
»Wir, wir«, hob er die Hand wie ein Schulkind, »wir haben einen Ronny, gerade mal fünfzehn Jahre alt.«
»Das ist nicht dein Ernst, Alter!« Hoppe starrte ihn an, als habe sie gerade eine grasende Kuh im mühsam bestellten Gemüsebeet hinter ihrem Bungalow entdeckt.
»Doch, Mandy, doch!« Sein Lachen ging in ein helles Kichern über. Er hatte Seitenstechen, griff sich an die Hüfte.

Nur langsam beruhigte er sich wieder. Er sah seine Kollegin an, hatte noch immer Lachtränen in den Augen.
»Was hättest du dir denn statt Mandy für einen Vornamen gewünscht? Käthe? Erna? Hedwig? Agnes? Wie soll ich dich in Zukunft anreden? Such dir was aus!«, prustete er wieder drauflos.
»Du Pfeife!« Sie boxte ihm auf den Oberarm und drückte ihre Zigarette am Bordstein aus. »Los, wir haben schließlich zwei Morde aufzuklären. Wenn du mich weiter so ärgerst, gibt's bald einen dritten Toten.«

»Herr Kommissar, Sie ahnen ja gar nicht, wie glücklich Sie mich gemacht haben! Das Foto! Unglaublich!«
Tegeler befand sich immer noch in einem Zustand emotionalen Höhenflugs. Wie festgewurzelt saß er auf seinem Schreibtischstuhl und starrte mit Sonnenbrille auf den Computerbildschirm. Gut möglich, dass er den Platz seit Woltmanns letztem Besuch gar nicht verlassen hatte.
»Ich habe noch etwas Wichtiges entdeckt, hier!«
Woltmann trat hinter Tegeler. Von Mandy Hoppe nahm der Professor überhaupt keine Notiz, so fokussiert war er auf das, was ihm das eingescannte Foto präsentierte. Totales Forscherglück. So komplett versunken in eine Sache zu sein, dass Raum und Zeit vergehen. Erfüllte Lebenszeit.
»Neun … zehn …«, versuchte Woltmann die winzigen Zahlen zu entziffern.
»Hier, ich zoome Ihnen die Aufnahme größer!«
»… siebenunddreißig.«
»Ja, genau, 1937. Da hat der gute Feininger das Bild offenbar fertiggestellt!«

Der Kunsthistoriker hob zu einem zehnminütigen Vortrag an, dem die beiden Polizisten gebannt lauschten.
Lyonel Feininger hatte von 1919 bis 1925 am Weimarer Bauhaus und nach dessen erzwungenem Umzug noch mehrere Jahre in Dessau gewirkt, bis er 1937 schließlich in die USA emigriert war. Walter Gropius, der Weimarer Gründungsdirektor, hatte ihn als ersten Bauhaus-Meister berufen und ihm die Leitung der Druckwerkstätten übertragen. Neben seiner Lehrtätigkeit komponierte Feininger Fugen, reiste ans Meer, fertigte Linolschnitte. Die Malerei blieb ihm bei alldem jedoch ein Herzensanliegen.
Wichtig war ihm auch die Verbindung zu anderen Künstlern. Zusammen mit den Bauhaus-Meistern Wassily Kandinsky, Paul Klee sowie Alexej von Jawlensky gründete Feininger »The Blue Four«, eine Künstlergemeinschaft, deren Name eine Reminiszenz an die Publikationen des Almanachs »Der Blaue Reiter« war. Von 1911 bis zum Ausbruch des Ersten Weltkriegs in München erschienen, hatten die Künstler im Umfeld des Blauen Reiters die moderne Kunst entscheidend geprägt. Die Blaue Vier war von der Kunstagentin Galka E. Scheyer zusammengebracht worden, die die Künstler auch auf dem amerikanischen Markt bekannt machte und für die Aufnahme ihrer Werke in die Sammlungen so bekannter Persönlichkeiten wie Fritz Lang, Greta Garbo oder Marlene Dietrich sorgte. Die vier Künstler waren einander freundschaftlich verbunden, tauschten sich über ihre Werke aus, die sie sich gegenseitig auch überließen.
»Alle sprechen vom Blauen Reiter in München, was ja auch gut und schön ist. Aber The Blue Four, die sind heute so gut wie vergessen. Dabei steht, sieht man deren Werke in der

Zusammenschau, deren eigentliche Entdeckung erst noch bevor.«
Tegeler hatte bei seinen Worten beschwörend die Hände gehoben, machte jetzt eine kleine Pause und nahm ein paar gierige Schlucke aus einem Wasserglas, ohne seinen Gästen etwas anzubieten.
Seit Jahren, so fuhr er fort, sei er an diesem Thema dran. Zwar teilten seine Kollegen die Wertschätzung der Blue Four nicht. Aber das war eine Herausforderung, der er sich gern stellte. Die ganze Fachwissenschaft wollte er eines Besseren belehren.
Er legte Woltmann und Hoppe die Kopie eines Artikels vor, der am 1. November 1925 im *San Francisco Examiner* erschienen war und die Überschrift trug: PROPHETESS OF THE BLUE FOUR, darunter die Porträts der Protagonisten.
»Sehen Sie, während in Weimar die Deutsch-Völkischen das Bauhaus vertrieben, ging die künstlerische Saat der Weimarer Künstlergruppe in den USA auf.« Tegelers Blick flackerte leicht. Er sprach jetzt mehr zu sich selbst als zu Woltmann und Hoppe. Er zog ein Buch mit den Korrespondenzen von The Blue Four und Galka E. Scheyer aus einem der übervollen Regale hervor. »Sehen Sie hier«, seine Hände zitterten beim Umschlagen der Seiten, »sie müssen den Namen im März oder April 1924 kreiert haben, ich meine den Zusatz ›Blue‹. Sonst hätte man sie mit einer dänischen Künstlergruppe verwechselt! Hier …!« Seine Finger rasten über eine Briefzeile im Buch. »Was sagt Galka E. Scheyer über die Farbe Blau? Sie sagt: ›Blue is a spiritual color!‹ Ja, that's it! Eine Farbe mit Geist, mit Spirit! Kathedralenfarbe! Ich sage nur Chartres!«

Woltmann und Hoppe ließen sich nicht anmerken, dass ihnen der Chartres-Hinweis nichts sagte und auch die ein oder andere zuvor gemachte Bemerkung reines Expertenwissen für sie darstellte.

»Ja, und das Gemälde, dessen Foto Sie mir gebracht haben, dieses Bild passt genau in meine wissenschaftlichen Thesen. Bitte, wo ist das Originalgemälde?«

»Bitte erläutern Sie uns kurz Ihre These, Herr Professor. Ich meine, was bedeutet das Bild der Blauen Kathedrale?« Woltmann hatte lange gezögert, Tegelers Redefluss zu unterbrechen. Jetzt tat er es, weil er fürchtete, wieder das Entscheidende zu verpassen, wenn er zu lange wartete. Vielleicht würde Remde sie erneut einbestellen. Oder Tegeler wurde müde. Oder was auch immer. Der Professor musste jetzt auf die Bedeutung der Blauen Kathedrale zu sprechen kommen.

»Das geht weit über die Kunstgeschichte hinaus! Klee und Kandinsky waren beide Meister der Blautöne. Wissen Sie, was Kandinsky über die Farbe Blau sagte?«

Wieder zeigten Woltmann und Hoppe keine Reaktion. Woher sollten zwei Thüringer Polizisten auch ein Zitat Kandinskys über die Farbe Blau kennen? Trotz der blauen Uniform zählte das nicht zu den Grundbausteinen der Polizeiausbildung. Folglich schwiegen sie auf Tegelers Frage, die auch wohl eher rhetorischer Art gewesen war. Zudem war ihnen nicht klar, worauf der Professor hinauswollte.

»Er sagte: ›Je tiefer das Blau wird, desto tiefer ruft es den Menschen in das Unendliche …‹«, gab sich Tegeler mit Pathos in der Stimme selbst die Antwort. »Und weiter: ›… es weckt im Menschen die Sehnsucht nach Reinem und schließlich Übersinnlichem. Es ist die Farbe des Himmels.‹ Kandinsky! Ist das nicht großartig!«

Er hatte die Hände wie ein Dirigent nach oben gestreckt und zeichnete Figuren in die Luft.

»Herr Professor, wir müssen jetzt etwas konkreter werden. Unter dem Bild haben Sie die Jahreszahl 1937 entdeckt. Da war doch der Feininger schon lange nicht mehr in Weimar.«

Spricht fast schon wie ein Kunsthistoriker, der Sascha, dachte sich Mandy Hoppe und zwinkerte ihrem Kollegen anerkennend und schelmisch zugleich zu.

Tegeler führte daraufhin aus, dass Feininger seinen Vermutungen zufolge gemeinsam mit den anderen drei Künstlern an der Komposition eines Blaus gearbeitet habe, wie es Kandinsky idealtypisch beschrieben hatte. Irgendwann hatten sie dann vermutlich den Durchbruch erzielt, vielleicht auch Feininger alleine. Gut möglich, dass er bis 1937 die Blaue Kathedrale immer wieder neu bearbeitet hatte. Ob die anderen drei der vier Blauen Könige, wie ihre Agentin sie auch nannte, jemals von dem Bild erfahren hatten, war ungewiss. Jedenfalls fand sich nirgendwo in ihrer gesamten Korrespondenz ein Hinweis darauf. Vielleicht wollte Feininger mit dem Bild auch etwas Exklusives schaffen, um es für einen ganz besonderen Zweck zurückzuhalten. Beispielsweise für eine neue Kunstrichtung nach Kriegsende in Deutschland, in Europa, den USA, der ganzen Welt. Zugleich hätte die Blaue Kathedrale die gesamte Kunstwelt der damaligen Zeit erschüttert: Wo waren noch ästhetische Spielräume? Wäre die reine und absolute Kunst mit diesem Gemälde nicht an einen Endpunkt gelangt? Blieb nur noch die Ästhetisierung der Alltagswelt, des Handwerks, des zwischenmenschlichen Umgangs? Stillte die Blaue Kathedrale nicht die tiefe menschliche Sehnsucht nach einem Leben im Urgrund des Seins, in der Weite des Alls oder der

Tiefe des Meeres, kurzum in einer unendlichen und übersinnlichen Bläue? War dies nicht ein Werk, das zumindest eine ganze Epoche zu prägen imstande war, ähnlich der Betenden Hände Dürers, die, im 20. Jahrhundert massenhaft reproduziert, wie ein Gegengift zu den kriegerischen Entfesselungen der Moderne wirkten?

In Form eines gemurmelten Selbstgesprächs bombardierte sich Tegeler selbst mit diesen Fragen. Dann wandte er sich an seine Gäste.

»Schauen Sie, Feininger hat unglaublich viel Aufwand mit seiner Maltechnik betrieben. Allein schon die Vorbereitung der Leinwand für den anschließenden Farbauftrag mit dem breiten Borstenpinsel für die großen Flächen war eine Meisterleistung. Dann hat er immer neue Farbschichten aufgetragen, sie wieder abgekratzt, erneuert, wieder mit Terpentin abgewaschen und so weiter und so fort. Er war ein Experimentator! So wie Einstein um die Relativitätstheorie, so hat Feininger um Transparenz, Luzidität und die intensive Farbe gerungen. Er wollte in ästhetische Bereiche vordringen, in die vor ihm noch niemand gelangt war, er war der Kolumbus der Malerei, der Grenzen negierte und …«

»Herr Professor«, unterbrach ihn Woltmann, »Sie kennen doch die Sammlung Kohl. Haben Sie eine Ahnung, wie das Bild der Blauen Kathedrale in diese Sammlung gelangt sein könnte?«

Tegeler sah Woltmann verblüfft an.

»Dort war es nicht. Das kann ich mir jedenfalls nicht vorstellen. Es passt nicht in das Sammlerprofil von Kohl.«

»Hm.«

»Höchstens durch irgendwelche außergewöhnlichen Umstände. Ich meine, Kohl war ein Kunstenthusiast, und Fei-

ninger oft in den Dörfern um Eichenroda herum mit dem Fahrrad unterwegs. Eigentlich müssten die beiden sich gekannt haben«, räumte er nachsinnend ein.
»Sagen wir mal, das Bild war nicht in Eichenroda. Wo könnte es dann den Krieg und die Zeit danach Ihrer Meinung nach überdauert haben, Herr Professor?«
»Tja, vielleicht in Quedlinburg. Feininger hat dort 1937 vor seiner Emigration viele seiner Ölgemälde bei einem Freund zurückgelassen.«
»Wo noch vielleicht?«
»In einem der Häuser, in dem er früher gewohnt hat.«
»Die sind doch alle renoviert worden. Jeder einzelne Quadratmeter wurde da saniert, oder etwa nicht, Herr Professor?«
»Nicht zwingend, Herr Krollmann, nicht zwingend.«
Woltmann verzichtete darauf, Tegeler bezüglich seines Namens zu korrigieren, und bat ihn stattdessen um eine genauere Erläuterung.
»Nun, meine These ist, dass Feininger die Existenz dieses Bildes streng geheim gehalten hat. Er hat es an einem geheimen Ort deponiert. Es musste den Krieg überstehen. Sehen Sie! Es stellte eine neue Kunstform dar, ist programmatisch nicht zu überbieten. Die Kathedrale von Chartres mit ihrer Bläue wirkt nur wie ein Vorspiel zu diesem Gemälde, das die Unendlichkeit auf die Leinwand bannt und die Ewigkeit einfängt. Die Bilder von der Kirche in Gelmeroda wären in diesem Kontext gleichfalls als Vorstudien anzusehen. Man erkennt in Ansätzen, dass das Kirchlein in Gelmeroda die Grundstruktur für die Blaue Kathedrale abgegeben hat. Müsste ich aber noch genauer erforschen.«
Tegeler räusperte sich, schob das eingescannte Foto auf dem

Bildschirm hin und her und vergrößerte einzelne Ausschnitte. »Ja, so könnte es gewesen sein«, murmelte er weiter vor sich hin, »aber alles, was ich dazu sage, steht natürlich nach wie vor unter Vorbehalt. Eine Dorfkirche als Ausgangspunkt für die Kathedrale des Weltenendes und Neuanfangs einer geläuterten Welt. Apart! Das Eintauchen des Menschen in die Bläue des Urgrunds, das farblose Fruchtwasser im Mutterbauch, dunkel, schwarzblau, doch künftiges Leben bergend. Leben, das wieder zurückstrebt zu dem, woraus wir kommen und wohin wir gehen. Vom Leben zum Tod und wieder zum Leben.«

Tegelers Hände zitterten. Woltmann sah hilfesuchend zu Hoppe, die die Stirn runzelte. Noch nie hatten sie erlebt, dass jemand so in Begeisterung für ein Bild aufging. Eine Begeisterung, die sie in diesem Ausmaß nicht nachvollziehen konnten.

»Das Bild hat nicht Feininger gemalt, das ist Ihnen sicher klar, Herr Krollmann.«

Woltmann schluckte. »Nicht Feininger hat das gemalt?«

»Hach, der gute Lyonel ist hier doch nur ein Werkzeug gewesen, eine höhere Instanz hat ihm bei der Blauen Kathedrale den Pinsel geführt. Eine Bild gewordene Unendlichkeit! Das greifbare Jenseits! Die sichtbare Ewigkeit! Die Erlösung der Menschheit vor dem größten Schrecken, dem Tod. Das Blau in seinen verschiedenen Tönen ist ein Zeichen des Todes und, das ist das Geniale, *zugleich* auch der Überwindung des Todes. Das ist Höhepunkt und Ende der Kunst in einem. Ich bin mir jetzt ziemlich sicher: Es gibt kein Danach! Deswegen hat Feininger das Bild auch versteckt. Erst nach seinem Tode war eine Veröffentlichung denkbar, andernfalls hätte er sein eigenes künstlerisches

Schaffen zum Erliegen gebracht. Was sollte nach The Blue Cathedral noch kommen? Ach, Herr Krollmann, Sie können wahrscheinlich nicht nachvollziehen, was ich Ihnen gerade erzähle. Verstehe ich ja. Das liegt an dem Foto, das kann die Farben nicht wirklichkeitsgetreu wiedergeben, die das Original haben muss. Aber schauen Sie sich den Blauen Mantel von Paul Klee an, den Holzschnitt von Wassily Kandinsky für den Almanach ›Blauer Reiter‹, die Blauen Berge von Alexej von Jawlensky. Da musste Feininger natürlich nachlegen! So wie es auch Kandinsky 1940 versucht hat. Sky Blue, kennen Sie sein Bild? Aber ich erahne, wenn ich dieses alte Foto ansehe, dass The Blue Cathedral alles überbietet, es ist die Krönung! Darum hat er es, glaube ich, auch sehr, sehr gut versteckt. An einem Platz, wo es kein Mensch vermutet.«
Der Professor war erschöpft, der Bildschirm seines Computers war in den Stand-by-Modus gefallen, ohne dass er es verhinderte. Woltmann unterhielt sich leise mit Hoppe über das weitere Vorgehen. Zielführende Fragen zu stellen und konkrete Antworten darauf zu erhalten war bei Tegeler schwierig. Ständig verlor er sich in langen Vorlesungen, die allerdings auch die eine oder andere für den Fall relevante Information enthielten. Sie entschieden sich, noch zwei konkrete Fragen zu formulieren.
»Herr Professor, Sie wissen von den beiden Mordfällen in Weimar. Wir haben Grund zu der Annahme, dass sowohl der Tod der dreiundachtzigjährigen Frau in Weimar-West als auch der des italienischen Kunstagenten in Zusammenhang mit der Blauen Kathedrale stehen. Wir vermuten auch, dass ein Mann amerikanischer Herkunft das Originalgemälde gemeinsam mit dem ermordeten Kunstagenten unter-

sucht hat. Eventuell hat der Amerikaner das Bild auch mitgenommen. Haben Sie diesbezüglich irgendeine Vermutung oder gar Erklärung?«

Tegeler sah Woltmann verwirrt an. Eine so konkrete Frage brachte ihn von der Wolke, die über dem Reich von The Blue Four schwebte, auf den Boden der Realität zurück.

»Ähm, die beiden Morde? Ähm, nein, das ist ja eine unglaubliche Verbindung. Keine Ahnung.«

»Gut, dann noch eine letzte Frage. Wie viel, glauben Sie, würde die Blaue Kathedrale heute auf dem Kunstmarkt erzielen?«

»Das, ähm, ist eine Frage, die man so nicht stellen kann.«

»Warum nicht?«

»Weil, weil, also, ein solches Bild verkauft niemand. Das ist absurd.«

»Herr Professor, Sie wissen aber doch sicher, was für andere Ölgemälde von Feininger heute so gezahlt wird.«

Tegeler verzog unwillig sein Gesicht. Von materiellen Werten zu sprechen angesichts seiner kunsthistorischen Reflexionen kam ihm augenscheinlich profan und schnöde vor. Doch er besann sich.

»Also, ja, je nach Motiv und Größe, sind da mindestens so drei, vier Millionen drin. Der Hafen von Swinemünde hat 2011 in Paris knapp sechs Millionen erzielt. Aber Ölgemälde von Feininger kommen ja kaum noch auf den Markt.«

»Können wir dann davon ausgehen, dass die Blaue Kathedrale ein Vielfaches dieser Summe wert ist? Sagen wir mal dreißig Millionen? Nur damit wir für die weiteren Ermittlungen eine Hausnummer haben?«

»Ähm, dreißig Millionen. Ja, okay, dreißig Millionen. Hm. Nein, ich denke, das reicht nicht.«

Tegeler nahm jetzt zum ersten Mal seine Sonnenbrille ab, seitdem die beiden Polizisten das Zimmer betreten hatten. Er realisierte die Anwesenheit von Mandy Hoppe mit einem kurzen Nicken, dann wandte er sich wieder Woltmann zu und blickte ihm eindringlich in die Augen.

»Versprechen Sie mir etwas, Herr Krollmann?«

»Kommt drauf an, um was es sich handelt.«

»Wenn Sie das Bild finden, rufen Sie mich dann bitte an, damit ich es als einer der Ersten im Original sehen kann? Ich muss es sehen, bitte!«

»Ja, das machen wir, Herr Professor, in diesem Falle brauchen wir Sie sowieso als Experten.«

Tegeler atmete tief durch, und seine beiden Gäste taten es ihm nach Verlassen des Zimmers gleich. Draußen, auf dem Flur, begegnete ihnen der Graumelierte in Cordhosen, der Woltmann bei seinem ersten Besuch mit einem spöttischen Blick bedacht hatte. Offenbar ein Professor, der sein Zimmer neben dem Tegelers hatte.

»Sie atmen auf? Kann ich gut verstehen, wenn man bei so einem Spinner war!« Sprach's, schloss die Tür hinter sich und ließ die zwei Polizeibeamten staunend zurück. Auch in der Universität gab es offenbar Rivalitäten und Grabenkämpfe. Wie bei der Polizei. Wie überall eben.

Nach dem langen Gespräch mit Tegeler drängte die Zeit. Der Enkel von Hedwig Möhwald, sechsunddreißig Jahre alt, arbeitete bei einem Versand- und Lieferservice und im Zweitjob abends noch als Türsteher in einem Spielsalon in der Rießnerstraße. Ihn daheim anzutreffen war nicht einfach. Die Arbeitszeiten beim Paketdienst schwankten je

nach Anzahl der auszuliefernden Sendungen. Kaum kam er abends nach Hause, ging er schnell mit seinem Pitbull-Terrier spazieren. Danach duschte er und begab sich in den Spielsalon.
Als sie ihn dort endlich erwischten, trat er ihnen mit finsterer Miene entgegen, an seiner Seite zwei Männer, wohl seine Lakaien, die aussahen wie die Chefstrategen eines Rockerkriegs: Kahlgeschoren, breitschultrig, stämmig mit Bierbäuchen und düsteren Tätowierungen auf fast allen Hautpartien, die nicht von schwerer Lederkleidung verdeckt waren. Woltmann erinnerte sich an ein Gespräch mit Daniela Klein. Sie hatte ihm häufig von ihren Besuchen in Spielsalons dieser Art im Rahmen ihrer Streifenfahrten erzählt. Mal wurde dort das Jugendschutzgesetz missachtet, mal kam es zu Schlägereien, mal wurden die Spielsalonbetreiber Opfer eines Raubüberfalls in den frühen Morgenstunden.
»Was ist los?«, raunzte sie der Möhwald-Enkel mit Namen Harry Klopfleisch an. Er roch nach billigem Rasierwasser, seine Augen blitzten aggressiv wie die eines Krokodils kurz vor dem Angriff auf seine Beute.
Mandy Hoppe nannte ihm den Grund ihres Kommens, die beiden Morde in Weimar, von denen er sicherlich gehört habe.
»Ja, und?« Seine beiden Lakaien rückten einen Schritt nach vorne und fixierten die Polizistin mit ihren Blicken. Es sollte Furcht einflößend wirken.
Doch Hoppe fragte Klopfleisch gänzlich unbeeindruckt nach seinem Alibi für beide Tatzeiten.
»Das eine Mal war ich auf Arbeit. Und das andere Mal war ich gerade noch im Bett. Ich fang jeden Morgen um sechs

Uhr dreißig an. Was soll das?« Klopfleisch hörte sich mit seinem blaffenden Tonfall gerade so an, als habe er sich das Bellen seines Pitbulls angeeignet.

»Gibt es dafür Zeugen?«

Hoppes Frage trieb eine Zornesfalte auf seine Stirn.

»Eh, bin ich blöd? Wieso sollte ich diese Fragen beantworten? Was wollt ihr mir anhängen?«

»Gar nichts, Herr Klopfleisch. Nennen Sie uns einfach nur Ihre Zeugen, dann ist alles gut.«

Die beiden Lakaien lachten gleichzeitig, wie einstudiert, hell auf, um die Aufforderung der Polizistin absurd erscheinen zu lassen.

»Nun pass mal auf, Kleine!«, hob Klopfleisch an, kam aber nicht weit.

»Sprechen Sie mich gefälligst nicht mit Kleine an«, unterbrach ihn Hoppe ruhig. »Hüten Sie sich lieber vor einer weiteren solchen Anrede, wenn Sie sich keine Anzeige wegen Beamtenbeleidigung einhandeln wollen. Und nun die Namen der Zeugen bitte!«

»Ist ja schon gut, Mann! Also, als die Alte da abgemurkst wurde, war ich auf Arbeit. Pakete ausfahren. Komme da nie vor vier, fünf nach Hause.«

»Vielleicht haben Sie die Uhrzeit nicht richtig verstanden. Die Tat geschah gegen sechzehn Uhr.«

»Ja, Mann, ich meinte ja auch vier Uhr nachmittags. Da bin ich meistens in der Zentrale draußen im Gewerbegebiet U.N.O. und bring die Lieferungen zurück von Leuten, wo keiner zu Hause war. Müsste ich mal auf meiner Stechkarte nachschauen, wann ich an dem Tag fertig war. Zeugen gibt's da mehrere. Mitarbeiterinnen in der Verwaltung. Fragt doch die mal, eh, Mann!«

»Tun wir, keine Sorge. Und für die Tatzeit des zweiten Mordes im Hotel?«
»Stell dir vor …«
»Ich kann mich nicht entsinnen, Ihnen das Du angeboten zu haben!« Hoppe war unnachgiebig.
Die Stirn Klopfleischs legte sich nun wie eine Ziehharmonika in Falten.
»Mann, mal nicht so empfindlich sein, die Dame! Was? Morgens zwischen fünf und sechs? Na, dann fragt doch mal meine Yasmin. Wir haben zusammen das Bett warm gehalten, wenn Sie verstehen, was ich meine, Frau Kommissarin!« Die beiden Lakaien gaben undefinierbare Knurr- oder Gluckslaute von sich.
»Gut, auch das werden wir überprüfen. Lebt Yasmin mit Ihnen zusammen?«
Klopfleisch nickte. »Sind sogar verheiratet.«
»Kennen Sie außerdem das Gemälde ›Die Blaue Kathedrale‹ von Lyonel Feininger?«
Klopfleisch reagierte mit einem zynischen Lachen.
»Nee, Gemälde ist nicht meine Strecke. Hier …«, er zeigte auf die blinkenden und bimmelnden Spielautomaten im Hintergrund, »… das ist meine Welt. Capito?«
»Kennen Sie das Gemälde?«, wiederholte Hoppe ungerührt ihre Frage und nickte dabei Woltmann zu, der dem Türsteher die Fotografie reichte.
Der nahm sie nur kurz in die Hand und hielt sie ins Neonröhrenlicht.
»Nein! So'n Scheiß!«
»Dann halten Sie sich bitte die nächste Zeit über zu unserer Verfügung. Kann gut sein, dass wir noch weitere Fragen haben.«

Hoppe wandte sich zum Gehen. Woltmann, der bislang noch kein einziges Wort gesagt hatte, ging auf die beiden Lakaien zu und sah ihnen direkt in die Augen. Er hielt den aggressiven Blicken der beiden sekundenlang stand. Auge in Auge. Dann trat er auf Armlänge an sie heran.

»Wuff, wuff.« Es war nur ein kurzes, aber sehr wirksames Bellen.

»Äh, halt, geht's noch? Was war denn das jetzt?«, brüllten sie nach einigen Sekunden der Überraschung. Doch Woltmann war schon zu Hoppe in den Streifenwagen gestiegen. Sie werteten das Gespräch aus. Hoppe hatte im Vorfeld bereits herausgefunden, dass Klopfleischs Zustellungsgebiet beim Paketdienst die beiden Plattenbaugebiete in Weimar-West und Weimar-Nord umfasste.

Sie fuhren zu Yasmin Klopfleisch, die ihnen das Alibi ihres Mannes bestätigte. Dass Harry Klopfleisch sie möglicherweise unmittelbar nach dem Besuch der Polizei im Spielcasino telefonisch gebrieft hatte, war natürlich nicht auszuschließen. Die Ermittlungen in der Verwaltung des Versandservice ergaben, dass Klopfleisch am Tag der Ermordung von Käthe Klemm seine Stechkarte um fünfzehn Uhr fünfundvierzig entwertet hatte.

Rein theoretisch kam er damit als Täter zwar in Frage und konnte nicht aus dem Kreis der Verdächtigen ausgeschlossen werden. Aber insgesamt war die Indizienlage doch sehr dünn. Der Ermittlungsrichter und die Staatsanwaltschaft würden deswegen keinen Durchsuchungsbeschluss befürworten. Sie entschieden daher, Harry Klopfleisch im Auge zu behalten, auch wenn sie sich nicht sonderlich viel davon versprachen. Hoppes sonstige Recherchen im Verwandtenkreis von Erna Götzes beiden Kolleginnen Möhwald und

Schreiber schienen gleichfalls keine weiterführenden Ergebnisse zu bringen.
Sie berichteten Remde davon und rechneten mit einem Wutanfall. Der aber nicht kam. Im Gegenteil. Der Chef hatte beste Laune. Er war aufgeräumt, verständnisvoll und freundlich. Scholz hatte ihm kurz zuvor Ergebnisse und Spuren präsentiert, die der Weimarer Kripoleiter für vielversprechend hielt. Er hatte es ja gleich gewusst …

29

Zu sagen, dass Scholz dem Amerikaner unmittelbar auf den Fersen war, wäre übertrieben gewesen. Wenn auch nur leicht. Denn dem Polizeibeamten war es tatsächlich gelungen, den Namen des Mannes ausfindig zu machen, der sich im Hotel Elephant mit Francesco Lombardi getroffen hatte. Er hieß Ronald Myers. Ermittelt hatte Scholz den Namen des Amerikaners dank der Amtshilfe der Mailänder Polizei. Die suchte das Büro des ermordeten Kunstagenten auf und traf dort auf eine Praktikantin, die sie verstört empfing und nicht wusste, wie es nach dem Tod Lombardis mit der Agentur, den Bildern und ihr selbst weitergehen sollte. Ohne sich etwas dabei zu denken, suchte sie auf Bitte der Polizisten Name und Adresse des amerikanischen Experten für die Kunst des späten 19. und frühen 20. Jahrhunderts heraus, mit dessen Hilfe Lombardi bereits mehrere hochwertige Gemälde an private und öffentliche Sammlungen vermittelt hatte. Die Aufgaben waren klar zwischen ihnen verteilt gewesen: Myers verfasste die kunsthistorischen Expertisen, prüfte die Echtheit der Bilder und stellte seine Arbeit Lombardi in Rechnung. Der Italiener wiederum suchte nach privaten und öffentlichen Interessenten, stellte den Kontakt zwischen Anbieter und potenziellem Käufer her und sicherte sich dafür vertraglich eine Provision von in der Regel zwanzig Prozent des erzielten Verkaufspreises.

Mit Hilfe eines Übersetzers telefonierte Remde persönlich mit dem Mailänder Kripochef und bat ihn, alles erdenklich Mögliche zu tun, um Myers ausfindig zu machen. Zwar war völlig ungewiss, ob sich dieser überhaupt in Italien aufhielt. Er konnte ebenso gut in Spanien, auf Korfu oder in Singapur sein. Aber vielleicht, so die Spekulation Remdes, die Scholz mit einem kräftigen zustimmenden Kopfnicken während des Telefonats begleitete, meldete sich Myers ja via Festnetz in Lombardis Agentur. Ihn anders zu erreichen war kaum noch möglich, denn das Handy des Italieners war genauso tot wie er selbst. Parallel dazu starteten sie eine Anfrage über das amerikanische Generalkonsulat in Leipzig, das ihnen schon öfter bei der Suche nach amerikanischen Staatsbürgern geholfen hatte.
Unmittelbar danach rief der Weimarer Kripochef seine Kollegin in Basel an, wohin Myers laut Aussage des Weimarer Taxifahrers in der Tatnacht gereist war. Er bat sie, in den Hotels vor Ort zu ermitteln, ob an besagtem Tag ein Ronald Myers in ihnen eingecheckt hatte. Fiele das Ergebnis negativ aus, schloss das nicht aus, dass Myers dennoch in Basel gewesen war. Er war mit dem Nachtzug gereist und sehr früh in der Schweizer Grenzstadt eingetroffen, benötigte also nicht unbedingt ein Hotelzimmer. Darum äußerte Remde auch den Wunsch, die Basler Kollegen möchten sich zudem in den Galerien umhören, ob der Amerikaner dort aufgetaucht war und wenn ja, welches Anliegen er gehabt hatte.
Scholz machte außerdem ein Foto von Myers im Internet ausfindig. Entstanden war das Foto anlässlich der Überreichung mehrerer Zeichnungen von Ernst Barlach an ein Münchner Museum. Der Amerikaner hatte die Echtheit der Zeichnungen testiert. Mit halb verdecktem Gesicht war er

hinter dem Regionaldirektor der Deutschen Bank zu sehen, der die Finanzierung der Kunstwerke organisiert hatte und deswegen breit in der Bildmitte thronte, die Zeichnungen Barlachs mit Handschuhen aus Samt anfassend. Immerhin reichte die eine Gesichtshälfte, entsprechend vergrößert, aus, um die Identität Myers mit dem Gast im Hotel Elephant zu bestätigen. Der Barkeeper war sich seiner Sache sicher, ebenso und unabhängig davon eine Servicekraft des Hotelrestaurants.

»Prima, prima, prima, Scholz, das ist ja großartig!« Remde klopfte seinem Ermittler kräftig auf die Schulter. Scholz strahlte ihn an.

»Ja, Chef, ich bin aber noch nicht fertig.« Er fuhr sich durch die wenigen Resthaare, die ihm ungewöhnlicherweise im vorderen Schädelbereich zur Stirn hin noch geblieben waren. Vor Jahren hatte er sich bereits einer Haartransplantation an den Geheimratsecken unterzogen. Fatalerweise begann sich unmittelbar nach der Transplantation, gleich einem Aufbruchssignal für die übrigen Haare, der Haarausfall auf der Restschädeldecke rasant zu beschleunigen, bis hin zu deren vollständigem Verlust. Die ehemals transplantierten Haare standen jetzt wie ein einsam sprießender Vorgarten an der Landebahn des Frankfurter Flughafens auf verlorenem Posten.

Scholz zählte weitere Rechercheergebnisse auf, gleich einem Skatprofi, der seine Trümpfe einen nach dem anderen aus dem Ärmel zieht.

»Mit der Götze habe ich auch gesprochen. Die Sache mit dem Stiegler stinkt zum Himmel!«

»Sag ich doch, Scholz, sag ich doch. Hab ich doch gleich gewusst!«

Scholz hatte Erna Götze mit dem Telefonat konfrontiert, das sie mit Stiegler geführt hatte. Die alte Frau war entsetzt, dass die Polizei schon wieder, und noch dazu ein neuer Ermittler, zu ihr gekommen war. Sogar ihren Sohn hatte sie zwischenzeitlich vom Fenster aus um Hilfe gebeten, weil Scholz sie hart und unfreundlich anging.

»Hören Sie mir doch auf mit diesen alten Geschichten. Ich will das alles nicht mehr hören …«

»Ja, ja, Frau Götze, ich glaub Ihnen gern, dass Sie der Polizei gegenüber nichts mehr davon wissen wollen. Aber einem Herrn Werner Stiegler erzählen Sie gerne darüber!«

»Wie? Wieso befragen Sie mich denn nun auch noch mal zu diesem Stiegler?«

»Weil Sie dem von der Blauen Kathedrale erzählt haben. Das Bild ist ein Vermögen wert! Das hat der sich als Entschädigung bei der Klemm holen wollen. Und ganz nebenbei hat er sie umgelegt, erstochen. Damit sie ihn nicht noch mal ins Elend stürzt! Dann hat er aber vor lauter Aufregung das Bild vergessen und musste es sich später aus der versiegelten Wohnung holen.«

»Rudi, Rudi, komm mal hoch. Der Polizist ist so gemein. Rudi!«

Doch Rudi Götze winkte nur ab und ging in die Werkstatt. Scholz verabschiedete sich, aber nicht ohne Erna Götze vorher mit erhobenem Zeigefinger zu drohen.

»Die Wahrheit kommt schon noch ans Licht, gute Frau. Und auch mit dreiundachtzig Jahren ist man nicht vor dem Arm des Gesetzes geschützt!«

»Scholz, ich gratuliere. Auf dieser Basis kommen wir weiter!« Noch einmal klopfte Remde seinem Ermittler auf die Schulter, dann trat er dicht an ihn heran und flüsterte ihm

direkt ins Ohr: »Die Uniform eines Streifenpolizisten tragen Sie nicht mehr lange, Scholz, ich habe da so ein Gefühl!«
Wenige Minuten später präsentierten Woltmann und Hoppe dem Kripochef ihre kümmerlichen Ergebnisse. Der aber war bestens gelaunt. Dank Scholz ging es voran. Natürlich hatten die Durchsuchungen bei Stiegler das Gemälde nicht zutage gefördert. Auch hatten sich keine DNA-Spuren und Fingerabdrücke Stieglers in Käthe Klemms Wohnung gefunden.
All das wusste der Kripochef. Dennoch hatte er allen Grund, gegenüber den Kollegen aufzutrumpfen. Konnte Stiegler das Bild nicht an einem geheimen Ort in Weimar versteckt haben? Und was sprach dagegen, dass er einen Komplizen hatte? Einen, der in Weimar in der Moskauer Straße die Drecksarbeit für ihn erledigt hatte? Warum sonst hätte Stiegler im Internet die Adresse von Käthe Klemm bei Google Earth eingegeben, wenn er sie gar nicht aufsuchen wollte? Jetzt wusste Remde wieder, in welche Richtung sie weiterermitteln mussten. Scholz hatte seiner Meinung nach Großes geleistet, und es war klar wie Kloßbrühe, wer von den vier Ermittlern Remde, Scholz, Hoppe und Woltmann die Gewinner und wer die Verlierer waren.

»Sascha, fährst du mal mit mir raus?«, bat Hoppe.
»Raus?«, fragte Woltmann etwas irritiert. Mandy deutete mit ihrem Kopf in Richtung Chefzimmer. »Müssen mal ungestört miteinander reden.«
»Klar!«
Sie lenkte das Zivilfahrzeug in Richtung Autobahn.
»Wo fährst du denn hin?«

»Ach, ich dachte mir, vielleicht fahren wir mal zu dieser Kirche nach Gelmeroda.«
»Gute Idee«, pflichtete Woltmann ihr bei. »Der Tegeler hat ja behauptet, dass von diesem Kirchlein die Idee für die Blaue Kathedrale ausgegangen sei.«
Wenige Minuten später standen sie auf dem Platz vor der Kirche. Autos mit fremden Kennzeichen fuhren vor, und die Ermittler erinnerten sich wieder daran, dass der Ort auch als Autobahnkirche ausgewiesen war. Sie betraten das Kircheninnere. Mehrere Touristen wandelten an den Bankreihen vorbei und lasen die Erläuterungen zu den an den Wänden angebrachten gemalten Kirchenbildern.
»Schau mal, alles Feiningers.«
»Ja, Sascha, aber natürlich nicht die Originale, sonst hätten wir hier ein polizeiliches Großaufgebot!« Sie lächelte ihren Kollegen an. Saschas leichter Silberblick fiel ihr wieder auf. Sie gingen ins Freie.
»Ehrlich gesagt, weiß ich nicht, warum der Feininger diese Kirche als so etwas Besonderes angesehen hat«, gestand Woltmann freimütig.
»Na, Sascha, ich dachte, du mauserst dich zum Kunstexperten? Und da hast du keine Erklärung dafür, warum dem Feininger gerade diese Kirche so gefiel?«
Woltmann tat ein paar Schritte rückwärts und visierte den Turm.
»Vielleicht weil der Turm leicht schief ist?«
Hoppe lachte über die Idee, bezweifelte aber, dass der Turm wirklich schief stand. Auch sie trat jetzt einige Schritte zurück.
»Na ja, also, ich würde mal sagen, mit dem Schiefstand in Pisa lässt er sich jedenfalls nicht vergleichen.«

Sie setzten sich auf die Mauer, die die Kirche umfriedete.
»Scheiße gelaufen vorhin beim Chef, was, Mandy?«
Sie winkte nur ab.
»Pass auf, Sascha, bei unseren Ermittlungen haben wir einen Punkt ganz aus den Augen verloren. Du erinnerst dich doch an unseren Besuch in Käthe Klemms Wohnung?«
Woltmanns Herz schlug sofort schneller. Hatte Mandy etwa herausbekommen, dass er heimlich Fotos vom Tatort geschossen hatte? Dann war er verloren.
»Was schaust du so komisch, Alter?«
»Ach, nichts.«
»Also, du erinnerst dich. Wir haben doch damals alle Schränke durchsucht.«
»Ja, stimmt.« Woltmann dachte einen Augenblick nach, dann fiel es ihm ein. »Hast du da nicht so ein Heft mitgenommen?«
»Genau, ein Tagebuch. Hier!« Sie zog es aus ihrer Aktentasche und hielt es ihm entgegen. »Ich hatte es in all der Hektik ganz vergessen. Aber gestern Abend im Büro habe ich es zufällig wieder in meiner Tasche entdeckt und in einem Rutsch gelesen.«
Woltmann nahm das Heft in die Hand und blätterte darin.
»Sascha, lies mal auf Seite fünf oben!«
Woltmann blätterte vorsichtig die Blätter um, die sich aus der Fadenheftung gelöst hatten.
»*14. Januar 1930*. Meinst du das?«
»Ja, lies!«
»*Er hat irritiert geschaut, als ich ihm von meiner Schwangerschaft erzählt habe. Helmut freut sich auf das Kind.* Ja, und?«
Mandy Hoppe sah auf einen Zettel, auf dem sie alle Einträge

mit Datum notiert hatte, die möglicherweise in engem Zusammenhang mit ihrem Mordfall standen.
»Lies jetzt mal, was unter dem 20. Oktober 1930 steht.«
»*Käthe ist da. Kein Wort vom Maler. Helmut ist stolz.* Ich versteh das nicht, Mandy.«
»Langsam, Alter. Und jetzt geh zum 12. März 1932.«
»*Der Maler überlegt, ins Exil zu gehen. Aus Dessau haben sie ihn und seine Kollegen mehr oder weniger vertrieben. Er meint, irgendwann wird man sie im Deutschen Reich generell nicht mehr dulden. Er kann so nicht arbeiten. Sobald ich von Käthe rede, weicht er aus.*«
Woltmann pfiff leise durch die Zähne, als ihm dämmerte, was für einen Fund sie da gemacht hatten.
»Los, Mandy, sag mir das nächste Datum. Steht ja auch allerhand Belangloses hier.«
Hoppe spürte, wie Woltmann auf die gleiche Spur geriet wie sie.
»5. Oktober 1936!«
»Moment, hier: *Der Maler will nach Amerika auswandern. Nur vorübergehend, sagte er mir. Wenn das alles hier vorbei sei, werde er wiederkommen und mehr Zeit für mich haben. Auch Käthe will er kennenlernen.*«
Woltmann glaubte, das Blut in seinen Ohren rauschen zu hören.
»Weiter, Mandy!«
»2. Februar 1937!«
»Warte, jetzt hab ich's: *Ich habe dem Maler gesagt, dass ich sein Verhalten für unverantwortlich halte. Ich bin sicher, er wird auch nicht mehr aus Amerika zurückkehren. Für mich sind seine Aussagen reine Vertröstungen. Er will mich ruhigstellen. Er hat etwas von einem Pfand gestottert, das er mir*

geben will. Es sei ihm das Wichtigste, was er habe. Daraus könne ich meine Schlüsse ziehen, wie viel ich ihm bedeute.«
Woltmann war jetzt aufs äußerste gespannt.
»März 1937«, beantwortete Hoppe seinen fragenden Blick. »Hier: *Für Käthe ein paar Schuhe ergattert. Waren nicht einfach zu be…«*
»Stopp, Sascha, weiter unten im März.« Sie beugte sich zu Woltmann hinüber und tippte auf die Stelle, die sie meinte.
»Angeblich war der Maler in Weimar und hat das Pfand an einem sicheren Ort verwahrt. Wenn der braune Spuk vorbei sei, sagte er, könne ich es dort wieder abholen. Er werde alles entsprechend vorbereiten. Momentan aber sei es zu gefährlich, ein solches Objekt in seinem Besitz zu haben. Es gelte als ›entartete Kunst‹. Als ich ihn über eine Mittelsperson in Berlin fragen ließ, was es denn konkret sei, was er mir als Pfand übereignen wolle, sagte er nur: Die Blaue Kathedrale. Es sei sein letztes Werk in Deutschland und sein wichtigstes. Mensch, Mandy, das ist ja der reine Wahnsinn!«
Hoppe nickte zustimmend.
»Geht noch weiter. 27. Juni 1940!«
»Helmut ist bei der Schlacht von Dünkirchen am 28. Mai gefallen. Eine schlichte Feldpostkarte unterrichtete mich darüber. Wo ist der Maler jetzt? Ich muss mit Käthe alleine diese wirbelnde Zeit überstehen.«
»Weißt du, wer dieser Helmut ist, Sascha?«
»Ich vermute mal, das ist der Ehemann von Dora Klemm?« Woltmann sah auf den vorderen Deckel. »Der Mutter von Käthe Klemm, unserem ersten Mordopfer. Und der Vater von Käthe ist …
»Noch ein letzter Eintrag, Sascha. Im Oktober 1944!«
»Schon gefunden. *Vom Maler höre ich gar nichts mehr. Wie*

ich es vorausgesagt habe. Er hat sich nach Amerika abgesetzt, weil er nichts mehr von mir hören und wissen will. Käthe werde ich nie von ihm erzählen.«

Noch lange saßen Woltmann und Hoppe stumm auf der Mauer und dachten über das, was ihnen das Tagebuch preisgegeben hatte, nach. Die Dämmerung setzte ein, und sie beendeten ihren Dienst. Die Kirche von Gelmeroda ragte wie ein mahnender Zeigefinger in den Himmel.

30

Die Ermittlungserfolge von Mike Scholz behagten Woltmann nicht. Überhaupt nicht. Der Kollege war schon lange in der Warteschleife für eine Stelle bei der Kripo. Obwohl ihn Remde in letzter Zeit öfter öffentlich gerügt hatte, war er nach wie vor dessen Liebling und nach den Rechercheergebnissen über Myers erst recht. Er und Mandy waren dagegen bislang so gut wie gar nicht von der Stelle gekommen. Das Tagebuch von Dora Klemm ließ ihn nun allerdings wieder etwas zuversichtlicher in die Zukunft blicken. Außerdem ging ihm noch so manch anderer Ermittlungsansatz durch den Kopf, den er bezüglich der beiden Mordfälle noch nicht in die kleine Runde eingebracht hatte. Aber er wollte auch nicht voreilig irgendwelche Ergebnisse präsentieren, die danach vielleicht im Nichts verliefen. Irgendwann fiele ihm das auf die Füße. Was soll ich denn mit diesen unnützen Informationen, hörte er Remde schon tönen.

Mit Hoppe hatte er sich im Stehcafé verabredet. Für ihn war der Zeitpunkt gekommen, eine Zwischenbilanz zu ziehen und die nächsten Schritte sorgfältig zu bedenken.

»Mandy, wo stehen wir deiner Meinung nach mit den Ermittlungen?«, eröffnete er das Gespräch, nachdem Baum ihnen einen Kaffee hingestellt und sich in die Backstube zurückgezogen hatte.

»Wenn ich mir die beiden Mordfälle wie ein Puzzle, bestehend aus tausend Teilen, vorstelle, dann haben wir beim jetzigen Stand der Dinge vielleicht hundert zusammengesetzt.«

»So wenig?«

»Ja!«

»Aber Mandy, dann dauert es ja noch ewig, bis wir die Fälle gelöst haben.«

»Vielleicht. Aber du weißt, hat man erst mal ein paar entscheidende Teile gefunden, geht es mit dem Puzzle rasch voran.«

Sie hatte recht. Dennoch nagte der Zweifel an ihm, ob sie diese entscheidenden Puzzleteile auch finden würden. Wahrscheinlich sollte er den Rat beherzigen, den sie ihm bei ihrer letzten Begegnung gegeben hatte: Immer wieder die Ergebnisse durchdenken, von vorne bis hinten und von hinten bis vorne. Immerhin stellte das Tagebuch der Dora Klemm die für sie bislang wichtigste Ermittlungsperspektive dar. Irgendwann würde sich das Tor der Erkenntnis schon öffnen, der Knoten platzen.

»Was hältst du von Scholz und seinen Ergebnissen, Sascha?«

»Ehrlich gesagt, bin ich beeindruckt. Dass der den Amerikaner so schnell ausfindig macht, hätte ich nicht gedacht.«

Er biss sich auf die Unterlippe.

»Schon, ja, aber ich habe immer noch das Gefühl, Remde möchte am liebsten den Stiegler einlochen. ›Hab ich doch gleich gewusst!‹ Genau diesen Satz möchte er nur allzu gerne auch vor der Presse wiederholen, wenn der Stiegler in Handschellen abgeführt wird.«

»Der Stiegler hat die Klemm nicht umgebracht, Mandy!«

»Mir brauchst du das nicht zu sagen, ich glaub das genauso

wenig. Es gibt keine DNA-Spuren und keine Fingerabdrücke von ihm. Gut, die kann er vermieden haben. Wir haben auch das Bild nicht bei ihm gefunden. Das kann er zwar versteckt haben. Aber sein ganzes Auftreten, ich weiß nicht, irgendwie sagt mir mein Bauchgefühl, dass wir mit Stiegler auf der falschen Spur sind.«

»Ja! Allerdings fragt Remde zu Recht, warum sich der Stiegler die Adresse von der Klemm im Internet rausgesucht hat, wenn er sie gar nicht aufsuchen wollte! Der musste doch einen Grund haben!«

Sie tranken ihren Kaffee und waren beide froh, als Baum aus der Backstube kam und sie etwas ablenkte. Manchmal war es von Vorteil, mit den Gedanken neu anzusetzen, anstatt weiter in der Grübelfalle zu verharren. Baum erzählte ihnen einige Schwänke von Fahrten und Sitzungen der Weimarer Hobby-Radfahrer. Woltmann bewunderte den Bäcker für seinen Humor. Doch dann erzählte Baum beiläufig eine Anekdote aus der letzten Vorstandssitzung, die sein Herz von einer Sekunde zur anderen schneller schlagen ließ. Er erkannte einige neue Puzzleteile, neue *wichtige* Puzzleteile.

»Oh Mann!«, rief Woltmann laut und schlug sich mit der Faust gegen die Stirn. »Oh Mann, oh Mann, oh Mann!«

»Was ist denn los, Sascha?«, fragten Hoppe und Baum nahezu gleichzeitig.

»Komm!«, rief Woltmann seiner Kollegin zu. »Wir müssen sofort los!«

Er stürmte aus der Bäckerei hinaus, so dass Hoppe Mühe hatte, ihm zu folgen. Erst im Auto atmete er durch und sah kurz zu ihr hin.

»Mandy, wir haben einen Denkfehler begangen. Ich erklär dir das gleich. Aber lass uns erst mal nach Weimar-West fahren. Zum Herrn Pfarrer! Den hätten wir sowieso schon lange befragen müssen!«

Lemke zeigte sich nicht sonderlich überrascht, die Polizei ein weiteres Mal vor seiner Tür stehen zu sehen. Der Pfarrer bat die beiden Beamten ins Dienstzimmer, wo sie auf einem schweren Eichenholzsofa Platz nahmen, dessen Sitzfläche und Lehnen mit olivgrünem Samt beschlagen waren, vielleicht ein Erbstück von einem alten Gemeindeglied.

»Herr Pfarrer Lemke«, begann Woltmann und unterdrückte seine Anspannung. »Als wir das letzte Mal hier waren, habe ich ein Faltblatt mitgenommen. Leider habe ich es weggeworfen.«

Der Pfarrer warf ihm von seinem Schreibtisch aus einen kritischen Blick zu.

»Der Termin der Veranstaltung, zu der das Faltblatt einlud, war schon vorbei, darum dachte ich, es sei für mich ohne Bedeutung.«

Lemke zeigte keinerlei Regung.

»Es ging um ein Treffen von ehemaligen Insassen in DDR-Kinderheimen und Jugendwerkhöfen, denen dort Gewalt angetan worden war.«

Der Pfarrer nickte leicht. Er wusste, welches Faltblatt gemeint war. Kurz dachte er nach, dann erhob er sich von seinem Schreibtisch und setzte sich neben seinen beiden Gästen in einen abgewetzten, ehemals karminroten Polsterstuhl, der farblich überhaupt nicht zum Sofa passte, aber die Würde längst vergangener Zeiten ausstrahlte.

»Dazu kann ich etwas erzählen.« Lemke sprach ruhig, obwohl ihm eine innere Erregung anzumerken war. Er hatte als Jugendlicher mehrere Jahre im Geschlossenen Jugendwerkhof Torgau verbracht. In ein Spezialkinderheim oder einen Jugendwerkhof waren in der DDR diejenigen Heranwachsenden gekommen, die im Sinne der herrschenden Gesellschaftsordnung als schwer erziehbar galten, weil sie sich nicht zu sogenannten sozialistischen Persönlichkeiten erziehen lassen wollten. Mit brutalen Methoden versuchte man, die jungen Menschen zurechtzubiegen. Blieben sie in diesen Zuchtanstalten dennoch renitent und widersetzten sich, wenn auch nur in Kleinigkeiten, den Anordnungen der Heimleitung, kamen sie nach Torgau, dem ultimativen Schreckensort all derer, die ihre eigene Persönlichkeit und ihren freien Willen nicht preisgeben wollten. Schlimmste Formen der körperlichen Züchtigung und seelische Folter waren in Torgau an der Tagesordnung. Schläge, Arbeitszwang, Isolationshaft. Das Absolvieren der sogenannten »Sturmbahn«. Oft waren es banale Gründe, meist auch nur vorgeschobene, die für die Einlieferung eines Jugendlichen nach Torgau genügten. In Lemkes Fall hieß es, er sei Schulverweigerer. Dabei hatte er nur eine einzige Schulstunde gefehlt. Ehemalige Mitschüler, wie er später erfuhr, Söhne von hohen Parteifunktionären, hatten ihm gesagt, die Stunde falle aus. Danach denunzierten sie ihn und stritten ab, jemals etwas von einer Freistunde gesagt zu haben. Der eigentliche Grund für seine Einlieferung in Torgau aber war, dass er der Sohn eines Pfarrers war, der sich offen und mutig gegen das Regime geäußert und deswegen einige Jahre im Stasi-Knast in Bautzen zugebracht hatte. Den Jugendlichen sollte im Geschlossenen Jugendwerkhof Torgau endgültig der Wille gebrochen und gleichzeitig die Resistenz ihrer Familien gegen das politische System zerstört werden.

»War das auch in Eichenroda so, im Kinderheim ›Ernst Thälmann‹?«, fragte Woltmann in die Stille hinein, die nach Lemkes Rede einsetzte. Woltmann und Hoppe merkten an der belegten Stimme des Pfarrers, wie sehr ihn die damaligen Ereignisse noch immer mitnahmen.
»Ach was, das kann man doch nicht in einen Topf werfen«, sagte er mit einer abtuenden Handbewegung. »Es gab in der DDR auch normale Kinderheime, mit guten Erzieherinnen und einer Heimleitung, die das Wohl der Kinder im Auge hatte. Trotz der Verpflichtung, die Kinder im Sinne des Sozialismus zu erziehen.«
»Und das Kinderheim in Eichenroda war so ein ›normales‹ Kinderheim?«
»Ich glaube schon. Natürlich gab es da auch einzelne Erzieherinnen, die Kinder misshandelt haben. Aber die gibt es in fast jedem Heim, auf der ganzen Welt. Das ist nichts DDR-Spezifisches.«
»Aber Torgau war eine solche Zuchtanstalt, so ein Schreckensort?«
»Ja, Torgau schon. Dort war das Misshandeln und Verbiegen der Jugendlichen Programm und geschah systematisch. In Eichenroda handelte es sich dagegen eher um ein individuelles Versagen.«
»Sie sprechen von Käthe Klemm?«
Lemke bedeckte sein Gesicht mit beiden Händen. Er rang sichtlich mit sich.
»Hören Sie, wer den Tod vor Augen hat, blickt auf sein Leben zurück. Manche sagen nach einer solchen Rückschau, alles war richtig, und andere …«
»Andere wollen noch etwas korrigieren, Herr Pfarrer?«
»Ja.«

»Auch Frau Klemm?«
»Ja, sie wollte etwas gutmachen.«
»Ihre Brutalität gegenüber einigen Heimkindern?«
Woltmann spürte, wie schwer sich der Pfarrer damit tat, offen zu sprechen. Wahrscheinlich war er zwischen seiner seelsorgerischen Schweigepflicht und dem Wunsch, Aufklärung in den Mordfall zu bringen und Käthe Klemm gerecht zu werden, hin- und hergerissen. Doch ohne sich abgesprochen zu haben, fanden sie zu einem Verfahren, diesen Konflikt zu umgehen, indem der Pfarrer nicht erzählte, sondern Woltmann ihm gezielt Fragen stellte, auf die Lemke nur mit einem schlichten Ja oder Nein antworten musste.
»Ja«, meinte der Pfarrer schließlich nach einer Weile.
»Sie war also schwer krank und wollte ihr Erbe den früheren Opfern zukommen lassen?«
»Ja.«
»Auch Werner Stiegler?«
»Nein.«
Woltmann zögerte. Er glaubte aus dem »Nein« herausgehört zu haben, dass Lemke Stiegler kannte.
»Herr Pfarrer, hat Frau Klemm Ihnen jemals erzählt, dass sie ein sehr wertvolles Bild besitzt?«
»Nein, nicht so direkt. Sie hat mir gesagt, sie habe eine Antiquität, die ein Vermögen wert sei. Diese wolle sie bald an eine öffentliche Einrichtung verkaufen. Sie habe ja keine Nachkommen, denen sie diese vererben könne.«
»Und das Geld aus dem Verkauf sollten ihre früheren Opfer bekommen?«
»Nein, auch das nicht direkt. Ich habe ihr von meiner Zeit in Torgau erzählt. Dass es dort jetzt eine Gedenkstätte gibt. Und einen Verein, der die Arbeit vor Ort finanziert.«

»Und dem sollte das Geld zufließen?«
»Ja, zum großen Teil. Ihr sonstiges Barvermögen, einige tausend Euro, wollte sie unserer Kirche vermachen.«
»Aber der Tod ist ihren Absichten dann zuvorgekommen?«
»Ja, sie wollte mit mir noch die Modalitäten besprechen, mich zum Notar mitnehmen, mit Vertretern eines potenziellen Käufers einen Termin ausmachen und ihnen die Antiquität zeigen. Aber dann hat sie an dem Tag, an dem sie das weitere Vorgehen mit mir besprechen wollte, nicht geöffnet und …«
»Wer war dieser potenzielle Käufer?«
»Keine Ahnung. Ich weiß nur, dass sie es zuvor schon bei einer öffentlichen Sammlung versucht hatte, aber ohne Erfolg. Sie wollte aber an den Leuten dranbleiben …«
Warum hat er uns das nicht schon gleich bei der ersten Befragung gesagt, wunderte sich Woltmann. Aber er unterließ es, danach zu fragen, weil er befürchtete, der Pfarrer würde sich dann wieder hinter seiner seelsorgerischen Schweigepflicht verschanzen. Er war froh, ihn diesbezüglich richtig angepackt zu haben. Bezüglich Verstorbener galt die Schweigepflicht nur noch bedingt, zumal Lemkes Erzählung die Tote in einem anderen, viel günstigeren Licht erscheinen ließ. Eine Sache war Woltmann noch wichtig, die Frage nach Werner Stiegler. Wieder probierte er das Verfahren des Fragenstellens, das die Antwort schon vorwegnahm und vom Gegenüber nicht mehr als ein schlichtes Ja oder Nein erforderte.
»Herr Pfarrer, Sie kennen Werner Stiegler?«
Lemke nickte bejahend.
»Er hat sich zu dem von Ihnen veranstalteten Treffen im Gemeindezentrum Weimar-West angemeldet? Ich meine

das Treffen der Opfer von Gewalt in ehemaligen DDR-Kinderheimen und Jugendwerkhöfen.«

»Ja.«

»Er hat davon im Internet erfahren, vermute ich.«

Woltmann nahm sein Smartphone zur Hand, gab die Worte Weimar, DDR, Kinderheim und Treffen ein und fand bereits auf der ersten Google-Seite den Link auf das Treffen im Gemeindezentrum in Weimar-West.

»Bingo, hier hab ich es. Also konnte auch Stiegler den Hinweis ohne große Schwierigkeiten im Netz finden und hat dann an dem Treffen teilgenommen. Aber warum? Was hat er sich davon versprochen?«

Lemke hatte die Beine übereinandergeschlagen und betrachtete seine Fingernägel.

»Hören Sie«, nahm er den Gesprächsfaden wieder auf, »wir, damit meine ich alle Kinder, die damals in diesen Jugendzuchtanstalten gequält und geschädigt wurden, leiden oft unter posttraumatischen Belastungsstörungen. Die halten ein Leben lang an. Es sei denn, wir lassen sie behandeln.«

»Durch Traumasynthese und Traumexposition«, warf Hoppe ein, und Woltmann hatte das Gefühl, dass sie genau wusste, wovon sie sprach, so spontan kam diese Äußerung. Bisher hatte sie sich völlig aus dem Gespräch herausgehalten. Lemke warf ihr einen anerkennenden Blick zu.

»Ja, genau. Das ist die Arbeit von Psychotherapeuten. Denen wollen wir Seelsorger auch nicht ins Handwerk pfuschen.«

»Sondern?« Hoppe zeigte sich brennend interessiert. Sie hatte ihr eigenes Trauma nach dem tödlichen Unfall ihrer Eltern zu bewältigen gehabt. Mit Seelsorge war sie dagegen noch nie in Berührung gekommen.

»Wir wollen den Prozess der Traumabearbeitung in seiner letzten Phase vorsichtig unterstützen. Wir konfrontieren die Betroffenen behutsam mit ihrem Trauma, indem wir uns in Gesprächsgruppen gegenseitig erzählen, was wir damals in den Heimen erlebt haben.«

Woltmanns Gedanken begannen zu rasen. Er hatte das Gefühl, endlich an einem elementaren Punkt der Ermittlungen angelangt zu sein.

Eine Frage brannte ihm unter den Nägeln, er musste sie einfach stellen, selbst auf die Gefahr hin, Lemke damit wieder ins Schweigen zurückzutreiben.

»Herr Pfarrer, haben Sie Stiegler geraten, sich nach Eichenroda zu begeben? Zum Treffen der ehemaligen Erzieherinnen?«

Lemke schwieg lange. Dann kam zögerlich die Antwort.

»Ja, von diesem anstehenden Treffen hatte mir Frau Klemm bei meinem ersten Besuch erzählt.«

»Und?«

»Nichts und. Ich habe ihm empfohlen, dorthin zu fahren und sich das Treffen aus der Ferne anzusehen.«

»Wieso?«

»Na, weil das alles harmlose alte Damen sind. Auch Käthe Klemm. Ich sagte Stiegler, dass keine Gefahr mehr von ihnen und dem Ort ausgeht. Ich war mir sicher, das würde ihm helfen.«

»Stiegler sollte sich also mit dem Ort des Schreckens und der Person, die ihn damals geplagt hatte, konfrontieren, um auf diese Weise sein Trauma abzuarbeiten. Aber war das fast fünfzig Jahre nach den Geschehnissen überhaupt noch nötig?« Hoppe hatte Zweifel an Lemkes Therapieansatz.

»Ja. Ich hatte im Vorfeld des Treffens im Gemeindezentrum

mit Stiegler telefoniert. Er war gerade wieder einmal mit seinem Leben gegen einen Baum gefahren. Wie schon so oft.«

»Und dafür hat er jedes Mal die schrecklichen Erlebnisse in seiner Kindheit als Ursache angeführt? Als eine Art Ausrede, um seinen eigenen Anteil am jetzigen Unglück wegzuschieben und es mit dem schlimmen Handeln der Erzieherin zu begründen? Um keine Verantwortung für das eigene Versagen übernehmen zu müssen?« Hoppe redete mehr zu sich selbst als zu den beiden Männern. Sie begann langsam, Lemkes Ansatz zu verstehen.

»Ja, ich hatte Stiegler angeboten, mit ihm gemeinsam nach Eichenroda zu fahren. Ich bin dort ja auch im Förderverein aktiv, hatte ihm erzählt, was wir da so vorhaben. Zum Beispiel das Erinnern an die Sammlung Kohl in Eichenroda. Er sollte merken, dass es ein Davor und ein Danach zu der Zeit gab, in der Eichenroda ein Kinderheim war.«

Woltmann hatte bei der Erwähnung der Sammlung Kohl besonders aufmerksam die Ohren gespitzt.

»Haben Sie ihm auch von der Antiquität erzählt, die Käthe Klemm besitzt? Und von deren Plan, ihr Erbe nach Torgau zu spenden?«, fragte er den Pfarrer.

»Nein, dazu hatte ich kein Mandat.«

Woltmann bat Lemke, ihm doch bitte das Faltblatt zum Treffen der Gewaltopfer in DDR-Kinderheimen herauszusuchen. Es würde ihm helfen, Remde von seiner Tathypothese zu überzeugen. Lemke holte einen schwarzen Ordner aus dem Aktenschrank und fischte ein Exemplar des gewünschten Faltblatts aus einer Klarsichtfolie.

Woltmann und Hoppe standen auf. Als sie sich verabschieden wollten, räusperte sich Lemke kurz und meinte: »Jetzt hätte ich noch eine Frage, wenn Sie erlauben!«

»Aber bitte schön, Herr Pfarrer.«
»Was passiert denn, wenn die Antiquität, Sie sprachen von einem Bild, irgendwo wiederauftaucht? In der Wohnung scheint sie ja nicht mehr zu sein, sonst hätten Sie mir das gesagt. Wem gehört sie dann?«
Woltmann war überfragt, aber Hoppe merkte man ihre Erfahrung als Kriminalistin an.
»Das Erbe geht, da Frau Klemm offenbar keine Angehörigen und kein Testament hat, an das Bundesland, in dem sie zuletzt gelebt hat, also an den Freistaat Thüringen.«
Lemke sah sie betroffen an.
»Bedeutet das, dass ihr Letzter Wille nicht erfüllt wird und die Gedenkstätte in Torgau leer ausgeht?«
»Ja, Herr Lemke, so sieht es aus, sollte nicht doch noch ein Testament auftauchen. Da es ein wertvolles Gemälde ist, dürfte es in den Besitz einer herausragenden Sammlung in Thüringen übergehen.«
Woltmann reichte Lemke das Foto mit dem Gemälde der Blauen Kathedrale. Der Pfarrer starrte das Bild unter dem Licht seiner Schreibtischlampe an.
»Das ist es?«, fragte er leicht ungläubig.
»Ja. Sie haben es noch nie gesehen?«
Einen Augenblick zögerte der Geistliche, dann verneinte er die Frage.
»In welches Museum kommt das Bild dann?«, fragte er und sah Hoppe an, die immerhin wusste, dass es in einem Fall ohne Erben an die öffentliche Hand fiel.
»Soll in Weimar nicht ein neues Bauhaus-Museum gebaut werden?«, tat sich Woltmann zur Überraschung seiner Kollegin hervor.
»Noch eine Frage, Herr Pfarrer, wo waren Sie zwischen

sechzehn und siebzehn Uhr des Tages, an dem Käthe Klemm ermordet wurde?«

»Wie? Was? Sie verdächtigen mich?«

»Nun, Sie hätten das Bild bekommen, Herr Pfarrer. Es ist circa dreißig Millionen Euro wert. Also, wo waren Sie?«

Lemke schwieg und starrte auf den Boden. Nach einer Weile meinte er: »Ich war hier in meinem Büro, um 17.00 Uhr hatte ich Konfirmandenunterricht. Den musste ich vorbereiten.«

»Kann das jemand bezeugen?«

»Nein, ich war alleine.«

Sie gingen hinaus, in Gedanken versunken. Nur wenige Schritte vom Gemeindezentrum entfernt blieb Woltmann stehen und hielt Hoppe plötzlich am Arm fest.

»Hier, wirf mal einen Blick auf das Straßenschild!«, forderte er seine Kollegin auf.

»Moskauer Straße«, las sie laut vor. »Und? Was ist damit?«

»Jetzt schließt sich ein Kreis. Wart's ab!«

»Erzähl, Sascha!«

»Nun, es geht um das, was du über die Puzzleteile gesagt hast. Wenn einige entscheidende passen, ergänzt sich vieles andere von alleine. Ich glaube, wir sind ein großes Stück weiter.«

Auf der Fahrt zur Polizeiinspektion erläuterte Woltmann Hoppe seine Sicht der Dinge. Die Puzzleteile. Sie war angetan und hatte ohnehin noch ein Lob für ihn aufgespart.

»Sehr gute Gesprächsführung war das vorher, Alter, Respekt. Hast den Pfarrer ja total aus der Reserve gelockt.«

»Danke, Mandy, das freut mich sehr!«

Sie hatten Remde um eine kleine Runde gebeten, die dieser sofort zusagte. Wenig später saßen die vier Ermittler im kahlen Besprechungsraum, und dieses Mal war es an Woltmann und Hoppe, die Karten auf den Tisch zu blättern.
Remde und Scholz sahen sie perplex an, als sie erzählten, dass sie beim Pfarrer in Weimar-West gewesen waren. Den hatten die beiden Kollegen überhaupt nicht mehr auf dem Schirm gehabt.

»Als Erstes halten wir fest: Stiegler war beim Treffen der ehemaligen Erzieherinnen in Eichenroda als Zaungast.«

»Wissen wir doch schon lange«, warf Scholz ein, fing sich aber einen mürrischen Blick Remdes ein, weil er die Hoheit der Gesprächsführung missachtete.

»Richtig, aber was neu ist: Stiegler hat von dem Treffen nicht aus dem Internet erfahren, sondern war auf Anraten des Pfarrers dorthin gereist.«

Woltmann berichtete kurz über Lemkes Torgauer Vergangenheit, das Treffen der Opfer von Gewalt in DDR-Kinderheimen in Weimar-West und den therapeutischen Ansatz, der hinter dem Rat Lemkes an Stiegler gestanden hatte, Eichenroda aufzusuchen. Dann fuhr er in seiner fein säuberlich aufgebauten Argumentation fort.

»Das alleine sagt noch nicht viel aus. Aber wir wissen jetzt immerhin, weshalb Stiegler schon einige Wochen vor dem Ehemaligentreffen der Erzieherinnen in Weimar war.«

»Logisch, weiter«, räumte Remde ein.

»Stiegler war jedenfalls nicht in Weimar, um Käthe Klemm in ihrer Wohnung aufzusuchen«, spann Woltmann den Faden fort, wurde aber sofort von Scholz unterbrochen.

»Aber der hat doch bei Google Earth die Adresse von Käthe Klemm eingegeben! Das ist doch ein klarer Beweis!«

Woltmann wartete einen Augenblick. Dieses Mal sah Remde nicht strafend zu Scholz.
»Nun, Kollege Scholz«, wandte Woltmann sich direkt an diesen, »da sitzen wir einem Irrtum auf. Ich habe überprüft, was uns die IT-Kollegen aus Gießen in ihrem schriftlichen Bericht mitgeteilt haben.«
»Ja, und?« Scholz wirkte plötzlich nervös.
»Die Kollegen haben herausgefunden, dass Stiegler bei Google Earth die Suchworte: Weimar, Moskauer Straße eingegeben hat. Ohne Hausnummer.«
»Und?« Scholz dämmerte die Schwachstelle in der bislang gegen Stiegler vorgetragenen Indizienkette sofort.
»Die Wohnung von Käthe Klemm befindet sich in der Moskauer Straße. Aber das Gemeindezentrum der Kirche gleichfalls. Stiegler hat im Internet vom Treffen in Weimar-West erfahren. Ich meine das Treffen der Opfer von Gewalt in Kinderheimen und Jugendwerkhöfen der DDR. An diesem Treffen hat er auch teilgenommen und sich im Vorfeld die Lage des Gemeindezentrums in Google Earth angeschaut.«
Während er dies ausführte, reichte er Remde das Faltblatt, das auf das Treffen im Gemeindezentrum hinwies. Dazu eine Kopie aus den Gießener Ermittlungsunterlagen mit den Daten und Zeiten, die die Untersuchung von Stieglers Computer ergeben hatte. Die Übereinstimmung war nicht zu bestreiten. Im Besprechungsraum war es mucksmäuschenstill geworden. Woltmann glaubte schon zu hören, wie Scholz' Gedanken auf der Suche nach einem Einwand durch sein Gehirn rasten. Vergeblich, natürlich.
»Nun gut«, fuhr Woltmann in nüchternem Ton fort, »ich denke, das genügt, um zu zeigen, dass wir Stiegler wieder aus dem Rennen nehmen müssen, wenn ich die Redewen-

dung des Kollegen Scholz aufgreifen darf.« Jetzt lag doch ein kleiner Triumph in seinen Worten, obwohl er sich geschworen hatte, sich nicht den Stil seines Konkurrenten zu eigen zu machen.

Scholz sah flehend zu Remde. Mit einer Handbewegung erteilte der Kripochef ihm das Wort.

»Ja, aber…«, begehrte Scholz auf und musste erst einmal husten, weil er sich verschluckt hatte. In ihm brodelte es.

»Ja, aber, ich meine, was bringt uns das jetzt? Eine Spur zu zerstören ist das eine. Aber dann sollte man wenigstens eine neue liefern. Da kommt aber nichts!« Bei dem letzten Wort war ihm die Stimme höhergerutscht, und er hörte sich an, als habe ihm jemand mit Wucht auf den kleinen Zeh getreten.

»Gemach, gemach«, beruhigte Woltmann und machte mit der flachen Hand eine beschwichtigende Geste. »Kommt ja gleich, kommt ja gleich!«

»Ich brauch jetzt erst mal eine Tasse frischen Kaffee. Fünf Minuten Pause«, unterbrach Remde die kleine Runde.

31

Remdes Stimmung war nicht eindeutig zu definieren. Stiegler war als Hauptverdächtiger nicht länger zu halten. Aber Woltmann und Hoppe schienen eine neue Spur in Reserve zu haben. Das hielt ihn bei Laune.

»Komm, wir gehen kurz in dein Zimmer«, bat Woltmann Hoppe während der kurzen Pause.

Dort angekommen, überprüften sie die Zusammenhänge, wie sie sich ihnen darstellten, noch einmal auf mögliche Denkfehler.

Die Puzzleteile, sie passten. Jetzt mussten sie Remde nur noch davon überzeugen, eine Durchsuchung und einen Untersuchungshaftbefehl beim Ermittlungsrichter zu beantragen.

»Übernimm du diesmal den Vortrag, Mandy, ich glaub, es ist besser, wenn wir uns abwechseln und als Team zeigen, und nicht nur ich die ganze Zeit rede, so wie eben.«

»Meinst du? Aber manches kannst doch nur du bezeugen!«

»In dem Fall spring ich dir schon bei. Aber wenn nur ich vortrage, tobt Mike Scholz am Schluss wie ein Eber, der auf Diät gesetzt ist.«

Sie gingen zurück ins Besprechungszimmer, und Mandy begann mit ihren Ausführungen.

»Werner Stiegler ist aus dem Rennen. Aber Erna Götze ist noch drin!«

»Was? Die Alte?« Remde sah zweifelnd in Hoppes grün leuchtende Augen.
»Abwarten, Chef, ich erklär es gleich. Erna Götze bleibt im Rennen, aber natürlich nicht als Täterin. Der Stich ins Herz von Käthe Klemm bedurfte enormer Kraft und wurde gezielt ausgeführt. Das hätte Frau Götze nie geschafft.«
»Wir haben uns mal bei einem Bäckermeister solche Konditor- und Glasurmesser angeschaut. Unmöglich!«, ergänzte Woltmann.
»Sag ich doch, das war ein Kuchenmesser!«, gab Remde erneut seinen Senf dazu.
»Nein, als Täterin taugt Erna Götze nicht«, nahm Hoppe wieder den Faden auf. »Sie ist auch niemand, der gezielt Informationen an andere Personen weitergibt, die daraufhin Käthe Klemm aufsuchen und bestehlen oder gar umbringen. Wohl aber hat sie unbewusst jemanden eingeweiht. Der oder die haben dann Schlüsse gezogen, von denen die alte Frau wohl bis heute nichts ahnt.«
»Sie sprechen von Möhwalds Enkel, stimmt's?«, gab sich Remde wissend.
»Nein, Chef, der ist zwar keine freundliche Erscheinung, und ich möchte ihm nicht unbedingt auf einem einsamen Feldweg mit seinem Pitbull begegnen. Aber mit dem Tod von Käthe Klemm und dem Raub des Bildes hat er wahrscheinlich nichts zu tun.«
»Oha, da bin ich aber mal gespannt, wer es dann gewesen sein soll. Der Hammer muss jetzt ja gleich kommen!«
Hoppe überhörte Remdes Bemerkung.
»Wir haben Erna Götze nach dem Bild gefragt, das Käthe Klemm besaß und wegen dem sie in Eichenroda auf dem Treffen miteinander gestritten haben. Aber warum haben

sie gestritten? Jetzt, nach all den Jahren, die seitdem ins Land gegangen sind? Frau Götze hat sich uns gegenüber lange geweigert, zuzugeben, dass es dieses Bild überhaupt gibt. Dafür mussten wir sogar zu einem kleinen Trick greifen. Kollege Woltmann hat so getan, als telefoniere er mit der Staatsanwaltschaft wegen eines Durchsuchungsbefehls.«

Remde runzelte die Stirn.

»Keine Sorge, Chef, das war mit mir abgesprochen!« Hoppe sah jetzt zu Woltmann, der ihren Blick dankbar erwiderte.

»Der Kollege Woltmann ging für diese kleine Showeinlage sogar eigens aus der Wohnung und ein Stück die Treppe hinunter. Dabei schnappte er zufällig Wortfetzen eines Gesprächs auf. Bitte, Kollege, berichten Sie.«

Woltmann war nur einen kleinen Augenblick befremdet über das merkwürdige »Sie«, dann erzählte er.

»Es waren wie gesagt nur ein paar Wortfetzen. Aber es ging um Geld. Es waren wohl die zwei Gesellen von Glasermeister Götze, die sich in der Werkstatt aufgeregt unterhielten. Sie wollten nicht länger auf ihr Gehalt warten. Schon seit zwei Monaten hatten sie kein Geld mehr gesehen.«

Remde sah zu Scholz. Scholz sah zu Remde. Die Dinge schienen eine ganz neue Wendung zu nehmen.

»Ja, Chef«, räumte Hoppe ein, »wir haben uns anfangs viel zu sehr auf Hedwig Möhwalds und Agnes Schreibers Familien fokussiert, weil die beiden Frauen von dem Bild und Erna Götzes früherem Streit mit Käthe Klemm in Eichenroda wussten. Auch sie dachten wie Götze, das Bild stünde den ehemaligen Erzieherinnen von Eichenroda zu und nicht der Klemm. Oder zumindest nicht ihr alleine.«

»Soso!« Remde kratzte sich am linken Ohr.

»Die Verwandtschaft von Erna Götze war uns dagegen nicht verdächtig«, ergänzte Woltmann. »Ich kenne den Götze flüchtig. Er hat erst vor ein paar Tagen im Haus meiner Eltern eine Scheibe eingesetzt.«

»Aha!« Remdes Staunen nahm zu.

»Ja, und im Nachhinein, als sich das Puzzle so langsam zusammenzusetzen begann, waren deshalb zwei Dinge im Zusammenhang mit der Scheibe auffallend.«

»Welche, Woltmann?«

»Also, zum einen stellte der Götze für die provisorische Sicherung der Balkontür im Haus meiner Eltern eine Zwischenrechnung. Angesichts der Lieferzeit der neuen Scheibe von nur wenigen Tagen war das merkwürdig. Da wäre doch eine Gesamtrechnung nach Abschluss der Arbeiten normal gewesen, oder? Aber wer seinen Gesellen den Lohn nicht zahlen kann, braucht eben dringend Kohle. Deswegen machte er mir am Schluss auch noch das Angebot, die Summe bar ohne Rechnung an ihn zu zahlen. Wir haben uns bei Rudi Götzes Banken erkundigt, bei der Kreishandwerkerschaft, bei Kollegen. Götzes Kreditrahmen bei der Bank ist ausgeschöpft bis auf den letzten Cent. Allein mit kleinen Fensterreparaturen hat der Betrieb keine Perspektive. Er braucht größere Aufträge, ein paar Häuser in einem Neubaugebiet, die Sanierung eines historischen Gebäudes, einen Hotelneubau. Das wirft was ab. Götze hat sich zwar an entsprechenden Ausschreibungen beteiligt. In Thüringen, Sachsen und Nordbayern. Aber er hat in der letzten Zeit immer den Kürzeren gezogen. Vielleicht auch, weil …«

Woltmann zögerte.

»Weil?« Remdes Blick hatte etwas Ungeduldiges. Er liebte es nicht, auf die Folter gespannt zu werden.

»Weil er trinkt, und zwar viel zu viel!«
»Okay, okay, und was fiel als Zweites auf?«
»Die Handschuhe! Ich habe ihn dabei beobachtet, wie er die Scheibe in den Rahmen eingepasst hat. Gemeinsam mit seinem Sohn! Auch der hatte diese Plastehandschuhe an. Das war so gekonnt! Wie sie danach den Rahmen mit den Handschuhen abgewischt haben. Gründlicher geht's nicht! Im Nachhinein trat mir da unwillkürlich das Bild vor Augen, wie sie auf diese Weise auch die versiegelte Wohnungstür von Frau Klemm mit Handschuhen geöffnet haben, ohne irgendwelche Fingerabdrücke zu hinterlassen. Zugegeben, das ist eine Spekulation. Dafür fehlen uns noch die Beweise.«
»Tja!« Der Kripochef schüttelte bedenkenschwer den Kopf.
»Aber zurück zu Erna Götze. Sie hat ihren Enkel gebeten, im Internet für sie die Identität der toten Frau K. aus Weimar-West herauszufinden. Mit diesem Enkel hat sie sich folglich über den Mord unterhalten. Dabei muss sie ihm auch von dem Bild erzählt haben. Und das Bild war die Lösung der familiären Finanzprobleme. Nicht nur der alte Götze war verschuldet. Sein Sohn ist ebenfalls bei ihm angestellt und bekommt zurzeit natürlich keinen Cent. Deswegen hat er auch einen Schufa-Eintrag und viele Kredite für seine Smartphones und Computer laufen. Zu viele. Irgendwann konnte er die Raten nicht mehr zahlen … «
»Und ihr glaubt, der Enkel hat deswegen die alte Klemm ermordet? Das ist doch sehr spekulativ!«, gab sich Remde skeptisch, und Scholz warf heftig seinen Kopf hin und her. Sosehr sich der Kripochef auch über die konkrete neue Spur freute, wollte er sich doch nicht schon wieder vorschnell auf einen Irrweg begeben.

»Nein, so weit würde ich noch nicht gehen, Chef. Aber wir haben klare Anhaltspunkte dafür, dass sich Rudi oder Kevin Götze oder sogar beide zur Zeit des Mordes an Francesco Lombardi im Hotel Elephant befanden.«

»Nicht möglich!« Remde starrte Hoppe an, als habe sie ihm Goethes Wiedergeburt verkündet.

»Doch!«, setzte Woltmann nach. »Nachdem wir als Streife im Hotel eintrafen und den Tatort gesichert hatten, habe ich, wie wir alle wissen, mit einigen Angestellten des Hotels gesprochen. Unter anderem mit einer Rezeptionistin. Sie hatte um fünf Uhr fünfundvierzig ein Auto auf dem Parkplatz gegenüber dem Hotel gesehen. Um diese Zeit beginnt sie immer ihren Dienst. Der Parkplatz ist um diese Uhrzeit normalerweise leer. Sie hat mir das einsam parkende Auto genau beschrieben.«

»Und das war Götzes Auto? Wie konnten Sie das denn so sicher verifizieren?«

»Weil auf den Seiten groß draufsteht: Glaserei Götze. Und weil es diese Spezialaufbauten zum Transport für große Scheiben auf der Ladefläche hat.«

»Aber wenn der Götze zu dieser Zeit im Hotel war«, ging Scholz jetzt dazwischen, »weil er den Italiener umlegen wollte, warum hat er dann sein Auto so demonstrativ auffallend vor dem Hotel geparkt?«

»Tja«, konterte Woltmann, »weil er gar nicht beabsichtigte, ihn zu töten.«

»Sondern?«

»Weil er von ihm lediglich Geld für das Bild bekommen wollte.«

»Für die Blaue Kathedrale«, ergänzte Hoppe. »So heißt das Bild, das Rudi Götze, vermutlich mit seinem Sohn, aus der

Wohnung von Käthe Klemm gestohlen hat. Als die beiden dann überlegten, wie sie das Bild möglichst unauffällig zu einem hohen Preis auf den Markt bringen können, sind sie ins Internet gegangen und haben dort den Italiener gefunden. Er sollte das Bild über seine Agentur für sie verkaufen.«

»Ja, das hatte ich ja schon rausgefunden«, versuchte Scholz ein paar Lorbeeren einzufahren.

»Was?« Remde verstand nicht.

»Na, der Italiener hat gute Algorithmen bei Google. Den findet man leicht, wenn man ein Bild von hohem Wert verkaufen will. Seine Homepage gibt es sogar in deutscher Sprache.«

»Wie dem auch sei«, ergriff Hoppe wieder das Wort, »für diesen Ablauf spricht auch das Fehlen eines Smartphones oder anderer digitaler Spuren des Italieners am Tatort. Der junge Götze kennt sich da bestens aus und hat alle Hinweise vorbildlich beseitigt und zerstört. Ich meine, vorbildlich im Sinne einer perfekten Tat.«

»Soso!« Remdes Stimme klang zufrieden. Was Woltmann und Hoppe da vortrugen, hörte sich verheißungsvoll an, auch wenn es riskant war, nun alle Hoffnungen auf diese Karte zu setzen. Woltmann deutete an, noch etwas ergänzen zu wollen.

»Aber so richtig rund geworden ist die ganze Geschichte für uns heute erst beim Bäckermeister Baum.«

»Beim Bäckermeister?«, staunten Remde und Scholz einstimmig.

»Ja, den kenn ich ganz gut. Der ist Mitglied bei den Weimarer Hobby-Radfahrern.«

»Und?« Remde wirkte langsam ungeduldig, so, als ob es ihn zum Handeln drängte.

»Der hat uns von einem Mitglied, einem Handwerker, erzählt, den sie aus dem Verein ausschließen wollen. Zumindest vorläufig. Zum ersten Mal in der Vereinsgeschichte. Weil er seit zwei Jahren den Beitrag nicht mehr zahlt.«
»Ja«, übernahm Hoppe das Wort, »dabei wollten ihm die anderen Mitglieder zunächst sogar goldene Brücken bauen. Ihm das Geld stunden. Aber er schien diesbezüglich seinen Stolz zu haben. Er forderte stattdessen, Ehrenmitglied zu werden. Beitragsfrei und rückwirkend. Weil er schon so viel für den Verein getan hat. Anderenfalls würde er ihnen was anhängen.«
»Was wollte er ihnen denn anhängen, Hoppe?« Remde war noch einmal neugierig.
»Das ist es ja. Er hat offenbar nichts in der Hand. Drohte einfach ins Blaue hinein. Und das wollen die sich nicht bieten lassen. Sie wissen, um wen es sich handelt, Chef?«
»Na, ist doch klar, Götze!«, rief blitzschnell Scholz und fing sich dafür einen bösen Blick von Remde ein. Doch für Scholz war heute ohnehin nichts mehr zu retten.
»Der übrigens auf seinem Hof mehrere gepflegte Herrenfahrräder stehen hat«, ergänzte Woltmann.
»Zack, zack! Hoppe und Woltmann, schreiben Sie mir all das, was Sie eben ausgeführt haben, zu einem Bericht zusammen. Ich telefoniere in der Zwischenzeit gleich mal wegen einer Hausdurchsuchung und eines Untersuchungshaftbefehls. Wenn das alles stimmt, haben wir wohl bald zwei Doppelmörder gefasst, oder?«
Remde strahlte jetzt. Aber Hoppe dämpfte seine Vorfreude.
»Na ja, damit wäre ich noch etwas vorsichtig. Warum hätten die Götzes den Italiener denn ermorden sollen? Wo sie doch wollten, dass er das Bild für sie verkauft? Und selbst wenn

sie ihn im Affekt ermordet haben, müsste er ja etwas getan haben, was die Götzes rotsehen ließ. Nur was sollte das sein?«

»Ja, schon, aber …« Remde dachte kurz nach. »Vielleicht hat dieser Ronald Myers das Bild ja mitgenommen. Und die beiden Götzes haben Lombardi überrascht, als er gerade türmen wollte, weil er das Bild nicht mehr hatte. Und deshalb haben sie ihn umgebracht. Sind halt durchgedreht. Vielleicht im Alkoholrausch.«

Remde bat Hoppe, einen größeren Zugriff vorzubereiten und entsprechendes Personal in Bereitschaft zu versetzen. Er selbst rief währenddessen den Ermittlungsrichter und den Staatsanwalt an.

»Schau dir mal Remdes Gesicht an«, flüsterte Hoppe, als sie und Woltmann einander vor der offen stehenden Bürotür des Kripochefs kurz begegneten und ihn hinter seinem Schreibtisch mit aufgeräumter Stimme telefonieren sahen.

»Wieso? Was meinst du?«

»Sieht ganz so aus, als ob er sich auf Rudi und Kevin Götze als Doppelmörder festgelegt hat. Der lächelt so zufrieden.«

32

Großes Kino. Remde war ganz in seinem Element, dirigierte die Einsatzkräfte. Eine Gruppe Bereitschaftspolizei ins Wohnhaus Götze. Drei Generationen, drei Stockwerke. Natürlich auch auf den Dachboden und in den Keller. Dorthin sogar vorzugsweise. Eine andere Gruppe übernahm das Gelände, die Werkstatt.

Hoppe, die mit Scholz und ihrem Chef nach oben gegangen war, kannte diese Szenen zur Genüge. Remde wusste die Zugriffe der Polizei zu inszenieren und hatte damit schon so manchen Täter eingeschüchtert und zu einem schnellen Geständnis gebracht. Der Kripochef kam immer als Letzter, wenn die in die Zimmer gestürmten Bereitschaftspolizisten die potenziellen Täter bereits festgesetzt und den Überraschungseffekt ausgenutzt hatten, um eine Atmosphäre der Erwartung zu erzeugen, worauf das Ganze wohl hinausliefe. Remde kam dann, sobald genug Zeit vergangen war, ganz ruhig und gelassen auf die Festgenommenen zu und erläuterte ihnen den Grund seines Kommens.

Ein wenig erinnerten diese Szenen Hoppe jedes Mal an eine Führung im Goethehaus, an der sie einmal im Rahmen einer Weiterbildung für Objektsicherung teilgenommen hatte. Der ältere Studienrat und Goethe-Verehrer, der sie durch das Haus am Frauenplan führte, hatte damals erzählt, dass der große Dichter seine Gäste im Wohnhaus immer durch eine ganze Zimmerflucht hindurch willkommen hieß. Diese Zimmerflucht machte ihn, der er an ihrem anderen Ende stand, wenn die Gäste auf ihn zukamen, in deren Augen größer und zu einer geheimnisvollen Erscheinung. Sich einen Goethe vorzustellen, der selbst die Tür zum Frauenplan öffnet, guten Tag sagt und in Wirklichkeit auch noch von kleinem Wuchs ist, war einfach undenkbar. Folglich mussten seine Besucher also erst einmal die Stufen hoch über ein in den Boden eingeschriebenes SALVE und dann durch die Zimmerflucht hindurch, bevor sie dem Meister gegenüberstanden. Das dauerte und steigerte die Erwartung auf den, den man traf.

Und so bewunderte Hoppe ihren Chef ein bisschen dafür, wie er sein Erscheinen zelebrierte.

Auch bei den Götzes verfehlte Remdes Auftritt nicht seine Wirkung. Der Seniorchef stand mit hängenden Schultern hilflos mitten im Raum und warf verzweifelte Blicke in alle Himmelsrichtungen, gerade so, als erwarte er einen Himmelswagen, der ihn aus seiner misslichen Lage wundergleich herausbringen würde. Kevin, sein Sohn, saß zusammengekauert wie ein Embryo auf dem Sofa. Erst als ihn ein Polizist auf Waffen abzutasten wünschte, erhob er sich und stand nun ebenfalls verloren im Wohnzimmer. Er vermied jeden Blickkontakt mit seinem Vater, der ihm gleichfalls keinen einzigen Blick zuwarf.

Mit einem Kopfnicken forderte Remde zwei Polizisten dazu auf, den beiden Götzes Handschellen anzulegen. Kaum war das geschehen, kam Erna Götze, von Daniela Klein am Arm geführt, ins Wohnzimmer. Die alte Frau schlug die Hände fast im Sekundentakt über dem Kopf zusammen.

»Was ist denn nur los? Himmel! Was ist denn nur los? Himmel!«, stieß sie in einem fort wie ein montenegrinisches Klageweib aus. Auch rief sie ihren verstorbenen Ehemann Richard gleich einem Heiligen im Himmel an, dass er ihr beistehen solle.

»Mutter, sei still«, fuhr sie der Sohn barsch an. Aber ohne Erfolg.

»Herr Rudolf Götze und Herr Kevin Götze! Sie sind des gemeinschaftlichen Mordes an Käthe Klemm und Francesco Lombardi dringend verdächtig. Wegen Fluchtgefahr sind Sie beide vorläufig festgenommen.« Remde legte beim Vorlesen des Haftbefehls etwas Definitives und Selbstverständliches in seine Stimme.

»Wir waren das nicht!«, brüllte Kevin Götze.

Remde sah ihn gereizt an, die Ereignisse der letzten Tage hatten ihn dünnhäutig gemacht.

»Na, die Herren Götze, Sie haben wohl geglaubt, wir kriegen Sie nicht, was?«, verschärfte er jetzt den Ton.

»Wir haben mit den Morden nichts zu tun!«, trompetete nun auch der alte Götze.

»Was? Sie leugnen auch noch?« Remde trat einen Schritt auf den Glasermeister zu.

»Ich will meinen Anwalt sprechen!«

»Hahaha!« lachte Remde zynisch. »Ihren Anwalt? Mit was wollen Sie den denn bezahlen? Sie können ja noch nicht mal Ihre Gesellen entlohnen!«

»Himmel! Was ist denn nur los?«, war im Hintergrund erneut die wimmernde Stimme von Erna Götze zu hören.

»Wir sind unschuldig. Ich will einen Anwalt! Das steht mir gesetzlich zu!«

»Ah, der Herr Glasermeister kennt sich in solchen Dingen

also aus! Sehr schön! Hat sich wohl vorher informiert, weil er mit unserem Zugriff schon gerechnet hat?«
Remde bleckte die Zähne wie ein kampflustiger Hengst. Sein Kopf war rot vor Zorn.
»Wo ist das Bild, Götze? Nun?«
»Ich weiß nichts von einem Bild«, gab Götze zurück. Seine betont gleichgültige Tonlage nährte allerdings den Verdacht, dass er sehr wohl etwas davon wusste.
»Lüg nicht!«, verfiel Remde unbeherrscht ins Du. »Du hast das Bild hier irgendwo versteckt! Bei der Klemm geklaut! Und der Italiener sollte Millionen dafür eintreiben! Doch dann ist der Ami mit dem Bild durchgebrannt! Gib es endlich zu!«
»Das ist Quatsch! Einen Anwalt! Hilfe!« Götze senior schrie jetzt laut. Seinem Sohn stand der Schreck buchstäblich ins Gesicht geschrieben, erst recht, als Remde nun bedrohlich auf seinen Vater zuging.
»Ist er jetzt mal still, der Herrrr Göööötze!« Es hatte den Anschein, als wolle der Kripochef Götze tätlich angehen, ihn am Hemdkragen packen und durchschütteln. Hoppe und Scholz blickten einander kurz an und entschieden dann in stummer Absprache, ihren Chef vor einer Dummheit zu bewahren.
»Chef!« Hoppe fasste Remde leicht am Arm. Das genügte. Sofort ging er wieder zwei, drei Schritte zurück. Sie kannte Remde. Ihm machte der Druck der letzten Tage, die Anrufe aus der Polizeidirektion Jena und dem Innenministerium sowie die vielen Presseanfragen, schwer zu schaffen. Mehr, als er je zugeben würde. Das letzte Gespräch mit dem Staatssekretär, von dem der Chef ihr erzählt hatte, die kaum kaschierte Drohung in dessen Worten, das alles war nicht so

einfach wegzustecken. Jetzt, endlich, fühlte sich Remde am Ziel. Jegliches Leugnen der Götzes, so natürlich das in ihrer Situation auch sein mochte, brachte ihn zur Weißglut. So wie der alte kubanische Fischer Santiago endlich mit der Harpune den gigantischen Marlin erlegte, so brachte auch er mit dem Haftbefehl und der Hausdurchsuchung endlich die Beute nach Hause, die man von ihm erwartete. Und ebenso wie der alte Mann in Hemingways berühmter Novelle war auch Remde bereit, über Tage hinweg mit äußerster Kraftanwendung seinen großen Fang zu verteidigen und all denen entgegenzutreten, die ihm seine Beute entreißen wollten: kritischen Journalisten, Bedenkenträgern in den eigenen Reihen und vielleicht sogar seinen Selbstzweifeln. Nach dem Reinfall mit den Rumäninnen und Stiegler brauchte ihr Chef jetzt endlich einen Erfolg!

»Abführen zur erkennungsdienstlichen Behandlung!«, kommandierte der Kripochef. »Wir sprechen uns später wieder. Beim Verhör!« Die Worte klangen wie eine Drohung, und so waren sie auch gemeint.

»Himmel! Was ist denn nur los?«

Hoppe bewegte sich auf die alte Götze zu, die apathisch in einem der altmodischen Sessel saß.

»Frau Götze, möchten Sie vielleicht einen Schluck Wasser trinken?« Sie wartete die Antwort nicht ab, sondern ging in die Küche und stellte der alten Frau einige Sekunden später ein gefülltes Wasserglas hin.

»Frau Götze, darf ich Sie was fragen?«

»Ach, immer diese alten Geschichten!«

»Nein, Frau Götze, dieses Mal keine alten Geschichten. Ich möchte Sie etwas zu Ihrem Enkel fragen!«

Keine Reaktion, nur ein leises Schnaufen.

»Frau Götze, Ihr Enkel ist doch ein absoluter Technik-Freak.« Schon während sie das Wort »Freak« aussprach, besann sie sich. Die alte Frau konnte mit diesem Ausdruck sicher nichts anfangen.
»Ich meine, er kennt sich doch sehr gut mit dem Computer und anderen technischen Geräten aus.«
»Ja-a-a-a«, zitterte Erna Götzes Stimme und klang dabei fast wie eine Ziege.
»Gut, Frau Götze. Deswegen haben Sie ihn doch auch gebeten herauszufinden, wer die ermordete Frau in Weimar-West ist, stimmt's?«
»Ja-a-aaa.«
»Versuchen Sie sich bitte an die Situation zurückzuerinnern! Wie war das damals?«
»Himmel! Was ist denn nur los?«
»Frau Götze!«
»Ja-a-a?«
»Bitte konzentrieren Sie sich! Haben Sie Ihrem Enkel damals von dem Gemälde der Blauen Kathedrale erzählt? Einfach so, ohne dass Sie sich was dabei gedacht haben. Vielleicht, weil er sich als junger Mensch mehr für Kunst interessieren sollte. Großmütter sind doch oft die besseren Erzieherinnen als …«
»Nein, lassen Sie mich in Ruhe!« Trotz ihrer Verzweiflung spürte Erna Götze, dass ihr gerade eine Falle gestellt wurde. Auch Hoppe hatte das Gefühl, einen Schritt zu weit gegangen zu sein. Die alte Frau zu benutzen und nicht geradlinig zu sein.
»Entschuldigen Sie, Frau Götze, das war nicht …«
»Schon gut, schon gut. Himmel, ich weiß gar nicht mehr, wo mir der Kopf steht. Lassen Sie mich bitte alle in Ruhe.«

Hoppe hatte soeben vor Remde und Scholz eine Niederlage erlitten. Sie war mit ihrer Fragemethode kläglich vor ihnen gescheitert. Dabei hätte sie dieses kleine, aber so wichtige fehlende Puzzleteil dem Ermittlungsstand nur allzu gern noch beigefügt: Erna Götze erzählt dem Enkel von dem Bild der Blauen Kathedrale. Vielleicht sogar mit dem Hintergedanken, dass er dann gleich mitüberlegt, wie sie, Hedwig Möhwald und Agnes Schreiber an das ihnen zustehende Bild gelangen. Der Enkel berichtet dem finanziell schwer angeschlagenen Vater davon, und beide hecken daraufhin gemeinsam den Plan aus, das Bild zu stehlen. Gesagt, getan. Allerdings übergeben sie das Bild danach nicht sofort an die drei alten Damen, die mit seinem Verkauf überfordert wären. Nein, sie suchen sich dafür einen Spezialisten im Internet, der gestohlene Bilder zu Geld macht wie Rumpelstilzchen Stroh zu Gold spinnt.
Vorerst musste Hoppe auf dieses Puzzleteil also verzichten. Sie grämte sich, vor Remde und Scholz versagt zu haben. Aber der Kripochef war euphorisiert von dem Fahndungserfolg. Was sie als Niederlage empfand, registrierte er nicht einmal. Sogar Mike Scholz wirkte kein bisschen triumphierend. Das behielt er sich wahrscheinlich für Woltmann vor. Sie tröstete sich damit, dass das Puzzleteil spätestens dann folgen würde, wenn die erkennungsdienstlichen Maßnahmen abgeschlossen waren und von beiden Götzes die DNA vorlag. Stimmte diese mit den an den Tatorten gefundenen Spuren überein, wären die zwei Mordfälle gelöst. Die Frage, woher sie das Wissen um das Bild in Käthe Klemms Wohnung hatten, war dann zweitrangig. Die Indizien wiesen dann eindeutig darauf hin, dass Erna Götze sich entweder ihrem Enkel anvertraut oder aber ihrem Sohn einen Tipp

gegeben hatte, um ihm einen Weg aus seiner finanziellen Misere aufzuzeigen. Dass sich für Sohn und Enkel jetzt ein noch ganz anderer Abgrund auftat als ein großer Schuldenberg, nämlich Mordanklagen und lange Haftstrafen, war der dreiundachtzigjährigen Frau wohl erst jetzt klargeworden und ließ sie unentwegt ihre Klagerufe ausstoßen: Himmel! Was ist denn nur los?
Hoppe atmete tief durch und ballte die Hand zur Faust.

Großes Kino. Sascha Woltmann hatte sich freiwillig zum Nebendarsteller degradiert. Geradezu eine Statistenrolle eingenommen.
Er schlenderte über das Betriebsgelände der Glaserei, warf Blicke in die Abfalltonnen, hinter die im Hof gelagerten verrosteten und ausgedienten Fensterrahmen. Unkraut wucherte überall, eine graubraune Katze strich mit einer toten Maus im Maul um die verbeulte Regentonne hinter der Werkstatt. Um ihn herum durchkämmte ein Dutzend Kollegen systematisch den geteerten Hof, die Werkstatt, die Lagerräume. Ihre Instruktion war klar. Sie sollten das Gemälde mit der Blauen Kathedrale finden. Von den beiden Götzes war keine Auskunft zu erwarten, sie würden sich dadurch nur selbst belasten.
Verliefe die Suche negativ, gab es nur noch zwei Möglichkeiten. Entweder hatten die beiden das Bild an einem anderen Ort als im Betrieb oder im Wohnhaus versteckt. Oder aber, was wahrscheinlicher war, der Amerikaner hatte das Bild mitgenommen. In diesem Falle wäre Lombardi Myers' Verbündeter gewesen. Die beiden weltgewandten Kunstkenner wären demnach von Anfang an davon ausgegangen,

die in dieser Szene nicht bewanderten und ungestüm auftretenden Handwerker auszutricksen. Wie könnten die Götzes denn auch einen Rechtsanspruch auf das Bild gegen sie durchfechten, an das sie durch einen Mord gelangt waren? Einer wie Lombardi war ausgebufft, hatte sicher, und sei es auch nur über seine Praktikantin in Mailand, im Vorfeld ermittelt, was in der letzten Zeit so alles in Weimar passiert war. Der Stadt, in der man ihm ein sensationelles Bild offerierte. Welche Story hatten die Götzes Lombardi wohl aufgetischt, als er sie nach der Herkunft des Bildes fragte? Dessen Provenienz musste den Kunstexperten brennend interessiert haben. Schließlich ging es nicht um irgendein Bild, sondern um *das* Bild schlechthin. Die Kunstgeschichte müsste neu geschrieben werden. Jedenfalls, wenn man den Worten Professor Tegelers glaubte. Eichenroda, die früheren Erzieherinnen – die Götzes hatten dem Italiener wahrscheinlich davon erzählt, um den legitimen Anspruch Erna Götzes und ihrer Kolleginnen auf das Bild zu untermauern. Und hatten sich dadurch erpressbar gemacht. Denn Lombardi wusste aus dem Internet, dass eine frühere Erzieherin des Eichenrodaer Kinderheims ermordet worden war, und brauchte nur noch zu kombinieren.

Woltmann hatte Zeit für solche Überlegungen. Er beobachtete, wie die Kollegen die beiden Götzes in Handschellen zum Polizeibus brachten. Hinter ihnen kam Remde. Zwei Journalisten hatten von dem Polizeiauflauf Wind bekommen. Vermutlich durch den Anruf eines Anwohners, der sich dadurch wichtigmachen wollte. Solche Leute fanden sich einfach immer und überall. Gleich morgen würde der Zuträger dann mehrere Exemplare der Tageszeitung an seine Verwandtschaft in Emden, Bielefeld oder Schwäbisch

Gmünd schicken, nicht ohne einen Begleitbrief beigelegt zu haben, in dem er sich als glorreichen Tippgeber feierte.
Die Journalisten, darunter ein entspannt lächelnder Peter Stoffels, bestürmten Remde, *das* Gesicht der Weimarer Kripo. Mit Erfolg. Woltmann schnappte einige Sätze Remdes auf: Habe ich gleich geahnt, dass es zwei Täter waren. War klar, dass die Täter es auf Geld oder Wertgegenstände abgesehen haben. Nein, kann ich noch nicht in allen Details öffentlich machen.
Ich habe ... ich wusste ... ich habe schon in DDR-Zeiten ... Ganz schön viele Ichs, dachte sich Woltmann. Ob Remde schon immer so gewesen war? Oder hatte ihn erst dieser ständige Rechtfertigungszwang, dieses unablässige Gemessenwerden an Ermittlungsergebnissen dazu gebracht, sich permanent selbst zu beweihräuchern, und sei es auch nur für den kleinsten Erfolg? Vielleicht war er aber einfach nur ein Spezialfall und verhielt sich so, weil seine Ernennung zum Kripochef, wie Mandy es einmal angedeutet hatte, äußerst umstritten gewesen war? Musste deswegen immer beweisen, dass er der richtige Mann auf dem richtigen Posten war?
Die Blicke der beiden Götzes waren beim Verlassen des Hauses nur für den Bruchteil einer Sekunde über den Hof in Richtung Werkstatt geschweift. Doch das genügte Woltmann, um sicher zu sein, dass das Gemälde mit der Blauen Kathedrale dort versteckt war. Zwei Kollegen durchsuchten gerade Götzes Schreibtischschubladen, als Woltmann eintrat. Sie klopften das Holz auf einen Hohlraum hin ab, gingen systematisch vor. Woltmann, als Streifenpolizist einer von ihnen, war nur für diesen Fall zur Zusammenarbeit mit dem Ermittlungsteam abgestellt worden und konnte sich

ihnen gegenüber keine Privilegien herausnehmen. Dennoch ließen sie ihn gewähren. Er ging in der geräumigen Werkstatt auf und ab.
Nach etwa zehn Minuten fielen ihm mehrere fabrikneue Fensterrahmen auf, die nahezu passgenau übereinandergestapelt waren. Als hätte sie ein Gabelstapler von einer Palette heruntergeladen. Nur an zwei, drei Stellen waren einzelne Rahmen minimal verrutscht, wie Woltmann mit einem Blick von oben auf die Ecken feststellte. Er rief die beiden Kollegen zu sich, die zwar etwas unwirsch schauten, ihm dann aber dennoch dabei halfen, die schweren und sperrigen Rahmen einzeln vom Stapel zu nehmen.
Unter dem letzten kam auf dem Fußboden ein flacher, in Tücher gehüllter Gegenstand zum Vorschein. Es bestand kein Zweifel daran, dass die Rahmen eigens mittig über diesem Gegenstand angeordnet worden waren, um ihn für jeden Besucher der Werkstatt unsichtbar und unzugänglich zu machen.
»Kollegen, danke! Ich denke, wir sollten die Spurensicherung rufen. Die ist noch in der Wohnung.«
Wenige Minuten später waren Jenny Ehrentraut, Jürgen Seifert und einige andere Spurenermittler zur Stelle und taten ihre Arbeit. Auch Remde, Hoppe und Scholz hatten sich in der Zwischenzeit eingefunden. Die Spannung stieg mit jeder Minute. Hoppe sah zu Woltmann. Woltmann sah zu Scholz. Scholz sah auf Jenny Ehrentrauts weißen String, der unter ihrem Hosenbund hervorkam, sobald sie sich bückte, um mit einem Klebeband und einer Wassersprühflasche Fingerabdrücke abzunehmen.
»Na, ist ja wie an Weihnachten«, kalauerte Remde. Doch nur Scholz lachte kurz auf, sonst erntete der Chef keine

weiteren Reaktionen. Alle waren angespannt und neugierig, ihre Blicke ruhten auf dem eingewickelten Gegenstand.

»Na, wie lange dauert das denn noch?«, drängelte Remde in Richtung Jenny Ehrentraut.

»Gehen Sie doch mal eine rauchen, wenn Sie das Warten nicht aushalten«, gab diese schnippisch zurück.

Remde, der Nichtraucher, war sprachlos. Für einen Augenblick stand ihm der Mund offen, er stemmte die Hände in die Hüften und rang nach Worten, klappte den Mund dann aber wieder zu.

Endlich war es so weit.

»Bitte!«, offerierte Jürgen Seifert dem Kripochef den in Decken eingewickelten Gegenstand wie ein Konditor die Hochzeitstorte dem Brautpaar zum Anschneiden. Remde faltete Lage für Lage auseinander. Im Raum herrschte eine solch andächtige Stille, dass die Atemzüge jedes Einzelnen zu hören waren.

»Jaaaaaaaa!«

Der Jubel kam gleichzeitig von Remde und Scholz. Die Blaue Kathedrale! Die Werkstatt des Glasermeisters war zum Allerheiligsten geworden. Und eine erlesene Schar Thüringer Polizeibeamter war in sein Innerstes vorgedrungen. Über der Szene lag ein Hauch von Sakralem. Das Ziel war erreicht. Ihrer aller Augen wanderten über das Bild, von der Kathedrale zum Himmel, vom Himmel zur Kathedrale, von der Bläue der Erde hinein in die Intensität des Himmelsblaus.

»Ganz, ganz groß«, hauchte Remde, und es hörte sich an wie ein Gebet, das Gebet eines Ungläubigen, der nicht einmal genau weiß, was er da anbetet.

Woltmann staunte. Eine Stimme in ihm gab, trotz des feierlichen Augenblicks, keine Ruhe. Sie stellte immerzu die Frage, ob das Bild mit dreißig Millionen und mehr nicht doch einen Tick zu hoch eingeschätzt war. Zugleich rief ihn eine andere Stimme dazu auf, sich mit solchen Überlegungen tunlichst zurückzuhalten. Du hast keine Ahnung von Kunst. Was würde deine Kollegin Mandy sagen, wenn du deine Zweifel jetzt laut anmelden würdest? Richtig. Pfeife!

Die nächtlichen Temperaturen näherten sich dem Gefrierpunkt. Ein kalter Nebelschleier legte sich über die Stadt. Der Vogelgesang war erstorben. Nur grelle Schreie von Katzen, die ihre Reviere abgrenzten, hallten gelegentlich durch die Gärten der Weimarer Südstadt.

Woltmann fand keinen Schlaf. Er saß, nur mit einem Unterhemd und Boxershorts bekleidet, auf dem Balkon, lehnte mit dem Rücken an der toskanaroten Rauhputzwand und fror. Noch einmal ging er die Ereignisse des Tages durch: die kleine Runde in der Polizeiinspektion, die spektakuläre Verhaftung der beiden Götzes, die Hausdurchsuchung.

Wenn er ehrlich gegenüber sich selbst war, war er enttäuscht von dem Gemälde. Der Professor hatte es so enthusiastisch beschrieben! Deswegen hatte er auch geglaubt, dass ihn der Anblick der Blauen Kathedrale überwältigen würde, auch wenn er von Kunst keine Ahnung hatte. Vor allem von der Farbe des Bildes sollte laut Tegeler doch geradezu eine Sogwirkung ausgehen. Vielfältig waren die Blautöne schon. Auch die Darstellung der Kathedrale, das Verschwimmen der Streben und Pfeiler im Himmel, die Auflösung der Form – das alles hatte durchaus etwas Beeindruckendes. Aber magisch war es nicht. Tegeler hatte mit dem Wert des

Bildes, da war er sich nun sicher, maßlos übertrieben. Nur weil es für ihn als Forscher, der seit Jahren hinter The Blue Four her war, schon ein großes Glück darstellte, überhaupt von der Existenz des Bildes zu wissen.
Plötzlich war sie wieder da, die Zweifelstimme in ihm. Wir haben zwei Menschen festgenommen, deren Leben jetzt ruiniert ist. Nur mal theoretisch angenommen, sie sind doch nicht die Täter. Irgendetwas bleibt immer hängen. Die haben schon jetzt kaum noch Aufträge. Der alte Götze fliegt bald bei den Weimarer Hobby-Radfahrern raus, weil er die Beiträge nicht mehr zahlen kann. Das geht rum im Städtchen. Was wird dann erst sein, wenn sie morgen als Mordverdächtige in der Zeitung stehen? Dann sind sie gesellschaftlich für immer auf dem Abstellgleis.
Woltmann rutschte tiefer in die Polster des Gartenstuhls und legte die Füße auf das Balkongeländer. Hör auf, Zweifelstimme!, rief er sich selbst zur Ordnung. Sonst wird der Kriminalfall nie geklärt! Oder bist du vielleicht gar nicht für die Kripo geeignet? Sieh dir den Remde an. Erst hätte er den Stiegler fast als Schuldigen durchgeboxt. Jetzt sind es die beiden Götzes. Der Kripochef hat etwas Zupackendes, Eindeutiges. Aber musste man charakterlich tatsächlich so geschnitzt sein, um erfolgreich bei der Kripo zu sein? Und selbst wenn einen der öffentliche Druck dazu zwang, alle Fälle möglichst rasch aufzuklären, durften deswegen klare Beweise auf der Strecke bleiben?
Die Zweifelstimme. Sie stellte sein ganzes Lebensmodell in Frage. Die Eltern waren getürmt. Auch wenn er sich keine Sorgen um sie machen musste, wie er von den Fischers wusste, war er doch wegen ihnen nach Weimar zurückgekehrt. Aber brauchten sie ihn wirklich? Der andere Grund,

warum er nach Weimar zurückgekehrt war: Er wollte zur Kripo wechseln, was in Berlin unmöglich war und in Weimar fast unmöglich. Immerhin war er nach wenigen Wochen schon im Ermittlungsteam für zwei Mordfälle. Noch kannte er nicht alle anderen altgedienten Kollegen in der Warteschleife, von denen Mandy gesprochen hatte.

Mandy, sie war ein absoluter Lichtblick. Ihr anfängliches Sticheln, weil er von Weimar weggegangen war und sich im Westen Berlins versucht hatte, war verflogen. Gehörte dies zu den Ritualen, die man nach zwanzig Jahren Distanz brauchte, um sich einander wieder anzunähern? Dass man dem anderen seine Biographie kritisch vorhielt, um das eigene Leben zu rechtfertigen? Mit der gleichen leichten Ironie, mit der er sie bei ihrem Gespräch über die Ost-Vornamen – Mandy, Ronny – aufgezogen hatte, ging sie auch mit sich selbst um. Das wusste er zu schätzen. Schon immer hatte er Menschen gemocht, die sich selbst nicht so wichtig nahmen und über sich lachen konnten.

»Hallo!« Er schrak zusammen. Auf seiner nackten Schulter lag eine warme Hand.

»Was ist denn los mit dir, Sascha?« Der Mond schien. Woltmann sah in das blinzelnde und verschlafene Gesicht Yvonnes.

»Ach nichts. Kann nur nicht einschlafen.«

Yvonne setzte sich auf seinen Schoß, und sie schwiegen. Wie er das liebte! Mit Yvonne, ohne zu reden, einfach nur so dazusitzen. Ihr warmer Körper in seinem Arm. Die letzten Monate hatten sie nur wenig Zeit miteinander verbracht. Erst der Umzug von Berlin nach Weimar, das Einleben. Dann die beiden Mordfälle und die Mitarbeit im Ermittlungsteam, die keine regulären Dienstzeiten mehr zuließ.

Yvonne bereitete ihren Kurs vor und kümmerte sich um Laura und Ronny. Deren Schulnoten waren alarmierend. Offenbar hatten die beiden den Wechsel nach Weimar doch noch nicht weggesteckt.
Nach zehn Minuten erhob sich Yvonne. Er sah das knappe Negligé, die zu jeder Jahreszeit natürlich gebräunte Haut, ihren großen Busen, der sich unter dem weißen Stoff abzeichnete. Sie machte sich auf den Weg ins Schlafzimmer.
»Kommst du?«, hauchte sie ihm ins Ohr.
Ein Lächeln ging über Woltmanns Gesicht.

Zwischenspiel IV

An einem heißen Sommertag im Juli 1966

Du sollst das Pferd besser bürsten! Kräftiger! Verdammt!« Sie stieß ihm den rostigen Stab aus Eisen mit dem Haken an der Spitze in die Rippen. Früher, als das Gut Eichenroda noch einen großen eigenen Viehbestand besessen hatte, Rinder, Schafe, Schweine, diente der Stab als Viehtreiber. Sie hatte ihn in einer Ecke des Pferdestalls gefunden und exerzierte damit ihr Strafprogramm am kleinen Werner. Der blonde Junge mit der Narbe unter dem rechten Auge war das bevorzugte Ziel ihrer Quälereien. Er sollte all das durchleben, was ihre eigene Kindheit zerstört hatte: Gewalt, Hass. Ein Leben ohne Gnade.

Sie mochte den Jungen einfach nicht. Er war ein Weichling. Heulte immer gleich los, wenn es mal etwas härter zuging. Lächerlich, wie er im Sportunterricht vom Reck geplumpst war. Der Junge brauchte eine harte Hand!

Auch jetzt wieder dieses Geflenne. Was waren schon so ein paar Stöße in die Flanke. Jetzt stach sie nicht mehr zu, sie schlug richtiggehend auf ihn ein.

»Du Mistkerl, los, bürste, bürste, bürste, habe ich gesagt!«

Sie waren alleine im Stall. Niemand war Zeuge der Strafaktion, die sich hier vollzog. Nur ein paar Schwalben flogen tief über die Köpfe der Pferde hinweg und kündeten ein Gewitter an.

Als erste Donner und Blitze über Eichenroda niedergingen,

war die Tortur für Klein-Werner vorbei. Seine Peinigerin stürmte aus dem Stall ins ehemalige Herrenhaus des Industriellen Hermann Kohl, das architektonisch in starkem Kontrast zu dem neugebauten dreigeschossigen Plattenbau im Park stand, in dem jetzt das Kinderheim »Ernst Thälmann« samt Schule untergebracht war. Sie hatte gesehen, dass im Herrenhaus Arbeiter zu Gange waren. Schon immer hatte sie dieses Gebäude interessiert. Der Glanz früherer Zeiten war auch heute noch zu erkennen, obwohl der Verfall seinen Lauf nahm. Außerdem freute sie sich, dass die Blitze und der Donner immer heftiger wurden. Ein solches Gewitter sollte der Junge im Stall mal schön alleine aushalten. Auch sollte er lernen, mit überraschenden Einschlägen, tosendem Lärm und Feuerbällen, der Gefahr des Todes von oben, zurechtzukommen.

Beim Betreten des Herrenhauses wunderte sie sich über den ganzen Unrat, der in der breiten Eingangshalle herumlag. Zwei Hausmeister in grauen Latzhosen misteten den Dachboden aus, auf Anordnung der SED-Kreisleitung. Angeblich lagerten dort noch Schätze aus dem Besitz des Kapitalisten Hermann Kohl, die sich eventuell gegen westliche Devisen veräußern ließen. Ächzend schleppte einer der Hausmeister ein altes Schaukelpferd mit groben Haarzotteln die breiten Treppen der einst herrschaftlichen Villa hinunter und warf es auf die abgenutzten Dielen des Eingangsbereichs. Entweder hatten sie die Erzieherin noch nicht gesehen oder sie beachteten sie nicht weiter, weil sie in ihre Arbeit vertieft waren. Der andere Hausmeister knallte soeben zwei Stühle, deren Sitzboden herausgebrochen war, auf einen zusammengerollten, geknickten Teppich. Eine Staubwolke stieg aus ihm auf.

Die Hausmeister stiegen wieder zum Dachboden hinauf. Stille kehrte in der Halle ein. Sie näherte sich dem Teppich, unter dem ein Stück Packpapier hervorschaute. Mit Mühe gelang es ihr, den Teppich hochzuhieven, um das Packpapier unter ihm herauszuziehen. Vielleicht kann ich das noch im Unterricht zum Zeichnen verwenden, dachte sie sich. Doch das Packpapier, so merkte sie jetzt, umschloss einen flachen Gegenstand. Nur zentimeterweise ruckelte sie es unter dem schweren Teppich hervor. An einer Stelle war das Paket eingerissen. Was herausschaute, sah banal aus. Irgendeine Metallspitze vor blauem Hintergrund. Aber die Intensität des Blaus irritierte sie. Noch nie zuvor hatte sie solch eine Farbe gesehen. Da schimmerte etwas Überirdisches hindurch, etwas Mysteriöses. Spinnst du jetzt?, rief sie sich selbst zur Ordnung, du bist Materialistin, glaubst nur an das, was sich beweisen lässt.

Sie schaute sich um. Niemand beobachtete sie. Die Hausmeister rumorten noch immer auf dem Dachboden herum. Als wäre sie ferngesteuert, entfernte sie langsam das Packpapier. Jetzt starrte sie auf das, was sich ihr auf einen Spannrahmen gezogen darbot. Ihr ganzer Körper zog sich zusammen. Ihr Herz raste, klopfte bis zum Hals. So muss es sein, wenn man stirbt, dachte sie entgegen ihrer ansonsten atheistisch diesseitigen Lebenssicht: Etwas ergreift uns und reißt uns aus dieser Welt, aus unseren Bezügen, unserem ständigen Kreisen um uns selbst, zieht uns mit sich. Die Bläue war kaum zum Aushalten. Der Himmel so schillernd-leicht, so leuchtend. Die schwere Bläue der Kathedrale, dunkler schattiert, hob sich davon ab. Die metallene Kirchturmspitze wirkte wie ein Fingerzeug in ein Jenseits, ein Wegweiser in ein sich auflösendes Blaumeer, Sehnsucht weckend, heiter-

erlösend, Geborgenheit stiftend. Die Kathedrale in ihrem blauschwarzen Grundton wirkte dagegen schwer, erdig, zugleich nach oben strebend, wie ein Schiff, das vom Stapel laufen will, hinein in die unendliche Himmelsbläue. Gleichzeitig aber auch in einen nachtblauen Abgrund, in ein Todesblau, wie es noch nie zuvor jemand komponiert hatte. Wohin die Reise der Kathedrale ging, ins himmlische Blaumeer oder ins Todesblau, schwankte je nach Perspektive, blieb offen, war Interpretationssache. Oder etwa doch nicht?

»Die Blaue Kathedrale«, flüsterte sie. Ein magischer Moment. Mehr als zwanzig Jahre hatte sie das Tagebuch ihrer Mutter verdrängt. Das Pfand! Den Maler gab es also wirklich. Er hatte die Mutter doch nicht belogen. Wenn sie das noch erlebt hätte! Doch die Mutter war voller Gram gestorben, enttäuscht über den Maler, im Glauben, er habe sie nur benutzt, wozu auch immer. Sie spürte Tränen aufsteigen, schon rollte ihr eine die Wange hinunter. Sie weinte zum ersten Mal seit jenem Tag im Februar 1945, an dem sie vor dem Trümmerhaufen stand, der einmal ein Kindergarten gewesen war und aus dem man die sterblichen Überreste ihrer Mutter barg.

»Wie bitte? Die Blaue Kathedrale?«

Die Hand auf ihrer Schulter packte hart zu, sie wirbelte herum und hätte um ein Haar das Bild fallen lassen. Sie starrten sich feindselig in die Augen. Dieses Weib, das immer Partei ergriff für den kleinen Weichling. Wieso musste sie gerade jetzt auftauchen?

»Was ist denn hier los? Erst den kleinen Werner böse quälen und sich dann der Malerei widmen?«

Sie zückte eine nagelneue Practica-Kamera, die ihr die Hausleitung besorgt hatte, um die Schätze auf dem Dachboden von Gut Eichenroda zu dokumentieren. Schnell schoss sie ein Foto vom Gemälde der Blauen Kathedrale, da kamen auch schon die Hausmeister mit der nächsten Ladung vom Dachboden, einem riesigen Tabernakel-Sekretär mit Intarsien. Sie fotografierte ihn aus vielen Blickwinkeln, während die Latzhosenträger einige Kandelaber mit marmornen Sockeln herbeibrachten. Sie war noch geraume Zeit mit dem Fotografieren beschäftigt. Dann sah sie sich nach ihrer Kollegin um. Die war aber nirgends mehr zu sehen. Wenigstens war der kleine Werner jetzt in Sicherheit.

33

Auf den Fluren der Polizeiinspektion Weimar herrschte ein Treiben wie schon lange nicht mehr. Das Epizentrum der Geschäftigkeit lag an diesem Morgen eindeutig in den Räumen der Kripo. Niemand ahnte, dass sich die Ereignisse an diesem Tag noch überschlagen würden. Der Pressesprecher der Landespolizeiinspektion Jena war eigens in aller Frühe angereist, um den zahlreichen Pressevertretern die Festnahme zweier mutmaßlicher Doppelmörder als sensationellen Coup zu verkaufen. Sogar der Innenminister erwog kurzzeitig, in den Räumen der Weimarer Kripo aufzutauchen, entschied sich dann aber dagegen. Bei öffentlichen Auftritten war Vorsicht die Mutter der Porzellankiste. Zumindest in der Politik. Nichts war peinlicher, als im Internet mit Aussagen aufrufbar zu sein, die sich später als falsch darstellten. Im Ministerium wartete man daher erst einmal die weiteren Befragungen der beiden Götzes und die Befunde der Spurensicherung ab.

Remde war da weniger zimperlich. Die Ergebnisse der Spurensicherung seien nur noch eine Formsache, erklärte er den Journalisten mit ihren Mikrofonen und Notizblöcken. Der jugendlich wirkende Jenaer Pressesprecher mit seiner auffallenden knallgelben Designerbrille tat sich schwer, den Kripochef im Zaum zu halten. Dessen Druckventil war nun endgültig geplatzt. Seit Tagen hatte die Presse auf Remde

eingehackt, ihn als erfolglos gebrandmarkt, ihm sogar den Rücktritt nahegelegt. Nur Stoffels hatte sich schützend vor ihn gestellt und geschrieben: gute Polizeiarbeit brauche eben ihre Zeit. Jetzt, nach der Festnahme der beiden Götzes, nahm Stoffels die Informationen mit einem Gesichtsausdruck buddhistischer Gelassenheit entgegen, und Remde triumphierte laut wie ein Rohrspatz. In der ersten Reihe noch vor den Pressevertretern thronte Scholz, dessen Vorgarten auf der Schädeldecke vor lauter zustimmendem Kopfwackeln bei jedem Satz Remdes auf und ab wedelte.
Bis spät in die Nacht hatten Remde und Scholz die beiden Götzes in Anwesenheit eines Pflichtanwalts getrennt voneinander verhört. Beide verweigerten die Aussage. Hoppe und Woltmann bemerkten überrascht, dass das Remde überhaupt nicht störte. Er hatte offenbar eine Art inneren Hebel umgelegt. Er war nicht länger auf ein Geständnis der beiden Götzes fixiert, sondern vertraute auf die Spurensicherung des Landeskriminalamts, auch wenn er Jenny Ehrentraut in ihrer Abwesenheit als blonde Tusse mit einer Lippenstiftautobahn im Gesicht bezeichnete und sie nicht ausstehen konnte. Ihre Ergebnisse und die des Kollegen Seifert waren entscheidend, um die Götzes zu überführen. Diesmal, meinte Remde siegessicher, gab es nicht nur Indizien wie bei Stiegler, sondern handfeste Beweise.
Gegen Mittag waren die Ergebnisse aus Erfurt zu erwarten. Remde brach die Pressekonferenz ohne Rücksicht auf den verdutzten Pressesprecher ab, als sich die Journalisten mit ersten Fragen meldeten.
»Meine Damen und Herren der Presse«, gab Remde zum Besten, »wir haben noch viel zu tun und keine Zeit zu vergeuden. Auf Wiedersehen!«

»Aber Kommissar Remde, um was für ein Bild handelt es sich denn überhaupt?«, rief eine Journalistin vom Feuilleton einer überregionalen Zeitung durch den Raum. Erste Gerüchte, es handele sich um eine kunsthistorische Sensation, waren bereits gestern Abend durch einige Redaktionen gewabert und hatten zu einer ungewohnt hohen Präsenz von Kulturvertreterinnen im Presseraum des Polizeigebäudes geführt. Doch Remde verließ, den Blick starr nach vorne gerichtet, den Raum. Nur Stoffels warf er ein verrutschtes Lächeln zu. Durch eine knallgelbe Designerblicke blickten zwei ratlose Augen auf die versammelten Pressevertreter.

Remde hatte sich mit Woltmann und Hoppe verabredet. Das Bild war über Nacht im Tresor der Polizei aufbewahrt worden, nachdem es die Spurensicherung einer eingehenden Prüfung unterzogen hatte. Jetzt wollte der Kripochef persönlich mit Professor Tegeler sprechen, von dem ihm die Kollegen berichtet hatten. Er sollte als Experte das Gemälde untersuchen. Sicherheitshalber baten sie einige Kollegen der Schutzpolizei, sie bis zur Bauhaus-Universität und auch im Gebäude selbst zu eskortieren. Denn ein Gemälde mit einem Wert von dreißig Millionen und mehr trug man nicht so einfach mit sich durch die Stadt. Zumal noch nicht geklärt war, wer alles von dem Bild wusste. Gab es nicht auch eine Kunstmafia, die eventuell mit schweren Waffen über sie herfallen und das Bild rauben könnte?

Tegeler wirkte weniger zerstreut als sonst. Dass ihn der Weimarer Kripochef in seiner Gelehrtenstube aufsuchte, die bewaffneten Schutzpolizisten, die sich im Flur positionierten, um das Bild zu sichern, das alles schien ihn zu beeindrucken. Woltmann hatte er bisher nur für einen simplen Streifenpolizisten gehalten, und Mandy Hoppe hatte er beim letzten Besuch so gut wie gar nicht registriert. Aber einen leibhaftigen Kripochef vor sich zu haben, der auch in der Bauhaus-Universität großes Kino machte, widerfuhr dem Kunstprofessor offensichtlich zum ersten Mal in seinem Leben.

Im Unterschied zu den vorangegangenen Begegnungen war Tegeler heute auch weniger euphorisch und ausschweifend. Woltmann und Hoppe hatten sich wieder auf kunsthistorische Verzückungen und ästhetische Ergüsse eingestellt, sahen sich aber eines Besseren belehrt. Was auch an dem lag, was Tegeler ihnen über das Bild mitzuteilen hatte. Er begutachtete es nur relativ kurz.

»Meine Damen, meine Herren, das Bild ist eine Fälschung!«

»Was?«, entfuhr es Remde, und seine Gesichtszüge versteinerten. »Wieso denn das?«

Der Kunsthistoriker drückte, wie schon die ganze Zeit zuvor, erneut mit der flachen rechten Hand auf den Rücken der Leinenbespannung. Gleichzeitig fuhr er mit dem Zeigefinger der linken ganz vorsichtig über die Bläue des Himmels und hielt ihnen dann die leicht mit blauer Farbe überzogene Fingerspitze entgegen.

»Hier, die Farbe ist erst einige Wochen oder Monate alt. Eine mittelmäßige, nein, eigentlich eher eine schlechte Kopie.«

Remde starrte ihn an, unwillkürlich hatte er sich an eines der zimmerhohen Bücherregale gelehnt, gerade so, als ob er den Halt zu verlieren drohte. Es war zwar großes Kino, aber irgendwie war er im falschen Film gelandet.

»Sagen Sie, Herr Professor, wenn das eine Kopie ist, ich meine, ich kenn mich da ja nicht so aus. Aber dann muss es doch auch ein Original geben, oder?«

»Hm, Herr Kriminaldirektor, im Grunde ja. Aber das Original kann theoretisch schon lange verschollen sein. Jemand kann auch versucht haben, die Kopie anhand eines Fotos herzustellen, wie es mir Ihr Kollege Krollmann hier gebracht hat.« Er deutete auf Woltmann.

»Aber es ist doch nicht auszuschließen, Professor, dass es das Original noch gibt, oder?«

»Nein, natürlich nicht. Ich fände es fatal, wenn das Original für immer verloren wäre. Oder positiv formuliert: Ich fände es großartig und unbeschreiblich für die Wissenschaft, die Kunstgeschichte, ja sogar für die ganze Menschheit, wenn das Bild wiederauftauchte.«

Für einen Augenblick glaubten Hoppe und Woltmann, der Professor gerate erneut in sein altes schwärmerisches Fahrwasser. Aber er hatte sich sogleich wieder im Griff.

»Wissen Sie, Herr Kriminaldirektor, ich glaube seit Jahren an die Existenz dieses Bildes. Ihren Kollegen habe ich das schon mal erklärt. The Blue Four.«

Er sah zu Hoppe und Woltmann hin, die seinen Blick erwiderten und übereinstimmend nickten.

»Ich bin dem Bild auf der Spur. Jetzt erst recht. In privaten Sammlungen, in Quedlinburg, in Feiningers ehemaligen Wohnhäusern, auf Trödelmärkten und Kunstmessen. Irgendwann finde ich oder jemand anders das Original, auch wenn ich dafür keine Garantie habe. Immerhin bestätigen das Foto von Herrn Krollmann und nun zusätzlich auch noch diese Kopie, sofern sie nicht nach dem Foto gemalt worden ist, die Existenz von The Blue Cathedral.«

Kollektives Schweigen war eingetreten, jeder hing seinen Gedanken nach.

»Wenn ich mal was fragen darf«, ergriff schließlich Hoppe das Wort, nachdem sie das Einverständnis ihres Chefs per

Blickkontakt eingeholt hatte. »Dann ist diese Kopie doch, auch wenn sie nicht sonderlich gelungen ist, für die Wissenschaft von Wert, oder?«

»Ja und nein, Gnädigste!«

Hoppe war verärgert über die Anrede, ließ es sich aber nicht anmerken.

»Ja, weil wir jetzt unter Umständen einen weiteren Beleg für die Existenz für The Blue Cathedral haben. Und nein, weil wir uns die Frage stellen müssen, wer denn schon gerne wissenschaftlich mit einer Kopie arbeitet, deren Original nicht vorhanden ist.«

»Hat die Kopie denn keinen materiellen Wert?«, ließ sich Remde nun vernehmen.

»Nein, jedenfalls keinen, der der Rede wert ist.«

»Was heißt das? Wie viel? Ungefähr?«

»Ich bin kein Kunsthändler, Herr Kriminaldirektor.«

»Pi mal Daumen!« meinte Remde und hielt sich den rechten hochgereckten Daumen demonstrativ vors Auge.

»Fünftausend, keine Ahnung.«

Es war ernüchternd. Was für ein Kursverfall. Statt dreißig Millionen nur fünftausend Euro. Und draußen bewachte ein Dutzend Polizisten diese Kopie. Tegeler blickte in die frustrierten Gesichter.

»Aber, bitte, meine Herrschaften, ich bin Kunsthistoriker, kein Restaurator oder Kunstsachverständiger im Sinne eines Schätzers. Vielleicht täusche ich mich, und es ist doch das Original«, sagte er mit einer abwehrenden Geste. Er wollte in so einem gravierenden Fall nicht die alleinige Verantwortung übernehmen.

Remde sprach leise mit Hoppe, dann fragte er Tegeler, ob er denn einen solchen Sachverständigen kenne.

»Ja, hier in der Klassik-Stiftung Weimar gibt es gleich mehrere. Auf Gemälde spezialisiert ist der Hetzer. Moment, ich habe, glaube ich, sogar irgendwo eine Karte von ihm.«
Er wühlte in seinem Schreibtisch herum und zog schließlich eine dienstliche Visitenkarte der Klassik-Stiftung Weimar hervor. Horst Hetzer, Restaurator, war darauf zu lesen. Remde bedankte sich, dann verabschiedeten sie sich von Tegeler. Weit weniger sorgfältig als vor der Herfahrt wickelten sie das Bild in die mitgebrachten Tücher. Draußen reduzierte Remde die Anzahl der Polizisten, die dem Bild Geleitschutz gegeben hatten, auf zwei. Das große Kino war vorbei, jetzt war Daumenkino angesagt.
Sie erwischten Horst Hetzer mitten in Aktion. In einem einstmals weißen Kittel, der, von Dutzenden von Farbklecksen besprengt, als solcher kaum noch zu erkennen war, kniete er neben einem prachtvollen Empire-Rahmen aus dem frühen neunzehnten Jahrhundert. Das massive Lindenholz war mit Blattgold überzogen. Mit einem Spezialmesser entfernte er einige Partikel des Goldes und trug es auf Objektträger auf. Die drei Kriminalbeamten schreckten ihn aus seiner Tätigkeit auf. Als sie ihm aber die Ursache ihres Besuches nannten und ihm die Dringlichkeit einer sofortigen Untersuchung klargemacht hatten, widmete er sich umgehend dem mitgebrachten Gemälde. Mit Hand und Daumen drückte auch er auf das Leinen, trug mit einer Pinzette einen Farbpartikel ab und untersuchte ihn unter einem Mikroskop.
»Auf die Schnelle kann ich Ihnen aber nur eine vorläufige Analyse geben. Für ein richtiges Gutachten brauche ich mehrere Stunden, wenn nicht sogar Tage.«
Die Beamten hatten Verständnis, was blieb ihnen auch an-

deres übrig. Sie warteten auf unbequemen Holzstühlen, gingen mit ihren Smartphones ins Internet, vermieden es aber, sich in Anwesenheit des Restaurators miteinander zu unterhalten. Nach etwa einer halben Stunde bestätigte Hetzer, was ihnen Professor Tegeler schon gesagt hatte. Das Bild war eine Kopie, hergestellt erst vor ein paar Monaten. Die Leinwand war älteren Datums, aber mit der Kopie der Blauen Kathedrale erstmals bemalt worden.

»Wie kommt man an eine solche Leinwand, Herr Hetzer?«

Der Restaurator ging, anstatt zu antworten, in eine Seitenkammer und kam mit vier, fünf Leinwänden zurück.

»Die sind alle alt! Können Sie im Internet bestellen. Da bekommen Sie alles. Alte Farben, alte Leinwände, alte Rahmen.«

»Dann hat der Fälscher zur besseren Tarnung also eine alte Leinwand benutzt!« Remde verstand allmählich die Zusammenhänge.

»Ja, klar, machen die alle. Denn eine neue Leinwand fällt sofort auf. Wenn die weiß glänzt an der Seite, weiß jeder Laie, dass das Bild gerade erst gemalt wurde.« Hetzer belegte seine Aussage, indem er eine neue Leinwand holte und neben die alte hielt. Eine ausgesprochen gelungene Demonstration.

»Herr Hetzer, gibt es eine Möglichkeit, das Alter von Farben zu erkennen?«

Der Restaurator lächelte über Remdes Frage.

»Das ist meine Berufsgrundlage.«

»Und die Farben dieses Bildes sind neueren Datums?«

»Sagte ich doch schon. Und sie sind auch noch nicht sehr lange auf der Leinwand.«

Remde blickte zu Woltmann und Hoppe, als habe er seine Munition an Fragen vorerst verschossen.

»Herr Hetzer«, schaltete sich Hoppe nun ein, »wir haben im Hotel Elephant minimale Spuren alter Ölfarben gefunden. Jemand hat dort diese Kopie untersucht. Wie erklären Sie sich das?«

»Na, ganz einfach. Da hat wie ich gerade eben jemand versucht, das Alter des Bildes ganz genau zu schätzen.«

»Und dazu ältere Farben zum Vergleich herangezogen?«

»Ja.«

»Kennen Sie einen Ronald Myers, Herr Hetzer?« Remde hatte einen Gedankenblitz und übernahm nun wieder die Gesprächsführung.

Hetzer zögerte einen Moment, dann ging er zum Waschbecken und reinigte sich gründlich die Hände.

»Ja, natürlich, der ist bekannt in der Szene. Ein vorzüglicher, weltweit agierender Gutachter.« Er trocknete sich die Hände an einem hellblauen Frotteehandtuch ab. Die drei Kriminalbeamten waren plötzlich hellwach.

»War der auch schon mal bei Ihnen in der Werkstatt?«

»Ja, klar, schon öfter.« Hetzer schien zu überlegen. Dann schob er nach: »Allerdings schon längere Zeit nicht mehr. Ist was mit ihm?«

Remde ging nicht auf die Frage ein, rieb sich kurz das Kinn, während er nachdachte.

»Was heißt ›längere Zeit‹ in diesem Fall?«

»Ein Jahr, oder warten Sie, der war Anfang des Jahres hier.« Hetzer kramte einen kleinen Kalender aus seiner Aktentasche und blätterte darin.

»Finde den Termin nicht. Aber der war im Januar da. Ich erinnere mich.«

»Und was wollte er da von Ihnen?« Remde war leicht nervös. Der Fall schien eine überraschende Fortsetzung zu finden. An eine glückliche Wende glaubte er allerdings nicht mehr.

Hetzer war die Frage peinlich, fahrig griff er sich an die Lesebrille, die ihm auf die Nasenspitze gerutscht war. Er schob sie wieder zur Nasenwurzel hoch und schaute hilflos auf den Boden.

»Wissen Sie, Herr, ähm …«, stammelte er nach einigen Sekunden bleischwerer Stille.

»Remde.«

»Herr Remde, ähm, also wir Restauratoren und Gutachter, wir helfen uns manchmal gegenseitig aus.«

»Ja, und?«

»Also, der Myers, der hatte manchmal das Problem, an wirklich gute alte Farben oder Leinwände zu kommen, und ich, nun, ich sitze hier ja sozusagen an der Quelle …«

»Und da haben Sie ihm Material aus Ihren alten Beständen überlassen«, folgerte Remde, und alle wussten, als sie den puterroten Kopf Hetzers sahen, dass der Kripochef mit seiner Vermutung ins Schwarze getroffen hatte. »Und was ist daran so schlimm?«

»Ja, wissen Sie, eigentlich geht so was nicht, also, ich meine, wissen Sie, wir sind ja eine staatlich geförderte Einrichtung, da muss alles ordentlich verbucht werden. Aber andererseits helfen Leute wie Myers uns auch immer mal wieder, wenn Bilder auf dem Kunstmarkt auftauchen, die für unsere Sammlungen relevant sind. Eine Hand wäscht die andere, wenn Sie verstehen, was ich meine, Herr Remde. Nur wird das für mich ein Problem, wenn …«

»Herr Hetzer, wir ermitteln in zwei Mordfällen. Wem Sie alte Farben und anderes überlassen und ob Sie das dürfen, interessiert uns nicht.«

»Danke!« Der Restaurator atmete auf und begann, einige Farbtöpfe wegzuräumen.
Remde gab das Signal zum Aufbruch, da meldete sich überraschend Woltmann erstmals zu Wort.
»Noch eine Frage, Herr Hetzer. Was sagt Ihnen der Name Käthe Klemm?«
»Käthe Klemm. Käthe Klemm. Hm. Bedauere, damit kann ich nichts anfangen.« Hetzer hatte die Farbtöpfe wieder abgestellt, ihm war etwas blaue Farbe auf den rechten Handballen getropft.
»Wirklich nicht?« Woltmann sah ihn herausfordernd an.
»Nein.«
»Auch nicht in Zusammenhang mit dem Namen Feininger?«
»Hm, bedauere ... Oder, Moment mal, doch. Da ist mal eine ältere Dame zu mir gekommen, ich glaube, die hieß so. Aber das ist schon lange her.«
»Wie lange?«
Hetzer grübelte und versuchte vergeblich, die blaue Farbe mit dem linken Zeigefinger von seiner Hand zu kratzen.
»Ich glaube«, hob er mit verlangsamter Stimme an, »das war auch so Anfang des Jahres. Die hatte behauptet, sie hätte einen Original-Feininger zu Hause. Sie wollte, dass ich sie besuchen komme und ihn schätze. Irgendwo in Weimar-West wohnte die.«
»Und? Sind Sie hin?« Woltmann fragte ohne jedes Pathos, so, als ob Hetzer gebeten worden sei, einen röhrenden Hirsch vor einem Gebirgssee zu schätzen.
»Ähm, nein, bin ich nicht.« Hetzer merkte, wie peinlich das ganze Gespräch erneut für ihn zu werden drohte.
»Warum nicht?«

»Ich habe ihr angeboten, das Bild hier vorbeizubringen. Dann würde ich es mir ansehen.«
»Und, hat sie?« Woltmann schaute Hetzer unverwandt in die Augen.
»Nein, hat sie nicht.«
Woltmann fixierte den Restaurator noch immer. Der konnte seinem Blick nicht länger standhalten und drehte sich zum Fenster, ehe er weitersprach, jetzt fast flüsternd und vollkommen ausdruckslos.
»Wissen Sie, wie viele Leute täglich bei mir anrufen und behaupten, sie hätten ein Original von Rembrandt oder van Gogh bei sich zu Hause hängen? Und dann auch noch in Weimar-West? Wenn ich da jedes Mal hinrennen würde, hätte ich bald keine Zeit mehr für meine eigentliche Arbeit hier im Schloss.«
Auf einmal gibt er den braven Beamten, der sich streng an die Dienstvorschriften hält, dachte Woltmann.
»Herr Hetzer, jetzt hab ich auch noch eine Frage!« Der Angesprochene blickte ängstlich zu Hoppe.
»Ja-a?«
»Fand der Besuch von Käthe Klemm rein zufällig zum gleichen Zeitpunkt statt, zu dem auch Ronald Myers bei Ihnen in der Werkstatt war?«
»Also, ähm, nein, ich glaube nicht.«
»Glauben hilft in diesem Fall nicht weiter!«
»Nun, das ist doch schon ein Dreivierteljahr her. Also beim besten Willen, ich meine, aber gut, wenn ich mich jetzt richtig entsinne ... nein, da war ich alleine in der Werkstatt.«
»Und als Myers kam, haben Sie ihm auch nichts von Frau Klemms Besuch erzählt?«
Hetzer biss sich auf die schmalen Lippen und zitterte leicht.

»Nein, hab ich nicht!«
»Sind Sie sicher?«
»Ja. Ich meine, nein. Also ich meine, ich bin mir ziemlich sicher, dass ich ihm nichts davon erzählt habe.«
»Noch was, Herr Hetzer.« Woltmann reichte ihm das Foto mit dem Bild der Blauen Kathedrale, das ihm Erna Götze überlassen hatte. »Glauben Sie, der Fälscher benutzte so eine Fotografie als Vorlage oder hatte er das Original?«
Hetzer besah das Bild mit bloßen Augen, ging dann zu einer seiner vielen Arbeitslampen und nahm eine Lupe zur Hand. Wenig später reichte er Woltmann das Foto zurück.
»Tut mir leid. Die Frage kann ich Ihnen nicht beantworten.«
Remde machte eine Kopfbewegung in Richtung Tür und verließ nach einer kurzen Verabschiedung mit Woltmann und Hoppe die Restauratoren-Werkstatt der Klassik-Stiftung Weimar. Sie hatten es eilig. Remde hatte die große Runde angesetzt. Dort sollte die Auswertung der Spuren in Wohnhaus und Werkstatt der Familie Götze vorgetragen werden. Bis vor wenigen Stunden hatten die Chancen noch gut gestanden, die beiden Mordfälle mit den entsprechenden Ergebnissen der Spurensicherung heute abzuschließen. Die letzten Gespräche, vor allem aber die Aussage, das Bild sei eine Fälschung, hatten die Gesamtlage erneut unangenehm verkompliziert.
»Was ich mich jetzt frage, ist …«, sagte Remde leicht zerknirscht auf dem Schlossplatz, »… wieso da jemand die versiegelte Wohnung der toten Käthe Klemm aufbricht, um ein Bild zu stehlen?«
»Ja, die Frage drängt sich auf, wenn wir davon ausgehen, dass das Gemälde schon der Anlass für den Mord war und

der oder die Täter mit den Einbrechern identisch sind!«, ergänzte Hoppe.
Woltmann griff wieder unauffällig an sein Smartphone im Sakko. Der Aufbruch der versiegelten Wohnung galt dem Bild. Der Einbrecher wusste aber nicht, dass es sich um eine Fälschung handelte. Wenn aber die beiden Götzes mit Handschuhen in die versiegelte Wohnung eingebrochen waren, ohne dort irgendwelche Spuren zu hinterlassen, wer war dann der Mörder Käthe Klemms? Es ergab einfach keinen Sinn, den Götzes sowohl den Mord als auch den späteren Einbruch in die versiegelte Wohnung zuzuschreiben. Warum hätten sie Käthe Klemm ermorden sollen, wenn nicht wegen des Bildes? Und wenn sie die alte Frau deswegen ermordet hatten, warum hatten sie das Bild dann nicht gleich mitgenommen? Der Mord, wer auch immer ihn verübt hatte, musste nicht unbedingt mit dem Bild zusammenhängen. Vielleicht war der Mörder eine Person, die zufällig Einlass in die Wohnung gefunden und die alte Frau einfach nur ihres Bargelds beraubt hatte? Niemand wusste, wie viel sie bei sich zu Hause aufbewahrte. Nach diesem Szenario hätten die beiden Götzes, konkret der Enkel von seiner Großmutter, dann erst nach dem Mord an Käthe Klemm von dem wertvollen Gemälde erfahren. Vater und Sohn sagten sich daraufhin: Schauen wir einfach mal nach, ob das Bild noch in der Wohnung hängt. Gehört ja ohnehin nicht der Frau Klemm, sondern unserer Mutter und Großmutter und deren Freundinnen aus der Eichenroda-Zeit. Sie brachen daraufhin in die versiegelte Wohnung ein und stahlen das Bild im Glauben, es sei das Original. Mit dem Italiener vereinbarten sie kurzfristig einen Termin. Der stellte fest, dass es sich um eine Fälschung handelte. Die Götzes unter-

stellten ihm, er wolle sie betrügen und ... Ja, dachte sich Woltmann, so könnte es gewesen sein. Warum aber war dann Käthe Klemm ermordet worden, und wer war ihr Mörder?

Den Ermittlern fehlten noch immer einige entscheidende Puzzleteile, um die beiden Fälle zu lösen. Die beiden Götzes des Doppelmordes zu beschuldigen war allerdings nicht länger haltbar. Es sei denn, DNA und andere Spuren wären ihnen eindeutig zuzuordnen und entlarvten sie als Doppelmörder. Doch so recht wollte keiner der Ermittler mehr an diese glatte Lösungsvariante glauben. Und Scholz sortierte zu Beginn der großen Runde mühsam den Vorgarten auf seiner Schädeldecke.

34

Wir haben Mikrofaserspuren eines roten Pullovers an Lombardis Leiche gefunden«, eröffnete Jürgen Seifert, der Spezialist aus dem Landeskriminalamt Erfurt, die große Runde. »Und bei der Durchsuchung des Götzeschen Anwesens in der Bertuchstraße haben wir einen Pullover mit genau diesen Fasern entdeckt.«
Die Weimarer Ermittler hingen an seinen Lippen. Doch zu ihrer Überraschung kam nichts weiter von Seifert, der nun seine Kugelschreibermine rein- und rausklickte und aus dem Fenster sah. »Also gut, und was heißt das nun genau?«, bohrte Remde ungeduldig nach.
»Na, dass wir jedenfalls noch keinen sicheren Beweis haben. So einen Pullover gibt es ja nicht nur einmal. Der wird in Massenproduktion hergestellt. In diesem Fall in Bangladesch.«
»Klar, weiter«, drängelte Remde, und Woltmann fragte sich, ob die Erfurter Kollegen Remde wohl mit Absicht auf die Folter spannten.
»Die DNA-Spuren von Rudolf Götze sind identisch mit einigen, die wir am Tatort Hotel Elephant gefunden haben.«
Woltmann blickte erleichtert zu Hoppe. Wenigstens der Fall Lombardi erwies sich als klare Sache. Remde muss noch diesen Nachmittag eine neue Pressemitteilung rausgeben, sagte er sich. Denn gleich nach der vormittäglichen Pressekonferenz waren von Seiten vieler Journalisten Beschwer-

den beim Leiter der Polizeiinspektion Weimar und sogar beim Leiter der Landespolizeiinspektion in Jena eingegangen. Beide hatten Remde deshalb dazu verpflichtet, so bald wie möglich mit dem Pressesprecher aus Jena eine weitere Erklärung abzustimmen und dieses Mal mehr Informationen herauszurücken. Vor allem hinsichtlich des Bildes. Nicht auszudenken, sagte sich Woltmann, wie die Weimarer Kripo jetzt dastünde, hätte sich der Verdacht gegen die beiden Götzes in keinem der beiden Mordfälle erhärtet.

»Wir haben auch Fingerabdrücke von Lombardi auf dem Bild der Blauen Kathedrale entdeckt«, informierte Jenny Ehrentraut. Dabei blitzte in ihrem Mund ein silbernes Zungenpiercing auf. Woltmann war für einen Augenblick abgelenkt, auch Scholz starrte die Kollegin an. Doch Remde schien das Piercing angesichts ihrer guten Nachricht nicht weiter zu stören.

»Auf dem gefälschten Bild«, korrigierte er und berichtete den beiden Erfurter Kollegen und Mike Scholz von den Gesprächen mit Tegeler und Hetzer.

»Ich habe auch noch eine wichtige Information«, meldete sich Scholz nach Remdes Ausführungen zu Wort. Seine Mundwinkel hingen leicht nach unten. Er schien beleidigt zu sein, wohl weil ihn sein Chef nicht zu Tegeler und Hetzer mitgenommen hatte.

»Später, Scholz, immer der Reihe nach«, bremste ihn Remde aus und erteilte wieder den Erfurter Kollegen das Wort.

»Wir haben die verschiedenen Internetzugänge von Kevin Götze untersucht. Er hat den Kontakt zu Herrn Francesco Lombardi über das Internet angebahnt und ihm im Anhang zu seiner Mail auch ein Foto geschickt. Von der Blauen Kathedrale.« Seifert teilte, während er sprach, Farbkopien aus.

»Das ist das gefälschte Bild!«, stellte Remde fest. »Na also, wenigstens in diesem Fall runden die Beweise unsere Theorie vom Tathergang ab.«

»Ja, ich erkenne auch den Tisch auf dem Foto wieder. Er steht in Frau Götzes Wohnzimmer«, ergänzte Hoppe. »Die haben das gefälschte Bild zum Abfotografieren einfach auf ihn draufgelegt!«

Mike Scholz rutschte unruhig auf seinem Stuhl hin und her. Weil Remde ihm nach wie vor keine Beachtung schenkte, meldete er sich nun wie ein Schuljunge.

»Ich, ich muss jetzt was sagen, Chef!«

Remde gab sich großzügig, und Scholz berichtete, er habe mit Ronald Myers gemailt. Gerne könne er den Mailverkehr auch ausdrucken und verteilen. Der Stolz, mit dem amerikanischen Kunstagenten in direktem Kontakt zu stehen, war ihm förmlich anzusehen.

»Jetzt sagen Sie uns halt, was er geantwortet hat. Dazu brauchen wir doch keine Kopien!«, herrschte ihn Remde ungeduldig an.

»Er hat geschrieben, es handele sich bei dem Bild um eine Fälschung!«

»Ja, und? Das wissen wir doch bereits.«

Scholz entgleisten die Gesichtszüge, seine Augen fixierten einen weißen Punkt irgendwo an der Wand, er sah enttäuscht aus. Woltmann war klar, warum. Hätte Remde ihn gleich zu Beginn der Sitzung berichten lassen, wäre seine Information eine Sensation gewesen. Jetzt war sie alter Käse. Die Kollegen waren ihm damit zuvorgekommen, was Scholz wohl die ganze Zeit über befürchtet hatte.

»Was hat er Ihnen zur Tatnacht geschrieben, Scholz?«

»Ähm, nichts.«

»Na prima, Scholz!«
Remde versuchte nun, die bisherigen Ergebnisse zusammenzufassen. Woltmann verfolgte jeden Gedankenschritt. Schon auf dem Schlossplatz hatte er die Dinge so gesehen, wie sie sich Remde erst jetzt darstellten. Die Ergebnisse der Spurensicherung im Fall Lombardi hatten Woltmanns Sicht der Dinge nur bestätigt.
Schlecht sah es dagegen im Mordfall Klemm aus. Es waren weder DNA-Spuren noch Fingerabdrücke der beiden Götzes in Käthe Klemms Wohnung gefunden worden. Woltmann war sich trotzdem sicher, dass die beiden Götzes die versiegelte Wohnung aufgebrochen und das gefälschte Bild gestohlen hatten. Der Einbruch war mit Vorsatz geschehen. Die Einbrecher hatten Werkzeug und Handschuhe dabeigehabt! Wieder sah er vor seinem inneren Auge, wie die Götzes mit Plastehandschuhen die Scheibe im Haus seiner Eltern sorgsam in den Türrahmen einpassten. Der Mord an Lombardi war dagegen im Affekt geschehen. Das Personal im Hotel stand kurz vor dem Wechsel, die ersten Gäste wären bald wach geworden. Die Götzes waren in Hektik gewesen, hatten schon alle Mühe gehabt, die wichtigsten Spuren in aller Eile zu beseitigen: Smartphone, Laptop und andere Hinterlassenschaften Lombardis, die sie verraten könnten. Um anschließend noch ihre Fingerabdrücke zu verwischen, war einfach keine Zeit mehr geblieben! Auch den Firmenwagen mit der großen Werbeaufschrift hätten sie wohl nie vor dem Hotel geparkt, wenn sie mit der Absicht dorthin gekommen wären, den Kunstagenten zu ermorden. Nein, der Fall Lombardi war weitgehend klar. Der Fall Klemm dafür umso weniger.
»Wisst ihr, was ich mich bei allen Ungereimtheiten im

Mordfall Klemm am meisten frage? Ich frage mich, wo eigentlich das Originalgemälde der Blauen Kathedrale abgeblieben ist, wenn es das überhaupt noch gibt.«
Remde hatte die entscheidende Frage formuliert. Sie stellte das wichtigste Puzzleteil dar, das fehlte. Da war sich Woltmann sicher. Sobald diese Frage geklärt war, wäre auch der Mord an Käthe Klemm gelöst.
Ein heftiges Klopfen an der Tür riss die Ermittler aus ihren Überlegungen. Der Mann, der eintrat, überraschte alle gleichermaßen mit seinem Erscheinen. Sogar Scholz staunte Bauklötze.

»Hallo, bin ich hier richtig bei der Kripo?«
Der amerikanische Akzent des Eintretenden war stark ausgeprägt, zumal er dabei auch noch, als wolle er das Klischee bestätigen, unablässig auf einem Kaugummi kaute.
»Sie wünschen?«, antwortete Remde leicht verärgert. Woltmann wunderte sich, dass es der Mann im Designeranzug so ohne weiteres in ihr Besprechungszimmer geschafft hatte.
»Mein Name ist Ronald Myers.«
Remde bot ihm einen Stuhl an. Ohne dazu aufgefordert worden zu sein, begann Myers zu erzählen. Er befand sich auf der Durchreise nach Berlin. Über die Presse und von Scholz hatte er erfahren, was in Weimar passiert war. Mit Lombardi hatte ihn eine langjährige, erfolgreiche Zusammenarbeit verbunden. Als ihm dieser von einem Original-Feininger am Telefon erzählt habe, sei er sofort nach Weimar gereist.
»The Blue Cathedral hat mich natürlich ganz besonders fasziniert!«

Feininger sei schließlich Amerikaner gewesen. Was er mit The Blue Four und den Bauhaus-Ideen in den USA bewirkt habe, sei der Öffentlichkeit noch längst nicht bekannt genug.
»Unser Feininger ist vor euren Nazis geflüchtet. In den USA fand er eine Perspektive. Er ist unser Maler!«
Die Thüringer Polizeibeamten wunderten sich über die Schärfe, die in Myers' Worten lag. Die historischen Ereignisse schienen einen wunden Punkt bei ihm zu berühren.
Myers schilderte seine letzte Begegnung mit Francesco Lombardi im Hotel Elephant. Seine Aussagen deckten sich mit den Ergebnissen der bisherigen Ermittlungen. Lombardi hatte ihn als Experten angefordert und ihn um eine Expertise zur Blauen Kathedrale gebeten. Myers hatte seine Utensilien eingepackt und im Hotelzimmer die Untersuchung vorgenommen. Das Gemälde erwies sich als eine Fälschung, eine Kopie neueren Datums. Anschließend waren sie noch gemeinsam in die Bar des Hotels gegangen. Danach hatte sich Myers auf den Weg nach Basel gemacht.
»Hat Ihnen Lombardi denn gesagt, woher er das Bild, ich meine die Fälschung, hat?«
Myers nickte auf Remdes Frage hin, nahm das Kaugummi aus dem Mund und wickelte es in die kleine Alufolie ein, in der es ursprünglich verpackt gewesen war.
»Ja, ein Handwerker und sein Sohn hatten es ihm gebracht. Sie hatten es angeblich auf ihrem Dachboden gefunden.«
Remde sah leicht ratlos in die Runde und nickte dankbar, als Woltmann signalisierte, eine Frage stellen zu wollen.
»Herr Myers, hier habe ich ein Foto des Originalgemäldes aus dem Jahre 1966.«
Myers trocknete sich die Hände an einem überdimensio-

nierten Stofftaschentuch ab, nahm dann das Foto entgegen und betrachtete es gründlich.

»Glauben Sie, dass die Kopie von diesem Foto oder eher vom Original gemacht worden ist?«

Im Unterschied zu Horst Hetzer antwortete Myers schnell und klar.

»Die Kopie ist anhand des Originals angefertigt worden. Da bin ich mir sicher.«

»Wieso?«

»Wie sagt man auf Deutsch? Bauchgefühl! Und Erfahrung!«

Myers gab Woltmann das Foto zurück und sah den anwesenden Ermittlern reihum in die Augen, bevor er sich erhob.

»Entschuldigen Sie, meine Damen, meine Herren, aber ich habe einen Termin. Zufälligerweise im Hotel Elephant. Ich wollte mich Ihnen nur persönlich vorstellen, um meinen Teil zur Aufklärung des Falles beizutragen. Schrecklich, was Herrn Lombardi zugestoßen ist, einfach nur schrecklich! Haben Sie schon eine Spur?«

Remde löste die große Runde auf. Er selbst ging mit Scholz in sein Büro, um dort die Pressemitteilung vorzubereiten und anschließend die beiden Götzes noch einmal in die Mangel zu nehmen. Angesichts der nunmehr drückenden Beweislast war ein Geständnis ihrerseits nicht auszuschließen, der Sechser im Lotto für jeden Ermittler. Vorsorglich hatte er außerdem schon Peter Stoffels über die bisherigen Ergebnisse informiert, damit dieser die Homepage der Thüringer Rundschau mit einem entsprechenden Aufmacher versehen und die Berichterstattung anderer Medien damit in die gewünschte Richtung lenken konnte.

Woltmann gab Jenny Ehrentraut und Jürgen Seifert in einem Plastiktütchen das Foto aus dem Jahre 1966 mit und bat sie, noch einmal zu überlegen, ob irgendwelche kriminaltechnischen Untersuchungen des Bildes nicht noch neue Erkenntnisse liefern könnten.

Danach begab er sich in Hoppes Büro, und sie diskutierten noch einmal alle Ergebnisse durch. Doch sie drehten sich im Kreis. Nur über das Motiv der beiden Götzes waren sie sich im Klaren. Lombardi hatte Vater und Sohn verkündet, das Bild sei eine Fälschung und so gut wie nichts wert. Er hatte ihnen sowohl seine eigenen Kosten als auch die Myers' in Rechnung gestellt. Flüge erster Klasse, das exklusivste Hotel, Taxifahrten, da kam so einiges zusammen. Die Götzes aber hatten Schulden und waren voller Erwartungen gewesen, was das Bild betraf. Im Internet hatte der junge Götze, laut Auswertung seines Computers, bereits mehrere Auktionspreise eruiert, die mit der Blauen Kathedrale vergleichbare Bilder in den letzten Monaten erzielt hatten. Doch anstatt sich zu verringern, hatten sich ihre Probleme noch weiter vergrößert. Sie hielten den Italiener für einen Schwindler, der sie hinters Licht führen wollte. Also töteten sie ihn im Affekt, aus existenzieller Verzweiflung heraus.

»Gib mir doch noch mal den Ordner mit den Tatortfotos«, bat Woltmann. Von Tegeler, dem Kunsthistoriker, hatte er etwas gelernt. Der Professor hatte das eingescannte Foto mit dem Originalgemälde der Blauen Kathedrale aus dem Jahre 1966 stundenlang verkleinert und wieder vergrößert, gedreht und gewendet. Und das so lange, bis er einige Details, die man auf den ersten Blick leicht übersah, herausgefunden hatte. Zum Beispiel die Jahreszahl 1937.

Woltmann blätterte zunächst den physischen Ordner mit

den Tatortfotos durch, nahm dann einzelne heraus und suchte sie dann in den digitalen Ordnern. Wenn sie dort noch nicht enthalten waren, er sich aber Erkenntnisse von der Vergrößerung einzelner Ausschnitte versprach, scannte er sie ein. Auch eigene Fotos von seinem Smartphone überspielte er auf seine Festplatte, um sie, nachdem er sie akribisch untersucht hatte, gleich wieder zu löschen. Dabei achtete er tunlichst darauf, nur ja nicht das Bild von Käthe Klemms Schlafzimmer mit dem Bild der Blauen Kathedrale versehentlich auf seine Festplatte zu kopieren.

Wie Tegeler das Gemälde, nahm er die Tatortfotos anschließend Millimeter für Millimeter unter die Lupe. Mandy Hoppe saß ihm gegenüber und probierte eine andere Methode aus, um einen Schritt weiterzukommen. Sie erstellte ein Schaubild, auf dem sie alle Personen, die mit den beiden Morden zu tun hatten, mit Pfeilen und Kreisen zueinander in Bezug setzte.

»Weißt du was, Sascha?«

»Hm?«

»Mir kam der Hetzer, dieser Restaurator, extrem komisch vor.«

»Ja, mir auch, Mandy.« Woltmann war ganz auf seinen Monitor konzentriert, kaute selbstvergessen auf seiner Unterlippe herum und bewegte mit der rechten Hand die Maus hin und her. Nichtsdestotrotz redete Hoppe weiter.

»Mann, hatte der eine rote Birne. Klar, dem war es peinlich, dass er dem Myers unter der Hand mit Materialien ausgeholfen hat. Auch dass er den Besuch der Klemm ignoriert hat, war ihm unangenehm. Wenn die einen echten Feininger anbot, steht er doch als Volltrottel da, weil er sie nicht zu Hause aufsuchen und das Bild anschauen wollte.«

»Ja.«
»Sag mal, Sascha, kann es sein, dass der uns angelogen hat? Dass der die Käthe Klemm doch besucht hat?«
»Hm. Interessanter Gedanke.«
»Sascha, du hörst mir ja gar nicht richtig zu.«
»Entschuldige, Mandy, was hast du gesagt? Der Hetzer? Möglich, dass der bei der Klemm war. Aber es sind auch noch zwei andere Varianten denkbar.«
»So? Und welche?«
»Sag ich dir gleich, Mandy.« Woltmann rückte noch näher an seinen Monitor heran, vergrößerte die Aufnahmen ein ums andere Mal und rieb sich zwischendurch die Augen. Mandy malte unterdessen an ihrem Schaubild weiter und warf dabei ihre Haare, die ihr immer wieder ins Gesicht fielen, mit einer kräftigen Kopfbewegung nach hinten.
»Ja!«, schrie Woltmann plötzlich leise auf. »Ich hab gerade was entdeckt. Ja!« Er sprang von seinem Stuhl auf, sah dann noch einmal konzentriert auf den Monitor.
»Bin in einer halben Stunde wieder da.«
Dann stürmte er zur Tür hinaus, die Stufen hinab und aus dem Polizeigebäude hinaus Richtung Goetheplatz. Wenige Minuten später saß er an einem Tisch des Pressehauses Weimar und blätterte durch die Fernsehzeitschriften der letzten Wochen, die der Tageszeitung einmal wöchentlich beilagen. Auf einem der Tatortfotos auf seinem PC, welches er selbst geschossen hatte, hatte er in der Vergrößerung eine Fernsehzeitung erkannt. Auf deren aufgeschlagenen Seiten hatte Käthe Klemm verschiedene Sendungen mit großen Kreuzen markiert. Um welche es sich dabei genau handelte, hatte er trotz der Vergrößerung nicht ausmachen können. Aber er hoffte, dass er sie herausfinden würde, wenn er nun die Ori-

ginalzeitschriften neben das Foto hielt und die Layouts jeweils miteinander verglich.

Nach zwanzig Minuten hatte er die richtige Fernsehzeitschrift gefunden. Auch die aktuelle Ausgabe der Woche, in der Käthe Klemm gestorben war, war schnell herausgesucht. Angekreuzt hatte sie eine Serie, deren Folgen einmal pro Woche ausgestrahlt wurden. Woltmann kannte die Serie.

Zurück in Hoppes Büro weihte er sie in seine Entdeckung ein. Sie sah lange auf den Bildschirm seines Computers und dann wieder auf die Kopie der Fernsehzeitschrift, die er im Pressehaus extra gezogen und mitgebracht hatte.

»Das ist aber noch nicht mal ein Indiz, Sascha!«, gab sie zu bedenken und flocht sich die Haare zu einem kurzen Zopf, den sie mit einem schwarzen Gummi fixierte.

»Ja, ich weiß, wir brauchen jetzt Jenny Ehrentraut.«

Erst eine Stunde später erreichte er die Erfurter Kriminalistin an ihrem Arbeitsplatz. Für die Analyse brauchte sie eine weitere halbe Stunde, eine Zeitspanne, die Woltmann und Hoppe endlos erschien. Gerade so, als warteten sie auf die Diagnose eines Arztes, nachdem der Rettungswagen einen ihrer Angehörigen nach einem Unfall in die Notfallklinik gebracht hatte. Als dann endlich das Telefon läutete, sprang Woltmann auf und spürte, wie ihm das Adrenalin durch den Körper schoss. Hoppe hatte den Lautsprecher des Telefons angestellt, und beide hörten der Kollegin nun atemlos zu. Jenny Ehrentraut sprach ruhig, musste aber gleich zu Beginn wegen eines Hustenanfalls kurz unterbrechen. Danach teilte sie ihnen das Ergebnis mit. Nach dem Telefonat wussten sie: Sie hatten jetzt theoretisch sieben mögliche, tatsächlich aber nur fünf Tatverdächtige für den Mord an Käthe Klemm.

35

Der Pressesprecher mit der knallgelben Designerbrille verließ gerade Remdes Büro, als Hoppe und Woltmann sich anschickten einzutreten. Drinnen saßen Scholz und Remde einander schweigend gegenüber, beide sahen leicht deprimiert aus, sie grüßten nur kurz und fassten dann für Hoppe und Woltmann die neuesten Ergebnisse zusammen. Die Pressemitteilung zog viele weitere Fragen nach sich. Die beiden Götzes hatten sich in den Verhören wortkarg gegeben. Allerdings führten sie für den Zeitpunkt des Mordes an Käthe Klemm ein Alibi an. Die beiden Glaser hatten in einer Weimarer Kegelbahn ein Toilettenfenster erneuert, es gab Zeugen. Die Mörder von Käthe Klemm waren sie demnach nicht. Es war folglich zu erwarten, dass die Journalisten über die Weimarer Kripo herfallen würden. Zu früh waren die beiden Verhafteten als Doppelmörder vorgeführt worden, so etwas kam nie gut an. Das drohte sogar den Ermittlungserfolg im Mordfall Lombardi in den Schatten zu stellen.

»Ob das der Stoffels noch retten kann …«, hörten die Ermittler ihren Chef selbstversunken murmeln, doch seine trübsinnige Stimmung hellte sich sofort auf, als er von den neuesten Ergebnissen hörte.

Hoppe und Woltmann schilderten, was sie in den letzten Stunden herausgefunden hatten. Jenny Ehrentraut war ihrer

aller Rettung. Sie hatte auf Erna Götzes Foto Fingerabdrücke festgestellt, die mit denen am Türgriff von Käthe Klemms Wohnung übereinstimmten. Sieben Personen hatten das Foto mindestens in der Hand gehabt. Von einer Person waren Fingerspuren auf dem Foto, der Innenklinke und in der Küche zu finden. Das mussten die Fingerspuren des Mörders sein.
Sascha Woltmann schied als Täter aus. Blieben noch sechs Verdächtige übrig. Auch Erna Götze konnte aus physischen Gründen von der Täterschaft ausgeschlossen werden. Blieben also fünf Personen, von denen eine nicht nur das Foto Erna Götzes in der Hand gehalten, sondern auch in der Wohnung von Käthe Klemm gewesen war und sie niedergestochen hatte. Nur eine der fünf Personen hatte von einem Besuch in der Wohnung der Dreiundachtzigjährigen berichtet. Alle anderen waren entweder tatsächlich nicht in der Wohnung gewesen oder hatten ihre Anwesenheit verschwiegen, um sich nicht verdächtig zu machen.
Jetzt war schnelles Handeln angesagt. Zwar wog sich der Täter nach der Ergreifung der beiden Götzes in Sicherheit. Doch es gab noch genügend Ungereimtheiten. Vor allem musste der Umstand, dass das gefundene Gemälde eine Fälschung war und die Polizei dies jetzt wusste, den Täter beunruhigen. Die Tatwaffe hatte er sicher beseitigt. Aber er war im Besitz des Originalgemäldes. Es bestand äußerste Fluchtgefahr. Was, wenn er sich mit dem Bild ins Ausland absetzte und untertauchte? Die Kripo durfte keine Zeit verlieren, doch auf welchen der Tatverdächtigen sollte sie setzen und einen Zugriff planen?
Remde ließ erneut großes Kino vorbereiten. Woltmann berichtete, was er dank der Fernsehzeitschrift entdeckt hatte.

Der Hinweis war Remde jedoch zu vage, und auch Scholz hatte ein »Ja, aber« parat. Sie entschieden sich anders, als Woltmann vorschlug, und eilten los.
Auf dem Parkplatz gegenüber dem Stadtschloss fuhren Remde und Scholz in einem zivilen Fahrzeug vor. Sie gingen ein paar Schritte, beobachteten dabei das Gebäude. Gerade wollten sie es betreten, als sie ihn kommen sahen. Sie versteckten sich schnell hinter einem Mauerbogen. Er schaute sich mehrmals vorsichtig um. Unter dem Arm trug er, in Tücher gehüllt, einen Gegenstand. Sie warteten, bis er den Gegenstand im Kofferraum seines Wagens verstaut hatte. Dann traten sie von hinten an ihn heran. Sie forderten ihn laut und deutlich dazu auf, sich mit dem Oberkörper zum Wagen zu drehen und die Hände auf das Dach zu legen. Polizeigriffe, hart, kompromisslos. Mehrere Einsatzwagen der Polizei fuhren vor und kreisten den Wagen ein, sicherten das Gelände.
Remde strahlte. Der Zugriff lief ganz nach Plan. Im offenen Kofferraum lag der Beweis für die Lösung des Mordfalls Käthe Klemm.
»Machen Sie das auf, Scholz!«, kommandierte er mit einem Wink auf die Tücher im Kofferraum.
»Aber die Spurensicherung …«, entgegnete dieser unsicher und fuhr sich mit der Hand durch den Vorgarten.
»Ach was, sei halt vorsichtig. Wir brauchen Sicherheit!«
Mit den Fingerspitzen zog Scholz Tuchfalte für Tuchfalte zurück. Nur wenige Meter von ihnen entfernt hatte sich wegen des immer größer werdenden Polizeiaufgebots bereits eine Schar von Passanten versammelt, die neugierig zu ihnen herüberschauten.
»Los, schneller«, drängelte Remde.

Endlich hob Scholz das letzte Stück Tuch von dem verhüllten Gegenstand. Ihre Blicke erstarrten gleichzeitig angesichts dessen, was sie sahen. Aus einem alten Silberrahmen blickte ihnen mit ernstem Blick Herzog Karl August, der Freund und Förderer Goethes, entgegen.

Woltmann ging währenddessen noch einmal in sich, nahm sich die Zeit, die fünf Verdächtigen der Reihe nach durchzugehen.
Ronald Myers hatte seine Fingerspuren auf dem Foto aus dem Jahre 1966 hinterlassen, das das Original der Blauen Kathedrale zeigte. Er war derjenige, der den Wert des Bildes am besten einschätzen konnte. Dass ihm eine Kopie im Hotel Elephant vorlag, mochte ihn in seinem Vorsatz bestärkt haben, nach dem Original zu suchen. Aber vielleicht hatte ihm Hetzer schon zu Jahresbeginn vom Besuch einer verwirrten alten Dame erzählt, die sich im Besitz eines Originals von Feininger glaubte. Ob er von Hetzer ihren Namen erfahren und sie danach aufgesucht hatte? Um mit ihr bei einem Rüblikuchen die Details des Verkaufs zu besprechen? Was war dann schiefgelaufen, bevor es ans Kuchenessen ging? Hatte Myers das Original durch eine Fälschung ersetzt, während die Frau in der Küche hantierte, und war dabei von ihr überrascht worden?
Ein ganz anderes Kaliber war Harry Klopfleisch, der Türsteher. So ein Scheiß, hatte er gesagt, als er das Foto von 1966 in der Hand hielt und seine Fingerabdrücke darauf hinterließ. Er verfügte zweifellos über kriminelles Potenzial. Hatte er seine Pakettouren vielleicht dazu genutzt, um in die Wohnung von Käthe Klemm eingelassen zu werden? Hatte

sie ihn beim Versuch, das Bild zu stehlen, erwischt? Waren seine beiden Lakaien auch hierbei seine Helfershelfer gewesen und hatten falsche Spuren gelegt?
Pfarrer Lemke war ihm von Anfang an komisch vorgekommen. Als Käthe Klemms Seelsorger konnte er sich jederzeit problemlos Zutritt zu ihrer Wohnung verschaffen. Sollte sie ihm die »Antiquität« bei seinem ersten Besuch wirklich nicht gezeigt haben, obwohl sie nur wenige Meter weiter weg im Schlafzimmer hing? Hatte er, während sie in der Küche war, heimlich dort hineingeschaut und die Blaue Kathedrale entdeckt? Er hatte ein natürliches Interesse daran, dass die Seniorin möglichst schnell ihr Testament verfasste, da er das Geld aus dem Verkauf des Bildes für die Gedenkstätte sichern wollte und von ihrer tödlichen Krankheit wusste. Doch reichte der Umstand, dass Käthe Klemm sich mit dem Testament zu lange Zeit ließ und die reale Gefahr bestand, das Bild werde an den Freistaat Thüringen fallen, wirklich aus, den Pfarrer zum Mörder werden zu lassen? Dass Klemms Erbe an den Freistaat fiel, hätte Lemke durchaus schon zuvor im Internet nachlesen können – und er hatte im Gespräch mit ihm und Hoppe dann nur so getan, als ob er das nicht wüsste. Woltmann sah wieder die Leiche Käthe Klemms vor sich im Wohnzimmer liegen: wie eine Gekreuzigte. Und dann die vielen Kreuze in Lemkes Wohnung: aus Messing, aus Holz, aus Südamerika, Australien, von überall her. Seine Trauerpredigt, die nur vom Kreuz handelte. War er etwa ein Kreuzfetischist …? Allerdings hatte er eingeräumt, schon zuvor einmal in Käthe Klemms Wohnung gewesen zu sein. Für seine Fingerspuren auf dem Foto wie auch an der Türklinke gab es daher eine natürliche Erklärung. Er konnte, musste aber nicht zwingend Frau

Klemms Mörder sein. Und allen anderen Tatverdächtigen, deren Fingerabdrücke Jenny Ehrentraut zwar auf dem Foto, aber in keinem der Zimmer gefunden hatte, musste man erst einmal nachweisen, dass sie entgegen ihrer Aussage doch in der Wohnung gewesen waren.

Woltmann grübelte und grübelte. Myers, Klopfleisch und Lemke, alle hatten ihre Fingerspuren auf dem Foto hinterlassen. War einer von ihnen der Mörder? Oder hatten Remde und Scholz mit Hetzer instinktiv auf den Richtigen gesetzt, den sie in diesen Minuten dabei waren zu stellen? Er hatte da seine Zweifel und beurteilte Remdes Aktion, bei aller gebotenen Eile, als zu unüberlegt und vorschnell.

Woltmann legte sich nun seinerseits auf einen Verdächtigen fest und weihte Mandy Hoppe ein. So saßen sie nur wenig später, als Remde Hetzer jagte und Karl August erlegte, in einem zivilen Fahrzeug und beobachteten vom Parkplatz aus das große mattgelbe und kalkverputzte Gebäude. Doch dort tat sich nichts, zumindest nicht das, was sie sich erhofft hatten. Also stiegen sie nach einer Weile aus, gingen über den Parkplatz zum Gebäude und klopften wenig später an der ihnen bekannten Zimmertür an.

Doch niemand öffnete ihnen oder forderte sie dazu auf, einzutreten. An der Nachbartür hatten sie mehr Glück. Auf ihre Frage hin erhielten sie erst ein Lächeln, dann folgte ein abfälliger Kommentar des Graumelierten in Cordhose.

»Wo der ist? Keine Ahnung. Der Profilneurotiker! Der Spinner! Der Sektierer!«

Sie gingen ans andere Ende des Flures, um über die Nebentreppe wieder zum Auto zurückzukehren, da sahen sie ihn durch eines der hohen Fenster. Er eilte über den Parkplatz. Unter dem Arm trug er einen in Pappe eingepackten

Gegenstand. Schon öffnete er den Kofferraum seines alten BMW.
Sie stürmten die Treppen hinunter und auf den Parkplatz. Als sie dort ankamen, saß er bereits im Auto, sah sie im Rückspiegel und fuhr mit quietschenden Reifen los. Hoppe rief Remde an, Woltmann versuchte, mit seinem Smartphone die Privatadresse herauszufinden.

Hetzer sah Remde voller Zorn an, während er mit zackigen Bewegungen den Herzog Karl August in seinem Silberrahmen wieder in die Tücher einwickelte.
»Das ist Rufschädigung, was Sie hier machen! Schauen Sie doch mal zu den Fenstern da oben. Das sind alles Mitarbeiter der Stiftung. Und die Leute hier aus der Stadt, gleich vor dem Schloss! Die denken jetzt doch alle, ich bin ein Schwerverbrecher!«
Remde blickte sich um. Schon kam eine Journalistin herbeigeeilt und zückte die Kamera. Die Situation war selbst einem so alten und abgezockten Hasen wie Remde peinlich. Er hatte alles auf die Karte Horst Hetzer gesetzt und ... schon wieder danebengegriffen.
Zum Glück läutete gerade das Telefon. Hoppe war dran. Sie berichtete ihm, was Woltmann und sie soeben beobachtet hatten. Remde war unsicher, was er tun sollte.
»Soll ich etwa schon wieder großes Kino anordnen? Wo denn genau? Ihr wisst doch noch nicht einmal, wohin der BMW gefahren ist, oder?«
»Chef«, meldete sich da Scholz zu Wort, und Remde hielt kurz das Handy zur Seite, damit Hoppe nicht mithören konnte, »schlimmer kann es doch gar nicht mehr werden.

Der Hetzer bringt Karl August ins Goethehaus für eine Ausstellung, und wir veranstalten hier einen solchen Wirbel, ich meine, das war doch ein bisschen wie bei James Bond …«

»Ach, Scholz!«, winkte Remde unwirsch ab und sprach wieder ins Handy.

»Okay, Hoppe, ich vertraue Ihnen und Woltmann. Dann machen wir halt noch einmal großes Kino. Riegeln Sie die Stadt ab!«

Er wohnte in der Gutenbergstraße sechzehn, jenem Haus, in dem Feininger seine vielleicht glücklichsten Jahre verbracht hatte. Woltmann war seine Strategie bezüglich des Originals der Blauen Kathedrale langsam, aber sicher gedämmert. Käthe Klemm hatte ihn aus dem Regionalfernsehen gekannt. Die Serie »Weimarer Kultur-Geschichte(n)« in der Fernsehzeitschrift war jedenfalls dick angekreuzt gewesen. Offenbar ein Muss für die alte Dame. Ihn hatte sie nach seinen Beiträgen zur Sammlung Kohl und den Malern des Bauhauses gleichfalls aufgesucht. Sie hatte ihm von ihrem Plan berichtet, das Bild der Klassik-Stiftung gegen Geld überlassen zu wollen, und ihn um Vermittlung gebeten. Das Geld, das ihr die Stiftung dafür zahlte, wollte sie dann der Gedenkstätte in Torgau gespendet, die an den Jugendwerkhof mit all seiner Brutalität erinnerte.

»Ja?« Woltmann hatte jetzt eigentlich keine Zeit für Telefonate. Hoppe hetzte das Zivilfahrzeug in Richtung Gutenbergstraße.

»Hier noch mal Jenny Ehrentraut. Spreche ich mit Sascha Woltmann?«

»Ja! Was ist denn bitte?«
»Ich hab noch was entdeckt, was Sie interessieren dürfte. Auf der Fälschung sind Fingerabdrücke, die auch in der Wohnung von Käthe Klemm zu finden waren.«
»Ja, klar, sowohl Tegeler als auch Hetzer haben das Bild ja begutachtet. Und wer von beiden der Täter ist, scheint jetzt auch klar zu sein.«
»Stopp, Herr Woltmann. Die Fingerabdrücke auf der Kopie haben wir ja bereits im Anwesen Götze genommen. Das bedeutet, der Täter hat sich schon auf der Kopie verewigt, bevor Sie das Bild zur Begutachtung Tegeler und Hetzer brachten.«
Woltmann verstand nicht gleich. Was machte das für einen Unterschied? Hoppe hatte das Gespräch zwischen Ehrentraut und Woltmann mitgehört.
»Ich glaube«, warf sie nun ein, »das ist nicht unwichtig. Gehen wir mal von Tegeler oder Hetzer als Täter aus. Die haben demnach die Kopie schon berührt, bevor wir sie ihnen gebracht haben.«
Woltmann klatschte in die Hände.
»Bingo! Dann hat einer von beiden die Kopie in die Wohnung Klemm gehängt. Denn was das Mordmotiv angeht, scheiden Klopfleisch und Lemke eher aus. Auch Myers sehe ich in diesem Fall nicht mehr. Wie und wann sollte er von Frau Klemm erfahren oder gar ihre Adresse rausgefunden haben? Von Hetzer bestimmt nicht, der hat sie ja abblitzen lassen.«
Noch einmal ging er alle Überlegungen im Eilverfahren durch. Dann hatte er den entscheidenden Unterschied gefunden: Tegeler hatte Käthe Klemm im Gegensatz zu Hetzer geglaubt, als sie ihn wegen eines Originals von Feininger

aufsuchte, oder war zumindest neugierig geworden. Er musste sie in ihrer Wohnung aufgesucht haben und war begeistert gewesen, durch sie auf die Blaue Kathedrale zu stoßen. Das Gemälde bot ihm die Möglichkeit, als Wissenschaftler endlich die Anerkennung zu erfahren, die ihm seiner Meinung nach zustand. Tegeler führte eine Orchideenexistenz an der Universität und war von der Fachwelt wegen seiner verwegenen Thesen zu The Blue Four stets belächelt worden. Wie viel Frust hatte sich nicht all die Jahre über in ihm angestaut! Jetzt eröffnete sich ihm endlich die Möglichkeit, all die erlittenen Demütigungen weit hinter sich zu lassen. Er, der Entdecker von The Blue Cathedral, dem letzten und bedeutendsten Werk Feiningers auf deutschem Boden! Dem Herzstück aller Werke von The Blue Four!

Aber Käthe Klemms Pläne bedrohten diese Perspektive. Ganz offensichtlich war er für sie zweite Wahl gewesen, nachdem sie ihn nur als Vermittler angefragt hatte, wegen des Bildes zuvor aber schon bei Hetzer vorstellig geworden war, der sie aber nicht ernst genommen und den Erwerb des Gemäldes für die Klassik-Stiftung Weimar daher vergeigt hatte. War nicht deshalb er, Tegeler, jetzt derjenige, dem das Bild zustand? Zumindest musste er das geglaubt haben, zumal es ihm weniger um den materiellen Wert als vielmehr um die damit verbundene Reputation ging. Er, der The Blue Four immer hochgehalten hatte? Hier war der Beweis dafür! Er hatte richtiggelegen, von wegen Spinner!

Tegeler musste die Blaue Kathedrale bei seinem Besuch in Käthe Klemms Wohnung im Januar abfotografiert haben. Ob mit ihrem Einverständnis oder heimlich, ließ sich wohl nicht mehr herausfinden und war letztlich auch egal. Auf jeden Fall hatte er heimlich eine Kopie in Auftrag gegeben. Die notwendigen Kontakte zu geeigneten Fälschern besaß er ja. Dann war jener Tag im September gekommen. Der Tag, an dem Tegeler Original und Fälschung gegeneinander austauschen wollte. Die alte Frau würde den Unterschied nicht bemerken. Wenn sie die Kopie der Klassik-Stiftung nun erneut anbieten würde, durchaus auch über ihn als Vermittler, hätte die Stiftung eben Pech gehabt. Und mit ihr Käthe Klemm, die in diesem Fall eine Kopie für das Original gehalten hatte. Tegelers Plan war es, nach dem Austausch der Bilder Zeit ins Land gehen zu lassen. In ein, zwei Jahren würde er dann mit dem Original herausrücken. The Blue Cathedral. Er hatte immer an die Existenz dieses Bildes geglaubt. Und nun wäre er eben fündig geworden. Auf einem Trödelmarkt, in einer versteckten Kellerecke im Haus in der Gutenbergstraße, bei einer Privatperson, die ihren Namen nicht preisgab. All das, ließ sich Woltmann durch den Kopf gehen, hätte Tegeler leicht behaupten können. Ihm wäre sicher für alles eine gute Erklärung eingefallen. Auch dafür, wie die Kopie entstanden war. Wahrscheinlich hätte er einfach behauptet, dass es mehrere Fotos von The Blue Cathedral aus dem Jahre 1966 gab und jemand auf Umwegen eben an eines davon gekommen wäre. Die Fotos waren ja zu Dokumentationszwecken entstanden. Also konnte nicht nur die mit der Dokumentation beauftragte Erzieherin ein Foto von dem Gemälde besessen haben, auf dessen Grundlage die Fälschung zustande gekommen war.

Ja, dachte sich Woltmann, so könnte Tegelers Plan ausgesehen haben. Tegeler hatte Käthe Klemm wohl nicht mit Vorsatz getötet, sie hatte ihn nur unglücklicherweise bei seinem Versuch, das Bild auszutauschen, überrascht. Sie hatte ihn ein weiteres Mal zu sich eingeladen, weil sie mit ihm noch einmal über die Vermittlung des Bildes an die Klassik-Stiftung Weimar sprechen wollte. Und während die alte Frau den Kuchen vorbereitete oder Kaffee kochte, hatte er die günstige Gelegenheit genutzt, die Fälschung heimlich gegen das Original auszutauschen. Doch der Versuch war misslungen.

Jetzt aber, nachdem die Polizei ihn so intensiv befragt und der zweite Mord passiert war, musste er befürchten, dass sie ihm irgendwann auf die Schliche kämen und seine Zimmer durchsuchten. Dann fänden sie das Original, die Wahrheit käme damit ans Licht und er wäre erledigt. Seine Fachkollegen, allen voran sein unmittelbarer Zimmernachbar in der Universität, würden über ihn herfallen. Sie hatten Tegeler schon immer für einen Spinner gehalten. Jetzt war er also auch noch ein Dieb und Mörder. Mit seiner Reputation wäre es für immer vorbei. Diesem Fall hatte Tegeler vorbeugen wollen, indem er seine Flucht vorbereitete. Das Bild würde er irgendwo gut verstecken und später über Mittelsmänner verkaufen. Die dafür notwendigen Kontakte besaß er ja. Von dem Geld könnte er sich eine neue Existenz aufbauen. In den USA oder anderswo im Ausland. Sein altes Leben wäre dann zwar für immer dahin, aber mit dem zu erwartenden Verkaufserlös könnte er wenigstens ein schönes und sorgenfreies neues führen.

36

Sie stoppten in der Gutenbergstraße, ein paar Häuser vor der Hausnummer sechzehn. Wenige Meter vor ihnen stand der BMW mit den Rädern halb auf dem Bordstein gegen die Fahrtrichtung geparkt. Sie zogen ihre Pistolen. Kurz sahen sie sich in die Augen. »Ich vermute mal, der holt seine Flugtickets aus der Wohnung!«

Hoppe nickte nur, dann stiegen sie aus. Im selben Augenblick sprang Tegeler erstaunlich gewandt hinter einem Gebüsch neben der Garagenzufahrt hervor und in den klapprigen BMW.

»Stehen bleiben!«, rief Woltmann. Sein Warnschuss beeindruckte Tegeler nicht. Er tauchte kurz unter dem Steuerrad ab und preschte dann mit aufheulendem Motor davon. Für ihn ging es um alles.

Die Stadt war abgeriegelt. Aus der ganzen Region waren binnen kurzer Zeit Streifenwagen zum Einsatz nach Weimar gekommen. Hoppe hatte das Kennzeichen des BMW durchgegeben. »Los, komm!« Sie stiegen wieder ins Auto, und Hoppe raste los.

»Er darf uns nicht entkommen!« Woltmann war nervös, angespannt bis in die letzte Faser. Sie standen kurz vor dem Durchbruch der Ermittlungen. Auch wenn sie jetzt wussten, wer Käthe Klemm getötet hatte, würde ein flüchtiger Täter den Fahndungserfolg doch zunichtemachen.

Die Humboldtstraße in Richtung Gelmeroda war von einem Streifenwagen blockiert.

»Der will zur Autobahn!«, kam es von Woltmann, der erst wenige Augenblicke später registrierte, dass er Hoppe angeschrien hatte.

»Ruhig, Alter, ruhig, den kriegen wir!«

Tegeler hatte den Wagen dicht vor den rot-weiß gestreiften Absperrgittern gewendet und war mit hundert Stundenkilometern über den Ring und einige rote Ampeln hinweg in die Belvederer Allee eingebogen.

»Los, dräng ihn an den Fahrbahnrand!« Woltmann war anzumerken, dass er am liebsten selbst am Steuer gesessen hätte.

»He, wir sind hier nicht bei James Bond, Alter!« Hoppe waren Schweißperlen auf die Stirn getreten. Beide wunderten sich, wie dieser zerstreute Professor nur so eine Affenfahrt hinlegen konnte. Aber vielleicht war seine Zerstreutheit ja nur gespielt gewesen. Beim Abzweig nach Oberweimar das gleiche Bild: Eine querstehende Polizeistreife zuzüglich weiterer Absperrungen. Wieder machte Tegeler eine scharfe Wendung, und für einen winzigen Augenblick sah er Woltmann im Vorbeifahren in die Augen.

»Dieser elende Trickser, der hat uns die ganze Zeit was vorgemacht. Der braucht gar keine Sonnenbrille«, empörte sich Woltmann.

»Klar, der hatte Angst, dass sein Blick ihn verrät. Der wollte uns nicht in die Augen schauen«, kam prompt die psychologische Deutung von Hoppe.

Sie wendete ebenfalls, und wenig später rasten die beiden Wagen auf Schloss Belvedere zu, gefolgt jetzt von mehreren Streifenwagen mit Blaulicht.

»Der will über Possendorf zur Autobahn!«, schrie Woltmann jetzt wieder.
»Ja, glaub ich auch.«
Hoppe peitschte das Auto durch die schmale, von Rosskastanien und Winterlinden gesäumte Allee. Unbewusst nahm Woltmann die vielen Kreuze am Wegrand wahr, die auf die vielen, in diesen gefährlichen Kurven verunglückten Opfer hinwiesen. Dann blickte er nach vorne. Im Rückspiegel des BMW war Tegelers Blick zu erkennen, der Blick eines gehetzten Zebras, kurz bevor die Meute der Löwen zuschlägt. Panik pur. Fast wäre er gerade von der Fahrbahn abgekommen und gegen einen der vielen Bäume auf der Streuobstwiese geprallt. Aber im letzten Moment gelang es ihm, das Steuer herumzureißen und die Kurve vor der Unterführung zur Autobahn zu nehmen.
Woltmann sah das Unglück kommen. Als Tegeler auf die Unterführung zuraste, tauchte auf der anderen Seite des Tunnels bereits ein Blaulicht auf. Dieses Mal schaffte er es nicht mehr rechtzeitig, in die Gegenrichtung umzusteuern. Mit einem gigantischen Knall schlug der BMW seitlich gegen die Mauer der Autobahnunterführung. Sogleich stieg dichter Rauch auf. Hoppe und Woltmann bremsten scharf und stürzten auf Tegelers Auto zu, öffneten die Fahrertür und zogen den bewusstlosen Fahrer von seinem Sitz ins Freie. Ein Notarztwagen mit Blaulicht und Signalton war nur wenig später zur Stelle. Eine Ärztin und Sanitäter versorgten Tegeler.
Woltmann sah Mandy kurz in die Augen. Er wusste, dass sie den gleichen Gedanken hatte wie er.
»Los, der Kofferraum!«
Gleichzeitig traf ein Einsatzwagen der Feuerwehr ein. Die

Feuerwehrleute legten Gasmasken an und gingen mit Feuerlöschern auf den BMW zu.
»Da ist ein wahnsinnig wertvolles Bild drin!«, schrie Woltmann den Feuerwehrleuten zu. Seine Stimme zitterte. Jetzt noch das Bild retten, sagte er sich, dann haben wir was geleistet.
Remde und Scholz hielten mit quietschenden Reifen und Blaulicht auf dem Dach neben Hoppe und Woltmann an.
Eine ganze Löschgruppe umzingelte binnen weniger Sekunden den BMW Tegelers. Doch jede Hilfe kam zu spät. Der Wagen brannte bereits lichterloh. Blaugrüne Flammen und Rauch stiegen himmelwärts.
Woltmann sah Remde, Scholz und Hoppe im Schein des Feuers stehen und versuchte sich vorzustellen, was für einen seltsamen Anblick die Kollegen, eingeschlossen ihn selbst, für den Betrachter wohl abgeben mochten. Als hätte eine unsägliche Macht des Schicksals es so gewollt, wirkten ihre Gesichter im Widerschein der Flammen, gepaart mit dem Blaulicht der Feuerwehr und des Notarztwagens, als wären sie in die Länge gezogen worden und trügen Kronen wie vier blaue Könige.
Schnell waren die Flammen abgelöscht. Remde inspizierte den Unfallwagen, nachdem die Feuerwehr grünes Licht gegeben und der Qualm sich verzogen hatte. Der Wagen war komplett ausgebrannt. Im Kofferraum fanden sich Überreste einer Leinwand. Nur noch ganz schwach war ein letzter blauer Farbklecks auf dem löchrig zerfressenen Untergrund zu erkennen.
Waren es Tränen, die da in ihm aufstiegen? Woltmann drehte sich zur Seite, nahm ein Taschentuch und schneuzte sich. »Der Qualm«, sagte er mit heiserer Stimme zu Mandy, die

auf ihn zugegangen war und ihn nun in einer spontanen Geste, trotz des neben ihnen stehenden Remde und eines irritiert blickenden Scholz, umarmte.
Tegeler hatte mittelschwere Verletzungen erlitten. Ein paar Rippenbrüche, eine Gehirnerschütterung. Das linke Jochbein war stark geprellt. Beim ersten Verhör im Krankenhaus, in Anwesenheit seines Anwalts, stritt er ab, Käthe Klemm ermordet zu haben. Doch da die Spurenlage so gut wie eindeutig war, gab er später zu, die alte Frau auf deren Wunsch hin aufgesucht und beraten zu haben. Allerdings sei ihr Gemälde eine billige Fälschung gewesen, die gut zu den anderen Bildern mit röhrenden Hirschen vor blauem Gebirgssee gepasst habe. Als er ihr das mit der Fälschung sagte, sei die geistig verwirrte Rentnerin wütend geworden. Sie habe irgendetwas davon gefaselt, dass das Bild ein Beleg für die einstige Beziehung des Malers zu ihrer Mutter sei und ihr deswegen heilig wäre. Ja, er habe darüber gelacht. Das sei ja schließlich nicht verboten. Da sei sie, ohne Vorwarnung, auf ihn losgegangen, und er habe in Notwehr gehandelt. Konfrontiert mit den kümmerlichen Resten der Leinwand samt blauem Farbklecks aus seinem ausgebrannten BMW, behauptete Tegeler, es sei das Bild eines Gebirgssees gewesen und so gut wie wertlos. Die Frage, warum er dann vor der Polizei geflohen sei, begründete er damit, dass er befürchtet habe, man würde ihm die Notwehr und damit den Totschlag von Käthe Klemm nicht abnehmen, sondern ihm einen Mord in die Schuhe schieben. Tegelers Strategie als auch die seines Anwalts zielte auf einen Freispruch wegen Notwehr ab. Allenfalls eine Bewährungsstrafe wegen Widerstands gegen die Vollstreckungsbeamten bei der Fluchtfahrt schlossen die beiden nicht aus, auch wenn sie

meinten, Letzteres müsse erst einmal bewiesen werden. Nicht einmal den von Woltmann abgegebenen Warnschuss samt dem ihm vorausgegangenen Befehl stehen zu bleiben, wollte Tegeler gehört haben.

Auf Notwehr plädierte auch der Pflichtanwalt von Rudi und Kevin Götze, die sich selbst mit keinem Wort mehr zu den Vorfällen äußerten. Der Italiener habe sie provoziert, verlacht, gedemütigt und schließlich aus dem Hotelzimmer werfen wollen. Als der Mann Rudi Götze zuletzt an seinem roten Pullover gewaltsam gepackt habe, seien Vater und Sohn gemeinsam darangegangen, dessen Hand vom väterlichen Kleidungsstück loszureißen. Lombardi habe daraufhin wild auf sie eingeschlagen, sei dabei ins Stolpern gekommen und nach hinten weggekippt. Im ersten Augenblick hätten sie sich gleich der Polizei stellen wollen, schließlich hatten sie ja nichts zu verbergen. Dass sie eine versiegelte Wohnung aufgebrochen hatten, um ein Bild zu holen, das nach Käthe Klemms Tod ihrer Mutter und Großmutter Erna Götze und deren Kolleginnen gehörte, wäre ja wohl nachvollziehbar und eher eine Bagatelle. Aber dann hätten sie sich gesagt, dass immer etwas an ihnen hängenbleiben würde, wenn sie sich der Polizei stellten. Die Auftragslage für ihre Glaserei war ohnehin mau, die Gesellen hatten ihre letzten Löhne nicht bekommen, da wäre es der Glaserei nur abträglich gewesen, wenn …

Am frühen Abend des Tages, an dem Tegelers Auto in Flammen aufging und er festgenommen wurde, berief der Pressesprecher der Polizeidirektion kurzfristig eine Pressekonferenz ein. Die anwesenden Journalisten waren darüber nicht gerade glücklich, hatten sie tagsüber doch schon ihre Artikel über den Mordfall Klemm fertiggestellt, die allesamt vom diesbezüglichen Versagen der Polizei und im Besonderen von der Arroganz des Weimarer Kripochefs handelten. Nur Peter Stoffels, Remdes Freund aus Armeezeiten, war mit seinem Artikel für die Thüringer Rundschau fein raus. Er hatte etwas von Vertrauen in die Fähigkeiten eines routinierten Kriminalisten geschrieben, Sätze, die er im Laufe der nun anberaumten Pressekonferenz bestätigt sah und liebend gern ergänzte.

Remde war kurz zu Hause gewesen. Jetzt saß er mit weißem Hemd und frisch geduscht auf dem Podium. Der junge Pressesprecher aus Jena gab erst dem Leiter der Landespolizeiinspektion Jena und dem Leiter der Weimarer Polizeiinspektion das Wort, die beide von einem »großen Erfolg« und »gezielter Ermittlungsarbeit« sprachen.

Danach war es an Remde, die Festnahme zu schildern.

»Ja, meine Damen und Herren, das war ja zu erwarten. Ich meine, die Festnahme. Wir hatten, analog zum Fall Lombardi, auch dieses Mal den Täter schon lange unter Beobachtung.«

Selbstzufrieden beobachtete er die über die Blöcke rasenden Kugelschreiber, die klappernden Tastaturen der Laptops, die über Tablet-Computer wischenden Finger.

»Ich bin ja ein alter Hase, wenn ich das mal so sagen darf. Und in Fällen wie diesen braucht es einfach: Routine, Erfahrung und Lebensklugheit. Als ich in DDR-Zeiten den einarmigen Doppelmörder …«

Der Landespolizeidirektor räusperte sich vernehmlich. Der Pressesprecher warf Remde einen eindringlichen Blick zu. Nostalgische Berichte waren hier nicht angesagt.

»Nun ja«, brach Remde ab, »ich bin jedenfalls froh, von Anfang an den richtigen Riecher gehabt zu haben.«

Der Kripochef lehnte sich in seinem Stuhl zurück und sah zufrieden in die Schar der Journalisten. Es schien keine Fragen zu geben.
Da ging doch noch der Finger einer Frau hoch. Der Pressesprecher erteilte ihr das Wort.
»Herr Remde, ich bin heute zufällig am Schloss vorbeigekommen«, sagte die Journalistin Mitte dreißig mit einer Stupsnase voller Sommersprossen, »da waren Sie und ein größeres Polizeiaufgebot gerade im Einsatz und wollten einen Mann verhaften. Um was ging es da?«
»Ach, dabei handelte es sich um eine reine Routinekontrolle«, wiegelte Remde auflachend ab.
»Aber ich habe danach mit dem Mann gesprochen, und der …«
Remde sah scharf zum Pressesprecher hin, der die Journalistin daraufhin unterbrach und nochmals wiederholte, dass es bei der Aktion, wie gesagt, um eine reine Routinekontrolle im Fall Käthe Klemm gegangen sei. Also um nichts von weiterem Belang.
Remde blickte jetzt anerkennend in Richtung der gelben Brille. Doch die sommersprossige Journalistin ließ sich nicht so einfach abwimmeln und wagte noch einmal, eine Frage zu stellen.
»Ähm, Herr Remde, es war die Rede von einem wertvollen Bild, das der Grund für die beiden Morde an Käthe Klemm und Francesco Lombardi gewesen sein soll. Sagen Sie uns bitte, um was für ein Bild es sich handelt und wo es sich jetzt befindet? Wir haben diesbezüglich schon mehrfach bei Ihrer Pressestelle nachgehakt, aber keine Informationen erhalten.«
Fast hätte man den Blick, den Remde in diesem Augenblick

in Richtung Hoppe und Woltmann warf, als einen hilfesuchenden deuten können. Die beiden saßen in der letzten Reihe des Presseraums, so als gehörten sie nicht dazu. Was, zumindest in diesem Moment, auch zutraf. Sie hatten das Gefühl, in einem Film zu sein. Kino, surrealistisches Kino.

37

Die Ilm floss schneller, ihr Pegel war stark angeschwollen. Ein sicheres Zeichen dafür, dass die ersten schweren Herbstregen über den Thüringer Wald gezogen waren. In Weimar blinzelte immer wieder die milde Herbstsonne durch die Wolkendecke. Doch die Kutscher wussten, was die Stunde geschlagen hatte, und zogen ihren kräftigen Warmblütern vorsorglich wärmende Decken über.

Yvonne Woltmann hatte die Gruppe zum Berkaer Bahnhof in Weimar bestellt. Nicht zuletzt, um den Sprachstudierenden das nur schwer zu übersetzende Wort »gemütlich« durch eigenes Erleben besser zu veranschaulichen. Denn wer gemütlich reisen wollte, dem war die Berksche »Bimmelbahn« von Weimar in die nahe gelegene Kreisstadt Bad Berka allemal zu empfehlen.

»Frau Woltmann!« Long Wang, der chinesische Musterschüler, hatte sein Studienheft aufgeschlagen, als sie in Richtung Ulla tuckerten, »ist gemütlich so was wie langsam?«

»Nun ja, das Leben etwas zu entschleunigen gehört schon zur Definition von gemütlich mit dazu.« Mit Absicht hatte sie das Wort »entschleunigen« gewählt und weitere Nachfragen einkalkuliert.

»Entschleunigen, bitte schön, was ist das?« Un-Ha Choi, die Koreanerin, lieferte prompt den erhofften Einwurf. Yvonne hatte den Aufsatz eines Jenaer Professors gelesen, der von einem Zeitalter der Beschleunigung sprach. Nun referierte sie seine Thesen.

»Ah, interessant!«, quittierte Long Wang ihre Ausführungen.

Sie kamen an Eichenroda vorbei, von der Bahn aus waren das ehemalige Herrenhaus und der Park gut zu sehen.

»Was ist das hier?« Jessica Fryer, die Australierin, meldete sich sonst nie zu Wort, war aber offensichtlich von dem alten Gut fasziniert.

»Oh, Gut Eichenroda, das ist eine lange Geschichte, da kennt sich mein Mann besser aus als ich!«

Long Wang blickte von seinem Studienheft auf.

»Ihr Mann, ist er ein Historiker?«

Yvonne lachte kurz auf.

»Nein, wirklich nicht … Obwohl, nach dem, was er mir in der letzten Zeit so alles erzählt hat …« Sie sprach mehr zu sich selbst als zu ihrer Gruppe.

In Bad Berka angekommen, sahen die jungen Studierenden ihre Exkursionsleiterin erwartungsvoll an. Sie hatte ihnen nicht gesagt, wohin die Reise ging, nur vage angedeutet, den Wunsch eines ihrer Schüler erfüllen zu wollen, das berühmteste deutsche Volksfest zu besuchen.

»Jetzt machen wir eine kleine Wanderung!« Sie marschierte vorneweg, und die Sprachschüler ordneten sich gleich einer Schulklasse in Zweierreihen hinter ihr an. An der Ilm entlang und über eine Landstraße liefen sie etwa eine knappe Stunde, bis sie aus der Ferne Blasmusik vernahmen. Sie erreichten das Ortsschild.

»M-ü-n-c-h-e-n«, entzifferte Long Wang und sah seine Lehrerin verdutzt an. »S-t-a-d-t B-a-d B-e-r-k-a.«

»Wie gesagt, auf Wunsch eines Einzelnen sind wir hierher-

gekommen. Zum Oktoberfest.« Yvonne Woltmann konnte sich das Schmunzeln nicht verkneifen. Long Wang hatte sie in einer der Unterrichtsstunden gefragt, ob sie nicht eine Exkursion zum berühmten Oktoberfest machen könnten. Aus den Augenwinkeln heraus beobachtete sie nun den klugen Long Wang.
Tatsächlich stand ein Bierzelt inmitten des kleinen Dorfs im Weimarer Land, das zufällig den gleichen Namen wie die bayerische Landeshauptstadt trug. Eine Blaskapelle spielte zünftige Musik, und das Bier floss aus Fässern in Maßkrüge. Long Wang verstand, und sein Mund verzog sich zu einem breiten Grinsen.
»Coole Idee, Frau Woltmann!«
Sie setzten sich an einen der Tische, bestellten jeder eine Maß Bier und hörten dann Yvonnes Erzählungen über das Oktoberfest im großen München zu. Erst letztes Jahr hatte sie es mit Sascha und den Kindern zusammen besucht.
»Das Wort gemütlich hat jedenfalls etwas mit Langsamkeit zu tun«, schloss sie ihren Vortrag ab, »mit Freundschaft und geselligem Zusammensein. So wie hier. Prost!«
Die Studierenden prosteten ihr und sich gegenseitig zu. Nach einer Stunde traten sie den Rückweg an.
»Frau Woltmann, wir möchten Sie was fragen«, druckste Long Wang am Bahnhof herum, wo sie auf den Zug zurück nach Weimar warteten.
»Ja?«
Un-Ha Choi sprang ihrem chinesischen Kollegen zur Seite.
»Machen Sie auch im nächsten Kurs ein Kulturprogramm?«
Yvonne war überrascht.
»Weiß ich noch nicht«, sagte sie. Mit ihren Gedanken war sie in Berlin, im Zentrum für Flüchtlinge. Dort, wo es nicht

nur an Sprachkenntnissen und Wissen um die deutsche Kultur mangelte, sondern an allem. »Weiß ich noch nicht«, wiederholte sie noch einmal gedankenverloren.

Glühwein war angesagt auf dem Campingplatz am Lütsche Stausee in der Nähe von Thüringens Wintersporthochburg Oberhof. Helga und Heinrich Woltmann saßen gemütlich auf ihren Campingstühlen. Morgen gegen Abend wollten sie zurück nach Weimar fahren.
»Prost, Helgachen, war eine schöne Woche hier!«
»Ja, Heinrich, wir haben sogar nette Bekanntschaften geknüpft. Vielleicht halten die noch lange.«
»Ja, wäre schön.«
Sie schlürften den heißen Wein und kuschelten sich in ihre Winterjacken. Trotz der Herbstsonne war es bereits empfindlich kalt.
»Was werden die Kinder wohl sagen, wenn wir wiederkommen, Helga?«
Noch während Heinrich Woltmann diesen Satz aussprach, schaute ein rundes Gesicht um die Ecke des Wohnmobils, und ein Pfiff ertönte.
»Laura?« Die Überraschung der Großeltern war riesig, erst recht als hinter Laura auch noch Ronny und Sascha Woltmann auftauchten. Nur Yvonne fehlte, sie war auf einer Exkursion ins thüringische München.
»Das gibt es doch nicht«, brach es aus Heinrich Woltmann heraus, und es klang wie: Was wollt ihr denn hier? Aber schon bald legte sich das Gefühl, dass die drei Weimarer hier ungefragt in sein Reich einbrachen, und die Freude über das unverhoffte Wiedersehen wuchs. Von den befreundeten

Fischers hatte Sascha die Information über ihr Urlaubsziel am Lütsche Stausee erhalten.
Sascha beichtete die eingetretene Terrassentür. Die Eltern gaben sich reumütig wegen ihrer Flucht.
»Wollen wir mal wieder angeln gehen?«
Die Frage des Vaters überraschte ihn. Wann waren sie das letzte Mal gemeinsam angeln gewesen?
»Ja, gern, wenn du meinst.«
Wenig später saßen sie auf Anglerstühlen am Lütsche Stausee, eine Herde Rehe äste am Waldrand.
Sascha hatte sich seinen Schottenschal um den Hals geschlungen. Sie genossen die Stille, jeder hing seinen Gedanken nach. Bis Heinrich Woltmann sich nach einer Weile auf einmal zu seinem Sohn umdrehte und ihn an der Schulter fasste.
»Sascha, mir liegt was auf dem Herzen.«
Der Sohn reagierte nicht, sondern sah auf seine Angelschnur und den Teich.
»Sascha, ich glaube, du erinnerst dich. Ich habe dir mal eine geknallt. Damals, als ihr heimlich abgehauen seid. Du und dein Freund.«
Jetzt blickte Sascha den Vater an.
»Ja, Sascha, jetzt, wo für mich ein neuer Lebensabschnitt beginnt, da möchte ich mit einigen alten Sachen klar Schiff machen.«
Sascha nickte nur leicht, um anzuzeigen, dass er verstand, was der Vater meinte.
»Tut mir leid wegen damals, Sascha.«
Der Sohn fühlte Wut in sich aufkommen, der Wunsch zur Konfrontation wandelte ihn an. Doch nur kurz. Dann beugte er sich zu seinem Vater hinüber.

»Ist erledigt, Papa!« Er umarmte ihn lange, und sein Vater drückte fest zurück.
Fast hätten sie nicht bemerkt, dass beide Angeln wackelten. Ein Zander und eine Brasse waren die Beute. Sie grillten sie, dazu ein paar Rostbratwürste und Kartoffeln in Folie. Helga kochte frischen Glühwein und Kinderpunsch auf. Detlef schützte sie mit seiner breiten Flanke vor dem aufziehenden Sturm.
Da saßen sie nun, leicht frierend und doch innerlich gewärmt. Laura, Ronny, Sascha, Helga und Heinrich. Nur Yvonne fehlte. Am Sternenhimmel zog ein Flugzeug einsam seine Bahn.

Epilog

Dieses Mal gönnte sich auch Mandy Hoppe ein Stück Schmandkuchen bei Bäcker Baum. Für Woltmann hatte wieder der Schichtdienst als Streifenpolizist begonnen. Von einem Wechsel zur Kripo war nach den beiden aufgeklärten Mordfällen keine Rede mehr gewesen, seitdem Remde sich am Freitag nach der Pressekonferenz mit knappen Worten von ihnen verabschiedet hatte. Das Wort danke war nicht gefallen.

»Das ist noch zu früh, Alter. Lass mich nur mal machen.«

»Das wird nichts!«, gab Woltmann resigniert zurück. Sein Silberblick, dieser leichte Schiefstand der Pupillen, schien heute, nachdem der ganze Fahndungsstress von ihm abgefallen war, noch ausgeprägter zu sein als sonst. Er lockerte seinen Schottenschal, aus der Backstube strömte heiße Luft in den Verkaufsraum.

»Wart's ab, Alter. Die Chancen waren zuvor gleich null. Du weißt ja, zu viele Altgediente und so weiter. Jetzt stehen deine Chancen schon etwas besser. Hast gute Arbeit geleistet.«

Woltmann freute sich über Hoppes Lob, weil er wusste, dass es ehrlich gemeint war. Er hielt dem Blick ihrer warmen grünen Augen stand.

»Mann, ihr müsst ja einen tollen Chef haben!«

Ingo Baum war, von oben bis unten mit Mehl bepudert, aus

der Backstube mit der Thüringer Rundschau in der Hand an ihren Stehtisch getreten.

Routine, Erfahrung und Lebensklugheit. Alter Hase löst zwei Mordfälle fast im Alleingang, prangte in großen Lettern auf der Titelseite. Geschrieben war der Artikel von Peter Stoffels.

Hoppe und Woltmann verdrehten die Augen.

»Gell, Mandy, wir haben wirklich einen tollen Chef«, zwinkerte Woltmann ihr zu.

»Ja, schon irgendwie!«, nickte diese, und Woltmann war sich nicht sicher, ob ihre Worte nun von aufrichtigem Respekt zeugten oder ironisch gemeint waren.

Baum sah seine beiden Kunden etwas unsicher an.

»Ja, Herr Baum«, nahm Mandy den zweifelnden Blick des Bäckers auf, »ohne Experten wären die zwei Fälle nie gelöst worden!«

»Aha.« Baum blinzelte sie an, verstand aber nicht, worauf die Polizistin anspielte. »Welche Experten denn zum Beispiel?«

»Na, zum Beispiel hatten wir einen großartigen Kunstexperten auf unserer Seite, Herr Baum.«

»Wie? Was? Nur weil ich das Bild auf dem Foto dem Feininger zuordnen konnte?«

Mandy Hoppe schaute den Bäckermeister neugierig an, dann bildete sich zwischen ihren Augen eine kleine Zornesfalte, und sie drehte sich ganz langsam zu ihrem Kollegen um. Woltmann zuckte unwillkürlich zusammen und biss sich auf die Unterlippe. Flog die Sache mit dem Foto, das er am Tatort geschossen hatte, jetzt doch noch auf? Schnell versuchte er, sich aus der Situation herauszureden, und stützte sich dabei einen Tick zu kräftig auf dem wackligen

Plastikstehtisch ab. Der Kaffee schwappte bedenklich zum Tassenrand hoch.

»Nein, nein, sie hat mich damit gemeint, Ingo. Nimmt mich auf den Arm. Die, die …«, er zögerte kurz, »… die Käthe!«

»Wie nennst du mich, Alter?«

»Käthe!«

»Pfeife!«

»Käthe!«

»Pfeife!«

»Käthe!«

»Der Klügere gibt nach, ich sag jetzt nichts mehr!«

»Ach ja, Käthe?«

…

»Pfeife!«

Dank

Am Anfang war der Anruf von Michael Gaeb. An ihm bewundere ich sein feines Gespür für gute Themen, Orte und Plots. Nach unserem Ausflug ins Weimarer Land im März 2013 stand die Idee. Ich danke Michael Gaeb, auch seinem Team, für alle Begleitung, besser hätte ich es nicht treffen können.

Das gilt auch für den Verlag. Droemer Knaur steht für gute Bücher, gerade auch Krimis. Hoffentlich auch noch nach dem Erscheinen dieses Buchs.
Ich danke dem Verleger Dr. Hans-Peter Übleis für das Vertrauen in dieses Buch, ebenso dem Kaufmännischen Geschäftsführer Josef Röckl. Von Anfang an beflügelnd war die Zusammenarbeit mit Christine Steffen-Reimann, Lektorin und Programmleiterin von Knaur Taschenbuch Belletristik. Sie versteht es, Kritik so zu verpacken, dass die Lust am Schreiben steigt. Vielen Dank!

Sehr dankbar bin ich meiner Lektorin Dr. Heike Fischer für ihre literarische Leidenschaft, ihre Ideen und ihr Gefühl für den treffenderen Ausdruck. Über der Arbeit an diesem Text ist die Lust auf weitere gemeinsame Projekte entstanden. Ein gutes Zeichen!

Danken möchte ich, ohne Namen zu nennen, mehreren Kriminalbeamten und Streifenpolizisten, die mir ausführlich aus ihrem Berufsalltag erzählt haben.

Schließlich danke ich den Menschen, die sich mir gegenüber in schwierigen Zeiten als treu und empathisch erwiesen haben. Die gemeint sind, wissen, wovon ich rede.

PS: Gerne erwarte ich Sie als Besucher auf meiner Facebook-Seite oder als Follower bei Twitter (@FelixLeibrock)